실크로드에서의 600시간

이 동 순 지음

시인이 걸은
실크로드에서의 600시간

지은이 / 이 동 순
발행인 / 김 윤 태
발행처 / 도서출판 善
편 집 / 임 혜 정

등록번호 / 15-201
등록날짜 / 1995. 3. 27

2004년 6월 24일 1판 1쇄 인쇄
2004년 6월 30일 1판 1쇄 발행

주   소 / 서울시 종로구 낙원동 111-3
          청자빌딩 405호
전   화 / 762-3335
팩   스 / 762-3371

책   값 / 20,000원

ISBN 89-86509-43-1 04810

시인이 걸은
실크로드에서의 600시간

이 동 순 지음

·1차 여행

북경 → 서안 → 돈황 → 투르판
→ 우루무치 → 난주 → 서안

·2차 여행

북경 → 우루무치 → 쿠얼라
→ 쿠차 → 탑중 → 민풍 → 호탄
→ 섭성 → 카시 → 타시쿠르간
→ 카시 → 우루무치 → 북경

| 차 례 |

제1부
고비사막과 그 주변

소설로 먼저 읽은 『돈황』

진달래 꽃비 오는 서역 삼만 리 길!

그 얼마나 아름답고 애틋한 사연을 지닌 신비스러운 곳인가?

수천 년 역사의 얼이 서린 그 고장을 내가 직접 가보게 된다는 것이다. 미당(未堂) 서정주(徐廷柱)의 시 「귀촉도(歸蜀道)」에서 처음 대했던 그 아득한 지명이 이제 나에게 하나의 실감으로 다가온다. 과연 꿈인가? 현실인가?

실크로드를 여행지로 선택을 하던 순간, 나의 가슴속은 북 치는 소리처럼 쿵 쿵 고동쳐 왔다. 공연히 가슴이 설레어서 그로부터 여러 날 동안 서점에 가서 서가를 기웃거리며, 컴컴한 도서관의 서고도 뒤졌다. 그것으로도 갈증이 채워지질 않아서 인터넷으로 들어가 마치 싱싱한 초원을 찾는 유목민처럼 사이버 공간을 분주히 헤매고 다녔다. 이른바 웹 서핑으로 찾아낸 실크로드나 돈황(敦煌)에 관한 기록들을 읽으며 나는 호기심을 다독거렸다.

이 흥분된 시간 속에서 내가 그 동안 읽었던 여러 돈황 관련 자료들 중 가장 인상 깊었던 것은 단연코 일본의 작가 이노우에 야스시(井上靖)가 쓴 『돈황』이다. 이 책은 불과 30여 년 전에 발간된 문고판인데도 이미 책갈피의 종이가 누렇게 변색되어 있었다. 그것이 나에겐 마치 돈황의 석굴 속에서 나온 고대 유물의 분위기를 떠올리게 했다. 다른 책들은 대개 일반적인 기행문의 성격이었으나, 이 작품은 작가가 처음부터 소설 형식으로 집필한 것이다.

몹시 흥미진진하게 읽었던 이 소설의 전개는 대체로 이러하다.

주인공은 중국 송나라 시대의 호남 사람 조행덕(趙行德)!

그는 과거 시험에 응시하기 위하여 당시의 수도인 개봉(開封)으로 올라왔으나, 무려 3만 명이 넘는 시험장 인파 속에서 자신의 순번을 대기하고 있던 중 스르르 졸음이 와서 깊은 잠에 빠지게 된다. 하지만 잠에서 깨어난 조행덕은 이미 과거시험의 모든 기회도 놓쳐 버리고 시험장 마당 부근에 드러누워 강렬한 여름 햇살에 축 늘어진 자신의 초라한 모습만을 발견한다.

일이 이렇게 되자 조행덕은 혼자 어슬렁거리며 성밖 시장 부근을 거닐게 되는데, 그때 한 곳에서 우연한 장면을 목격한다. 구경꾼으로 둘러싸인 그곳에는 발가벗은 한 여인이 온몸을 결박당한 채 빚쟁이로부터 유린을 당하고 있는 중이었다. 조행덕은 분연히 나아가 그 여인을 위기에서 구출해 주었다. 모였던 구경꾼들이 흩어진 다음, 구출된 여인은 행덕에게 무슨 보답의 선물이기라도 한 것처럼 서하(西夏)의 고유문자가 적힌 천

조각을 불쑥 내밀었다. 그 문자는 세상에서 처음 보는 것이었다. 매사에 호기심 많은 조행덕은 미지의 나라 서하에 대한 궁금증이 가슴속에서 불같이 일어나는 것을 느꼈다.

이 서하는 중국의 송나라 때 탕구트족이 세운 나라이다.

탕구트족은 원래 황하가 큰 곡선으로 휘감아드는 남부 사막지대인 오르도스 지역에 거주하던 티베트계의 유목민이다. 서기 1038년 용맹스러운 이원호(李元昊)가 세력을 통일하고 국호를 대하(大夏)라 하였다. 송나라의 서쪽 지역에 위치하였으므로 중국 쪽에서는 서하라 부르게 되었다.

드디어 행덕은 출세의 모든 길을 포기하고, 분연히 개봉을 떠나 영주를 거쳐 위구르의 대상(隊商)들에 끼어서 정처 없는 방랑생활로 들어간다. 그러나 난데없는 격전의 현장과 마주쳐서 일행으로부터 떨어져 거의 유일한 생존자의 신세가 된다. 이때 주인 잃은 낙타와 말이 혼자 남은 행덕을 끝까지 따라온다. 그는 드디어 서하의 군대에게 잡혀서 포로의 신세로 전락하지만, 문자를 쓸 수 있는 귀한 지식인이었으므로 부대장 주왕례(周王禮)에게 인계된다. 행덕이 소속된 부대는 서하의 전위부대로서 한족들로만 구성된 조직이었다. 이로부터 행덕은 많은 격전의 경험을 가지며, 자신의 모든 것을 바쳐서 싸운다.

감주를 공략할 때 행덕은 숨어 있던 서하의 한 여인을 만나게 되었는데, 그녀를 은밀한 장소에 숨기고 보호해 주면서 차츰 야릇한 사랑의 감정으로 빠져들게 된다. 하지만 행덕은 경전의 번역을 위하여 여인과 이별해야만 했다. 경전의 번역을 위한 모든 공덕을 오직 서하 여인에 대한 사랑으로 바쳤다. 행덕은 여인의 안전을 일단 주왕례에게 부탁하고 떠나게 되나, 주왕례가 패전하게 되자 여인은 또다시 서하 군대의 사령관인 이원호에게 끌려가 소실로 들어앉게 된다.

세월이 흘러 행덕은 돌아왔으나, 지난날의 여인은 이미 자신의 곁으로 돌아올 수 없는 신세였다. 이런 어느 날 행덕은 뜻밖에도 길에서 그 여인과 마주치게 된다. 하지만 여인은 자신의 비극적 신세를 몹시 비관한 나머지 성벽 위에서 몸을 날리게 된다.

여인이 죽은 후 극도로 마음이 허탈해진 행덕은 과주(瓜州)로 떠나가서 그곳의 성주 연혜(延惠)를 만나고, 또 사막의 탐욕스런 상인 위지광(尉遲光)과 친교를 갖게 된다. 위지광은 행덕이 항상 품속에 소중하게 지니고 있는 옥구슬에 특별한 관심을 갖게 된다. 이 옥구슬은 행덕이 여인과 이별할 때 그녀로부터 건네 받은 정표였던 것이다. 하지만 자신의 것과 꼭 같은 옥구슬을 주왕례도 갖고 있는 것이 아닌가. 행덕은 이 사연이 궁금해서 견딜 수 없었지만, 주왕례는 결코 속마음을 털어놓지 않았다.

이런 와중에서 과주는 서하 군대의 기습으로 함락되었고, 행덕 일행은 사주로 이동해 간다. 이 사주(沙州)란 곳이 곧 오늘의 돈황이다. 사주도 곧 서하 군의 침공에 의해 함락될 위기에 빠지게 되자 행덕은 그 동안 애써 작업했던 각종 역경 문서들을 위지광의 안내로 명사산(鳴砂山) 천불동의 어느 한 굴에 감추게 된다. 오직 탐욕에만 눈이 어두운 장사꾼 위지광은 난리가 진정된 후 감추어 둔 보물을 몰래 파내려는 시도를 하는데, 돌연히 벼락이 내리쳐 그 자리에서 즉사하고 만다. 이처럼 덧없는 것이 인생이라는 사실을 이 소설은 우리들에게 일깨워준다.

비운의 돈황문서

천불동(千佛洞) 문서들은 그 어떤 침입자의 약탈로부터도 안전하게 고립된 채 여러 세기를 흘러가게 되었다. 근세로 접어들자 천불동에 와서 자칭 도사라 칭하던 떠돌이 객승 왕원록(王圓籙)이란 자가 우연히 이 보물을 발견하여 보관하고 있었다.

그는 영국의 탐험가라 자칭하는 스타인(1862~1943)에게 약 6000권의 문서를 팔아 넘겼다. 40마리의 낙타가 이 보물 상자를 힘들게 옮겨갔다. 이어서 프랑스의 펠리오가 찾아와 또다시 5000여권을 빼내어갔다. 일본의 오오타니(大谷)도 허겁지겁 찾아와 나머지 분량을 안고 갔다. 러시아의 학자들도 뒤늦게 막차로 달려 와서 얼마큼 갖고 갔다. 돈황 막고굴의 이 중요한 보물들이 덧없이 약탈당한 뒤에 북경에서 헐레벌떡 군대가 달려와서 나머지 문서들을 거의 압수해 갔다. 왕원록은 그 후에도 몰래 빼돌려 감추어 놓았던 보물들을 찾아온 서양 사람들에게 모조리 팔아 넘겼다.

도합 4만점이나 되는 돈황 문서가 이렇게 제국주의 여러 나라들의 유물 수집 경쟁의 틈바구니 속에서 냉혹하게 독점되어 세계 각지로 뿔뿔이 흩어졌다. 역사와 인간의 흥망성쇠란 이렇게 덧없고 무상한 것이다. 이노우에 야스시가 소설 『돈황』을 통해 말하고자 했던 것도 바로 이것이 아니었을까?

사실 오렐 스타인의 경우는 4000만 km에 이르는 중국령 투르키스탄을 여행한 경험을 가진 훌륭한 동양학자, 탐험가, 고고학자, 지리학자였다. 그의 엄청난 경험의 두께만으로도 그는 자연스럽게 전문적인 조예를 가진 학자로 평가받을 수 있었다. 스타인은 사막을 통과하는 대탐험을 시작하면서 그 격정적 느낌에 대하여 다음과 같이 말한다.

> 모래 위에 흩어져 있는 짐승들의 말라비틀어진 시체와 허옇게 반짝거리는 뼈를 이정표 삼아, 먼 옛날의 여행가들이 이와 같이 물도 없고 사람도 살지 않는 사막을 뚫고 나가야만 했을 것을 생각해 보았다.(…) 이 길로 해서 중국으로 돌아간 현장은 이 루트에 대하여 자세히 기록하였다. 그 뒤를 이어 마르코 폴로와 그렇게까지는 유명하지 않은 중세의 여행가들이 머나먼 중국 땅으로 들어가기 위해 이 땅을 밟았다. 이곳에서는 여행의 방법과 수단이 당시와 비교해서 하등 변한 게 없다.
> — 피터 홉커크, 『실크로드의 악마들』(김영종 역)에서

도합 16년이란 세월을 실크로드가 위치한 중앙아시아 일대를 돌며 탐험을 했던 스타인은 자신이 발굴한 각종 보물만으로도 박물관 하나를 가득 채우고 남았다고 한다. 이 때문에 스타인을 비롯한 여러 탐험가들은 불굴의 투지와 고대 유물에 대한 훌륭한 열정을 갖고 있었던 탐험가로서 세상에 널리 알려졌다. 하지만 그런 한 편으로는 중국의 고대사에서 가장 중요한 일부를 송두리째 약탈해간 파렴치한 강도로 지목되는 불명예도 동시에 안게 되었다.

이런 스타인은 마르코 폴로 이후 서양인으로서는 가장 본격적으로 중앙아시아에 진출했던 최초의 인물이었다. 마르코 폴로는 이탈리아 사람으로서 1271년 중국에 건너와 원나라의 세조 쿠빌라이 밑에서 17년 동안이나 활동하면서 양주도독을 거쳐 추밀부사(樞密府使)의 높은 지위에까지 오른 바가 있다. 오랜 중국 생활에서 마르코 폴로는 고향이 너무도 그리워졌다. 그런데 다행스럽게도 귀향의 기회가 다가온 것이다. 마침 원나라 공주와 일 한국(汗國) 왕자 사이에 정략결혼이 이루어지자 마르

원나라의 세조 쿠빌라이

마르코 폴로 초상

코 폴로는 공주 호송의 책임을 맡아서 중국을 출발하였다. 자신에게 맡겨진 사명을 훌륭히 완수한 후 그 공을 인정받아 드디어 자신의 고향으로 귀환하게 된다.

귀향 후에는 불운하게도 고향에서 전쟁에 휘말려 감옥 생활을 하게 되었다. 이때 옥중에서 마르코 폴로의 기나긴 여행 이야기를 흥미진진하게 들었던 사람이 그것을 글로 써서 출판하였는데, 이 책이 바로 『동방견문록』이다. 소설 『돈황』을 읽은 느낌은 급기야 충격의 파장으로 바뀌어 나의 가슴을 한바탕 드센 물살처럼 휩쓸어갔다.

과거의 급제를 꿈꾸던 조행덕의 이상도 한 바탕 낮잠으로 말미암아 풍비박산이 되었고, 자신의 모든 생애는 서역 일대에서 혼자 떠도는 부평초처럼 늙어갔다. 그가 그렇게도 혼신의 힘을 다 바쳐 노력했던 역경 사업은 오로지 사랑했던 한 서하 여인의 불행한 생애를 위한 헌신이었다. 행덕이 한때 사랑했던 서하의 왕족 여인도 난리 통에 자신의 모든 삶이 무참히 파괴되어 버리고 말았다.

온갖 격전의 와중에서 일생을 다 바친 서하의 부대장 주왕례의 생애도 무상하기란 마찬가지다. 가만히 생각해 보면 이 모든 존재들이 웅변적으로 말하는 것은 인간의 삶에 관한 본질이며, 그것에 대한 일깨움이다. 덧없는 시간에서 과연 자유롭게 일탈된 존재가 있기나 한 것인가? 이 세상 그 누구도 무상함이라는 그물에서 벗어날 수 있는 자는 없다.

이노우에 야스시는 사실과 상상력을 적절히 배합하여 매우 신비감이 넘치는 소설 작품을 창작해 내었다. 나는 소설 『돈황』의 마지막 장을 덮고 나서도 한참이나 그 자리에 멍하게 앉아 있었다.

파란만장한 조행덕의 실루엣이 눈앞에 어른거렸다.

그는 자신의 삶을 송두리째 시간과 운명 속으로 던져버린 과감한 성격의 소유자였다. 인생이란 조행덕처럼 좀더 과감하게 모험주의적이고 개척적인 자세로 살아볼 만한 가치가 있는 것이 아닐까? 책을 다 읽고 난 뒤에도 조행덕과 돈황 주변에 대한 미련이 줄곧 남아서 다시 뒤적뒤적 낡은 책갈피를 헤적였다.

이노우에의 상상력에 의하면 상인 위지광의 야심과 집착이 있었기 때문에 돈황의 유물은 빛을 보게 되었던 것이다. 이 일대를 뒤지고 다녔던 헤딘, 스타인, 르콕, 그륀베델 등의 활동도 어쩌면 소설 속에서의 위지광의 야심과 비슷한 성질의 것은 아닐까. 일생을 황량한 사막지역에서 터벅거리며 살아온 조행덕의 생애는 그 자체가 마치 고비사막을 하염없이 걸어가는 한 마리의 낙타와도 같았을 것이다.

서역에 대한 또 다른 자료인 『실크로드 문명기행』(허세욱)은 비교적 담담한 서술이었으나, 매우 많은 곳을 다니려 애를 썼고, 또한 서술자의 탐구심도 상당히 적극적인 편이어서 내가 앞으로 방문하게 될 지역에 대한 유익한 참고를 얻을 수 있었다. 돈황과 서역 일대에 관한 여러 자료와 파일들을 도서관과 인터넷에서 뒤지고 다니는 사이에 하루 또 하루 세월은 흘러서 어느 덧 떠나는 날은 성큼 다가왔다.

실크로드의 출발지, 서안

떠나기 전날, 도시는 몹시 더웠다.

밤이면 열대야에 시달려 잠을 이룰 수 없었고, 아무리 물을 끼얹어도 끈적이는 땀 기운은 씻어낼 수 없었다. 하기야 이런 날씨가 서역을 간들 별 수가 있을까. 그곳은 열기가 더욱 뜨거운 곳이 아닌가. 이 여름, 지구는 온통 불 가마 속에 들어앉은 격이라 한다.

오후 2시 정각에 공항을 떠났다.

곧 햇살을 받아서 찬란하게 반짝이는 서해가 보였다. 일정한 시간이 경과하여 비행기가 중국 대륙으로 접어들었는데도 그대로 곧장 서쪽으로 날아갔다. 거의 3시간 반 가량 지나서 드디어 중국의 섬서성(陝西省) 서안(西安) 공항에 착륙하였다.

당나라의 귀족 여인들

서안 공항을 나오니 가랑비가 내리고 있었다.

여윈 체격의 조선족 청년 안내인이 마중을 나왔다. 서안으로 향하는 버스 안에서 그는 비가 잘 오지 않는 지역에 최근 들어 큰비가 쏟아지는 기상이변이 자주 일어난다고 했다. 서안 시내에는 오늘 아침에도 장대같은 비가 퍼부어 현재 하수구는 넘치고 도로가 온통 물에 잠긴 지역이 많다고 말했다. 안내인은 일행을 위하여 상투적 농담을 하였다. 서안을 찾아오는 남성 방문자들을 위해서는 양귀비를 만나도록 해 줄 것이며, 여성 방문자를 위해서는 천하 제일의 남성 진시황을 만나도록 배려해 주겠노라고 했다.

작은 중형 버스는 한참을 달려서 서안 시내로 접어들었다.

중심가로 들어서기 전까지는 숲 사이로 농가들이 드문드문 보였고, 장방형 주택의 지붕 위에는 곡식을 널어 말리는 광경이 보았다. 길 양편에는 한나라 시대의 고분들이 이따금 보였고, 거대한 황토 언덕들도 자주 눈에 띠었다. 그 황토 언덕에 구멍을 파고 인간의 주거지를 만들어 놓은 곳이 보였다. 시내로 들어서니 명나라 때에 축조되었다는 거대한 성벽이 보인다.

원래는 당나라 때의 장안성을 기초로 다시 축조한 것이라 한다. 성문에는 화살을 쏘는 전루(箭樓)와 외부를 감시하는 망루도 보였다. 그 성벽의 위에는 기둥을 높이 세우고 납작하고 둥그스름한 호박 모양의 붉은 등을 일정한 가격으로 나란히 달아 놓았다. 저 붉은 등은 날이 저물어 전등불이 들어올 때면 틀림없이 고풍하고 은은한 분위기를 한껏 고조시켜 줄 것이었다. 문득 <홍등(紅燈)>이라는 중국 영화의 한 장면이 떠올랐다. 영화 <홍등>에서의 붉은 등불은 굴종적 삶을 강요받아온 한 많은 중국 여성들의 슬픔과 서러움의 총체적 상징으로 그려졌었다.

실크로드로 떠나는 사람들은 대개 성의 서쪽 통로인 안정문(安定門)으로 나갔다고 한다. 시가지 중심부에는 동서남북의 네 거리가 교차하는 지점에 거대한 종루(鐘樓)가 서 있다. 이것이야말로 서안의 상징적인 건축물이라 할 수 있다. 그만큼 서안 시내의 어디에서도 이 건물은 보인다. 종루의 서쪽에는 시간을 알리는 북을 안치하고 있는 고루(鼓樓)가 있다. 종루에서는 종소리로 새벽을 알리고, 고루에서는 북소리로 하루의 일과가 끝난 저녁 시간을 알렸다고 한다. 이를 신종모고(晨鍾暮鼓)라 했다. 서안 시내에서는 현재도 옛날의 분위기를 재현하는 이 '신종모고' 의식을 아침저녁으로 가진다고 한다.

고루의 아래쪽 아치형 문으로는 지금도 자동차와 자전거를 탄 인파가 오고 간다.

한 여인이 비옷을 입고 자전거를 타고 가는데, 그의 어린 딸이 자전거 뒤에 앉아서 어머니의 등에 몸을 찰싹 달라 붙인 채 어머니의 비옷 속으로 자신의 상체를 밀어 넣고 있었다. 또 어떤 남성은 비를 맞으며 자전거를 타고 가는데, 뒤에 앉은 여인은 빨간 우산을 제 혼자만 쓰고 있었다. 붉은 비옷을 입고 장대를 어깨에 메고 가는 노인의 모습도 비친다. 알록달록한 우산을 쓰고 자전거를 타고 가는 사람도 있다. 우산을 빙빙 돌리며 가는 그의 모습을 뒤에서 보면 마치 카지노에서의 회전판을 보는 듯 어질어질한 현기증이 느껴졌다.

한 개의 우산을 다정하게 쓰고 가는 연인들의 광경도 있었다. 워낙 어깨를 꽉 껴안은 상태여서 그들에겐 우산이 설령 작다 해도 우산 밑의 넓이는 충분하였을 것이다. 자전거 뒤에 인력거처럼 탈것을 매달아 끌고 가는 풍경도 있었는데, 뒤에는 그나마 엉성한 천막 비닐천으로 포장을 해서 덮었다.

은행이나 백화점 따위에서 복무하는 젊은 여직원 둘이 꼭 같은 제복을 입고 나란히 걸음을 맞추어 걸어가고 있는 광경이 보였다. 온통 붉은 빛깔의 시내버스에는 '타패곡주(沱牌麯酒)'란 이름의 술 광고가 커다란 글자로 쓰여져 있었다.

네 거리를 돌아가며 살펴보니 도로가 온통 물난리다. 하수구가 넘쳐서 탁류는 아스팔트를 덮었고 자동차 바퀴의 절반 이상이 물에 잠겨 있다. 장화를 신은 청년, 아랫도리를 그대로 탁류에 잠근 채 자전거 수레를 힘겹게 끌고 가는 사내의 모습이 보인다.

서안은 중국의 영토 전체에서 중심부 우측으로 조금 이동한 곳에 위치해 있는 고도이다. 이곳은 당나라 때에 장안(長安)이라는 이름이었다.

당시 중국은 세계 대제국이란 말이 무색하지 않을 정도로 국제적 영향력을 가졌으며, 장안은 당나라의 정치적 중심일 뿐만 아니라 그야말로 국제문화의 중심지였다. 그래서 '천하의 길은 모두 장안으로 통한다'는 말이 있을 정도였다. 이미 그때부터 광활한 도로와 운하를 개통시켜서 모든 물자와 인력들이 장안을 중심으로 들어오고 나갈 수 있도록 매우 과학적인 도시계획을 완성해 놓았던 것이다. 서역의 모든 물자들은 실크로드를 통하여 돈황을 거쳐 이곳 장안으로 들어올 수 있었다.

장안은 원래 수나라의 문제가 세웠던 대흥성(大興城)이란 이름의 성곽을 그대로 이어받아 새롭게 가다듬은 거대한 성곽 도시 형태를 갖추고 있다. 그 규모는 동서로 9.7km, 남북으로 8.2km이다. 전체의 성곽은 모두 5m 높이의 성벽으로 축조되었고, 남북으로 11개, 동과 서로 14개의 거리가 통하는 사통팔달의 도시구조였다. 그 중앙의 북쪽 지역에 궁성이 있었고, 남쪽 방향으로 잇따라 황성이 설치되어 있었다. 궁성의 남쪽에서 광대하게 펼쳐져 있는 도로가 바로 주작대로(朱雀大路)이다. 이 거리를 중심으로 왼쪽을 좌가(左街), 오른쪽을 우가(右街)라 하였다.

무수한 외국 사신들과 그 일행들이 그 도로와 운하를 통하여 왕래하였
으며, 외국에서 온 유학생과 유학승(留學僧)의 무리가 장안에 거주하였
다. 통상과 교역을 위해 찾아온 외국의 상인들과 전교를 위해 방문한 종
교인도 많았다. 그래서 장안은 일찍부터 국제도시로서의 면모를 갖추게
되었을 것이다.

상인들은 거의 대부분 페르시아, 아라비아, 소그드 지역에서 온 사람
들이었다. 유명한 고승들과 악사, 무역상들 중에는 사마르칸드에서 온 강
씨(康氏)의 혈통도 있었다. 마이마르그 출신들은 미씨(米氏) 성을 썼으며,
이름 높은 의사를 비롯하여 가수와 화가 등의 예술가도 있었다. 셀 세브
즈에서 온 사람들은 사씨(史氏) 성을 사용하였고, 미탄에서 온 사람들은
조씨(曹氏) 성을 이름 앞에 붙였다. 코샤냐 지역에서 온 사람들은 모두
하씨(何氏) 성을 주로 사용하였다. 부하라 지역에서 온 사람들은 안씨(安
氏) 성을 썼다고 한다.

이 귀한 성씨들은 대개 파미르고원 너머 머나먼 서역에서 당나라의 수
도이자 국제도시였던 장안으로 흘러온 이란 계통의 이주민들이었던 것이
다. 이들은 대개 장안에서 거주하며 활발한 교역을 바탕으로 거대한 자
본을 모으는 일에 성공한 사람들이 많았다.

당시 장안의 상업 지역은 동쪽과 서쪽으로 나뉘어져 있었다. 두 지역
은 일정한 구역을 차지하면서 흙으로 쌓아올린 담장으로 자기 영역을 표
시하였다. 활발한 매매는 밝은 낮에 이루어졌고, 해만 지면 모든 상점들
이 철시하였다. 시장에는 화려한 중국 비단을 판매하는 비단전, 각종 육
류를 판매하는 푸줏간 거리, 농기구와 각종 생활 연모를 매매하는 철물
전, 해산물전, 여러 가지 약재를 취급하는 약전, 금은 세공을 전문으로 하

는 금은방 등이 즐비하였다. 이 상점들을 중심으로 주변 지역에는 물품 보관과 여관업을 함께 겸하는 숙박업소들이 빼곡이 들어찼었다. 이렇게 번화한 장안의 당시 인구는 무려 100만 명이 넘었다고 한다.

이 국제적 경험을 바탕으로 당나라에서는 외래문화와 토착문화의 조화로운 혼합이 일어나게 되었던 것이다. 이처럼 변형된 외래문화의 성격은 주변 여러 나라들의 문화풍토에게도 영향과 자극을 주었다.

전통적인 고대 도시의 분위기를 유지하고 있음인지 서안 시내에는 지금도 장안이란 옛 지명을 그대로 표시하고 있는 길 이름과 상점 이름들이 매우 흔하게 보였다. 내가 묵게 될 숙소도 고도 빈관(古都賓舘)이었다.

이곳 서안은 산서성의 성도로서, 관중 평원의 중부에 위치해 있다. 북쪽은 위하(渭河), 남쪽에는 진령산맥(秦嶺山脈)이 우뚝하게 서서 서안 쪽을 내려다본다. 인구는 620만 명, 한나라와 당나라 등 많은 왕조들이 이곳 서안에 수도를 두었었다.

삼장법사의 역마살

서안은 무엇보다도 실크로드의 기점으로서 과거 한나라의 외교사절로 파견되었던 장건(張騫)과 불경을 구하기 위해 인도를 다녀온 삼장법사(三藏法師) 현장(玄奘)(600～664), 법현(法顯) 등이 모두 이 서안에서 출발하였던 것이다.

현장 스님의 속명은 진의(陳禕).

유년 시절에 형으로부터 불교를 배우다가 13세에 승려가 되었다. 그

후 장안과 성도 등 여러 유명 사찰의 고승들을 직접 찾아다니며 불법을 터득하였다. 현장은 28세가 되자, 불교의 근원을 더욱 깊이 캐보기 위하여 천축국(天竺國), 즉 인도를 향해 한 걸음 두 걸음 낙타처럼 걸어갔다. 하지만 서역으로 가는 여행이 국법으로 금지되어 있었으므로 그는 드디어 627년 몰래 국경을 빠져나갔다.

이로부터 현장이 거친 나라는 모두 110개국이 넘었다. 네팔을 비롯하여 그 존재를 들은 나라만도 28개국이었다.

마침내 온갖 환난과 산전수전을 겪은 끝에 파미르고원을 넘어 인도로 가서 5년 간 수행을 쌓았다. 그는 인도에서 산스크리트어의 원전으로 불경을 연구하였다. 그 후 많은 불경을 말 스물 두 필에 나누어 싣고 귀국길에 올랐다. 인도의 전 지역을 돌고 돌아 떠날 때처럼 온갖 험로와 위기를 겪은 다음 무사히 고국에 돌아온 것은 장안을 떠난 지 18년만의 일이었다.

현장은 귀국 후 즉시 저술 작업에 착수하였다. 현장이 구술하고 제자 변기(辯機)가 글로 옮기는 과정으로 불과 1년 6개월만에 중앙아시아와 인도의 각 지역을 직접 답사했던 기억을 낱낱이 되살렸다. 매우 정확하고 분명한 필치로 쓴 불세출의 명저 『대당서역기』(전12권)는 이렇게 해서 빛을 보게 되었다. 현장은 도합 138개 나라의 모든 정치, 문화, 지리, 역사, 종교 등 제반 사항들에 대하여 정확하게 서술하고 있다. 오랜 여행에서 누적된 피로를 풀 틈도 없이 곧바로 저술 작업에 매달렸던 현장을 생각하면 그가 얼마나 열정적 성격의 소유자였던가를 짐작할 수 있다.

현장의 여행 경로를 화살표대로 이동해 가며 고대적 상상에 젖어보는 것도 재미있을 것이다.

여행중인 삼장법사 현장 스님

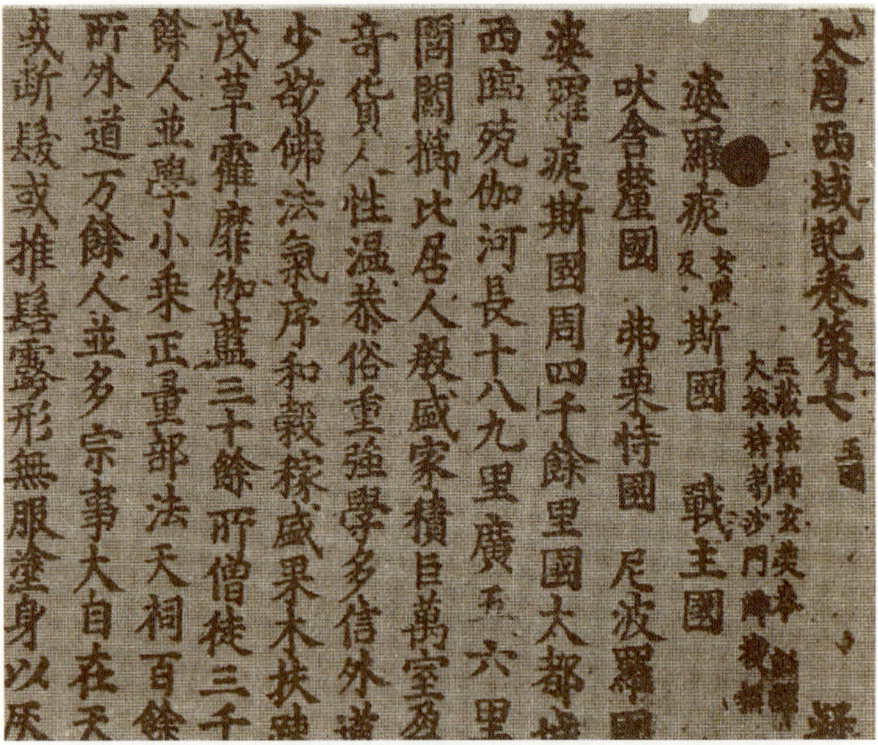
大唐西域記卷第七 五國
三藏法師玄奘奉 詔譯
大總持寺沙門辯機撰
婆羅痆斯國 戰主國
吠舍釐國 弗栗恃國 尼波羅國
婆羅痆斯國周四千餘里國大都城
西臨殑伽河長十八九里廣五六里
閭閻櫛比居人殷盛家積巨萬室盈
奇貨人性溫恭俗重强學多信外道
少敬佛法氣序和穀稼盛果木扶疏
茂草靃靡伽藍三十餘所僧徒三千
餘人並學小乘正量部法天祠百餘
所外道万餘人並多宗事大自在天
或斷髮或椎髻露形無服塗身以灰

현장 스님의 체험을 기록한 〈대당서역기〉

　　장안 출발(627년 8월)→난주→양주→이오(하미)→고창국→아기니국(언기)
→굴지국(쿠차)→능산(천산의 북쪽 기슭, 해발 4286m)→대청지(이시쿨호)→소
섭성→천천→달라사성→백수성(타슈켄트　동북부)→공어성→노적건국→자
시국(석국;타시켄트)→솔도리슬나국→삽말건묵(강국;사마르칸드)→갈상나국
→철문→도화라국→활국(아프가니스탄　북부)→도박갈국→계직국→대설산
의　동남쪽(힌두쿠시 산맥)→범연나국(아프가니스탄의　바미얀 지역)→흑령→
가필시→남파국→게라갈→건타라국→포색갈라벌저성→발로라성→오탁가
한도→오장나국(파키스탄　북부)→맹게리성→달려라강→발로라국(카쉬미르
서북부)→오탁가한도→달차시라→오랄시국→가습미라국(카쉬미르)→반노
차국→갈라사보라국→책가국→나복저국→사란달라국(인도북부)→굴로다국
→설다도로→중천축의　빠리야달라→말토라→살타니습벌라국→솔록근나국
→긍가강(갠지스강)→말저보라국→파라흡마보라→말저보라국→구비상나국
→약혜체달라국→비라산나국→겁비타국→갈약사국→납박제파구라성→아
유타국→아야목거국→발라야가국→교상미국(인도서남부)→비색가국→실라
벌실저국→겁비라벌솔도국→남마국→구시나게라국→파라날사국→전주국
→폐사리국→불률시국→폐사리국→마게타국→나란타사→이란나발벌다국
→첨파국→갈주올기라국→분나벌탄나국→갈라나소벌랄나국→삼마달타국
→탐마률저국→오도국→공어타국→갈요가국→교살라국→안달라국→타나
갈책가국→주리야국→달라비도국→공건나보라국→마가랄탁국→발록갈첩
파국→마랍파국→계타국→벌랍비국→아리타보라국→벌랍비국→구절라국
→오사연나국→척지타→혜습벌라보라국(인도　중부)→소랄탁→아점파혈라
국(파키스탄의　카라아치)→낭게라국→아점파혈라국→비다세라국→아반도
국→신도국→마라삼부로국→발벌타국→나란타샤→발라야가라국→교상미
국→비라산나국→사란달라국→승가보라국→달차시라국→남파국→벌랄나
국→아박건국→조구타국(아프가니스탄지역)→불률시살당나국→가필시국→
안달라박국→활실다국→맹건국→흘률슬마국→히마달라국→발탁창나국→
음박건국→굴랑나국→달마실철제국→파미라천→걸반타국(중국　신강의　타
시쿠르간)→거사(카쉬가르)→주구파(사차)→구살단나(우전)→니야→절마타나
→납박파(누란)→사주(돈황)→장안(645년　1월)

－『씰크로드학』(정수일)에서

또한 현장은 대자은사에 머무르면서 불경의 번역사업에 몰두하였다.
현장이 머물렀던 자은사에는 범어로 된 인도의 불경을 전문적으로 번역하는 번경원(飜經院)이 설치되어 있었다. 그런데 쿠차의 왕족 출신 학승으로 장안에 와서 거주하던 구마라습도 역경사업에 몰두하였는데, 역사에서는 그것을 '구역(舊譯)'이라 부르고, 현장이 번역한 불경을 '신역(新譯)'이라 일컬었다.

이렇게 해서 그는 당나라 초창기의 불교사 연구에서 매우 중요한 인물이 되었을 뿐만 아니라, 세계지리사에서도 무척 중요한 근거자료를 남겼던 것이다.『대당서역기』는 오늘날 인도고대사 연구에서 너무도 중요한 기초자료이다. 그는 실크로드의 북로를 거쳐서 인도로 갔고, 돌아올 때는 남로를 따라 귀환하였다. 그의 여행기는 현재까지도 실크로드 연구에 있어서 마치 보물과도 같은 역할을 담당하고 있다.

이러한 그의 행적을 소설 작품으로 반영한 것이 바로 저 유명한『서유기(西遊記)』이다. 우리의 어린 날, 어린 벗들의 상상력 속에서『서유기』는 그 얼마나 꿈과 용기와 희망을 주었던가. 한 마리의 꾀 많은 원숭이에 불과한 손오공의 재치와 초능력은 우리들에게 얼마나 기쁨과 선망을 주었던 것인가.

실크로드를 직접 답파한 중국의 여행가들로는 현장 이외에도『불국기(佛國記)』를 저술한 승려 법현을 비롯하여 혜생(惠生), 현조(玄照), 무행(無行), 의정(義淨:635~713) 등 모험심과 지적 탐구의 열정으로 가득 찬 훌륭한 구법승들이었다.『송운행기(宋雲行記)』의 저자 송운(宋雲)의 빛나는 기록도 여기서 빠뜨릴 수 없다.

빈관에 여장을 푼 뒤에 나는 곧 길을 나섰다.

버스는 서안 시내를 통과하여 대안탑(大雁塔)을 향해 달려갔다. 이 탑은 그 높이가 64m나 되는 7층탑이다. 자은사(慈恩寺)란 사찰의 경내에 위치해 있는데 서안의 상징적인 건축물이라 할 수 있다. 이 탑은 당나라의 3대 황제인 고종이 자신의 어머니 문덕황후를 공양하기 위해 세웠다고 한다. 자애심이 많은 어머니의 은덕을 추모한다는 뜻에서 자은사라 이름 붙였다 한다. 원래 대규모의 사찰이었으나 당나라 말기의 내란으로 말미암아 모두 소실되고, 대안탑만 겨우 남아 있다.

대안탑의 노오란 빛깔이 볼수록 고풍한 느낌을 자아내게 해서 나는 내리는 비를 그대로 맞으며 대안탑을 마치 빨아들일 듯이 그윽하게 바라보았다. 세월의 이끼가 내려앉은 대안탑은 뿌리는 빗줄기에 젖어서 군데군데 얼룩져 있었다. 대안탑 주변의 명대 건축물들은 검은 벽돌로 지은 것이라 분위기가 전반적으로 어둡고 우중충한 느낌을 준다. 다만 새소리가 맑고 청아하게 들려서 기분은 한결 밝아졌다.

자은사의 마당에서 대안탑을 조망하고 있는데, 비는 더욱 본격적인 기세로 흩뿌리기 시작한다. 사람들은 일제히 우산과 비옷을 꺼내어 처마 밑으로 들어가 입거나 비를 피하고 섰다. 자은사 앞마당은 온통 붉고 푸른 우산으로 가득 찼다. 사찰의 내부는 거의 붉은 빛 일색이었다. 기둥도 휘장도 주련(柱聯)도 바닥도 바닥의 방석도 모조리 붉은 자주색이었다. 중국인들은 이처럼 붉은 색을 복 받는 빛깔이라 하여 전통적으로 즐겨왔다. 그런데 오직 중앙의 좌불(坐佛)만은 하얀 도자기로 구워서 만든 것으로 맑고 정갈한 느낌을 주었다. 광택이 나는 하얀 바탕에서 까만 눈동자는 유난히 강조된 느낌으로 다가왔다. 하지만 하얀 도기부처의 입술은 마치 루즈를 칠한 듯 새빨간 모습이 꽤나 선정적이었다.

이 탑의 진정한 건립 목적은 현장 스님이 인도에서 가져온 불경과 불상을 안전하게 보관하기 위한 것이었다. 처음엔 5층으로 지어졌는데 나

서안 자은사의 대안탑

중에 10층으로 증축되었다. 오랜 세월을 거치면서 대안탑은 많이 손상되었다. 그리하여 명나라 때에 이 탑을 개축하였는데, 현재 보존되고 있는 것은 바로 그러한 역사적 유물이다. 대안탑은 서안 시내의 가장 중심 지역에 위치해 있어서, 탑 위에 오르면 서안 시내를 한눈에 조망할 수 있다.

이곳에서 멀지 않은 곳에 천복사(薦福寺)란 절이 있고, 그 사찰의 경내에 소안탑(小雁塔)이 있다고 하였지만 이미 날이 저물어서 가지 못하였다. 소안탑이 있던 자리는 수 양제와 당나라의 4대 황제 중 하나였던 중종(中宗)의 황궁이 있었던 곳이라 한다.

줄곧 내리는 가랑비 속에 대안탑과 주변 사찰을 한 바퀴 둘러본 뒤 곧바로 교자연(餃子宴)이란 이름의 식당으로 저녁식사를 하러갔다. 식당의 입구 양편에는 당나라 때의 시녀들처럼 꾸민 두 명의 미녀들이 주황색 의상을 입고 도열해 서서 영접을 하였다. 버들가지처럼 가늘고 호리호리한 몸매에다 입가엔 은근한 미소를 머금었다. 높다랗게 올린 머리 장식이 특이하였다.

그 교자연이란 곳은 교자(餃子), 즉 중국식 만두만 특별히 만들어 식탁에 올리는 만두 전문 식당이었다. 그야말로 온갖 종류의 만두가 나오는데 그 종류가 무려 십여 가지 이상은 되었던 듯하였다. 밀가루를 반죽하여 꽃과 가축을 만들고, 새와 동물을 만들었는데, 어떤 것은 그 정교함이 대단하였다. 접시에 담겨 나온 것들을 잠시 눈으로 감상한 뒤에 젓가락으로 집어서 먹는데 입안에서 그토록 공들여 만든 작품들을 함부로 씹어서 부수기가 차마 주저될 정도였다. 과연 중국의 음식문화는 대단한 수준이었던 것 같다. 백여 개가 넘는 식탁으로 만두를 나르는 종업원들의 모습이 이채로웠는데, 그들은 무려 서른 통도 넘어 보이는 만두그릇을 겹쳐 포갠 채 아무런 불편이 없이 통로 사이를 마치 미꾸라지처럼 매끄럽게 빠져서 돌아다녔다. 식당 안은 무슨 난리라도 난 듯 먹고 마시는 사람들의 소음으로 가득 찼다. 고막이 멍멍할 지경이었다.

서안 시내는 밤늦도록 온통 물 천지로 가득한 곳들이 많았다.

하수 시설이 제대로 설치되어 있지 않았거나, 혹시 되어 있었더라도 모두가 쓰레기로 가득 채워져 있어서 물이 빠져 내려갈 곳이 없었기 때문이다. 우의를 쓰고 자전거를 타고 가는 사람, 길을 걷는 사람, 자동차를 몰고 가는 사람, 선 채로 마주 손을 잡고 이야기에 여념이 없는 사람들을 자동차의 차창으로 내다보면서 가다 보니 어느덧 날이 저물었다. 곧 캄캄해져서 빈관으로 돌아왔다.

숙소로 돌아왔지만 어찌 시간을 무료하게만 보낼 수 있으리오.

빈관 앞에는 위구르족이 운영하는 양구이 가게가 있었다. 그 부근은 온통 양고기를 굽는 연기로 자욱하였다. 그 연기 속에서 모두들 술을 마시고 웃고 떠드는 소리에 귀가 멍멍할 지경이었다. 우리 일행도 어느 한 곳을 골라서 길거리에 차려놓은 식탁 앞에 앉았다. 주변은 몹시 불결하였다. 위구르 말로 시시카바부라 부르는 이 음식은 철사에 꿰어온 양고기 꼬치구이였는데, 가격이 생각만큼 그리 싸지 않았다. 오직 빈관에서 숙박하는 관광객만을 대상으로 영업을 하는 상인들이어서 더욱 그러했을 것이다.

국수도 팔고 있었으나 그것은 별로 먹고싶은 충동이 일지 않았다. 다소 노리끼한 냄새가 나는 양고기 꼬치구이를 미지근한 맥주와 마시는데, 그 맛이 찝찔하였다. 비로소 이곳이 산 설고 물 설고, 음식 맛도 낯선 이국인가 하는 실감이 들었다.

이렇게 서안의 첫 밤은 깊어갔다.

화청지에서 양귀비를 찾다

이른 아침에 잠이 깨었다.

아직 날도 새지 않았다. 모닝콜이 왔던 것이다.

여행 중의 긴장이란 이렇게 일찍 내 몸으로 하여금 잠을 깰 수 있게 만드는가 보다. 모닝콜 소리가 나자마자 곧 몸이 벌떡 일어났다.

고도 빈관에서 아침 식사를 하였다. 뷔페식이었는데, 흰죽과 빵, 야채 등이 그런 대로 먹을 만했다. 모두들 접시 위에 각종 음식들을 수북히 갖고 얹어온 걸 보니 아침 식사가 입에 맞는가 보았다. 길 떠나 먼 곳을 여행하는 일이란 참 고단한 것이라 먹을 수 있는 만큼 많이 먹어두는 것이 좋다.

아침 식사 후에는 출발까지 약 1시간 정도의 여유 시간이 있었다.

나는 고도 빈관 뒤편을 따라서 중국 인민들의 아침 모습을 보려고 하였다. 객실에서 창문을 열었을 때 보이던 청진사의 우람한 지붕이 생각나서 빈관의 뒷골목을 돌아가면 그 곳이 나타나지 않을까 하는 기대감에 서였다. 하지만 청진사(淸眞寺)는 높은 울타리만 보였고 들어가는 입구를 종내 찾을 수 없었다. 실제로 서안 시내의 청진사 본부는 중심가인 화각(化覺) 거리 부근에 있다는 사실을 지도를 보고 뒤늦게 알았다. 내가 객실 창 너머로 보았던 청진사는 그것보다 훨씬 규모가 작은 변두리의 회교사원이었던 것이다.

화려한 빈관 뒤쪽의 아파트는 극히 빈민들만 모여 사는 황량한 지역이었다.

그 남루한 아파트 창문 앞에도 새장을 매달아 두어서 새를 키우는 사람들이 있었다. 틀림없이 카나리아로 보이는 노란 깃털의 그 새는 조롱 속에서 아름답고도 명랑한 소리로 서안의 아침을 구가하고 있었다. 종을 울리며 골목골목 수레를 몰고 다니는 식료품 장사가 보이고, 노천 식당에 앉아 훌훌 국수를 먹는 중년 사내도 있었다. 오리처럼 뒤뚱거리는 걸음으로 혼자 걸어가는 노파를 보았고, 자전거로 직장에 바삐 출근하는 노동자의 분주한 모습도 보였다.

좀도둑이 극성을 부리는지 집집마다 담장을 높다랗게 쌓아 올렸는데, 그것으로도 모자라 담장 위에는 유리병을 깨뜨린 날카로운 파편을 꽂아 놓았다. 저런 광경은 나의 유소년 시절, 1950년대 한국의 지방 도시에서도 매우 흔하게 대면하던 광경이었다. 끝이 막혀 있는 막다른 골목은 왠지 음산한 기운으로 가득 차 있어서 들어가지 않았다. 다시 되돌아 나온 큰길에는 고장난 자동차를 길가에 대어놓고 차 밑에 들어가 누워서 수리하는 사람이 보였다.

길바닥은 어제 내린 비로 온통 흙탕이었다. 그 물컹한 진창 속을 한참이나 지향없이 걸어서 가다가 시간이 되어서 빈관으로 다시 돌아왔다. 극에서 극으로 돌아온 느낌이었다.

어제 타고 온 버스 편으로 빈관을 떠나서 맨 먼저 찾아간 곳이 화청지(華淸池)였다. 안내인은 천하일색 양귀비를 자기가 만나게 해주겠다고 혼자 속이 뻔하게 들여다 보이는 너스레를 떤다. 도로변에는 술을 수레로 배달하는 노동자의 모습이 보였고, 항상 그렇듯이 엄청난 자전거의 파도가 밀려오고 밀려갔다. 잔뜩 구입한 물건을 비닐봉지에 넣어서 무겁게 들고 힘겹게 걸어가는 아낙네의 광경도 보인다. 수박을 잔뜩 실은 수레 앞에 다가앉아서 무료하게 담배를 피고 있는 대머리 사내의 광경도 보았다.

시내의 넓은 대로변에는 막힌 하수구를 양날 괭이로 파고 있는 노동자의 모습도 눈에 띤다. 오토바이를 개조하여 대중교통 수단으로 만든 탈 것이 보인다. 소매 없는 셔츠를 입은 빡빡머리의 사내가 운전하는데, 뒤에는 무려 예닐곱 명의 승객들을 빽빽하게 태우고 아슬아슬하게 도로 한 가운데를 거침없이 달려간다.

화청지는 여산(驪山)의 북쪽 기슭에 위치해 있다.

이곳은 당 현종과 양귀비의 애틋한 사랑의 이야기가 서린 곳이다. 기왕에 화청지를 찾아 왔으니 양귀비의 일화를 중국의 역사에서 더듬어 보기로 하자.

당나라의 황제 현종은 황비 무혜비(武惠妃)가 죽고 시름에 잠겨 있었다.

당시엔 해마다 시월이면 온천궁(溫泉宮), 즉 화청궁에 행차하여 쉬면서 기력을 모으는 연중행사가 있었다. 그때 수많은 관녀(官女) 중에서 자색이 매우 뛰어나고 관능적 육체미를 갖춘 한 여성이 눈에 띄었다.

그녀의 이름은 양환(楊環).

현종은 환관 고역사를 시켜서 그녀를 불러오도록 하였다.

한창 꽃다운 양환의 나이는 방년 스물 둘. 고운 얼굴에 가무도 능하였다.

아버지는 촉주(蜀州), 즉 오늘의 사천성 지역에서 복무하던 하급 공무원이었으나, 진작 조실부모하고 숙부의 집에서 자라난 가련한 신세였다. 그러나 더 자세한 내력을 알아 본 즉 그녀는 자신의 열 여덟 번째 아들인 수왕(壽王)의 아내가 아닌가. 아무리 젊은 여성에 대한 사랑에 눈이 멀었기로서니 며느리를 어찌 곧장 애첩으로 데려올 수 있었으리. 하지만 현종은 그녀를 포기할 생각은 추호도 없었다. 시간이 흐를수록 눈에 삼삼하였고, 어떻게 하면 미인을 품에 안을 수 있을까 오직 그 궁리뿐이었다.

이리하여 현종은 환관 고역사로 하여금 한 가지 계책을 부리게 하였으니, 그것이 바로 그 여성을 도교의 관리 직책인 여성도사로 만드는 것이었다. 여기에다 태진(太眞)이라는 법호까지 내려서 기어이 아들인 수왕과 헤어져 살도록 만들었다. 말하자면 이혼의 절차를 밟게 한 것이다. 이와 더불어 아들은 결국 다른 처녀와 혼인을 시켰다. 이렇게 하여 현종은 결국 며느리를 가로챈 파렴치한 아버지가 되고 말았다.

공교롭게도 현종의 할아버지였던 고종은 자기 부왕의 후궁이었던 측천무후와 불륜에 빠졌던 악몽의 기억이 있질 않았던가. 결국 조부와 손자가 대를 이어서 불륜을 저지르고 말았다. 현종은 양귀비에 대한 사랑에 빠진 나머지 마침내 자신과 당나라의 운명을 기울게 하고야 말았다. 한 나라를 멸망에 빠뜨린 여성의 아름다움을 일컬어 경국지색(傾國之色)이라 일컫는데, 이 말은 바로 현종과 양귀비의 일화에서 생겨난 말이었다.

태진을 사랑하는 불같은 정염은 더 이상 남의 이목을 생각하지 않고, 참지 못하고 기어이 그녀를 정식 후궁의 자리인 귀비로 책봉하고 말았다. 이때 현종의 나이는 회갑이었고, 귀비는 스물 일곱 살. 두 사람의 나이는 무려 33년이나 차이가 났다.

비파를 연주하는 귀비의 백옥 같은 손가락.

하늘하늘한 옷을 입고 춤추는 귀비가 한 번씩 보내오는 다정한 추파.

노래를 부를 때의 그 낭랑하고 아름다운 음성.

현종의 앞을 스쳐 지나갈 때 봄바람처럼 풍기는 귀비의 향긋한 체취 등등.

이 모든 것이 늙은 현종의 모든 것을 완전히 사로잡고도 남음이 있었다.

화청지의 입장권

현종과 양귀비

이로부터 현종은 모든 공무를 뒷전으로 한 채 오직 양귀비의 치마폭에 파묻혀 밤낮으로 젊은 귀비와의 사랑에 푹 빠져서 하루 일과를 보내었다. 양귀비를 맞이한 기쁨에 도취된 나머지 그녀를 위한 음악을 작곡하였고, 금비녀와 각종 보물을 귀비에게 주면서 다만 일과를 희희낙락하였다.

귀비가 원하는 것은 모두 들어주었다.

그녀가 남방 과일인 여지(荔枝)를 즐긴다는 것을 알게 되자, 수 만리 밖에 떨어진 곳에서 말과 배를 동원하여 장안까지 가장 빠른 시간 안에 당도하도록 특별 수송을 명령하였다. 여지는 수분이 많은 과일이라 더운 말씨에 변질되기 쉬웠고, 이 때문에 지나치게 서둘던 수송 마차가 낭떠러지로 굴러 떨어져 마부가 죽는 일도 많았다고 한다. 민중들에겐 얼마나 원성이 높았을까.

양귀비는 뛰어난 미인이긴 하였으나 다소 비만한 체질이었으므로 여름철에는 시녀들이 줄곧 옆에서 커다란 부채로 바람을 일으키도록 하였다. 그래도 줄곧 땀이 흘러내려 엷은 비단옷을 적실 정도였다. 야릇하게도 양귀비의 땀에서는 독특한 향내가 났고, 땀 닦은 수건은 핑크빛으로 물들었다고 한다.

현종은 그토록 사랑했던 양귀비를 위하여 장안의 변두리 경치 좋은 곳에 별장 형태의 궁을 만들고 여러 곳의 목욕탕까지 만들었다. 마침 온천이 나오는 지역이라 휴양지로서의 환경은 더할 나위 없이 좋았을 것이다. 그것이 바로 온천궁이었다.

나는 온천궁 앞에 서서 귀비의 실루엣을 떠올린다. 온천궁의 모습은 화청지에 거꾸로 비친다. 소철이 싱싱하게 자라고, 수양버들 가지가 운치 있게 휘늘어져 있다. 향나무는 마치 활활 타오르는 귀비의 사랑처럼 불꽃 모양으로 온천궁 앞에 솟아나 있다. 온청궁 처마 밑에는 여러 개의 자주색 수박등이 아슬아슬 귀비의 운명처럼 매달려 있다. 궁궐 현액에는 비상전(飛霜殿)이란 글씨가 보인다.

화청지 한 가운데는 귀비의 모습을 조각한 하얀 대리석 상이 세워져 있다. 귀비는 알몸을 요염하게 드러낸 모습으로 고개를 약간 아래로 숙이고 있다. 주변으로 분수도 설치되어 있는데, 오늘은 그것을 가동시키지 않고 있다.

이 지역에서 온천이 발견된 것은 무려 2700년 전부터라 한다. 그 온천들 가운데 가장 유명한 것이 화청지였다. 당 현종은 추위를 피하고 휴양을 하기 위해 매년 이곳을 찾았다고 한다.

바늘 가는데 실이 있다는 우리네 속담처럼 당 현종이 가는 곳엔 반드시 귀비가 있었다. 황제가 직접 처리해야할 모든 정치는 환관 고역사가 대신 처리하는 야릇한 일이 벌어졌다.

양귀비의 친정 식구들은 모두 황실의 중요 직책에 등용되어 호사를 즐기게 되었다. 귀비의 육촌 오빠로서 늘 술과 노름에 빠져 있던 한 사람의 건달이 있었다.

그의 이름은 양국충(楊國忠).

이러한 무뢰배가 하루아침에 감찰어사란 고위직으로 오르게 된 것은 모두 귀비의 정치적 영향력 때문이었다. 이 양국충은 당시 황궁 주변의 실세였던 이임보, 안록산 등과 이해득실에 따라 통합과 분열을 거듭하며 시간이 흐를수록 장안의 정치적 불안감을 고조시키고 있었다. 안록산은 기어이 반역을 도모하여 장안을 혼란의 도가니로 몰아넣고 있었다.

장안이 함락되기 직전 현종은 양귀비와 고역사, 양국충 등 측근 몇 사람만 데리고 서쪽을 향하여 무작정 피난길을 떠날 수밖에 없었다. 한 여름 무더위가 기승을 부리던 시절이었다. 황제가 달아난 궁성에는 가난한 백성들이 서슴없이 쳐들어가 약탈과 방화를 저질렀다.

현종 일행은 함양 땅에 도착하였다. 굶주림과 공포가 줄곧 그들 주변을 에워쌌다. 다음날 마외역(馬嵬驛)으로 당도하였는데, 이미 백성들이 난리를 피해 모두 피난을 떠난 뒤여서 마을은 텅 비었다. 현종을 호위하던 병사들이 굶주림을 못 이겨 결국 그 불만을 양국충에게 터뜨렸다. 분노한 병사들이 양국충을 모반의 괴수로 몰아서 죽인 다음 드디어 현종에게 귀비마저 죽일 것을 요구하였다. 기회주의자였던 환관 고역사도 슬그머니 병사들의 편을 들었다. 강압적 분위기에 떠밀려 현종은 기어이 사랑하는 귀비에게 눈물을 머금고 사형을 내릴 수 밖에 없었다. 이에 따라 고역사는 양귀비를 가까운 불당으로 끌고 들어가 명주실로 목을 매어 죽였다. 이때 귀비의 나이는 불과 38세였다. 그녀의 주검은 붉은 이불에 둘둘 말려서 길가에 그대로 묻혔다.

기막힌 고독과 상심에 휩싸인 현종은 결국 세상 모든 일에 뜻을 잃고 낙백하여 황제의 자리를 아들에게 물려주고 말았다. 그로부터 몇 해가 지나 내란이 평정되고 장안으로 돌아가는 길에 양귀비의 무덤 옆을 지나게 되었다. 그 비극의 장소에 다다르자 늙은 현종은 말없이 눈물만 주룩주룩 흘렸다고 한다.

나중에 현종은 환관을 시켜서 귀비의 시신을 장안으로 몰래 이장하도록 시켰다. 다시 파헤친 무덤 속에는 다만 귀비의 앙상한 해골과 향주머니가 남아 있었다. 현종은 귀비의 초상을 그려서 벽에 걸어놓고 늘 보면서 무덤에서 나온 귀비의 향주머니를 만지작거렸다.

유명한 시인 백낙천(白樂天)의 「장한가(長恨歌)」는 바로 현종과 양귀비의 슬픈 사랑을 노래한 천하의 명문으로 알려져 있다.

마외역 언덕 아래 진흙더미엔
옥 같은 얼굴 간 곳 없고 빈 무덤만 쓸쓸하구나

馬嵬坡下泥土中
不見玉顏空死處

– 백낙천의 「장한가」 중에서

나는 대제국의 황제 현종과 그의 애인 양귀비, 그리고 두 사람의 뜨거
웠던 사랑과 기묘한 인연에 대한 상념에 잠겨 심란한 마음으로 화청궁의
이곳 저곳을 거닐었다. 화청지에 세워진 여러 건물들에는 온갖 화려한
이름이 붙어 있었다. 양귀비가 죽은 후 현종은 쓸쓸한 생을 살아가다가
63세에 세상을 떠났다.

늙은 황제와 젊은 귀비의 뜨겁고도 애달픈 사랑은 아직도 이곳 어딘가
에 실안개처럼 피어놀라 감돌고 있으리라. 나는 그들의 비밀스런 사랑을
가만히 엿보고 싶었다. 그래서 공연히 화청궁의 구석지고 은밀한 장소를
기웃거리며, 남들이 관심을 두지 않는 후미진 곳만 일부러 찾아다녔다.

서안사변의 총소리

화청지의 뒤로 배경을 이루고 있는 여산은 경사도 가파르고 몹시 험준
해 보였다.

이곳은 지난 20세기 초반, 즉 1936년 12월 장개석(蔣介石)이 홍군(紅
軍)에게 감금되어 있던 지역이라고 한다. 산 중턱 벼랑에는 작은 건물도
한 채 보였고, 그곳까지 물건을 옮기는 케이블도 설치되어 있었다. 그 위

로는 바위벽에다 하얀 색으로 커다랗게 글씨를 새겨놓았는데, 쌍안경을 꺼내어 당겨 읽으니 여산병련정(驪山兵練亭)이라 하였다.

서안사변(西安事變)과 관련된 곳.

중국의 근대사에서 서안사변이란 무엇이며, 어떤 의미를 지니는가.

1930년대 당시 중국 재야의 지식인들과 학생들은 장개석이 지휘하는 국민당 정부의 반공작전에 일제히 반대하면서 내전을 중지하고 단결하여 오직 항일운동에 노력할 것을 강력하게 촉구하였다. 이에 따라 학생들의 시위운동이 불길처럼 일어났다. 하지만 장개석은 이러한 사태에도 아랑곳하지 않고 오직 자신의 뜻대로 반공작전을 계속했을 뿐 아니라, 여기에 반대하는 사람들을 무차별적으로 체포하였다.

장개석은 자신의 반공작전을 독려하기 위해 1936년 12월12일 직접 서안으로 왔다. 그는 동북군벌 장학량(張學良)에게 공산당 토벌을 설득하러 온 것이었다. 이때까지도 장학량은 줄곧 국공합작(國共合作)을 주장하며 장개석의 말을 듣지 않았다. 장개석이 뜻이 워낙 완고한 것을 알게된 장학량은 서북군벌 양호성(揚虎城)과 뜻을 모아 장개석을 돌연히 체포하여 감금하고 남경 국민정부의 개조, 내전 중지, 언론 출판 집회 결사의 자유 등을 강력히 요구하였다. 역사에서는 이를 일러 서안사변이라 한다.

장학량은 처음엔 뚜렷한 신념을 갖지 않았으나 홍군 간부들과 만나 자주 토론하는 과정에서 점차 심정의 동요를 느껴 장개석 체포를 결심하였다. 감금당한 장개석은 주은래(周恩來) 등 홍군 간부들과 차례로 만나 정부의 개조와 정치범의 석방, 반공작전 중지 등에 합의하였고, 이에 따라 서안사변은 커다란 소요 없이 조용히 해결되었다. 풀려난 장개석은 그해 겨울 서안을 떠나서 남경으로 돌아왔다.

당시 장개석이 서안에 왔을 때 바로 이곳 화청지 안에서 묵었다.

그때 장개석이 사용하던 집무실과 침대가 지금도 그대로 보존되어 있다. 장학량의 군대가 장개석 체포를 위해 공격해올 때 쏘아댄 총탄 자국이 유리 창문에 생생히 남아 있어서 당시의 격전이 얼마나 숨가쁘고 아슬아슬했던가를 말해 주고 있다. 장개석의 집무실은 몹시 협소하여 오간청(五間廳)이라 불렀다.

장개석!

새로 출현한 인민의 영웅 마오쩌뚱에게 쫓기고 밀리다 기어이 바다 건너 작은 섬 타이완으로 옮겨가서 초라한 최후를 맞이하게 되었던 한 비운의 정치가를 생각해 본다.

참으로 '덧없는 것이 인생'이란 상투적인 말이 새삼스러운 실감으로 가슴에 다가온다.

한 겹의 역사 위에 새로운 역사의 눈은 지금도 내려서 쌓이는가.

그 구체적인 사연은 바로 이 시간 이곳에 실타래처럼 엉기어 도무지 풀릴 줄 모른다.

무심한 관광객들은 물오리처럼 꽥꽥 소리지르며 떼를 지어 몰려다니는데, 한 사내가 화청지의 연못가에 가위를 들고 서서 색종이를 민첩하게 오려 동물이나 꽃, 곤충 등 온갖 모양을 즉석에서 만들어내고 있었다. 세상엔 참으로 별난 재주를 가진 사람도 다 있다. 사람을 앞에 세워 놓고 그의 실루엣을 가위로 재빨리 오려내는데, 익숙한 가위질 솜씨는 가히 일품이었다. 세상엔 참으로 별난 재주를 가진 사람도 다 있다. 이렇게 색종이로 관광객들의 형상을 오려서 살림을 꾸려 가는 저 가위손 사내는 지난날 당나라 어느 병사의 후손이었을까? 아니면 어느 무명 예술인의 후예일까?

진시황릉

구름이 잔뜩 끼었던 하늘은 어느덧 맑게 개어서 한낮의 뜨거운 태양이 작열하고 있었다.

이런 길을 다시 달려서 진시황릉(秦始皇陵)으로 찾아갔다.

입구에는 엄청난 인파로 붐비고 있었다. 노란 삼각형 깃발들이 무수히 나부끼고 있었다. 몹시 더운 날씨라 상의를 온통 벗어버린 사내들이 뒷짐을 지고서 어슬렁거리는 모습이 도처에 흔히 보였다. 이미 산 같은 왕릉의 맨 꼭대기로 올라가 아래를 내려다보고 있는 사람도 있었고, 그곳을 향해 줄지어 올라가는 행렬도 보였다. 그런데 유난히 붉은 파라솔이 많이 보여서 모든 중국인들은 붉은 양산을 즐겨 쓰나보다 생각했더니, 입구 한쪽에서 방문객들의 편의를 배려하는 뜻으로 빌려주는 물건이었다. 햇볕은 그만큼 뜨거웠고 습기를 머금고 있어서 살갗이 땀으로 끈적거렸다.

세계문화유산답게 제법 잘 다듬어놓은 잔디밭 한 가장자리에는 푸른 의상을 입은 고대 무사의 입상(立像)이 하나 세워져 있어서 사람들은 그 옆에 다가가 기념사진을 찍느라 분주하였다. 이때 빡빡 깎은 머리에 소매 없는 붉은 빛 헐렁한 상의를 입고, 그 아래로는 짙은 자주색 치마를 입은 티베트의 승려들이 당당한 걸음으로 지나갔다. 그들의 허리에는 청색이나 황색의 띠가 둘려져 있었는데, 그것은 아마도 신분의 높낮이를 표시하는 것 같았다. 중국은 과연 소수민족의 나라였다.

진시황의 이름은 영정(瀛政). 진나라 장양왕의 아들이었다.

기원전 3세기경에 진나라 왕위를 이어받아 불과 22세의 나이에 황제의 자리에 올랐다. 이후로 한, 조, 위, 초, 연나라 등 6국을 멸망시키고 중

진시황릉 원경

진시황릉 부장품 묘에서 나온 동마차(銅車馬)

국역사상 처음으로 통일된 다민족 봉건적 전제제도(專制制度)의 중앙집권 국가를 건립하였다.

진시황제의 능은 그가 살아있을 때부터 착수하였다.

위치는 지금의 서안시 임동구 동쪽 5㎞ 지점. 남쪽은 여산, 북쪽은 위수와 닿아있다. 황릉의 건설에는 무려 72만 명이나 되는 백성을 동원하여 38년에 걸쳐 축조하였다. 황제의 무덤은 실제의 도읍을 그대로 모방하여 축소시킨 형태로 만들었다.

능원의 주위는 회(回)자 형태의 내성과 외성으로 나뉘어진다. 내성의 남북 길이는 1355m, 동서는 580m, 둘레는 3870m에 면적은 78590㎢이다. 이를 둘러싸고 있는 외성의 크기는 상대적으로 훨씬 방대한 규모이다. 무덤의 구덩이를 팔 때 나오는 흙을 쌓아서 봉분을 만들었다. 지하궁전은 능원의 가장 중심부분이다.

사마천(司馬遷)이 기록한 『사기(史記)』에 의하면 깊이는 세 번이나 수맥에 도달하고, 그 밑에다 동판을 깔았으며 그 위에 황제의 관을 놓았다고 한다. 무덤 가운데는 궁전의 망루를 만들고, 문무백관의 좌석을 설치하였으며, 온갖 기물들로 주변을 가득 채웠다. 백 갈래의 강과 바다를 만들어 기계의 장치로 수은이 쉬지 않고 흐르도록 하였다 한다. 위쪽에는 태양과 달 따위의 천상계를 만들고 바닥에는 산과 강의 지형을 모두 갖추었다. 인어기름을 태우는 등불을 밝혀 영원히 꺼지지 않도록 하였다고 한다. 인간의 광기로 부릴 수 있었던 온갖 사치와 호사의 절정이라 하겠다.

진시황릉의 주위에는 순장 무덤도 많이 발굴되는데, 그 내용이 매우 풍부하고 규모도 방대하다. 근년에 발견된 진시황 병마용(兵馬俑) 갱(坑)은 세계 8대 불가사의의 하나로 기록되었다. 능원(陵園)의 내부에는 두개

골의 모양이 그대로 남아있는 말을 순장한 곳, 차마(車馬)를 함께 묻은 곳, 진귀한 동물을 순장한 곳, 인간의 두개골만을 모아서 순장한 곳, 대형 갑옷 갱과 곡마단 토용 갱 따위가 줄곧 잇따라 발굴되고 있다. 지난 이십여 년간 발굴된 유물만도 무려 10만 점이 넘는다고 한다. 하지만 이것은 전체 매장 유물의 극히 일부에 지나지 않을 것이라 한다.

말이 황릉이지 진시황의 무덤은 거의 야산의 크기에 버금가는 듯 보였다. 높이가 79m, 동서로 475m, 남북 384m로 사람이 다니는 보도가 정수리까지 나 있다. 그 보도에는 모두 계단을 깔았고, 능의 봉분 뒤에는 석류나무를 가득 심어 놓았다. 이 무덤 조성을 위하여 도합 70만 명의 일꾼이 동원되었다고 한다. 무덤 안에는 황실 보석창고, 거대한 석각(石刻) 중국지도가 있었고, 도굴을 방지하기 위하여 자동 발사되는 화살까지 설치되어 있었다고 옛 기록은 전한다.

한 개인의 지배욕망과 들끓는 탐욕은 과연 하늘을 찌르고 싶었던 것인가. 결국 그는 인민의 모든 기본권을 유린하고 억압하면서 자신의 욕망을 충족시켰다.

진시황릉 위에서 나는 주변의 산을 돌아다보았다.

뒤편으로 우뚝 솟은 산들의 기세가 사납고 거칠게 보였다. 하지만 앞쪽으로는 매우 아늑하고 평평하게 펼쳐진 들판이었다. 맑은 날씨임에도 불구하고 서안 쪽에서 형성된 매연이 거무스름하게 하늘 전체를 덮고 있었다. 아득한 먼 곳까지 밭이 펼쳐져 있었고, 도시의 원경도 보였다. 제법 숲이 우거진 곳들은 대개 과수원인 것 같았다. 줄지어 심어놓은 묘목들의 가지런한 광경도 눈에 들어왔다. 옆에서는 안내인 여성이 핸드마이크를 비뚜름하게 들고 파라솔 밑에 서서 나른한 목소리로 진시황의 생애와 유적지의 내력에 대하여 설명하고 있었다.

태양은 머리 위에서 무섭게 이글거리는데, 사람들은 무엇을 찾으려고 이 황릉의 꼭대기까지 허위허위 올라오고 있는 것일까?

내려가는 길목에서 나는 한 모조 골동품 판매상인의 시선과 마주쳤다. 그는 자신의 뒤편에 감추어 놓았던 어떤 물건을 마치 귀한 보물이라도 되는 듯이 꺼내어 보였다. 신문지로 똘똘 싼 그것을 펴니 청동으로 만든 부처의 손바닥이었다. 비록 모조이지만 푸른 녹을 내어서 고졸한 느낌이 들도록 만들었다. 몇 차례의 실랑이 끝에 그것을 사서 들고 내려왔다.

중국인들의 물건 파는 광경은 때로 이해하기 어려울 때가 있다. 일단 높은 가격을 불러놓고 조금씩 깎아주며 신경전을 벌인다. 그러다가 마침내 구매자가 포기하고 떠나려 할 때쯤이면 전혀 상상조차 할 수 없는 낮은 가격으로 확 내려서 팔아버린다는 것이다. 중국 여행을 하는 동안 이런 광경을 몇 차례나 보았다. 그러므로 중국에서 각종 물건을 살 때면 상점 주인과 상당한 인내심이 요구되는 신경전이 필요하다는 느낌이 든다.

병마용 박물관의 입장권

마침 푸른 트럭 하나가 쏜살같이 달려오는데 뒤에는 한 떼의 사람들이 전통 타악기를 요란하게 연주하는 모습이 보였다. 적색, 청색, 황색의 장방형 깃발을 짐칸에 높이 꽂아서 바람에 펄럭이는 소리가 들렸다. 아마도 어떤 종류의 학원 광고를 하고 다니는 문화 선전대들인 듯하였다. 요란한 악대의 소리가 홀연히 나타났다가 바람처럼 사라지고 나니 황릉의 앞은 잠시 바다 속처럼 깊은 적막이 감돌았다.

하지만 그것도 한 순간, 황릉 앞에는 온갖 형형색색의 조악한 기념품 판매상들이 모여서 한 바탕 북새통을 이루었다. 주로 노파들이었는데 싸구려 물건을 들고 거의 강매하는 듯한 자세로 사람들을 향해 몰려 다녔다. 그들이 악을 쓰는 소리가 요란한 매미소리와 뒤섞여 점점 커다란 소음으로 들려왔다. 나는 마치 탈출하듯 서둘러 그곳을 빠져 나와 황급히 자동차에 올랐다. 모두들 더위에 지쳐서 해초처럼 축 늘어진 모습들이다. 심한 갈증으로 여기저기서 물병을 찾는 소리가 들렸다.

오래지 않아서 진시황릉 지하궁전이란 곳을 보러 갔는데, 이곳은 진짜가 아니라 모조로 설치해놓은 곳이었다. 결국 보지 말았어야 할 조악한 광경을 보았다는 실망스런 느낌만 들었다. 실감도 전혀 나지 않았고, 어둠 속에서 각종 전구와 어설픈 마네킹들을 졸속하게 배열해 놓은 장소에 지나지 않았다. 하지만 단 한 가지 진시황 시대의 백성들이 봉건적 체제 속에서 얼마나 가혹하게 혹사를 당했는지 그 사실 하나 만은 확연히 알아볼 수 있었다.

모조로 만든 지하궁전을 나와서 진시황 병마용(兵馬俑)으로 갔다.

병마용은 그곳에서 아주 가까운 곳에 있었다.

주차장에서는 모든 사람들이 반드시 상가 지역을 통과해 가야만 병마용 갱으로 갈 수 있도록 설계되어 있었다. 쇼핑몰에는 이 병마용 갱을 맨 처음 발견한 전씨 노인이 직접 나와 앉아서 사진판 안내 책자에 친필 서명을 해주고 있었다. 왼쪽 눈썹 옆에 사마귀가 돋아나 있는 노인은 검은 뿔테 안경을 끼고 앉아서 글씨를 쓰고 있었는데, 그 위의 벽에는 레닌모를 쓰고 미소를 짓는 자신의 커다란 얼굴 사진이 한 장 붙어 있어서 노인 자체가 하나의 볼거리로 여겨졌다.

글씨라고는 자신의 이름밖에 쓸 줄 모른다는 중국의 전형적인 농민 출신.

중국 정부에서 그의 공로를 감안했던가. 노인으로 하여금 이렇게 편안히 수익을 올리며 살도록 배려해주고 있는 듯 하였다. 햇볕에 그을리며 농사를 짓던 늙은이가 실내에서 자신의 서명만 해주며 하루 일과를 보내게 되었으니 그것이 과연 호사스럽고 편한 신분이 된 것인가?

상가를 빠져나오면 눈앞에 웅대한 건물이 여러 개 보였다. 그것이 바로 병마용 갱이었다.

이 병마용 갱은 방대한 지역에 여러 곳이 있었는데 아직도 발굴 중이라 하였으며, 전체의 넓이가 얼마나 되는 지 아무도 파악하지 못하고 있다는 설명이었다. 첫 번째로 들어가 본 1호 갱이야말로 전체 병마용 중에서 가장 으뜸이 아닌가 하였다.

흙을 구워서 만든 병사와 말들의 모습은 모두 동쪽을 향하여 일제히 줄지어 있는 모습이 장관이었다. 그 표정과 자세가 얼른 보면 비슷하나 자세히 살펴보면 모두 다른 것을 알 수 있었다. 약 6000여 개의 병마 토용을 만들기 위하여 붙잡혀 온 사람들은 이것을 만들어 심사에 합격을 해야만 했는데, 그 후에는 모두 기밀 유지를 위하여 몰래 죽임을 당했다고 한다. 그들을 죽였던 병사들도 끝내는 살해되었다.

예나 제나 정치란 것이 무엇인지, 인민을 이렇게도 비참한 지경에까지 이르게 하는 것이 나쁜 정치의 전형적 속성이 아닌가 하였다. 그래서 학정(虐政)이란 호랑이보다 무섭다는 말이 나오게 된 것인지도 모르겠다.

수천의 병마 토용이 지하에 매장되어 있다가 발굴되어 한 줄로 나란히 줄지어 서 있었고, 더러는 군마(軍馬)의 모습도 보였다. 낮에는 관람을 위해 시설을 개방하고, 밤에는 매장유물들을 발굴한다는 설명이었다.

땅속의 무사들이 나란히 서서 앞을 보고 있는 광경은 엄숙한 분위기의 극치였다.

그들에게 만약 시력이 있었다면 수천 년 동안 캄캄한 땅속에 묻혀 있느라 퇴화되어 거의 실명이 되었을 것이다. 이제 밝은 세상으로 모습을 드러내었으니 얼마나 눈이 부실 것인가? 그들은 무엇 때문에 일제히 도열하여 한 곳만 바라보고 있는 것인가? 그들의 시선은 과연 어디를 향해 있는 것인가?

나는 병마용 갱 하나 하나에게 마치 비로 쓸듯 눈길을 보내어 부드럽게 위로하였다.

예나 제나 그대들은 고통의 바다를 건너가고 있는 것이다. 부디 인내 하나로 묵묵히 우직하게 참고 또 참을지어다. 이 마지막 말을 중얼거리고 보니, 이것은 나 자신에게 차분히 타이르는 말이기도 하였다. 저 병마용은 밤이 깊어도 자리에 눕지 못한다. 언제까지나 저렇게 선 채로 밤을 보내고 다시 아침을 맞는다. 저렇게 서 있는 것은 아마도 저들의 타고난 운명이 아닌가 하였다. 그들은 제자리에 그대로 서 있는 것일까? 아니면 조금씩 걸음을 옮기고 있는 것일까?

이런 상상을 하면서 나는 2호 병마 갱과 3호 병마 갱까지 두루 돌아보았다.

2호 갱은 말과 전차, 병사 등으로 구성되어 있다. 전차는 대체로 밀집해 있고, 병사들은 서 있거나 활 쏘는 자세를 취하고 있는 토용도 있었다. 3호 갱은 말 네 마리가 끄는 전차, 갑옷을 차려 입은 병사의 모습, 기타 여러 무사들의 도열한 광경이 보인다. 말은 무슨 소리를 들으려는 듯 귀를 쫑긋 하고 있으며, 코는 무슨 낌새를 알아채려는 듯 커다랗게 벌름거리고 있다. 얼굴과 목에는 불끈 힘줄이 솟아있다. 입은 방금 어느 먼길을 달려오기라도 한 듯 한껏 입을 벌리고 가쁜 숨 몰아쉬는 모습이었다. 이 모든 광경은 너무도 엄숙하여 그야말로 장엄의 극치라 할만 하였다.

등신대의 크기로 제작된 병사용

가장 애처로운 광경은 흙에 목만 내놓고 있는 병마용이나 상반신을 파묻고 있으면서도 무표정한 표정을 짓고 있는 광경들이다. 어느 병사는 완전한 모습의 병사들 가운데 서 있지만 자신의 목이 어디론가 달아나고 없는 채 몸뚱이만 당당하게 서 있는 광경도 있었다. 어떤 것은 목이 부러져 땅에 뒹굴면서도 은은한 미소를 머금고 있었는데, 그것은 인간의 잔인성과 폭압에 대한 냉소를 연상시키는 것이어서 한 순간 오싹한 소름을 끼치게 하였다. 또 다른 곳에는 목 없는 병마용들로만 한 가득 도열해 있는 곳도 있었다. 그곳은 섬뜩한 귀기(鬼氣)로 가득하였다.

이러한 병마용이 아직도 이곳 주변의 지하에 얼마나 더 매장되어 있는 것인지 아무도 예측할 수 없다고 하였다.

사방이 스크린으로 장치된 극장에서 나는 지하궁전을 건설하던 당시의 광경을 재현한 영화를 보았다. 진시황은 과연 폭군이었고, 오직 자신만을 위한 일생을 살았던 것처럼 보였다. 인민들은 오로지 그 폭력으로부터 모면할 틈을 찾아서 이리저리 헤집고 다니는 세월이었다. 바깥에 나와서도 줄곧 병마용을 만들기 위하여 황토를 반죽하던 백성들의 고단한 광경과 고통의 신음소리가 들려왔다.

바깥으로 나오기 위해서는 반드시 기념품 상점을 다시 통과해야만 한다. 상점의 진열대에는 거의 대부분 병마용을 재현한 모조품들로 가득하였다. 어떤 사람들은 병마용을 구입하기도 하였으나 실물보다도 훨씬 조악한 모습하고 불행한 형상으로 만들어진 이것들에게 나는 더 이상 눈길조차 주기 싫었다. 슬프고 처량하고 어두운 그늘처럼 나는 병마용이 싫어졌다. 속히 그것들로부터 달아나고 싶어졌다. 마치 기억조차 하기 싫은 유년시절의 고통스러웠던 흑백 필름과 그것들의 추억처럼 나는 이제 나의 머릿속에 찰싹 달라붙어 떨어지지 않으려 하는 병마용의 우울한 느낌을 말끔히 털어 내고 싶은 것이다. 그런데 이 병마용을 내가 무엇 때문에 구입할 생각을 감히 가질 수 있겠는가?

서안의 저녁

이곳을 나와서 서안 시내의 비림(碑林)을 찾아갔다.

1087년 북송 철종 년간에 개성의 석경(石鏡)을 보존하기 위하여 세워졌다고 한다. 비림엔는 한대에서 청대에 이르기까지 각종 비석들이 무려 1천 개 가량 전시되어 있다. 바위에 새겨진 역대 명필들, 화가들의 자취가 그대로 남아있는 곳이기도 하다.

입구로 들어가다 보면 오른편에서 하나의 종각을 만나게 된다. 거기엔 제법 커다란 범종이 안치되어 있는데, 범종의 표면에서 나는 낯익은 비천상을 보게 되었다. 날개가 달린 학이나 천상의 새처럼 보이는 그것은 하늘하늘 허공 중에 비상하고 있는 중이었다. 그 옆에는 제대로 된 비천상의 모습도 있었다. 이 모든 것을 종합해 보더라도 비천상만큼은 우리 경주의 성덕대왕 신종, 즉 에밀레종의 표면에 양각된 비천상보다도 훨씬 정교한 느낌이나 예술성이 떨어지는 것이었다.

비림

비림 본채 앞에는 파초가 우거져서 넓은 잎이 마치 파초선(芭蕉扇)처럼 부는 바람에 일렁일렁 흔들리고 있었다. 거대한 파초에는 내가 처음 보는 파초의 열매도 열려 있었다.

비림의 내부에는 왕희지, 구양수, 안진경 등의 친필 석각(石刻)에서 소동파(蘇東坡), 소철(蘇轍), 조맹부(趙孟傅) 등의 친필 석각까지 그대로 보존되어 있다. 어슬렁거리며 다니는데 바윗돌에 새긴 달마도(達摩圖)의 모습이 보였다. 한산(寒山), 습득(拾得)과 같은 도가풍(道家風) 시인을 그대로 새긴 바위도 있었다. 관음보살을 음각으로 새긴 바위그림도 보았다. 사군자, 산수화 등을 바위에 아름답고 정교하게 새긴 광경을 과연 무엇이라 설명할 수 있을 것인가?

이른바 금석학(金石學)의 보물창고라 할 수 있는 곳. 아주 중요한 유물들은 호기심 많은 관광객들의 손으로부터 보호하기 위하여 두꺼운 유리로 차단 창을 설치해 두었다. 하나 하나가 제각기 걸출한 보물임에 틀림없지만, 워낙 많은 보물들을 한 곳에 모아두고 있는 광경 앞에서 나는 보물의 참된 의미와 가치에 대하여 아예 무감각해져 버렸다. 아니 마비되었다고 표현하는 것이 훨씬 적절할 것이다.

마이크를 비뚜름히 입에 대고 또랑또랑한 목소리로 역사를 설명하고 있는 중국인 안내 여성들의 모습이 인상적이었다. 젊은 중국 여성이 낭랑한 목소리로 말하는 중국어의 느낌은 마치 새가 지저귀는 듯 독특한 음율감이 느껴지는 것이었다. 비림의 이곳 저곳에는 일본인, 중국인, 한국인, 이따금 서양사람들까지 뒤섞여 무슨 장바닥 같았다.

이윽고 날이 저물고 있었다.

서안의 종루(鐘樓) 위로 저녁 해가 설핏하였다. 도시의 중심에는 이미 불빛이 현란하였다. 돌아오는 길에 식당에 들러서 중국식 저녁 식사를 하였다.

　중심가에 위치한 어느 식당이었는데, 한국인 관광객들이 많이 찾아오는 장소인지 입구의 유리문에는 '옥그릇 판매합니다'라는 한글로 쓴 안내 광고가 붙어 있었고, 그 옆에는 놀랍게도 별미(別味)에 관한 소개가 붙어 있었다. 그것은 바로 '정력왕 악어 구이! 낙타구이!'라는 광고였다. 엽기적인 식도락을 즐기는 한국인들은 이곳까지 와서도 자신의 버릇을 억제하지 못하고 기어이 악어고기와 낙타고기를 숯불에 구워 먹는 것을 즐기는가 보았다. 악어와 낙타가 통째로 불에 굽혀지면서 뜨거움을 못 참고 온몸을 이리저리 뒤집는 야릇한 상상이 눈앞에 자꾸만 떠올랐다.

　저녁식사는 접시에 여러 가지의 평범한 중국식 요리가 담겨 나오는데, 마지막으로 과일이 나오는 것으로 마감하였다. 중국 음식이 비위에 맞지 않는 사람이 더러 있었다. 여행 중에는 아무 것이나 현지 음식을 가리지 않고 잘 먹어낼 수 있어야 한다. 식당 입구 좌측에는 벽으로 통한 창문을 개조하여 만든 구멍가게가 설치되어 있었다. 가게 안에는 간단한 일상용품들과 과자, 음료들을 늘어놓았으나, 우리들의 어린 날 보았던 구멍가게가 떠올라 한참을 그 앞에서 서성거리며 둘러보았다. 가게 주인은 도리어 이상한 눈빛으로 나의 기색을 살피고 있었다.

　빈관으로 돌아온 뒤에는 몸도 고달프고 해서 잠시 쉬고자 하였으나 이렇게 마냥 누워 있기만 해서야 어디 여행의 참 맛을 느낄 수 있는가. 그래서 곧장 세수만 하고서 빈관 앞으로 다시 나갔다. 반바지 차림에 가벼운 티셔츠만 걸치고 오늘 저녁은 고도 빈관 앞에서 좌측 도로를 따라 천천히 걸어갔다. 다른 일행들은 객실 안에 들어앉아 카드놀이를 하는 것 같았다.

　이미 어두워진 서안의 저녁거리는 시민들이 의자를 집 앞에 내가 놓고 부채를 들고 나와 앉아서 서로 담소를 나누거나 지나다니는 행인을 멀뚱히 바라보고 있었다. 고도 빈관 좌측 도로를 따라 한참을 걸어가다가 나는 오른 편 좁은 도로로 접어들기 시작했다. 그곳이 서안 시민들의 전형적인 여름 저녁 풍경을 보기에 훨씬 좋을 듯한 느낌이 들었기 때문이다.

푸줏간이 보였고, 각종 반찬을 만들어서 덜어 파는 상점도 보였다. 하루의 일을 마치고 늦은 귀가를 한 중년의 부부가 반찬을 구입하는 모습이 보였다. 파리가 달려드는 것을 막으려고 음식 위에다 바람개비를 설치해 놓은 광경도 보였다. 바람이 불 때마다 바람개비가 맹렬한 속도로 돌았고, 음식 위로 날아들던 파리들은 신통하게도 다른 곳으로 쫓겨갔다. 바람이 그치자 달아난 파리 떼는 또다시 음식 위로 날아들었다. 한국의 식당에서는 투명한 조리용 비닐장갑에 물을 가득 넣은 것을 천정에 매달아 놓기도 했었지. 파리가 그곳에 붙을 때 자신의 눈이 엄청나게 큰 괴물로 보인다고 하던가. 사실인지는 알 수 없지만 하여간 재미난 광경들이었다.

길거리에 탁자를 내다 놓고 앉아서 마작을 즐기는 노인들의 모습이 있었고, 어린 손자를 안고 그 재롱에 흐뭇해하는 할아버지의 표정도 보였다. 나는 이런 저런 중국 서민 음식들이 먹고 싶어졌다. 갓 쪄낸 뜨근뜨끈한 빵을 사들고 둥근 보름달 같은 그것을 한 입씩 베어 물며 걸어갔다. 서민들의 일용 상점에서 중국 맥주도 두어 병 구입했다.

그 날 저녁 서안의 뒷골목에서 내가 만난 중국인들은 하나같이 친절하고 좋은 얼굴 표정들을 하고 있었다. 나는 이름을 알 수 없는 골목의 끝까지 걸어갔다가 다시 되돌아 왔다. 오래 걸어서 발바닥이 아팠다.

고도 빈관 앞으로 오니 마침 어디로 갈까 망설이며 서성이고 있던 우리 일행들을 만나게 되었다. 그들과 다시 몇 군데를 서성이다가 나는 먼저 빈관으로 올라왔다. 고도 빈관 앞은 그림 장사들이 등불을 켜놓고 앉아 있다가 외국인 관광객을 만나면 호들갑스러운 손짓으로 부산을 떨며 손님을 부르고 있다. 불빛도 점차 꺼지고 서안의 밤은 깊다.

돈 황

드디어 돈황으로

다시 이른 아침에 전화벨이 울렸다.

모닝콜이란 것이 편리하긴 하지만 이런 벨 소리를 줄곧 열흘 이상 듣게 된다면 얼마나 고통스러울까.

어제 일정이 빠듯하였던지 오늘 아침에는 자리에서 일어나는 것이 쉽지 않다. 몸이 무겁기까지 하다. 여행이 불과 사흘밖에 안지났는데 벌써 한 달이나 된 듯한 느낌이 든다.

서안의 고도 빈관을 떠나서 오늘은 돈황을 향해 떠나게 된다. 공항까지 버스를 타고 가는데 워낙 일찍 일어난 탓이라 모두들 정신없이 졸고 있다. 서안 시내에는 아침 출근길의 인파가 엄청난 행렬을 이루고 있다. 특히 자전거를 타고 가는 중국인들의 행렬이 가장 장관이다. 태극권(太

極拳)을 하는 사람들의 모습도 자주 보인다.

정확히 오전 7시40분에 서안공항을 이륙하였다.

비행기는 중국 국내선으로 약 200명 가량이 탑승하고 있다. 돈황까지는 약 3시간 가량이 걸린다고 한다. 지도를 보니 인천공항에서 서안까지오는 거리와 비슷하다. 비행기 창문으로 내려다 본 중국 대륙은 한 여름의 태양아래 지글지글 끓고 있다. 이따금 푸른 녹지가 보이기도 하였으나 대지는 온통 황토 빛이다. 얼마 지나지 않아서 본격적인 사막지역이 펼쳐지는데, 이곳에서부터 드디어 고비사막의 시작이다.

얼마나 많은 사람들이 낙타를 타고, 혹은 걸어서 저 황량한 모래벌판을 건너갔던 것일까? 모래밭은 한없이 계속된다. 높은 데서 내려다보는 그 모습은 흡사 파도의 무늬처럼 보였다. 필시 바람이 모래밭을 휩쓸고 지나간 자국이리라. 때로는 강이 있었던 자취, 혹은 녹지가 있었던 흔적이 발견되기도 한다. 아주 드물게 녹지가 보이는데 그곳은 곧장 사막으로 연결되어 있다. 가도 가도 끝없는 사막의 길이다. 서안 부근에서는 구름이라도 자욱하더니 서쪽으로 가면서 하늘은 온통 푸른 비취색이다. 그 아래 사막 위로는 구름의 그림자조차 하나 없다.

이렇게 한동안 넋을 놓고 가는데 누가 비행기 안에서 탄성을 지른다.

비행기의 좌측 창문 저 멀리로 만년설에 덮인 고산의 연봉들이 보였다. 온통 암석 덩어리의 연속이었

중국 서북항공의
돈황행 물표

는데, 그것이 바로 기련산맥(祈連山脈)이라 하였다.

그 산맥의 오른 편으로는 끝없는 사막이었다. 이렇게 얼마를 날았을까? 비행기 안에서 왼쪽으로는 기련산맥을 원경으로 내려다보고, 오른쪽으로는 고비사막을 망연히 바라보며 호쾌한 생각에 잠겨 있는데, 어느 틈에 기내 방송은 비행기가 곧 돈황에 도착할 것이라 한다. 비행기 위에서 내려다보는 사막의 장엄함은 크나큰 감동을 주기에 충분하였다.

사막의 잔주름이 유난히 많아지고 푸른 녹지가 드문드문 보이는 곳에서 비행기는 선회하기 시작하였다. 드디어 돈황이 아래편으로 보였다. 사람이 사는 집들, 키가 나지막한 수풀들의 모습도 보이고, 뜨거운 모래밭에 만들어놓은 봉긋한 무덤들의 형체도 보였다. 이곳 사람들은 그들의 정다웠던 가족의 주검을 저 모래밭에 파묻을 수밖에 없었으리라.

돈황 공황에 무사히 비행기가 내려앉자 사람들은 술렁이기 시작했다.

무사히 당도하였다는 감격이 저마다의 표정에 나타나고 있었다. 트랩을 내려서자 활주로에는 엄청난 분량의 햇살이 넘실넘실 파도치고 있었다. 정수리는 불에 덴 듯이 뜨거웠다. 눈을 뜨기가 힘들 정도로 햇살은 눈부셨다. 나는 조금 전에 타고 온 비행기를 돌아보았다. 돈황 공황 활주로 위에 녀석은 당당하게 멈추어 있었다.

모래를 시멘트와 반죽하여 지은 것으로 보이는 황색의 돈황 공항 청사는 작고 아담스러웠다. 시골 간이역 같은 느낌마저 들 정도로 정겨웠다. 사람들은 일제히 공항 청사를 배경으로 기념사진을 찍었다. 나는 드디어 실크로드의 한 모퉁이, 서역에 도착한 것이다.

돈황공항의 청사건물

공항 청사를 빠져 나오자 이곳의 몇 안되는 조선족 중의 한 사람인 김형(金炯) 군이 마중을 나왔다. 그는 돈황박물관의 청년 직원으로서 돈황 일대를 다니는 동안 주로 안내를 맡게 될 것이라 한다. 그는 재담에 익숙하고 주변 사람들을 즐겁게 하는 재능을 가진 듯 보였다. 한국어 발음이 능숙하지 않아서 돈황을 줄곧 '동황'이라 발음하는 것이 이채롭게 느껴졌다. 돈황의 처녀들은 푸진 햇살에 노출되어 대개 얼굴이 사과알처럼 발긋발긋하다는 말에 일행은 한바탕 폭소를 터뜨렸다. 실제로 강렬한 햇살이 모세혈관을 피부 가까이로 드러나게 해서 그러하다는 설명을 덧붙였다. 원한다면 이러한 돈황 미인을 소개해 주겠다고 선뜻 제의하면서, 길거리에 서 있는 할머니를 손가락으로 가리켰다. 청년의 재치에 일행은 다시 한번 허리를 잡았다. 조금전의 폭소에서 아직도 빠져나오지 못하고 있는데 새로운 재치로 온통 웃음바다를 만들었다. 중국 여성의 미적 기준을 따질 때 얼굴이 우선 통통한 것을 으뜸으로 친다고 하면서 김군은 '배가 통통한 것'은 결코 포함하지 않는다 하여 종내 웃음의 늪에 빠져 허우적거리도록 만들었다. 일행 중 어떤 이는 너무 많이 웃다가 마침내 허리를 부둥켜 잡은 채 끙끙 신음소리를 내었다.

일행은 모두 김형 군의 이런 재치에 홀딱 반하고 말았다. 불과 이십 대 중반의 저 조선족 청년이 보여주는 넉넉하고 여유 있는 해학과 골계는 얼마나 느긋하고 품격마저 느껴지는 것인가? 나는 시간이 흐를수록 그에게 인간적 매력을 느끼었다.

미리 대기하고 있던 버스를 타고 돈황 시내를 향해 들어오는데 도로 양편의 건물들은 모조리 황토색이었다. 가로수가 듬성듬성 심어져 있었는데, 그것은 처음 보는 특이한 모양의 수종(樹種)이었다. 가시덤불처럼 억센 느낌의 식물들도 자주 보였다. 수양버들은 흔하기 짝이 없었다. 돈황 시내에는 곳곳에 붉은 유도화(油桃花)가 만발하였다. 소설『돈황』의 주인공 조행덕이 사주에 들어왔을 때도 이 유도화는 피어 있었을까. 서역의 오아시스 도시에서 만난 유도화의 그 분위기와 빛깔은 매우 요염하고 선정적이었다. 가로수 밑으로는 돈황 시민들이 의자를 내다 놓고 앉아서 오가는 행인들을 바라보거나 장기를 두는 모습들이 눈에 띄었다.

시내로 들어오는 중심가의 네거리에는 비파를 목뒤로 높이 들고 있는 비천상(飛天像)이 몹시 우람한 돌 조각으로 세워져 있었다. 돈황 시내 중심가인 사주북로(沙州北路)에 위치한 태양능(太陽能) 빈관이 내가 묵게 될 숙소였다. 정식 명칭으로는 '돈황태양 대주점(敦煌太陽大酒店)'. 버스가 숙소 앞에 도착할 때 레닌모를 쓴 중국인 아버지가 예닐곱 살쯤 되어 보이는 아들의 손을 잡고 버스 옆을 스쳐 지나갔다. 소년의 맑은 눈은 줄곧 나를 바라다보았다. 한참을 가다가도 고개를 돌려 다시 바라다보곤 하였다.

이곳은 태양열로 물을 데우고 냉방을 가동시키는 것이 특징이라 하였다. 객실에는 시원한 냉방이 풍부하게 쏟아져 나왔다. 한참 그대로 앉아 있으면 추운 느낌이 들 정도였다.

검은 커튼을 젖히니 햇살이 마치 이 때를 기다리고 있었다는 듯이 바깥에서 객실 안으로 거침없이 쏟아져 들어왔다. 창 밖은 초라한 시민들의 주택 지붕이 즐비하였고, 그 위로는 온통 태양의 축제였다. 너무도 뜨거운 나머지 시간이 경과할수록 거리를 다니는 사람들은 현저히 줄어들었다.

돈황거리에 세워진 탄금녀(彈琴女)

실크로드의 개척자들

돈황의 역사는 기원전 11세기경부터라고 한다.

이곳은 한 무제가 기원전 12세기에 본격적으로 정비하기 시작하였다. 연 평균 강수량은 12㎜ 정도로 적으며, 온전한 사막기후로 몹시 건조하다.

돈황은 원래 사주(沙州)로 불려졌다.

말 그대로 광대한 사막에 둘러싸인 오아시스 도시였다.

무제는 장건(張騫)을 이 지역에 파견하여 중앙아시아, 서아시아에 이르는 실크로드를 개척하였다. 만리장성이 중국에서 머나먼 서역 쪽으로 길게 뻗어 있는 것은 바로 이 교통의 대간선(大幹線)이라 할 수 있는 실크로드를 보호하려는 뜻에서였다.

만리장성의 끝으로 한족이 거주하는 오아시스 마을들이 사막 속에 점점이 이어져 있고, 그 서쪽 끝으로 돈황이 자리잡고 있다. 중국과 서역의 문호로써, 중국의 세력이 서역 일대로 진출하는 가장 중요한 교두보로써 이 돈황은 확실한 요충지였던 것이다. 그래서 이곳 돈황과 주변 도시들을 일컬어 예로부터 '돈황회랑(敦煌回廊)'이란 말로 부르기도 하였다. 즉 동아시아와 서아시아 사이의 모든 교역과 통상은 천산남로 일대의 여러 오아시스 마을들을 거쳐서 바로 이 돈황회랑을 통과하지 않으면 중국의 장안으로 진입할 도리가 없었던 것이다.

돈황은 원래부터 서역의 군사적 거점으로 중요한 요충지였으나, 차츰 중국 왕조의 세력이 약해지면서 서하(西夏)와 토번(吐藩) 등의 이민족들에게 점령당하는 시절도 있었다. 불교문화의 찬란한 유적지로서 세계적으로 그 명성이 높은 막고굴(莫高窟)은 동진 시대에 만들어지기 시작했고, 이후 돈황은 티베트와 위구르의 지배를 받기도 했다.

돈황과 관련하여 기억해야할 세 사람의 역사적 인물이 있다. 그들은 위청과 곽거병, 그리고 장건(張騫)이다.

위청과 곽거병은 한나라 때 궁실 주변에서 활동하던 사람의 아들로 태어나 그들은 중국의 서진정책(西進政策) 바람을 타고 승승장구하게 된 인물이다. 두 사람 모두 중국의 북방 흉노족을 격퇴하는 전쟁에 참가하여 커다란 공을 세우고 서역의 평정에 기여하였다. 워낙 능력이 출중한 두 사람으로 말미암아 중국의 서역지방은 안정을 이루게 되었고, 광대한 영토의 확장사업이 성공을 거둘 수 있었다. 특히 곽거병은 서역 일대까지 원정하여 엄청난 승리를 거두었는데, 이 때문에 흉노는 그 동안 점령하고 있던 하서 지방(현재의 감숙성)을 내어놓고 멀리 북방으로 쫓겨갔다. 한 무제는 곽거병을 표기장군(彪騎將軍)으로 임명하고, 그의 노력으로 흉노를 축출한 자리에 한사군을 설치하였다. 이 때문에 실크로드의 어디를 가나 위청과 곽거병의 이름과 관련된 전설이 없는 곳이 없을 정도이다.

사마천의 『사기』에 나타난 두 사람의 성품은 위청이 온유하고 부하들의 심정을 잘 헤아려주는 형이었으나, 전쟁에서의 결정적인 순간에 판단착오가 잦았다 한다. 반면에 곽거병은 타고난 전술전략가로서 흉노와의 싸움에 언제나 연전연승하였고, 그 공이 높았으나 부하들의 고통에 대해서 매우 무심하였다는 일화가 자주 서술되고 있다. 두 사람 모두 친척 관계였으나 관계가 불편하게 될 일들이 많았음에도 불구하고 이를 잘 관리하며 우의를 나누었다. 곽거병의 기세가 하늘을 찌를 듯할 때 위청의 세력은 땅에 떨어져 보잘 것 없던 때가 있었다. 그러나 곽거병은 불운하여 불과 23세라는 약관의 나이로 세상을 떠났다. 이에 반하여 위청은 칠십이 넘도록 안정된 삶을 살았다.

이곳 돈황은 실크로드의 매우 중요한 중간 경유지로서 참으로 많은 사람들이 여기를 거쳐서 서쪽 나라로 떠나갔고, 또 그곳에서는 카쉬가르를 거쳐 돈황을 통해 중원으로 들어왔다. 모든 외국 상인들은 반드시 이곳을 거쳐야만 중국의 심장부로 들어갈 수 있었다.

장건은 앞의 두 사람에 비해 매우 지체가 낮은 비천한 계급 출신이었다.

때마침 서방세계에 대한 무한한 호기심을 갖고 있었던 한 무제가 적절한 인물을 구하고 있을 때 여기에 자원하였다. 그는 한 무제가 주는 부절(符節)을 받아서 몸에 지니고 서역으로 머나먼 길을 떠났다. 그는 흉노 출신의 감보(甘父)라는 부하를 데리고 출발하였는데, 흉노가 다스리는 지역을 통과하다가 체포되고 말았다.

이로부터 10년 동안 흉노의 땅에 억류되어 새로운 삶을 살게 되었다. 아내도 얻고, 자식도 낳았으나 가슴 속 저 한편에 감추어진 서역을 향한 꿈은 결코 포기하지 않았다. 드디어 흉노의 지배자 선우가 장건에 대해 품었던 의심과 감시가 느슨해졌을 때 탈출을 시도하여 마침내 흉노의 땅을 벗어나게 된다. 그 후 장건이 처음 당도한 곳은 대원(大宛), 즉 오늘의 중앙아시아 일대이다. 그곳에서 환대를 받고 다시 길을 떠나 강거(康居), 즉 오늘의 키르기스탄 지역에까지 이르렀다. 지역 주민의 도움으로 장건이 목표로 하는 대월지(大月支), 즉 오늘의 우즈베키스탄에 도착하게 되었다.

장건이 대월지를 찾아오게 된 것은 한나라와 대월지가 동쪽과 서쪽에서 상호 연합하여 협공작전으로 흉노를 치자는 제의를 하기 위한 임무 때문이었다. 하지만 대월지의 왕은 이미 흉노와의 전쟁에서 죽고, 그의 아들이 뒤를 이어 왕위에 올라 있었다. 세력은 점차 강성해져서 대하(大

夏), 즉 오늘의 북부 아프가니스탄까지도 복속시켜서 완전한 종주국이 되어 있었다. 장건은 이곳 대월지를 향해 오는 험난한 과정에서 서역의 북쪽과 남쪽을 통과하는 경험을 축적하여 이 지역의 정세와 제반 물정에 대하여 광범하고도 세밀한 정보를 많이 확보하게 되었다.

장건은 대월지에서 1년 가량 머물다가 고국 한나라로 돌아오는 귀국 길을 재촉하는데, 다시 흉노의 지역을 통과하면서 체포되어 포로의 신세로 전락되었다. 그러나 당시 흉노의 땅은 내란 중이었다. 장건은 그 혼란을 틈타 장안으로 무사히 돌아올 수 있었다.

조국을 떠난 지 꼭 십 년만의 일이었다.

처음 길을 떠났을 때 백여 명이나 되던 일행이 귀국 길에서는 오직 감보와 장건 둘 뿐이었다. 한 무제는 장건 일행을 극진히 환대하고 높이 칭송하였다. 장건이 다녀온 네 나라 뿐 아니라 시리아와 인도 등 주변 여러 나라들에 대한 매우 구체적인 정보까지 정리하여 바쳤다. 장건의 보고서로 말미암아 중국은 서역에 대한 본격적인 진출의 꿈을 펼쳐가게 되었다.

이후 위청이 흉노족을 토벌할 때 장건은 선두에 서서 길 안내를 하였다. 물과 풀이 있는 장소를 골라서 안내하여 말의 사료가 떨어지는 일이 없었다고 한다. 장건은 다시 두 번째의 길을 떠나 서역으로 향하였다. 천신만고의 고생을 겪으며 마침내 오손이라는 나라에 다다랐다. 그곳에서 여러 해를 머물다가 돌아와 서역 일대에 대한 새로운 정보를 정리하여 황제에게 바쳤다. 장건이 죽은 다음에 한나라 황제는 서역행(西域行)을 자원하는 청년들을 많이 선발하여 보내었다. 하지만 그들은 대개 사리사욕에 눈 먼 모리배들뿐이었다. 그리하여 실크로드의 진정한 개척자는 바로 장건, 그리고 무사였던 위청과 곽거병 등이라 할 수 있다.

한 무제의 영토 개척은 매우 의욕적이고 집요한 바가 있었다.

무제는 곽거병 등이 승리를 거둔 기회에 서역과의 연결을 보다 확실히 해 두려는 복안을 가졌다. 그리하여 기원 전 108년 누란과 차사(車師)에 병력을 출동시켜서 기어이 붕괴시키고 말았다. 이 두 나라가 공격의 목표물이 된 것은 한나라에서 서역의 여러 나라로 물자가 수송되는 중요 요충지였기 때문이다.

한 무제는 여기에 만족하지 않고 다시 이광리(李廣利)를 보내어 파미르고원을 넘어서 대원(大宛)을 토벌하도록 명령하였다. 이 지역은 현재의 페르가나란 지역으로 한혈마(汗血馬)가 생산되는 곳이라 한다. 한혈마란 맹렬히 달릴 때 피땀을 흘리는 말로써 명마 중의 명마라 한다. 한 무제가 바로 이 한혈마를 탐내어 대원까지 원정을 보내었고, 기어이 이광리는 그곳을 항복시킨 다음 3천 마리의 훌륭한 말을 얻어서 돌아왔다. 그 말이 모두 한혈마였던지는 알 수 없다.

이로부터 한나라와 서역 사이에는 무수한 사절이 활발하게 오고 갔다. 중로에는 사절이 숙박하는 숙소와 둔전병(屯田兵)까지 파견되어 있어서 사절의 왕래에 불편을 주지 않도록 배려하였다. 한 무제의의 서역 개척과 경영은 이렇게 적극적인 바가 있었다. 하지만 장안에서 서역까지는 너무도 거리가 멀었고, 또한 흉노의 세력은 여전한 위협으로 남아 있었다. 서역 땅에서 한나라의 세력은 비록 강대하게 느껴지기는 하였으나, 완전한 통치구조로 확립된 것은 아니었다. 한나라에 복종을 맹세하였던 누란과 차사도 잠시 느슨한 틈을 타서 흉노에게 슬그머니 기울어 복종하는 자세를 취하였다. 그 두 나라는 워낙 약소국이었으므로 이런 처신은 불가피하였을 것이라 짐작된다.

빈관 바로 옆에 딸린 부속식당에서 중국식으로 점심 식사를 하였는데, 냉방기를 충분히 가동하여 더운 느낌이 들지 않았다. 머리채를 뒤로 묶

은 복무원들은 회색의 소박한 의상으로 줄곧 음식 접시를 날라다 주곤
하였다. 화장기가 별로 느껴지지 않는 그녀들의 얼굴이 보기에 좋았다.

식사를 마친 다음 나는 곧 볼거리를 만나러 가기 위해 길을 떠났다.

도시 규모가 자그마한 돈황을 벗어나자마자 즉시 사막이 시작되었다.
아무리 달려가도 아득한 사막뿐이었다. 그 사막 한 가운데로 기적처럼
아스팔트 도로가 나 있었다. 모래와 자갈뿐인 고비사막의 전형적 특징이
그대로 펼쳐지고 있었다. 그 길은 대체 어디까지 이어져 있는 것일까? 이
런 아득한 사막을 조행덕 일행은 터벅터벅 하염없이 걷고 또 걸어갔으리
라.

한참 사막 한 가운데를 달리고 있는데 누군가가 소리를 질렀다.

신기루였다.

끝없는 사막의 저쪽 끝으로 모래 산이 보였고, 그 앞으로 짙푸른 수풀
이 있었다.

그 앞으로는 번들번들한 호수도 보였다.

장강대하(長江大河)를 가로지르는 교량의 모습 같은 것도 보였다.

그것은 참으로 희한한 광경이었다. 영락없이 실물 그대로의 현실이었
다. 저 신기루의 환상에 속아서 갈증으로 목이 타던 사람들은 얼마나 헛
된 걸음을 옮기어 가다가 그들의 최후를 맞이했던 것일까? 광대한 사막
의 벌판을 엄청난 바람이 불어가고 불어온다. 모래도 날려서 얼굴을 따
갑게 때린다. 높은 상공에서 내려다보면 실오라기 같은 한 줄기 길이 사
막 한 가운데를 뚫고 어디론가 길게 이어져 있을 것이었다.

이 고비사막에는 사막을 헤매다가 길 잃은 떠돌이 군상들, 즉 얼마나
많은 사람과 동물의 뼈들이 하얀 촉루(髑髏)가 되어서 모래 속에 파묻혀
있을 것인가?

양 관

　현재 자동차가 향하고 있는 곳은 양관(陽關)이라는 곳이다.

　이렇게 얼마를 달렸을까? 낙타초가 드문드문 돋아나 있는 고비사막을 바라보는 것이 지루할 때쯤 되어서 문득 오아시스가 나타나고 작은 마을도 보였다. 모두 위구르 사람들의 취락이었다.

　실크로드의 여행길은 대부분 사막 길을 한 나절 통과한 다음 오아시스 마을에 도착하는 과정이었다. 과거 실크로드의 교역은 오아시스 마을끼리의 물물교환에서부터 시작되었다. 그러므로 오랜 사막 공간의 이동 과정 중에서 오아시스 마을은 지친 나그네들에게 있어서 감격적인 구원의 공간이었던 것이다.

　사막의 황량한 벌판을 달리다 보면 멀리 지평선 끝으로 아련히 백양나무의 푸른 숲들이 길게 늘어선 광경을 흔히 보게 된다. 이 푸른 빛깔을 가슴에 담게 된다는 것은 바로 죽음의 문턱에서 다시 살아나는 재생의 감격, 바로 그 자체였다. 하지만 오아시스인줄 알고 아무리 다가가도 줄곧 사막만 계속되는 것은 방향을 잃어버렸거나, 신기루를 따라다닐 때의 정황이다. 이것은 곧 죽음과의 직면을 예견하는 뼈에 사무치는 고통이었다.

　오아시스 지역에서 살아가는 주민들은 한 곳에 뿌리박고 터를 잡은 붙박이 생활이었다. 하지만 유목민들은 가축의 무리를 이끌고 오아시스 가까운 지역에 돋아난 초원을 찾아서 이동해 다니는 떠돌이 유목 생활을 수천 년이 넘도록 계속해 오고 있었다. 이러한 그들만의 유목 기술은 그토록 오랜 세월이 지났음에도 불구하고 별반 달라진 것이 없었다. 오직 그들의 조상이 해오던 방식 그대로 그들은 편안하게 수행하면서 자녀를 출산하고, 가족간에 사랑을 나누며 살아온 것이다.

이러한 유목민의 이동은 아무렇게나 충동적으로 하는 것이 아니라, 제각기 마련된 규율과 관습에 따라 축적된 삶의 방법을 통해서 펼쳐 가는 방식이었다. 이동은 주로 여름과 겨울의 혹서와 혹한을 피하여 생활의 터전을 선택하는 리듬이었다. 즉 혹한기에는 물이 풍부하고 바람을 타지 않는 따뜻한 산기슭을 찾아서 가고, 이듬해 봄이 오면 겨우내 지내던 숙영지의 살림을 모두 걷어서 말이나 낙타, 혹은 야크가 끄는 달구지에 싣고서 더욱 풍부한 초원을 찾아서 떠나는 것이다.

나는 사막 지역을 달리면서 오아시스 부근의 광활한 초원 저 멀리로 아련히 펼쳐져 있는 들판에 점점이 유목민들의 천막집이 세워져 있는 광경을 자주 보았다. 그들은 숙영지 부근에서 가축을 방목하고, 여인들은 말과 양의 젖을 짜고 마유주(馬乳酒)를 만들기도 하는 광경을 상상해 보았다. 양의 통가죽으로 만든 부대에 양젖을 넣어서 수없이 비비고 주물러서 치즈를 만드는 광경도 떠올려 보았다.

그러한 때 남자들은 낙타의 발에 밧줄을 걸어서 쓰러뜨리고 온몸의 털을 깎는 작업에 몰두할 것이다. 소년들은 그 옆에서 말을 달리며 장차 그들이 자라서 어른이 되었을 때를 미리 준비하는 활동을 위해 맹렬한 연습을 하고 있으리라. 이 황량한 지대에서 유목민들은 자신들에게 가장 잘 어울리는 적절한 방식으로 지혜롭게 삶을 이끌어가고 있었다.

내가 보았던 오아시스 마을에서는 농장도 보이고 포도밭도 보였다. 가느다란 백양나무 가지를 엮어서 만든 포도시렁이 잇따라 보였다. 일광이 풍부한 이곳에서는 포도농사가 그렇게 잘 된다고 했다. 포도를 대량으로 건조시키는 포도건조장도 보였다. 그 건조장은 모두 사막의 황토를 반죽한 벽돌로 지어진 것이었다. 건물의 벽은 대부분 바람이 잘 투과하도록 만들어진 성근 벽돌을 쌓아올려서 만들었다. 실내는 틀림없이 시원한 그늘로써 포도가 건조하기에 매우 알맞은 온도를 유지하고 있으리라. 척박한 지역에서 악조건을 극복하며 살아가는 지혜를 사람들이 터득하고 있다는 사실이 신기하였다. 이것이야말로 자연과 생태에 조화를 이루는 과정에서 얻어지는 순리가 아니었을까?

이 마을들을 빠져나가니 다시 사막이 시작되었다.

거의 다 부서져 원형마저 바스라져 가는 봉화대가 군데군데 서 있어서 이곳이 한대의 군사요충지였음을 말해주고 있었다. 봉화대는 자신의 적막한 그림자를 사막 한 가운데로 길게 드리우고 있었다. 광대한 사막 모래벌판 위로는 길을 잘못 접어든 자동차인가? 바퀴 자국이 어지럽게 찍혀 있는 광경이 보였다. 어수선한 그곳을 바람이 깨끗하게 비질하듯 다듬어서 정갈한 느낌이 들도록 하였다.

곧 목적지에 당도하게 되었는데, 그곳은 불볕 아래 두어 채의 건물이 있었다. 하나는 기념품을 판매하는 상점 건물이고, 다른 하나는 양관에서 출토된 유물들을 전시해놓은 박물관이었다. 이 건물 사이로 빠져나가니 거의 다 부스러져 가는 토성이 오른 쪽 옆으로 높이 서 있었고, 그 앞으로는 너무도 하염없는 벌판이 아득하게 펼쳐져 있었다. 앞쪽으로 푸르스름하게 보이는 것은 자갈밭이요, 그 뒤편으로 샛노란 것은 온통 모래 벌판이다. 청색과 황색의 뚜렷한 경계를 고비사막은 원근의 시각에서 나타내 보여주고 있는 것이다.

이곳이 아래쪽 벌판보다는 훨씬 높은 지역에 있어서 외적을 감시하고 방비하는데는 적격이라 하였다. 안내인 김형 군은 사막 한 가운데서 양관의 봉수대는 너무도 '고독스럽게' 서 있다고 표현하였다. 그래, 너는 그 오랜 세월을 너무도 고독스럽게 지내 왔어! 나에겐 오늘따라 '고독하다'는 일반적인 말보다 '고독스럽다'는 표현이 이상하게도 훨씬 이곳 분

양관 전경

위기에 어울리는 것을 느꼈다.

말로만 듣던 양관!

중국의 옛 시가나 고전에 너무도 많이 나오는 양관!

나는 지금 바로 그곳에 와서 있는 것이다.

양관은 한나라 때 무제가 서방으로부터의 침략을 막기 위해 쌓아놓은 성벽이다.

이것을 일명 돈돈산(墩墩山)이라고도 부른다. 거의 다 부서지고 마지막으로 자신의 흔적을 겨우 유지하고 있는 저 봉수대는 지금 무슨 말을 들려주고 싶은 것일까? 나는 돈돈산 봉수대를 바라보고, 봉수대는 나를 바라보고 있다. 이렇게 해서 우리는 비록 한 순간이나마 고전과 현대의 결속된 시간으로 교감을 주고받으면서 묵묵히 대면하였다. 더 가까운 곳으로 다가가니 철조망이 쳐져서 일반인의 접근을 허락하지 않았다.

고대 한나라 시대에서 중국의 영토는 돈황의 서쪽에 있는 옥문관과 남쪽에 있는 이곳 양관까지를 중국의 내지(內地)로 인식하였다고 한다.

서역(西域)에 대한 상념

이곳 양관에서부터 서쪽 지역은 모두 바깥 땅으로 다루어서 서역(西域)이라는 말로 통칭하였다. 그리하여 서역이란 말은 너무도 아득하고 막막한 개념의 말이다. 사실 서역이란 말이 담고 있는 범위는 매우 엄청나다. 중앙아시아에서 서아시아를 거쳐 유럽에 이르는 경로는 가장 기본적인 것이다. 동아시아에서 출발하여 파미르고원을 넘어 서아시아로 통하는 가장 중요한 교통로이다. 당시 한나라는 이 서역 일대를 점령 지배함으로써 헬레니즘 세계의 동쪽 변두리 지역과 접촉할 수 있는 통로를 열수 있었던 것이다.

실제로 한 무제 때에 흉노가 격퇴된 다음 서역을 향한 교통로가 열리게 되자 한나라와 안식국(安息國), 즉 파르티아는 서로 사절단이 왕래하기도 하였다. '안식'이란 말은 파르티아의 첫 번째 왕이었던 아르사케스의 음을 중국어로 옮긴 것이라 전하고 있다.

그러나 서역의 가장 확실한 의미로 지칭되는 공간은 지금의 천산남로, 즉 동투르키스탄 지역이다. 북으로는 천산산맥, 남으로는 곤륜산맥, 서쪽으로는 파미르고원으로 둘러싸이고, 동쪽으로는 고비사막으로 이어진 타원형의 분지가 바로 그곳이다. 아득한 옛날 지질형성기에는 이곳이 내륙 깊은 곳까지 진출한 바다였다고 한다. 그러던 것이 토지가 솟구쳐 오르고, 기후는 점차 건조해져서 타림분지의 한 가운데에 한 줄기 강만 남기고, 나머지는 대부분 황량한 대사막이 되고 말았던 것이다. 그것이 바로 타클라마칸 사막이다.

타클라마칸 대사막

대사막의 모래언덕들

이 지역에 대한 자료로써 현재 남아있는 가장 오래된 것은 아마도『한서(漢書)』'서역전(西域傳)'이 아닐까 한다. 이 책의 기록에 의하면 한 무제가 통치하던 당시 서역 일대에는 36개 나라가 있었다고 한다. 그러던 것이 차츰 이합집산(離合集散)을 거듭하여 55개 나라가 되었다. 나라마다 제각기 성곽이 있었고, 주민들이 그곳에 머물러 살며 목축과 농경으로 삶을 영위하였다. 그 55개 나라들은 대개 국가의 규모가 매우 작았으며, 인구가 가장 큰 나라의 경우 고작 8만 명 정도에 불과했다고 한다. 가장 작은 나라는 인구 2천 명도 채 안 되는 빈약한 규모였다.

사정이 이러했으므로 서역 일대의 여러 군소 국가들은 걸핏하면 부근의 강대한 세력의 침입과 압박에 시달렸다. 가장 오랫동안 이 지역을 복속시켜서 장악하던 나라는 흉노였다. 흉노의 일축왕(日逐王)이 서역에 동복도위(僮僕都尉)를 두어서 서역을 감시하고, 세금을 가두었다. 이때 동복이란 말은 바로 종을 뜻하는 말로써, 흉노의 왕이 얼마나 서역 주민들을 멸시하며 얕잡아보고 있었던가를 알 수 있다.

여기서 『한서』라는 책에 대하여 잠시 생각해보자.

이 책은 원래 반초(班超)라는 대문장가이자 서역 경략사가 정리 완성한 전한 시대의 역사기록이다. 전한 12세, 230년간의 본기(本紀)와 열전(列傳)을 도합 120권의 책으로 편찬하였는데, 그 문장과 기사가 특별히 정확한 것으로 오늘에 이르기까지 정평이 나 있다.

대외경영에 소극적이었던 광무제가 물러나고 명제가 즉위하였다. 명제는 광무제와 달리 대외경영에 매우 적극적인 자세를 취하였다. 경병(耿秉), 두고(竇固) 등의 장군을 보내어 흉노 토벌에 즉시 착수하였다. 이 원정은 별반 뚜렷한 성과를 얻지는 못하였으나, 돈황 북방 지역의 군사요충지인 이오려(伊吾盧)를 점령하고 이곳에다 둔전을 설치하며 서역 경략의 포부를 펼쳐나갔다.

이오는 이주(伊州)라고도 불려졌는데, 이곳이 곧 오늘의 하미(哈密)이다.

돈황을 지나 천산북로 쪽 실크로드에서 처음으로 도착하는 마을이다. 이곳은 천산산맥의 남쪽 타림분지의 가장 동쪽에 위치해 있어 중국으로부터 서역 쪽을 향하는 여정에 있어서 흔히 인후(咽喉)의 중요성에 비견된다. 이 때문에 이곳은 일찍부터 흉노와 중국간의 영토 쟁탈전이 벌어지던 가장 핵심적인 초점이 되기도 했다. 아무튼 이오를 공략하고 중국 측 서역정책의 구체적 임무를 담당하고 현지에 파견되었던 인물이 바로 반초였다.

반초는 반표(班彪)의 아들로서 반고(班固)의 아우, 반소(班昭)의 오빠였다.

이 반씨 일가의 모든 사람들이 당시를 대표하는 출중한 문장가들이었다. 반표는 「왕명론(王命論)」을 지었고, 반고는 시부(詩賦)와 문장에 명성이 높았다. 반소는 흉노 토벌에 종군하였고, 이때의 경험으로 「연연산명(燕然山銘)」을 지었다. 이 반씨 일족들이 뜻을 모아서 『한서』를 완성하였다고 한다.

반고가 『한서』의 8표와 천문지를 집필하다가 완성하지 못한 채로 세상을 떠나게 되자 누이동생인 반소를 불러다 오빠의 유업을 대신하도록 분부했다고 한다. 한나라 화제(和帝) 때의 일이다.

반소는 여성의 신분으로도 학문이 높아서 궁중의 모든 여관들이 반소에게 가르침을 받았다고 한다. 이처럼 반초의 집안은 인문학적 교양으로 드높은 대학자의 가문이었다. 일찍부터 장건이나 부개자를 흠모하면서 자신도 그들과 마찬가지로 서역 땅에서 어떤 훌륭한 일을 해보고 싶은 의욕과 포부를 가지고 있었다. 부친과 친밀했던 한 관리가 농서 지방(현재의 감숙성)의 지배자였으므로 그곳에 따라가서 서역에 관한 여러 지식과 경험을 얻게 되었다.

이런 반초에게 드디어 중요한 시기가 찾아왔다. 대장군 두고(竇固)가 흉노 토벌을 위해 출전하였을 때 여기에 종군하였다. 반초는 두고의 각별한 신임을 받으면서 서역 경영 사업에 온힘을 쏟았다.

이렇게 오랜 옛날의 인물이었던 반초에 관한 생각에 빠져서 혼자 터벅터벅 걷다가 문득 앞을 보니 질펀한 서역 땅이 눈앞에 펼쳐져 있다. 한 순간 눈앞이 갑자기 부시고 아득하여 현기증으로 잠시 비틀거렸다. 잠시 후에 정신을 수습하여, 저편 누각으로 올라 사막의 열풍이 불어오는 서쪽을 조망하였다.

나는 지금 양관의 언덕에 올라서 머나먼 서역 쪽을 향해 바라보고 서 있는 것이다.

대부분 오랜 풍파에 무너지고, 그 중 일부의 흔적만 사막의 돈대 위에 우뚝 솟아있다. 하지만 저것이 진짜 양관은 아닐지도 모른다. 원래의 양관이 언젠가의 물난리에 허물어져 어디론가 사라졌다는 원나라 때의 기록이 있는 것이다.

몽골족 계통으로 보이는 주민들이 나와서 말을 타라고 권한다. 이곳을 다녀간 관광객들에게 배운 한국어로 여겨지나, 이상한 발음으로 배워서 "마ㅡㅡ타ㅡㅡ쎄ㅡㅡ요!"라는 토막 발음을 연신 외쳐 대고 있다. 알고 보니 그것이 말을 타라고 권하는 호객(呼客)의 뜻이라는 사실을 뒤늦게 알았다. 머리에 희고 푸른 스카프를 두른 아낙네들, 아직 소년 티를 벗지 못한 앳된 청년들이 말을 끌고 다니며 줄곧 호객을 하였다.

나는 양관의 여기 저기를 거닐어 보았다. 회랑처럼 생긴 길을 따라서 양관의 맨 끝 누각이 서 있는 곳까지 가보았다. 모래 언덕 높은 곳에 세워진 누각은 너무도 고적한 것이 차라리 그의 아름다움이었다. 푸른 하늘과 누런 사막의 사이에 서서 서역 일대를 망망하게 굽어보고 있는 저 양관의 누각! 두 가지 색채의 조화는 쓸쓸하고도 눈물이 날만큼 감동적인 그림이었다.

그곳은 멀리 누란 쪽 실크로드의 벌판 끝까지 조망을 하기에 좋은 장소였다.

사막은 열기로 이글이글 끓어오르고 있었지만 지붕 밑 그늘에서는 바람이 강렬한 시원하게 느껴졌다. 오직 바람소리만 들리는 그곳은 고즈넉하고 아득한 느낌뿐이었다. 시간도 이곳에서는 마치 흐르지 않고 숨을 죽인 채 정지하고 있는 듯하였다. 몽골족 여인 몇 사람이 자신이 끌고 온 말을 타고 먼지를 일으키며 낮은 곳으로 달려갔다. 그 광경이 참 야릇하고도 씩씩하게 보였다.

붉은 안장을 등에 올린 쌍봉 낙타가 누각의 그늘에 앉아서 눈을 감고 있었다. 하얀 말과 갈색 말도 그 옆에 서서 무료하게 꼬리를 흔들며 자신의 시간을 다스리고 있었다. 여인들이 머물고 있는 곳으로 여겨지는 몽골식 천막집 겔이 한 쪽 편에 지어져 있었다. 호객하던 여인들은 아무리 기다려도 성과를 얻지 못하게 되자, 한 순간 말을 타고 언덕 아래로 쏜살같이 달려 내려갔다. 모래 먼지를 뿌리며 내달리는 그들의 뒷모습이 보기에 시원스러웠다.

나는 천천히 걸어서 다시 양관의 입구 쪽으로 와서 거의 무너져 가는 토성을 바라다보았다. 거의 다 무너진 돈돈산 봉수대는 네 귀퉁이만 겨우 남아서 마치 흙으로 만든 왕관처럼 보였다. 일행 중 몇 사람은 기어이 호객에 넘어가 말을 타고 양관의 경내를 달리고 있다. 재미있는 광경들이다. 양관의 끝 전망대에서 아래쪽 질펀한 광야를 굽어보는 일은 즐겁고 장쾌한 경험이다. 그것도 말을 타고 바라본다는 사실은 더욱 멋스럽지 아니한가.

양관의 경내를 빠져 나오니 그곳이 바로 박물관이었다. 고대 중국에서 이 지역 거주 병사들과 주민들이 사용하던 온갖 도구와 연모, 무기, 의복 등을 진열해 놓고 있었다. 종자와 화폐, 부서진 돌절구의 한 조각, 그릇, 봉화대를 쌓아 올릴 때 사용하던 갈대 받침도 보였다. 심지어는 봉수대를 지키던 병사들이 신던 가죽신도 모래 속에서 출토된 적이 있다고 한다. 모래를 석회와 반죽하여 찍어낸 벽돌에는 천마가 양각으로 새겨진 것도 보였다.

한 가지 재미있는 광경은 이곳 양관을 문학 작품으로 쓴 여러 편의 한시 작품들의 액자가 전시되어 있다는 점이다. 북주시대(北周時代)의 유신(庾信)이란 시인이 썼다는 「중별주상서(重別周尙書)」란 작품이 보였다.

양관 만 리 길에
돌아오는 한 사람 보이질 않네

陽關萬里道
不見一人歸

이 구절은 다시금 읽는 이의 가슴을 애처롭게 한다.

당나라의 시인 왕유(王維)가 쓴 「송원이사안서(送元二使安西)」란 시의 한 대목인 '서출양관무고인(西出陽關无故人)'이란 글귀는 너무도 낯익은 것이어서 반가웠다.

가랑비 살짝 뿌린 위성 땅 아침
여관집 버드나무 그 빛 더욱 파릇하구나
그대여 이 술 한잔만 더 받으소
이제 저 양관을 나서면 적막강산이라네

渭城朝雨浥更塵
客舍靑靑柳色新
勸君更進一杯酒
西出陽關无故人

당시 장안에서 서역으로 떠날 때 이별의 장소였다던 위수(渭水) 주변
에는 여관이 많았고, 강변에는 버드나무도 즐비하였다 한다. 헤어지는 사
람들은 이 버들가지를 꺾어서 동그랗게 말아 정표로 주곤 하였다. 왕유
의 시에 나오는 버드나무와 위수의 풍경이 바로 그러한 당시의 사정을
실감나게 말해주고 있다.

돈황 가는 길

양관을 떠나서 돈황으로 돌아가는 길은 오던 길을 그대로 따라가는 경
로였다.

올 때 보았던 오아시스에 자동차를 잠시 세우고 갈대풀이 무성한 저수
지의 맑은 물빛을 바라보았다. 눈부신 햇살과, 물위에 떠도는 구름, 그리
고 그 위에 거꾸로 비치는 바위언덕과 갈대풀의 파란 빛깔이 너무도 아
름다웠다. 아마도 천국이 있다면 이런 풍경이 아닐까 하였다. 빽빽한 숲

과 자욱한 수초들! 그야말로 오아시스의 전형적인 광경이었다. 갈대들은 마치 자신의 영역에서 누가 물을 빼앗아갈 것을 잔뜩 염려하는 것처럼 아예 호수 속에 아랫도리를 잠그고 서서 고개도 들지 않았다. 바람이 불 때마다 다만 우수수 잎 스치는 소리만 조용히 내고 있을 뿐이었다.

이것이야말로 기적이 아닌가?

이 황막한 사막 한 가운데에 이렇듯 감격스러운 연못이 있다니! 이 물 속에 사는 고기들은 어떤 모습일까 궁금하였다. 일반 저수지의 고기들과 는 사뭇 다를 것 같은 동화적 상상이 들었다. 사람의 키보다 훨씬 높은 갈대 숲으로 잦아드는 일광의 조화는 그 고결하고 청정한 신비스러움을 표현할 길이 없다.

돌연한 인간의 출현에 놀란 새들이 갈대풀 속에서 솟아올라 이리 저리 날아다녔다.

저수지로 흘러드는 수로에는 맑은 물이 소리를 내며 콸콸 흐르고 있었 다. 얼마나 귀하디 귀한 오아시스의 물인가? 나는 그 물 속에 신발을 신 은 채 첨벙첨벙 들어가 보았는데, 물의 온도는 생각보다 훨씬 차가웠다. 허벅지까지 잠기는 물의 느낌이 얼마나 서늘하였던지 등에 소름이 송송 끼칠 정도였다. 그래도 마냥 좋아서 나는 철부지 소년처럼 소리를 질러 댔다. 사막을 달리다 만난 반가운 오아시스라서 더욱 감격적인 느낌이 드는 지도 몰랐다.

다시 자동차를 타고 달리는데 이번에는 오른편으로 명사산이 보였다. 그런데 모래바람이 불어서 명사산의 원경은 아까보다 훨씬 희미하게 보 였다.

양관 가는 길에 만난 오아시스

얼마를 달렸을까?

바른편으로 하나의 갈림길이 뻗어 있었다. 그곳으로 1780km를 곧장 달려가면 서장(西藏) 지역, 즉 티베트의 라싸로 이어진다고 했다. 또 왼쪽 편 갈림길로는 옥문관(玉門關)을 갈 수 있다. 중국의 『당시선(唐詩選)』이란 책에 이 지명이 자주 등장하는 것을 볼 수 있다. 서안에서 서쪽으로 2400km 떨어진 옥문관은 한대의 중요한 관문이었다. 돈황에서는 불과 102km 밖에 떨어져있지 않다. 시작품에 반영된 옥문관 주변의 광경은 오직 슬픔과 비통함이다. 북풍에 구슬피 우는 호마(胡馬)의 울음이 들리고,

고향을 그리워하다 숨겨간 수많은 무명 병사들의 넋이 설레며 떠도는 곳. 그곳은 슬픈 통곡의 땅이었다. 당나라의 영토가 광대하다 하였지만 실질적인 영역은 바로 이 옥문관까지가 서쪽의 한계선이었다고 해도 과언이 아니다.

과연 군데군데 무너져 가는 옛날의 봉수대가 있었다.

끌려온 병사는 저러한 곳에서 고향을 그리워하며 덧없는 시간을 보내었을 것이다. 혼자 눈물짓던 시간도 많았으리라. 이제 그 눈물은 사막의 모래 속으로 들어간지 오래 되었으련만, 나는 이곳을 스쳐 지나가며 그들의 눈물을 기억하고 있는 것이다.

옥문관을 지나서 타클라마칸 사막의 북쪽 길을 따라가면 그것이 곧 서역 북도가 되었다. 그래서 옥문관을 넘어가는 일을 출새(出塞)라고 일컬었다. 이 먼 곳까지 와서 옥문관을 가 보았으면 좋으련만, 일정의 단축 때문에 그곳은 아쉽게도 다음 기회로 미루어둘 수밖에 없었다. 금생에 과연 이곳을 다시 올 수 있을까.

사막 한 가운데서 문득 일어난 회오리바람이 저 혼자 광대한 벌판을 마구 휩쓸며 뒹굴며 희희낙락하는 광경이 보였다. 저러다가 녀석은 제풀에 지쳐 곧 사그라질 운명일 것이었다. 그것은 심심해진 사막이 한번씩 지나가는 바람을 손아귀로 꽉 잡아서 마음대로 장난질치는 모습임에 틀림없었다. 돌개바람은 사막의 뜻에 따라 이리저리 끌려 다니다가 그것마저도 지루해진 다음에야 비로소 사막의 완강한 포획으로부터 자유로워지리라.

한참을 달리니 오른편으로 하나의 거대한 성곽이 보였다.

자동차는 곧장 그쪽 방향으로 접어들었다. 이름하여 돈황 고성이라는데 송대(宋代)의 성곽을 고증하여 일본의 한 영화사에서 영화촬영을 위한 무대의 세트로 만들었다고 한다. 성곽 내부에는 약방, 술집, 옷감 집, 식료품 가게, 무당 집, 곡식 가게, 행정 업무를 보는 곳 등이 고스란히 설치 되어 있었다. 여러 모형 상점들 속에서 전당포가 유난히 눈에 띠었다.

전당포는 급히 돈이 필요한 사람에게 물건을 담보로 급전을 융통해 주 면서 높은 이자를 챙기는 일종의 사설 금융기관이다. 이러한 업소는 지 금도 한국의 강원도 태백 지역에 있는 카지노 부근에서 여전히 성업중인 것이다. 중국의 전당포에는 '당(當)'이란 글자를 커다랗게 붙여놓은 간판 이 인상적이었다.

한 중국인 젊은 부부가 청나라 때의 의상을 입고 서로 사진을 찍다가 내가 그들을 줄곧 바라보다가 시선이 마주치자 겸연쩍게 웃었다. 여성은 검은 직사각형 모자를 머리에 얹고, 신발은 나무를 깎아 만든 나막신을 신었는데, 바닥이 높다란 한 개의 디딤목으로 만들어져 있어서 보행이 불 안스러워 보였다. 붉은 수실이 모자 양쪽으로 한 가닥씩 드리워져 있고, 손에는 붉은 스카프를 들고서 겸연쩍은 듯 뒤뚱거리는 걸음을 걸었다.

돈황고성 입장권

나는 돈황 고성의 입구 문루에 올라서서 아득한 사막과 명사산 쪽을 넋을 놓고 바라보았다. 한낮의 강렬한 햇살이 모조로 만든 고성 주변에 바늘처럼 내려꽂히고 있었다. 부신 눈을 제대로 뜨기가 어려울 지경이었다. 성곽 둘레로는 오색의 깃발이 꽂혀 있어서 사막을 휩쓸고 불어오는 세찬 열풍에 펄럭이고 있었다. 사람이 살지 않고 오가는 관광객들만 호기심 어린 눈빛으로 이곳 저곳을 기웃거리며 다니는데, 정작 이곳 복무원들은 반복되는 일상의 무료에 지친 표정으로 그늘에 앉아서 하품을 크게 하는 광경이 자주 보였다.

피곤에 지친 몸으로 일행은 돈황 시내로 돌아왔다.

돈황의 변두리 지역은 몹시 지저분하고 불결한 느낌의 주택들이 서로 귀를 맞대고 서 있었으며, 청색의 화물차들이 많이 세워져 있는 광경이 보이었다. 붉은 페인트로 굵게 쓴 정치적 구호나 생활 수칙, 상업적 광고 따위를 흙벽에 가지런히 늘어놓고 있었다. 중국의 시골을 다니다 보면 담벼락에 쓴 커다란 글씨를 많이 보게 된다. 중국인들은 참으로 붉은 빛깔을 좋아한다. 공산당 체제가 되기 이전부터 이미 중국인이 선호하던 색깔은 붉은 빛깔이었다. 간판도 옷도 장난감도 거의 대부분 붉은 빛깔이 압도적으로 많다. 거기엔 찌들린 삶에 풍성한 행운을 기원하는 기복 (祈福)의 갈망이 서려있다.

길거리에는 인적이 보이질 않았다.

워낙 더운 열기 때문일까? 시내가 가까워질수록 행인의 모습이 자주 보였다. 워낙 더위에 지친 나머지 빈관 안의 냉방이 그렇게도 시원하게 느껴질 수가 없었다. 이제 오후에는 명사산을 오르게 된다. 원래 명사산은 오후에 올라가서 석양을 보고 돌아오는 것이 가장 제격이라 한다. 숙소로 올라와 한바탕 샤워를 하고 시원한 방안에 활개를 펴고 누우니 그제야 긴장이 풀린다.

한참 후에 정신을 차려서 빈관의 로비로 나가 보았더니, 그곳에는 도장을 새기는 사람이 있었다. 옆에 서서 그의 솜씨를 지켜보았더니 제법 각인(刻印)의 느낌이 괜찮다. 나는 낙타가 한 마리 들어가는 도장을 주문하였다. 이 도장은 나중에 저서를 발간하게 되었을 때 서명 다음에 눌러 찍는 인장으로 요긴하게 사용될 것 같았다.

내가 어쩌는지 주변에서 지켜보던 사람들은 그제야 용기를 내어 모두들 하나씩 주문들을 하였다. 저 인장업자는 오늘 도대체 몇 마리의 낙타를 만들어야 하는 것인가? 지금까지 그가 만든 낙타는 모두 몇 마리쯤이나 될까? 이런 생각을 하니 나는 공연히 즐거워지고 쿡쿡 웃음마저 나왔다. 그 낙타 떼를 모두 앞에 세워 놓으면 빈관 앞 넓은 마당이 그득할 것이었다. 하지만 인장업자는 이런 나의 속도 모르고 낙타 새기는 일이 마냥 경쾌하기만 한지 줄곧 싱글벙글 웃기만 하였다.

명사산 관광은 일몰이 가까운 시작에 맞추어 가야 한다기에 출발까지 시간이 약 두어 시간 여유가 남아 있다. 그래서 호기심 많은 벗과 나는 서로 눈짓을 하여 돈황 시장을 가 보기로 약속하였다. 일행들이 모두들 물에서 건져낸 수초처럼 빈관 로비의 의자 위에 축 늘어져 있을 즈음 우리는 서역의 햇살을 뚫고 뜨거운 돈황 시장을 향해 걸어갔다.

건포도 등 사막의 일광에 건조시킨 각종 과일들을 팔고 있는 상인들이 많이 눈에 띠었다. 잉어를 팔고 있는 사람도 보였는데, 둥근 숟가락으로 배의 내장을 긁어내고 아가미를 젖히고 비늘을 벗기는 손놀림을 보았다. 커다란 잉어들은 짧은 바지를 입은 처녀들의 완강한 손끝에 꽉 쥐인 채 처녀들이 자신의 등 비늘을 사정없이 긁어대는 거친 손놀림에도 전혀 저항이 없이 그저 체념한 듯 몸을 내맡기고 있었다. 간혹 고통을 참지 못하고 온몸을 푸르르 떨어대는 녀석들도 있는데, 이럴 때는 비늘을 벗기던 숟가락으로 고기의 머리를 거칠게 두들겨 곧 혼수상태로 빠트렸다.

양철로 만든 넓은 함지의 바닥에는 온통 민물고기의 비늘로 가득하였고, 파리들이 비린내를 따라 붕붕 날아다녔다. 생선의 배에서 나온 공기주머니들이 이젠 더 이상 소용이 되지 않는 덧없는 공기를 잔뜩 머금은 채 뙤약볕에 노출되어 있었다. 파리란 놈들이 그 부레를 표적 삼아 공격적으로 날아들곤 했다. 여인들은 비늘 벗기는 작업을 하면서 줄곧 쉴새 없이 서로 일상적 이야기를 지껄여댔다. 그리곤 한번씩 깔깔거리며 큰 소리로 웃음을 터뜨렸다.

이곳 사람들은 비둘기도 즐겨 먹는지 새장에 가두어 놓은 하얀 비둘기가 많이 보였다. 흰 녀석들 사이엔 간간이 얼룩무늬 비둘기도 있었다. 닭, 염소, 쇠고기, 돼지고기, 중국식 햄버거를 만드는 서민 식당의 장사치들도 보였다. 삶은 고기를 판매하는 상인들은 끓는 솥에서 건져낸 돼지고기 수육을 도마 위에 올려놓고 직사각형으로 생긴 무쇠 식칼로 익숙하게 다지고 있었다. 아마도 만두의 속으로 사용할 것인가 보았다.

칼, 냄비 꼭지, 수세미, 찜통, 그릇, 젓가락 등속의 잡화를 마구 뒤섞은 채 널어두고 원하는 사람이 물건을 찾아서 사가도록 하는 노점상인도 있었다. 이러한 모든 풍경들이 제대로 어울려 돈황 시장의 분위기는 하나의 조화로운 공간을 이루었다. 돌아오는 길에는 아과(牙科)라고 써놓은 간판을 보았는데, 거의 구멍가게 정도처럼 초라하게 보이는 그곳은 명색이 치과병원이었다. 이곳 돈황시장은 저녁나절에 다시 와보기로 하고 빈관으로 돌아와 쉬었다.

명사산

그럴 즈음 출발 연락이 와서 빈관 앞에 대기하고 있는 버스에 올랐다.

오전에 양관을 향해 가던 그 길로 달려서 약 30여분을 가니 명사산 입구가 보였다. 해발 1650m, 동서로 40㎞, 남북으로 20㎞의 모래 산이다. 다른 이름으로 신사산(神砂山), 혹은 사각산(四角山)이라고도 불리는 곳. 나는 그 가운데 명사산이란 이름이 가장 아름답다고 생각한다.

주차장을 빠져나가니 각종 기념품을 파는 노점 상인들의 비좁은 통로가 보였다. 낙타 형태를 만든 것이 가장 많았다. 노점 행렬이 끝나는 지점에 명사산 입구 통제소가 나타났다. 그 문을 썩 들어서자 그야말로 아득하고 우람한 모래 산의 위용이 문득 눈앞에 펼쳐졌다. 두 개의 높은 모래 산봉우리는 햇살을 받아서 명암이 뚜렷하게 나뉘어져 있었고, 등성이의 곡선이 매우 부드럽고도 우아한 자태로 흘러내리고 있었다.

얼마나 장구한 세월이 흘러서 저토록 우아한 한 줄기 선이 만들어 졌는가?

일행들은 모두들 명사산을 배경으로 사진을 찍느라 여념이 없다. 자세히 보니 그 모래산 중턱을 향해 능선을 따라서 힘겹게 발걸음을 옮기고 있는 관광객들의 행렬이 마치 언덕길을 줄지어 올라가는 개미떼들처럼 까만 점으로 보였다.

명사산의 환상적인 곡선

낙타를 타기 위해 구입하는 티켓

명사산에서 대기중인 낙타들

입구로 들어서자 그곳은 명사산으로 접근해 가려는 관광객들을 실어나르기 위해 대기하고 있는 무수한 낙타들이 하나의 붐비는 시장을 형성하고 있었다. 나는 낙타를 타고 명사산을 오르는 입구까지 가보고 싶었다. 낙타의 숫자는 가히 2,3백 마리도 넘어 보였다. 대부분의 낙타들은 바쁜 틈을 이용하여 잠시 앉은자리에서 위장 속의 음식물을 도로 꺼내어서 하염없이 되새김질하는 우직한 반복에 몰두하고 있었다. 그 주변으로는 낙타 똥이 어지럽게 깔려 있었고, 녀석들의 몸에서 발산되는 체취가 강렬하게 코를 찔렀다.

눈이 착하게 생긴 낙타들은 모두 등에 숙명처럼 의자를 걸머지고 낙타 몰이꾼이 시키는 대로 채찍을 맞으며 고통스럽게 일어섰다가 앉았다가 달려가는 일을 반복하고 있었다. 어미 낙타가 가만히 서 있을 때면 어린 낙타가 달려가 어미의 젖을 빠는 모습도 보였다. 어미의 발걸음이 앞으로 진행하면 어린 낙타가 물고 있는 젖꼭지가 입에서 쑥 빠져버렸다. 모든 낙타의 등에는 쇠를 불에 달구어 번호를 지진 낙인(烙印)이 보였다. 명사산 일대에는 이런 낙타들의 슬픈 울음소리로 가득 차 있었다.

나도 한 마리의 낙타를 배당 받았다. 등에는 초록색 모포를 안장으로 얹었고, 아랫배 쪽으로는 붉은 천을 감았다. 낙타 몰이꾼은 한족으로 콧수염을 기르고 있었는데, 눈빛이 매우 선량하게 보이는 청년이었다. 그는 나를 위하여 낙타를 세우고 한 곳에서 여러 장의 사진을 찍어 주었다. 그리고는 나의 서툰 중국어로 퍼붓는 질문에 계속 친절하게 대답해 주었다. 낙타의 콧구멍 중 한 쪽은 무슨 나무토막 같은 것으로 꿰어져 있었다. 그 까닭을 물었는데, 뭐라고 열심히 대답하는 그의 말을 나는 도통 알아들을 수 없었다.

낙타 위에 앉아서 온몸을 흔들거리며 명사산을 향해 천천히 다가갔다.

말을 타고 가는 사람들도 있었다. 모두들 모래바람을 막으려고 마스크를 하였거나, 손수건과 모자로 입을 가린 채 몸을 앞뒤로 흔들거리며 나아가고 있었다. 사방에서 낙타의 방울소리가 요란하게 들려왔다. 낡은 금속판을 울려서 나오는 그 소리는 왠지 쓸쓸하고 적막한 느낌을 자아내었다.

중간에 뜻밖에도 아담한 호수가 하나 있었는데, 이름을 월아천(月牙泉)이라 하였다. 바람이 워낙 강하게 불어서 물보라가 날려 온몸에 마구 끼얹어졌다. 낙타를 탄 채로 약 20여분, 거리로는 약 500m 가량을 이동해 오니 거기가 바로 명사산 바로 아래편이었다. 많은 낙타들이 그곳에 와서 사람들을 내려놓고, 다시 돌아갈 사람을 태우기 위해 대기하고 있었다. 잠시 쉬면서 줄곧 되새김질하고 있는 광경이 보였다.

먼저 명사산 바로 아래쪽의 월아천으로 걸어갔다.

뉘엿뉘엿한 석양을 배경으로 월아천 옆 기슭에 지어진 고전적 건축물의 지붕은 몹시 신비스러운 영적 분위기를 띠고 서 있었다. 월아천이란 명사산 바로 아래쪽에 위치한 오아시스를 말한다. 곤륜산맥의 눈 녹은 물이 지하로 스며들었다가 사막의 한 가운데로 솟구치는 곳이라 한다. 동서 길이가 218m, 평균 수심은 5m라 한다. 호수의 생김새가 마치 초승달 같다고 해서 붙여진 이름이다. 그 옛날 돈황이 갑자기 황량한 사막으로 변하자 어여쁜 선녀가 슬퍼하며 눈물을 흘렸는데, 이 눈물이 지금의 월아천을 이루었다는 전설이다. 인간들은 모든 아름다운 곳에 반드시 이런 전설을 붙여 신비스럽게 만들어 놓았다. 한겨울에는 이 월아천이 꽁꽁 얼어붙는다고 한다.

월아천 바로 위쪽에는 아주 독특한 형태로 지어진 사찰 모양의 건축물이 하나 있다. 부연의 끝이 중국식으로 한껏 휘어져 치솟아 올라갔다. 신선이 사는 곳이라 하여 지어진 도교의 사원이었다. 호수 주위로는 키 큰 갈대풀이 자욱히 돋아나 있다. 주변 모래밭에는 잎의 표면에 따가운 가시가 많이 있는 낙타초가 듬성듬성 돋아나 있었다. 물은 푸른 옥빛을 머금고 있었는데, 그것이 신비스러운 느낌을 배가시켜 주었다.

일진광풍이 일더니 모래바람이 얼굴을 후려치고 저 편 기슭으로 불어 갔다. 모래 산의 기슭을 빠른 속도로 휩쓸며 불어 가는 바람의 발자취가 그대로 보였다. 한 바탕 불어가면 또 다른 바람이 그 뒤를 연이어서 불어 갔다. 눈을 뜰 수가 없었고, 고개를 들기가 힘들었다. 그러한 모래바람은 쉴새없이 명사산 월아천 일대를 쓸고 또 쓸어갔다. 모래 산 언저리에서 모래바람이 지나가는 곳은 희뿌연 먼지로 자욱하게 보였다. 그 모래바람은 마치 사막을 비질이라도 하려는 듯 마치 빗살과도 같은 무늬를 가지런하게 모래 밭 위에 남기고 있었다. 그 황량한 공간에도 낙타풀이 돋아서 사막의 일부를 연두빛으로 칠해 놓고 있었다. 날카로운 가시와 귀여운 느낌의 원형으로 도톰한 잎을 달고 있는 낙타초는 어떤 강풍에도 아랑곳하질 않고 의연하게 자신의 자리를 지키고 있었다.

나는 강한 모래바람에 떠밀리다시피 걸어서 명사산을 향해 다가갔다.

상당수의 사람들이 이미 모래 산을 올랐거나 오르는 중이었다. 한 곳에는 상인들이 나무계단을 설치해 놓고 그곳을 이용하는 사람들에게 사용료를 받고 있었다. 나는 그냥 모래 산을 오르기 시작했다. 힘들게 올라가다가 문득 뒤를 돌아다보니 월아천이 그야말로 초승달 형상으로 또렷하게 드러나 있고, 물빛은 불그레한 저녁 햇살을 받아서 수면 전체를 같은 빛깔로 물들이며 신비한 자태로 드러누워 있었다. 그 광경은 가장 척박한 환경 속에서도 충분히 아름다운 자질을 생성할 수 있다는 강한 암시를 던져 주고 있었다. 월아천 주변에 돋은 키 작은 갈대풀들이 강풍에 나부끼며 흔들리는 광경도 시야에 들어왔다.

한없이 부드러워 보이는 모래 산은 뜻밖에도 오르기가 매우 힘이 들었다. 한 걸음 옮기면 다른 걸음이 뒤로 밀려나 모래 속에 푹푹 빠졌다. 이렇게 악다구니를 쓴 끝에 한참의 시간이 걸려서 드디어 나는 명사산의 정상이 바라다 보이는 능선으로 올라섰다.

하지만 곧 거센 바람이 불어서 모래를 맹렬하게 날리기 시작했다. 카메라나 캠코더를 비롯해서 어떤 정교한 전자제품도 이 기습적인 모래 앞에서는 속수무책이었다. 눈을 뜰 수가 없었고, 그냥 서 있기조차 힘들었다. 이런 가운데서도 나는 그 능선 위에 한 마리 낙타처럼 눈을 가늘게 뜨고 그대로 서서 저무는 명사산 정상 쪽을 오래 오래 바라보았다.

저편 능선의 끝에서는 바람에 날려오는 모래들이 능선 아래쪽에서 그 너머로 마구 뿌려지는 기운찬 광경이 보였다. 어떤 힘이 저런 조화를 가능하게 할 것인가? 모래 산의 정상이 마치 연기를 내뿜고 있는 듯 자신의 가슴에서 솟구쳐 오르는 듯한 잔잔한 모래를 하염없이 날리고 내뿜고 있었다. 발에 밟히는 모래가 우는 소리를 낸다고 해서 명사산이 되었던가? 어떤 기록에는 개인 날의 모래 소리가 웅장한 관현악처럼 들리거나, 수만 명의 병마가 두들기는 북소리, 징 소리와 같다고 해서 붙은 이름이다. 귓전에 손바닥을 대고 들어보니 정말 명사산의 바람소리는 모래를 끌어안고 달려가면서 통곡하는 듯한 소리를 내었다. 그것은 고비사막에서 죽어간 많은 나그네들의 한을 품은 바로 그 소리였다. 워낙 엄청난 굉음이어서 사뭇 귀가 멍멍해질 정도였다.

명사산 정상에서 내려다보는 월아천은 그대로 한 폭의 수묵(水墨)으로 그린 담채(淡彩)였다. 이 정상의 엄청난 모래바람 사태와는 아무런 관련이 없는 것처럼 그저 안정된 자세로 차분하게 앉아서 오가는 길손들을 맞이하고 있었다.

그 무렵, 하루의 태양이 서서히 명사산 정상 저 너머로 지고 있었다.

엄청난 모래바람을 그대로 온몸으로 버티며 나는 명사산의 일몰 광경을 해가 아주 넘어가서 캄캄하게 될 때까지 보았다. 명사산의 일몰은 가히 장관이었다. 일광이 비치지 않는 동쪽 기슭으로는 이미 어둠이 넓게 덮였고, 다만 서쪽 일몰의 하늘 쪽으로는 누렇고 하얀빛이 교차된 광채가 마치 새벽 여명처럼 떠올라 있었다.

주변을 둘러보니 거의 다 평지로 내려가고 남아 있는 사람은 몇이 되지 않았다. 일광이 사라지자 명사산 언저리에는 순식간에 어둠이 깔리기 시작했다. 모든 것이 거무스름한 박명(薄明)의 빛으로 바뀌기 시작했다. 어제의 밤이 아니라 오늘의 새로운 밤이 이곳 명사산을 서서히 잠식해가고 있는 중이었다. 산 그림자가 모래기슭으로 어슬렁거리며 길게 내려오고, 주변 모래 산의 빛깔은 시시각각 다른 분위기로 변화되고 있다. 참으로 환상적이면서 신비스런 느낌마저 감돌았다.

나는 그제야 정상을 뒤로하고 서둘러서 산을 내려오기 시작했다.

하산 길은 올라올 때보다 무척 수월했다. 약 45도 가량의 경사진 모래 산기슭을 나는 달리다시피 뛰어서 내려왔다. 발뒤꿈치를 모래밭에 푹푹 박아서 찍는 듯한 기분으로 성큼성큼 달려내려 오는 기분이란 유쾌한 것이었다. 예로부터 돈황 사람들은 단오날이 되면 명사산에 올라갔다가 일부러 미끄럼을 타고 내려오는 행사를 했다고 한다. 그것이 바로 축귀(逐鬼)의 의식이었고, 또 재앙을 물리치는 비나리의 행동이었으리라.

한참 내려오는데 일행들이 모래산 기슭에 앉아서 쉬고 있었다. 앉은자리에서 발 밑의 모래를 보니 적, 청, 황, 백, 흑의 다섯 가지 빛깔로 매우 환상적인 조화를 이루고 있었다.

거기 선 채로 명사산 기슭 위의 하늘을 올려다보니, 아, 너무나도 아름다운 자태로 반달이 공중에 떠있는 것이 아닌가. 반달은 반달이되 가운데 배가 볼록하게 바깥으로 돋아 나왔다. 사막의 달은 맑고 창백할 정도로 차디찼다. 탄성이 저절로 터졌다. 명사산의 달은 주변의 모래 산과 석양 무렵의 불그레한 기운과 조화를 이루며 신비스런 얼굴로 떠 있었다. 내려 와서 명사산 쪽을 돌아다보니 아직 내려오지 못한 사람들이 까만 점으로 군데군데 박혀 있다.

해도 이미 넘어갔는데 저 충직한 낙타들은 여전히 꿇어앉은 채로 대기하고 있다. 낙타는 여기저기서 슬픈 소리로 울어댄다. 자신의 고달픔을 깨달을 능력이 주어져 있질 않다는 것이 낙타로 하여금 고통의 시간을 견디게 하는 가장 커다란 힘이리라. 일몰 이후에 낙타의 허벅지에 낙인으로 찍힌 번호 글씨가 더욱 뚜렷하게 보였다. 어둑어둑한 모래 밭 길을 다시 낙타를 타고 흡족한 표정으로 온몸을 일부러 낙타의 걸음걸이에 맞춰 흔들거리며 나는 명사산을 빠져 나왔다.

바람이 몹시 세차게 불었다. 몸을 지탱할 마땅한 곳이 없어서 나는 낙타의 등 혹에 더부룩한 털 뭉치를 꽉 잡았다. 낙타 등에 앉아서 보는 낙타의 목은 몹시 가느다랗고 애처로워 보인다. 목의 갈기가 모래바람에 나부낀다. 그 갈기 속에도 무수한 모래들이 박혀 있으리라. 낙타는 그것을 털어 낼 생각도 못하고 그냥 자신의 발걸음을 터벅터벅 나아갈 뿐이다. 어떤 낙타는 자신의 뒤에 여러 마리의 낙타를 고삐로 매어 달고 앞에서 바쁜 걸음으로 달리고 있다.

월아천 일대에 낙타의 방울 소리가 적막하게 울려 퍼졌다. 나는 그 방울 소리에 맞춰서 몸을 앞뒤로 흔들어댄다. 월아천은 일몰로 접어들면서 수면에 파도가 더욱 세차게 인다. 물보라가 날려서 얼굴을 적신다. 명사산 입구의 낙타 광장에는 낙타들이 저녁 어둠을 등에 싣고 제각기 한 개

명사산의 달

씩의 번호 판을 매어 단 채 먼 하늘을 물끄러미 바라보고 서 있다. 그들의 눈빛은 실크로드의 은자(隱者)들처럼 한없이 깊고 선량하다. 새끼 낙타 한 마리가 어미의 젖을 빨고 있는데, 어미는 황급히 일어서서 배설을 하고 있다. 이윽고 명사산 일대에 점점 땅거미가 짙어진다.

모래 바람은 오늘밤에도 세차게 이곳을 불어 가리라. 수천만 년을 불어왔고, 앞으로도 수억만 년을 불어가리라. 그것이 바로 시간의 모습이었고, 역사의 의미가 아니었던가.

돈황의 달밤

버스를 탈 때는 행인의 얼굴이 보이지 않을 정도로 이미 깜깜해졌다. 날 저문 고비사막의 한 귀퉁이를 달려서 나는 돈황 시내로 돌아왔다. 빈관으로 돌아와 몸을 씻으니 귀와 코는 물론이요, 얼굴의 모든 구멍이나 홈진 곳에는 모래가 잔뜩 들어 있었고, 어금니에서는 모래가 씹혀서 버석거렸다.

돈황의 여름밤은 해가 비교적 늦게 지는 편이다.

일몰이 지난 뒤에도 여전히 어스름한 박명(薄明)이 남아 있다. 이 시간에는 빈관 내부에 있기보다 거리를 한 바탕 거니는 편이 훨씬 즐겁다.

저녁 식사 후에는 일행이 모두 함께 돈황의 저녁 풍경을 구경하고자 하였다. 그래서 내가 안내한 곳이 낮에 가보았던 돈황 시장이었다. 돈황 거리를 천천히 걸어서 시장 쪽을 향하여 가니 낮에 보던 모습과는 전혀 딴판이었다. 태양능 빈관에서 사주시장까지의 도로는 모두 알전구를 대낮처럼 밝힌 노점상들이 줄지어 난전을 펼치고 있었다. 이것이야말로 여름밤의 돈황 거리에서 장관이었다.

돈황 시내의 사주동로(沙州東路)에 위치한 사주시장은 이제 밤의 번성한 모습으로 바뀌어간다. 낮의 상점들은 모두 문을 닫고, 대신 그 자리엔 야시장이 형성되어 있었다. 위구르 사람들은 이곳에서도 여전히 양고기 꼬치구이를 지글지글 굽고 있었으며, 모조 골동품을 판매하는 상인들은 시장골목의 양편을 잔뜩 메우고 있었다. 나는 한 곳에서 우여곡절 끝에 녹이 붉게 슬어있는 투박한 모습의 철불(鐵佛) 하나를 구입했다. 처음엔 그 상점 앞을 지나쳤는데, 한참 가다 보니 구석에 우두커니 서 있는 철불의 모습이 자꾸만 떠올랐다. 나는 다시 되돌아가서 철불의 생김새와 표정을 유심히 음미해 보았다. 볼수록 애틋한 정이 솟구치며 혈육과도 같은 정이 느껴졌다. 나는 기어이 그 철불을 구입하고야 말았다.

그 날 이후 나의 일상은 쇠로 만든 부처님을 등에 지고 힘든 고행을 계속해야만 하는 현장법사의 운명처럼 바뀌어버렸다. 가뜩이나 비좁은 배낭 속에 그토록 무거운 철불까지 밀어 넣었으니 오죽이나 무거운가. 하지만 나는 그 고통을 남에게 내색하지 않고 아무렇지도 않은 듯 태연히 걸어갔다.

일행은 시장 안의 어느 노천 주점에 자리를 잡고 중국 맥주를 시켰다.

안주는 건너편에서 구워대는 양고기 꼬치구이 시시카바부를 한 접시 사왔다. 주점을 운영하는 중국인 여성 두 사람은 아마도 자매인 듯 몹시 닮은 얼굴이었는데, 퍽 순박한 표정을 하고 있었다.

잠시 후에 노래를 부르고 다니는 소녀 가족들이 다가왔다. 우리는 그들을 불러서 노래 몇 곡을 시켰다. 전통 타악기를 두드리며 낭랑한 목소리로 노래를 부르는 소녀는 아직 열 살이 채 안되어 보이는 자매간이었고, 호궁(胡弓)을 연주하는 사내는 아마도 그 아비인 듯 보였다. 돈황의 소녀들이 부르는 노랫소리는 실크로드의 고도 돈황의 밤하늘로 퍼져나갔다.

하늘을 보니 명사산에서 보았던 둥근 만월이 돈황 시장 위에 떠 있었다.

맑고 파리한 돈황의 달!

마침 한 무리의 중국인 청년들이 길가 노래방에서 가창에 열중하다가 우리 중 몇 사람을 초청했다. 나는 기어이 그곳으로 가서 노래 두어 곡을 부르게 되었다. 하지만 중국 변방의 노래방 기계에 한국 가요가 있을 리 없었다. 결국은 중국 노래의 빠른 템포에 맞추어 한국 가요「눈물 젖은 두만강」과「울고 넘는 박달재」를 불렀다. 이것이야말로 억지 중의 억지였다. 전혀 다른 중국 가요의 박자에 맞춰 네 박자의 한국 가요를 부르는 일이란 참으로 진땀나는 일이었다. 둘러선 중국인들이 신기한 표정을 지으며 멍하게 넋을 놓고 보았다. 그들 중 한 사람은 한 쪽 다리를 심하게 저는 지체장애자였다. 그는 노래를 부르고 들어오는 나를 무슨 긴요한 일이라도 생긴 듯 소매를 끌어 바깥으로 인도했다. 알고 본즉 자꾸만 손바닥을 내밀며 뭐라고 애걸조로 말하는 품이 적선을 요구하는 듯했다. 나는 갑자기 기분이 우울해져서 분연히 그곳을 떠나고 말았다.

돈황의 밤거리에는 아직도 많은 사람들이 다니고 있었다. 날씨가 더워서인지 주민들은 대부분 거리로 쏟아져 나와 가두의 조형물 주변에 빼곡이 앉아서 부채를 부치며 담소를 나누고 있었다. 등에 땀이 주르르 흘러내렸다. 이마에도 온통 땀이었다. 서역의 여름밤은 눅눅하고 끈적거렸다.

새벽이 이미 시작되었는데도 시원한 바람은 종내 불지 않았다.

돈황 박물관

　다시 모닝콜이 울려서 잠이 깨었다.

　어제 하루는 얼마나 벅찬 경험을 하였던지 세상 모르고 잠에 곯아 떨어졌다. 금방 잠자리에 들었는가 했었는데, 눈을 뜨니 어느 틈에 아침이었다. 빈관에서 아침 식사를 한 뒤 나는 먼저 돈황 박물관을 둘러보기로 하였다.

　박물관에 도착하니 조선족 청년 김형(金炯) 군이 뜻밖에도 감색 양복에 넥타이까지 단정히 매고 일행을 마중하였다. 그는 이곳 돈황 박물관의 정식 직원이었던 것이다. 어제 돈황 공황에 도착하였을 때 김 군이 마중을 나왔다가 자동차 안에서 줄곧 여러 가지 재담으로 일행의 배꼽을 잡도록 하지 않았던가. 그는 재치와 여유가 있는 사람이었다. 서안에서부터 안내를 담당해온 조선족 김씨의 경우는 별로 호감이 가질 않는다. 그는 성격이 급하고 팍팍한 느낌이 들 정도라 어쩌다 말을 붙이기가 편하지 않다. 본인의 실토에 의하면 현재 맹렬하게 돈을 모아서 화려한 물질적 삶을 살아갈 꿈에 부풀어 있었다.

　김형 군의 자세하고도 친절한 해설을 들으며 일행은 3층 가량 되는 박물관 소장품들을 두루 둘러보았다. 조선족 김군은 해설을 하면서 고대 한나라 때의 장군이었던 곽거병을 마치 자신의 다정한 친구처럼 줄곧 "곽거병이가 ～" 라는 화법으로 이야기한다. 하기야 곽거병이 서역 일대를 장악하던 시기도 바로 저 김형 군의 나이와 비슷한 때가 아니었을까.

　박물관 내부에 전시된 유물들 가운데 유난히 눈길을 끄는 작은 석탑 하나가 있었다. 약 5층 정도의 탑신에는 제각기 좌불(坐佛) 하나가 중앙에 음각으로 안치되어 있었고, 그 좌우로는 어린이 두 명이 시봉하듯 모시고 서 있었다. 그런데 어찌된 영문인지 좌불은 까맣게 변색된 곳이 보였다. 그 까닭은 좌불을 발견한 농민이 자기 집에 모셔 두었는데, 그의 어린 아들이 불장난을 하다가 검게 그을린 곳이라 하였다. 어떤 곳은 먹으로 검게 칠해 놓기도 하였다. 이를 통해 짐작해 보더라도 석탑의 운명은 중국 민중과 더불어 함께 온갖 파란과 영욕을 함께 해온 느낌이 뚜렷한 것이었다.

가장 인상적인 것들은 역시 실크로드와 관련된 유물들이다. 대개 막고굴의 제17호 굴에서 출토된 것들이거나 양관, 옥문관 등지에서 발굴된 유물이다. 거의 다 사그라진 고대의 비단조각들과 거기에 어렴풋이 남아 있는 아름다운 무늬들. 낙타를 타고 다니던 사람들의 각종 휴대품들. 그리고 불교와 관련된 유물들이 특별히 눈길을 끌었다. 박물관 측에서는 돈황 주변의 유적지를 한 눈에 조망할 수 있도록 모형 축소판으로 고비사막을 만들어 표시해 두었는데, 실감이 그대로 느껴졌다. 예로부터 인간의 흔적은 사막의 광활한 벌판에도 아랑곳하지 않고 거침없이 진출해 다녔던 것이었다.

마침 열려진 박물관의 창문 밖으로 아파트 건설 공사장의 모습이 보였는데, 역시 인구가 많은 나라라서 그런지 비좁은 아파트 공사 현장에는 터무니없이 많은 작업 인부들이 빼곡이 올라가 작업 중이었다. 그 중에는 여성 노동자들도 제법 여럿 눈에 띠었다. 그들은 모두 플라스틱으로 만든 노란 안전모를 쓰고 있었는데, 일손이 별로 바쁘지 않아 보이는 사람들도 공연히 주변을 서성이고 있었다. 나는 박물관 아래층 상점에서 낙타를 타고 가는 나그네의 모습이 담긴 탁본(拓本)을 한 장 구입하였다.

바깥으로 나오니 황사가 워낙 심하여 거리가 온통 누렇게 보였다. 이런 일이 비일비재한 듯 행인들은 별것 아닌 듯한 표정으로 길을 오고 갔

다. 돈황 중심가의 비천상도 오늘따라 자욱한 황사에 가려 희뿌옇게 보
였다. 그 모습이 오히려 신비스런 느낌을 더해 주었다.

다음 행선지를 향해 떠날 때까지 나는 다시 돈황 시장으로 들어가 돈
황 시민들의 모습과 체취를 좀더 느껴보기로 하였다. 시장 바닥은 여전
히 붐비었고, 마침 점심때가 가까워 식당 주변에는 특히 많은 인파로 붐
비었다. 통나무를 그대로 썰어서 만든 도마 위에 돼지고기를 다지는 꾸
냥과 가느다란 나무 막대기로 만두피를 빚는 여인의 하얀 손길이 보였다.

막고굴

이제 일행은 버스 편으로 막고굴을 향해 떠났다.

막고굴은 돈황에서 불과 25km, 시간상으로는 40여분 거리밖에 있다.

명사산 동쪽 절벽 바위틈에 조성되어 있는 이 곳은 동쪽의 삼위산(三
危山)과 마주하고 있다. 삼위산에는 삼청조(三靑鳥)의 전설이 함께 따라
다닌다. 세 발 달린 새로서 붉은 목과 검은 눈을 가지고 있는데, 이곳 삼
위산에서 살고 있다 하였다.

중국 전진 시대에 살았던 악준(樂僔)이란 승려가 이곳에 왔을 때는 석
양 무렵이었다.

그가 막 당도하였을 때 황금빛으로 빛나는 일천 개의 불상이 보였다고
한다. 그는 이것을 부처님의 계시라고 여겼다. 악준은 그때부터 이곳에
동굴을 파기 시작하였다. 그것이 천불동의 시작이었다. 이후로 북위, 서
위, 북주, 수, 당, 송, 원대에 이르기까지 무려 일 천 년 동안 550여 개의
동굴이 조성되었다. 그런데 현재 확인된 동굴은 도합 474개, 벽화는 4만

5천 평방m, 조각상이 2천 점, 당송시대 목조건축이 5개, 그밖에 장경동 (藏經洞)에서 발굴된 수만 점의 각종 진귀한 고문헌과 예술품이 있다.

하늘엔 여전히 불볕이 내려 쬐는데, 막고굴 앞에 당도할 즈음 모래바람은 더욱 심하게 불기 시작해서 황사가 온통 시야를 누렇게 가리고 있다. 낙타풀도 나무도 사람도 양떼도 바위도 모든 구조물도 오로지 모래바람의 위력 앞에서 다소곳한 자세로 자신에게 다가오는 운명을 수용하고 체념하는 듯 보였다. 사진으로 진작 눈에 익은 지역을 지나서 한참을 걸어가니 드디어 막고굴의 전경이 눈앞에 나타났다. 모래 산의 절벽 바위에 수없이 많은 굴을 뚫었는데 그 굴마다 모두 불교와 관련된 화려한 미술품들이 들어있는 것이다.

막고굴로 들어가는 입구에는 마치 한국 사찰의 일주문을 연상케 하는 높고 화려한 문루(門樓)가 세워져 있었고, 그 한 가운데에는 막고굴이란 글자를 멋있는 필치로 쓴 현판이 걸려 있었다. 조금만 더 가니 희뿌연 황사 사이로 높고 웅장한 구조의 막고굴이 나타났는데, 특히 한 가운데의 복층(複層) 누각으로 만들어진 구조물의 모습은 이름 그대로 크고 높은 석굴의 위용을 실감케 하였다.

키가 커다란 가로수들이 제법 많이 우거져 있었고, 스프링쿨러가 도로 양편의 잔디밭을 적시고 있었다. 이곳은 세계적인 문화유적지이다. 몹시 깐깐하게 생긴 중국인 사내 하나가 막고굴의 안내인으로 나타났다. 그는 혼자 독학으로 한국어를 배웠다고 하는데, 발음이 마치 북한식 억양을 닮아 있었다. 그것을 농담 삼아 말했더니 뜻밖에도 몹시 언짢은 표정을 지었다. 이때부터 나는 그 한족 안내인과 은연중에 불편한 사이가 되고 말았다. 날씨는 매우 무덥고, 온몸엔 흘러내린 땀으로 끈적거렸다. 사진기와 캠코더 등속을 휴대하고 입장하지 못하도록 되어 있었지만 입구에서 별도로 보관료까지 받는 것이 내심 불쾌하여 그냥 메고 들어갔다. 모든 굴에는 제각기 고유의 번호가 매겨져 있었다. 스타인의 번호도 있었고, 이곳에서 벽화를 연구하던 중국의 저명한 화가 장대천(張大千)이 매긴 일련번호도 있었다.

먼저 96호 굴부터 들어갔다. 이곳에는 초대형 석가모니불이 있었다. 키가 몹시 크고 우뚝하였다. 이곳의 부처를 북쪽에 있다고 해서 북대불(北大佛)이라 하였고, 130호 굴의 부처를 남대불(南大佛)로 부른다 하였다. 북대불의 높이는 30m, 남대불의 높이는 26m였다. 북대불은 7세기 말엽인 측천무후 시대에 조성되었고, 남대불은 당나라 현종 때 만들어졌

돈황 막고굴 입장권

다고 한다. 가장 커다란 소상(塑像)이 있는 곳은 428호 굴이다.

이어서 136호 굴에서 미륵불을 보았다. 잇따라 148호 굴, 37호 굴을 보았는데 이곳은 신라의 왕자가 사신으로 참석한 그림이 있다고 해서 국내에 널리 알려진 곳이었다. 신라 왕자가 막고굴의 벽화에 그려진 사실만 두고 보더라도 신라는 실크로드를 통한 문명 교류의 가장 동쪽 끝에 위치한 중요한 국가였다. 실제로 경주의 고분에서 출토된 각종 불교 유물과 로마에서 유입된 것으로 짐작되는 비잔틴 유리 제품, 서역의 문양을 간직하고 있는 장식 보검, 왕릉의 입구에 세워진 무인의 석상 따위는 그 구체적 증거물이라 할 수 있다.

나는 그 신라 왕자 앞에 다가가 마치 넋 나간 듯 벽화를 바라보았다. 국내의 언론에도 보도가 되었던 신라 왕자의 모습과 직접 대면하는 순간 나는 너무도 감격에 북받쳐서 촬영금지 사실도 깜빡 잊어버리고 무심코 버릇처럼 그 벽화 쪽으로 카메라를 들이대었다. 이를 본 한족 안내인은 몹시 성난 얼굴을 하였다. 아마도 내가 그의 한국어 억양이 북한식이라는 지적을 했던 것도 하나의 원인이 되었으리라. 나는 즉시 그에게 사과하고 나의 실수를 너그럽게 용납해 주기를 청했다. 하지만 안내인의 불편한 심기는 그로부터 한참 동안 가라앉지 않았다. 결국 얼마간의 돈을 호주머니에 찔러 넣어주고서야 비로소 평정이 되었다.

다시 막고굴 관람은 계속되었다.

259호 굴, 257호 굴, 45호 굴, 437호 굴, 427호 굴, 390호 굴, 16호 굴, 17호 굴을 보았다. 437호 굴은 바깥에서 볼 때 마치 아름다운 사찰의 건축 구조를 연상케 하는 처마와 부연과 단청까지 아름답게 장식되어 있었다. 기둥과 문의 장식도 매우 세련미를 느끼게 하였다. 일일이 오르고 내리고 하는 동안에 다리도 저려 오고, 한 순간 피로가 몰려 왔다. 45호 굴에서는 송대의 벽화가 인상적이었고, 390호 굴에서는 수나라와 당나라 때의 벽화가 돋보였다. 세 마리의 토끼가 그려진 궁륭(穹窿)의 벽화도 이곳에 있었다. 194호 굴에는 부처님과 두 제자, 두 보살, 두 분의 사천왕이 있었다.

돈황학의 터를 닦은 사람들

17호 굴에서는 돈황의 모나리자로 널리 알려진 관음보살상을 보았다. 이곳은 일명 장경동(藏經洞)이라 불려지며 수만 점의 각종 두루마리 문서들이 엄청난 분량으로 발굴된 굴이기도 하다. 직접 들어가 보지는 못한 194호 굴에는 외국 왕자의 나들이 벽화가 생생하게 그려져 있다고 한다. 사진에 의하면 모두 25명이나 되는 세계 각국의 왕자들이 당나라의 수도인 장안에 와서 체류 중에 함께 모여서 모두 자기 나라의 아름다운 의상을 화려하게 차려 입고 어디론가 바깥 나들이를 나가는 장면이다. 당시 엄청난 번영을 구가하며 세계 대제국으로서의 면모를 유감없이 발휘하던 당나라의 세력과 국제적 외교 및 친선의 분위기를 그대로 말해주는 그림임에 틀림없다.

돈황석굴에서는 날개 달린 천사와 비천상(飛天像)도 발견되었다.

이러한 작품들은 모두 인도를 통해 들어온 간다라 미술의 영향이라 할 수 있다. 간다라 미술이란 기원 전후 무렵부터 5세기 사이에 파키스탄 페샤와르 지방에서 만들어진 그리스 로마 풍의 불교미술을 말한다. 인도에서는 기원전 3세기 이후부터 생겨났으나, 불상은 간다라에서 처음으로 만들어졌다. 그때까지 불타(佛陀)는 오직 보리수(菩提樹), 스투파, 법륜

돈황 막고굴의 벽화

(法輪), 보좌(寶座) 등에서 상징적으로만 표현되었을 뿐이다. 그 후 이것이 인간적인 모습으로 나타나게 되었는데, 이것을 일반적으로 간다라불상이라고 한다.

간다라불상에서 특이한 것은 머리카락이 고수머리가 아니고 물결모양의 장발이라는 점과 용모는 눈언저리가 깊고 콧대가 우뚝한 것이 마치 서양사람과 같다는 점이다. 또 얼굴의 생김새가 인간적이고 개성적이라는 점, 입고 있는 의상의 주름이 깊게 새겨졌고 그 모양이 자연스러워 형식화된 것이 아니라는 점 따위를 그 특징으로 들 수 있다. 즉 간다라 불상의 표현은 그리스 풍의 자연주의, 현실주의에 바탕을 두었는데, 돈황석굴에서 나온 날개 달린 천사와 비천상의 경우는 명실상부한 간다라 미술의 전형성을 보여주고 있는 것이다.

돈황의 막고굴을 비롯하여 이 일대에서 발굴된 화려한 문화유물과 유적들은 양진 시대로부터 북송에 이르기까지 무려 일 천 년 동안의 고대 중국의 정치, 경제, 군사, 외교, 문학, 예술, 의학, 천문지리, 인쇄 등의 분야를 총망라하고 있는데, 이를 총체적으로 연구하는 학문을 돈황학(敦煌學)이라고 부른다. 유럽과 미국 등지에서는 돈황학에 몰두하는 전문 학자들과 학회 활동이 지금도 활발하게 펼쳐지고 있다.

그러고 보니 수 년 전 미국의 시카고 대학에 한 해 동안 연구교수로 가 있을 때, 나는 미국에서의 돈황학 연구가 너무도 활기차게 펼쳐지고 있다는 사실에 몹시 놀란 기억이 예사롭지 않다. 이러한 경과는 돈황과 실크로드에 대한 신비감을 더욱 높여주는 결과를 불러오게 되었다. 하버드 대학 옌칭연구소의 동아시아 도서관이 소장한 자료를 비롯하여 캘리포니아주의 버클리대학, 일리노이주의 시카고대학 등 여러 유수한 대학들의 도서관에는 돈황학과 관련된 각종 자료들이 대단히 풍부하였다. 나는 본

토인 중국보다도 더욱 적극적으로 돈황학 연구에 몰두하는 서방인들의 모습에 무엇보다도 놀랐다. 일이 이쯤 되고 보면 돈황학은 이미 동아시아의 영역이 아니라 전세계적 차원의 학문과 예술로 이해되는 것이 마땅하다.

현재 미국의 여러 대학에서는 동아시아학에 대한 관심이 점점 고조되고 있다고 한다. 하지만 중국학에 대한 관심이 가장 높은 편이고, 다음으로는 일본학이며, 한국학은 동아시아학 중에서 가장 영세한 살림 규모를 면치 못하는 실정이라 하였다. 왜냐하면 미국에서의 동아시아학 연구에 연구기금을 지원하는 사람들이 대개 해당 국가의 재벌기업이나 부호들인데 한국의 경우 중국과 일본의 막대한 관심과 지원의 규모를 도저히 따라갈 수 없다는 것이었다. 나는 이러한 사실을 시카고대학의 관계자로부터 직접 들었다. 앞으로는 한국의 자본가들도 외국의 한국학 연구를 위한 기금 지원에 적극적 지원을 아끼지 말아야 할 것이다.

이 귀한 유물들이 있던 장경동은 돈황을 다녀간 제국주의 여러 나라의 탐험가들, 즉 1907년에 미국의 스타인이 다녀갔고, 이어서 프랑스의 고고학적자 펠리오와 일본의 수집가 오오타니(大谷) 일행들이 깡그리 보물을 쓸어간 곳이다. 러시아도 이에 뒤질 새라 고고학자 올덴부르그를 보내어 벽화를 뜯어갔다.

스타인은 주로 17호 굴에서 경전류 스무 상자, 회화류 다섯 상자 등 스물 다섯 상자를 거두었고, 그 값으로 왕 도사에게 마제은(馬蹄銀) 40개를 주었다. 막고굴에 대한 미련을 여전히 갖고 있었던 그는 7년 뒤에 다시 돈황을 찾아와 또 다른 보물들을 휩쓸어 갔다.

피터 홉커크의 저서에는 돈황 천불동 17굴에 쪼그려 앉아 그야말로 굴 전체를 가득 채우고 있는 산더미 같은 고문서를 촛불 한 자루 달랑 켜 놓고 분류 작업에 몰두하고 있는 펠리오의 모습이 사진으로 찍혀 있다. 당시 펠리오는 베트남의 하노이에 있는 원동박고학원(遠東博古學院)의 교수로 재직 중이었다. 그는 스타인의 성과를 뒤늦게 전해 듣고 즉시 돈황으로 떠났다. 스타인과 유사한 방법으로 왕 도사를 매수하였고, 각종 보물을 스물 아홉 상자에 담아서 옮겨갔다.

고대의 돈황문서들은 대개 두루마리로 둘둘 말려진 상태로 켜켜이 무질서하게 쌓여 있었다. 어떤 문서는 수 천년 동안 바로 위의 문서들에 너무 짓눌려 있어서 아주 납작한 꼴이 되어 있는 것도 있었다. 그 문서들 뒤의 벽면으로 수하미인도(樹下美人圖)의 나뭇가지가 어렴풋이 보였다. 펠리오는 이 귀한 문서를 접하는 순간 끓어오르는 흥분을 억제하지 못했을 것이다. 왕 도사에게 그는 이 감격의 표정을 얼굴에서 감추려고 무척 애를 썼으리라. 자료조사에 몰두하고 있는 펠리오의 옆모습에서 두발은 제대로 빗지 못해 흩어져 있고, 귀밑 수염은 더부룩이 돋아나 있었다. 오직 자료를 골똘히 바라보는 그의 옆모습만 있을 뿐이었다.

대개의 돈황문서들은 한문과 산스크리트어, 위구르어, 티베트어, 몽골어, 쿠차와 호탄의 언어, 소그드어 등으로 기록되었다. 주로 불교 관련 내용이 가장 많았다. 신라의 혜초가 저술한『왕오천축국전』도 펠리오가 수습한 돈황문서 중 하나로 발견된 것이다.

일본의 오오타니가 가져간 돈황문서는 그후 일본과 조선, 만주 등지로 흩어졌다. 한국의 국립박물관에는 이 귀중한 돈황문서의 상당수와 실크로드의 유물들이 소장되어 있다고 한다.

패전 후 일본식민주의자들은 워낙 황급히 조선을 떠나느라 이 고귀한 유물들을 미처 갈무리할 겨를이 없었던 것이다. 지난 1970년대 중반에는 대구의 고서점에서 돈황문서가 발견된 적이 있다. 한 원로 국문학자가

막고굴 벽화

이를 구입하여 소장하고 있다가 만년에 이르러 자신이 근무하던 대학도 서관에 기증한 일이 있었다.

일제 식민통치가 남기고 간 것은 대개 황폐함과 곤궁함뿐이었지만 이 처럼 전혀 뜻밖의 사례들도 썩 드물게나마 있었던 것이 야릇한 느낌을 준다. 달아나기가 워낙 다급하여 잊고 갔을 터이나 정신을 수습한 다음 에 오오타니는 얼마나 통탄을 거듭하였을 것인가.

돈황의 막고굴에서는 마니교와 경교 등을 비롯하여 외래 종교에 대한 문서들도 많이 나왔다고 한다. 이 돈황문서가 프랑스로 유출될 수 있었 던 것은 오로지 고고학자 펠리오의 활화산처럼 들끓어 오르는 지적 야심 덕분이었다. 거기에다 막고굴을 지키고 있던 왕도사의 천박한 물질적 욕 심이 교묘하게 절충되어서 비로소 가능했던 역사적 중대 사건이었다.

그 귀중한 자료들은 왜 17굴에서 그토록 오랜 세월을 암흑 속에 방치되어 왔던 것일까?

굴 입구는 어찌하여 진흙으로 봉쇄되어 온 것일까?

소설『돈황』에서 등장인물 중 하나인 장사꾼 위지광이 많은 유물을 굴에 몰래 감춰두고 돌아 나올 때 그 순간 난데없는 벼락이 쳐서 죽는 광경이 나온다. 이후 돈황문서는 잊혀지게 되었다고 작가는 소설적 상상을 통해 말하고 있다. 전문학자들의 추론에 의하면 서하의 세력이 이곳으로 침입해 올 때 외부 종교세력의 파괴와 약탈을 피하기 위해 굴의 입구를 막았다고 한다.

지금은 막았던 굴 입구의 흙벽은 무너지고 오직 텅 빈 공간만 썰렁하게 남아있다.

나는 17굴 입구에 서서 그 굴을 막고 있던 진흙들이 떨어져 나간 자리를 유심히 보았다. 작은 흙 부스러기들이 아직도 원래의 장소에 옅은 흔적으로 남아 있었다. 그것은 틀림없이 쓰라린 역사가 남긴 고통의 상채기였다. 텅 빈 굴속으로 플래시를 밝게 비추었는데, 그야말로 빗자루로 쓴 듯이 굴의 바닥은 말끔하였다. 서구의 약탈자들이 얼마나 알뜰히도 걷어 갔으면 저처럼……

그들은 약탈자인 동시에 오늘날 돈황학의 수준을 세계적 수준으로 올려놓은 기초를 닦은 사람들이었다.

수하미인도

한쪽 벽면엔 벽화만 쓸쓸히 남아 있었는데, 이름하여 수하미인도(樹下美人圖)라 했다.

나무 아래 앉아 있는 미인의 자태는 아름다웠다. 저 미인은 화가에 의해 그려진 그 순간부터 캄캄한 벽면에 갇혀서 수 천년을 어둠 속에 방치되어 온 것이다. 아무리 그림이라 하지만 그 쓸쓸함이란 오죽하였을까?

자태가 고운 천 년 미인과 시선이 마주치는 순간 나의 온몸은 마치 빙하에 갇힌 듯 차디찬 전율이 느껴져 왔다. 원망에 사무친 듯, 겹겹이 쌓인 한을 하소라도 하려는 듯 미인은 희고 고운 팔을 내뻗어서 나를 자신의 가까이 다가오라는 손짓을 하는 듯하였다. 하지만 정신을 수습하고 본즉, 그 굴속은 일반관람자들이 출입할 수 없는 지역. 나는 다만 미인의 슬픈 얼굴을 멀리서 애타게 바라보기만 할뿐이었다. 그런데 곧 환하게 비추던 플래시는 꺼지고 미인은 또다시 두터운 암흑 세계로 되돌아갔다.

이 수하미인은 하나의 양식화된 회화 스타일로 페르시아 지역과 일본 등지로 전파되었다. 이 벽화를 보는 순간 나는 수년 전 발해의 정효공주 무덤에서 출토되었다는 구리거울 하나를 들고 찾아온 조선족 청년에 관한 기억이 떠올랐다. 그는 나에게 이 구리거울을 구입해 달라고 말했었다. 물론 가격은 상상조차 할 수 없는 엄청난 거액이었다. 나는 그 구리거울을 며칠 동안 지니고 있다가 먹으로 탁본을 떠낸 후 조선족에게 되돌려 주었다.

구리거울에는 아주 인상적인 장면이 양각(陽刻)으로 부조되어 있었다.

관목 활엽의 교목 아래로 한 사람의 미녀가 발 앞을 흘러가는 개울물을 바라보고 있는 그림이 들어있었다. 물 속에는 잉어 한 마리가 머리를 내밀고 미녀와 무슨 대화를 나누고 있는 듯하였다. 그 구리거울도 수하미인도의 양식이 아니었을까. 그렇다면 서역의 이 전형화된 그림은 멀리 발해 땅까지 전해졌다는 사실을 말해주는 것이다.

이 굴은 1920년대 백계 러시아 사람들이 이 지역까지 쫓겨왔을 때 신강성 총독 양증신(梁增新)이란 사람이 그들을 여기서 거주할 수 있도록 허락했다고 한다. 러시아 사람들은 이 굴속에서 불을 피워서 취사를 하고, 아예 생활을 하였다. 그 결과 굴속의 모든 벽화에는 검댕이 짙게 덮이고 말았다. 참으로 무식하기 짝이 없는 짓이었다.

328호 굴에서는 미국 예일대학의 조사대로 돈황을 찾아온 고고학자 랭던 워너가 왕 도사를 꼬드겨 훔쳐간 보살상이 있던 자리가 횅하니 비어 있었다. 그는 두 보살상 가운데 하나를 약탈해 갔고, 다른 여러 개의 불상과 벽화를 뜯어내어 갔다. 벽화에 아교를 두껍게 발라 뜯어낸 다음, 그 뒷면에 석고판을 부착하여 모양새를 갖추는 과정으로 옮겨가서 미국의 하버드대학 박물관에 전시하

樹下美人圖

였다. 랭던 워너는 당시 혹한 속에 낙타를 타고 실크로드 일대를 다니다가 심한 동상이 걸려 끝내 발을 절단하는 고통을 겪었다 한다.

전체 굴의 문 앞으로 나무 판자를 잇대어 깔아서 굴과 굴을 이어주는 긴 낭하를 만들어 두었다. 그 모양이 자연스럽게 단층, 이층, 삼층의 구분을 짓고 있었다. 도합 12개인가 13개의 굴을 관람할 수 있었다. 하지만 나는 오늘 나의 실책으로 말미암아 봉변을 겪고 나서 막고굴 관람에 대한 흥미가 많이 소진되어 버렸다. 자업자득이다. 왜 그런 짓을 했을까. 심한 자책이 왔다. 빨리 이곳을 떠나고 싶었다.

막고굴을 뒤로하고 입구 쪽으로 빠져 나오는데, 황사가 누렇게 끼어 있는 광경이 눈에 들어왔다. 그 황사 속에서 막고굴 주변으로 지역 주민

막고굴 주변의 사리탑과 부도

들이 세워놓은 무덤들이 흐릿하게 보였다. 역시 누런 사암을 깎아서 만든 둥근 돔형의 탑이라던가, 뾰족한 첨탑 모양의 분묘도 있었다. 그들은 왜 하필이면 막고굴 주변에다 무덤을 만들어 놓은 것일까? 막고굴의 장구한 시간이 형성해 놓은 어떤 신비스런 분위기가 이런 환경을 조성하였을지도 모를 일이다.

모래 바람은 갈수록 점점 더 심해지고 있었다. 날씨는 너무도 무더웠다. 무엇보다도 갑갑한 마음이 훨씬 더웠다. 입구의 상점에서 나는 얼음에 채워둔 물을 발견했다. 얼마나 갈증이 심했던지 병마개를 따자마자 단숨에 모두 들이켰다. 건기를 힘겹게 견디는 코끼리 심정을 이해할 만했다.

이윽고 나는 막고굴을 떠났다. 차창으로 스며 들어오는 모래바람 소리가 몹시 세차게 들렸다. 흐릿한 차창 밖은 온통 모래가 지배하는 공간으로서 인간은 감히 한 쪽 발조차 들여놓을 수가 없다. 사막은 날더러 속히 이곳을 떠나라고 위압적 자세로 말한다. 나는 망연히 사막을 유리창 너머로 내다보기만 할 뿐이었다.

시간이 경과하면서 황사는 점점 짙어져서 태양 빛을 가리고 있었다. 마치 해뜰 무렵의 박명처럼 희끄무레한 풍경이 연출되었다. 앞에서 달려가는 자동차는 빨간 비상등을 모두 점멸하면서 속도를 한결 줄여서 조심스럽게 달려갔다. 황사는 세상의 모든 것을 덮어버릴 듯한 기세로 짙어져만 갔다.

고비사막에서 겪은 황사

빈관으로 돌아와서 잠시 휴식하다가 다시 돈황 시장으로 갔다.

이곳은 정식 명칭이 돈황 사주시장(沙州市場)이다. 이미 준비된 식당의 틀에 박힌 식사보다도 돈황 시장에 가서 중국인들의 서민적인 음식이 먹어보고 싶어졌다.

나는 이미 눈 여겨 보아둔 노천 음식점 골목으로 가서 중국인들이 즐겨 먹는 햄버거 비슷한 것을 주문했다. 내가 주문한 음식의 이름은 '육협병(肉夾餠)'이었다. 밀가루 반죽한 것을 둥그렇게 눌러 펴서 그 위에다 양념에 삶은 돼지고기를 잘게 다져 밀가루 전병 구운 것 두 장 사이에다 넣어 주는 것이다. 나는 중국의 이 서민적인 음식들이 너무도 맛있고 구미에 맞다. 나의 이러한 그 모습이 중국인들에게 흥미를 주었던 것 같다. 몇 사람의 상인들이 팔짱을 끼고서 부근에 와 둘러 서 있다. 배낭 여행 중인 일본인 여학생 하나도 와서 이 음식을 사 갔다. 절약형 여행을 위해선 그 나라의 이런 서민적인 음식도 거리낌없이 잘 먹어야 한다.

나는 그 옆의 만두집 앞을 그냥 지나치지 못했다. 이미 배가 불렀지만 식당으로 들어가서 한 접시 시켰다. 결코 적지 않은 분량의 만두를 먹으며 나는 마치 아이들처럼 쿡쿡 웃었다. 포만감에 담담히 견디기가 힘들 지경이다. 둘러선 중국 상인들은 줄곧 나에게서 시선을 떼지 않고 이러한 광경을 보며 재미있다는 듯이 빙그레 웃고 있다.

오늘따라 날씨는 매우 덥고, 황사가 돈황의 길거리를 모두 덮고 있다.

사람들은 스카프를 머리에 두르고 마스크로 입을 단단히 가린 사람들도 보인다. 돈황 네 거리의 비천상도 황사 속에 희뿌연 모습으로 어렴풋이 보인다. 이윽고 버스는 출발했다. 나는 이제 돈황을 떠나서 유원(柳圓)

이란 곳으로 떠난다. 그곳은 기차역이 있는 곳. 원래 역 이름이 유원이었으나 최근에 돈황 역으로 바뀌었다. 바람이 워낙 드세어서 길을 떠난 버스가 충돌하고 전복되었다느니 하는 흉흉하고 불길한 소문이 들려온다. 안내인은 안절부절이다. 모든 신경이 날카롭게 곤두 서 있다. 버스도 작은 것을 타려다가 취소하고 대형버스로 바꾸었다.

황사로 시가지 전경이 온통 누렇게 변색된 돈황을 떠나서 유원을 향해 달려간다. 길도 미리 예정된 노선이 아니라 다른 경로로 변경하였다고 한다. 예정된 코스는 교통사고가 나서 도로가 완전히 두절된 상태라고 한다. 곧 고비사막의 아스라한 전경이 눈에 들어온다.

오늘 황사는 대단한 규모라 앞이 거의 안 보이는 지역이 많다. 어떤 지역은 바람이 다소 잔잔한 곳이 있어서 먼 곳까지 시야가 트인 데가 있으나, 대부분 지역은 황사로 앞이 보이지 않는다. 이 엄청난 황사 중에도 양떼를 몰고 사막의 거친 풀을 뜯게 하는 목동이나, 노인들의 광경이 보이었다. 세찬 바람에 그 억센 낙타초들도 한 쪽으로 몸을 쏠리는 자세로 시달림을 묵묵히 견디고 있는 모습이 눈에 들어왔다. 황사 바람이 사납게 휘몰아치는 고비사막을 그냥 고개를 숙이고 터벅터벅 한 마리의 낙타처럼 걸어가는 사람의 광경을 상상해 본다. 오랜 옛날 대상들은 이런 황사 바람을 그냥 맞으며 다만 인내의 자세로 자신의 길을 걸어갔을 것이다.

아, 무서운 바람이다.

하늘도 땅도 온통 누런 모래뿐이다.

아무리 심한 황사 바람이라 해도 이런 정도는 상상조차 할 수가 없었다. 황사 바람은 시간이 경과할수록 점점 심해졌다. 한 지역에 이르니 서로 심하게 충돌하여 온통 다 부서진 트럭들의 처참한 사고 현장이 목격

되었다. 금방 사고가 발생한 모양이었다. 작은 승용차는 거대한 트럭의 바퀴 밑으로 납작하게 깔려서 꼼짝도 않는다. 운전자는 즉사했을 것이다. 누군가가 부서진 자동차 틈에 사람이 끼어 있다고 외쳤다. 이런 장면들조차 황사 바람에 가려서 흐릿하게 보인다. 승객들은 넋을 놓고 나와 서서 망연자실하게 서 있다. 전조등을 켜고 달려오는 자동차들이 지척의 앞을 분별할 수 없으니, 이런 사고는 앞으로도 계속 일어날 수 있으리라.

이런 생각을 하고 있는데, 건너편 도로에서 또 다른 끔찍한 사고의 현장이 전개되었다. 거대한 트럭 밑으로 깔려 들어간 승용차는 윗부분이 모두 부서져 사라지고 없었다. 이런 광경들을 그 이후로도 무려 서너 차례나 볼 수 있었다. 이런 사고가 발생한 도로에서는 자동차의 행렬이 몇 킬로미터씩 이어져서 황사를 맞으며 그 자리에 다소곳하게 머물러 있을 수밖에 없었다. 다행히도 내가 전진하는 쪽 도로는 아무 사고를 만나지 않아서 자동차가 앞으로 진행하는 데 별다른 무리가 발생하지 않았다.

바람에 날리는 모래들은 아스팔트 도로 위를 끊임없이 휩쓸고 지나갔다. 그나마 천만다행인 것은 도로 자체가 모래에 아주 파묻히는 일은 없다는 사실이다. 도로마저도 모래더미에 파묻혀 버리게 된다면 나는 모래사막 한 가운데에 서서 오도가도 못하고 구조를 기다려야만 했을 것이다. 엄청난 황사 속으로 망연히 달려가며 차창 밖을 내다보노라니 사막이 마치 거대한 바다와도 같은 착각을 느끼게 하였다. 아주 먼 곳으로 아스라이 보이는 지평선은 꼭 수평선처럼 보였다. 나는 한 척의 선박을 타고 대양을 건너는 중이었다. 도로의 굴곡을 타고 넘으며 덜컹거리는 시간은 마치 파도를 헤치고 넘어가는 시간처럼 느껴졌다.

이런 황사 바람 지역을 얼마나 달렸을까?

아마도 세 시간 가까이 되어서야 비로소 바람이 조금씩 눈에 띠게 잦아드는 지역으로 빠져 나올 수가 있었다. 황사가 엷어지는지 바깥의 시야도 차츰 뚜렷해지고, 모래 위의 낙타초들은 아무런 움직임조차 없이 사막의 무서운 정적 속에서 따가운 일광을 맞고 있었다.

차츰 유원이 가까워지고 있는 느낌이 들었다.

한 곳에 이르자 을씨년스런 암석의 산들이 보였는데, 온통 그 빛깔은 검은 색이었다. 마치 달나라의 한 골짜구니에 착륙해 있는 듯한 착각이 들 정도였다. 지구상의 특이한 지질이 자체의 형태 변화에 따라 이런 장면들을 연출해 보여주고 있는 것이다. 나는 소피를 본다는 핑계로 잠시 사막 한 가운데 차를 세우게 하고 나가서 그 검은 산들을 바라보았다. 그 모습은 그대로 한지에 수묵 담채로 그려놓은 산수화의 모습이었다. 단지 희고 검은 명암의 구분만이 뚜렷하게 느껴질 뿐이었다.

차안에서 볼 때는 바깥이 평온하게 보였으나 막상 외부로 나오니 바람의 속도는 엄청난 것이었다. 그냥 서 있어도 바람에 떠밀려 몸의 중심을 잡기가 어려웠다. 그 황량함의 극치라 할 수 있는 사막의 곳곳에도 낙타와 양들의 배설물이 눈에 자주 띄었다. 녀석들은 이곳을 매우 익숙하게 다니고 있는 것이었다. 나는 그대로 선 채 주변을 둘러보다가 곧 버스로 되돌아왔다. 특유의 황량함이 거의 끝나는 지점에 이르러 인간의 집과 창고 따위의 자질구레한 건축물이 보였다. 하지만 인적은 전혀 느껴지질 않고 건물들은 거센 바람 속에 그대로 노출되어 있을 뿐이었다. 자동차는 곧 유원에 도착하였다.

작은 도시 규모에 비해서 역 건물은 제법 커다란 덩치였다. 감숙성(甘肅省) 유원(柳圓)이란 커다란 글씨가 역사 건물 위에 번듯하게 올려져 있어서 누가 보더라도 이곳 지명을 곧 짐작하게 하였다. 하지만 그보다 더욱 커다란 규모의 글씨로 '돈황참(敦煌站)'이라 쓴 간판이 있어서 이곳이 지난날 유원으로 불려졌으나 이제는 돈황역으로 바뀌었다는 사실을 미루어 집작하게 하였다.

이 더운 날씨에 사람들은 역사 앞 계단에 앉아서 저녁 바람을 쐬며 승차 시간을 기다리고 있었다. 유원은 몹시 작고 초라한 느낌마저 드는 교통도시였다. 이곳은 저 멀리 투르판(吐魯番)과 우루무치(烏魯木齊)까지 뻗어가는 중국의 서역 철도의 한 요충이다. 유원에 도착하였을 때는 어느덧 해가 저무는 석양 무렵이라, 돈황 역 광장 앞에는 시원한 바람이 불고 있었다. 역 주변은 여느 역 주변 풍경과 비슷하게 과일 노점상, 술집, 빵집, 잡화상점이 있었다.

과일은 주로 포도뿐이었다. 팔각형으로 생긴 이상한 복숭아도 있었는데, 별반 흥미가 내키지는 않았다. 컴퓨터 PC방으로 보이는 곳도 문을 열어놓고 영업 중이었다. 녹상청(錄像廳)이라 쓰여진 곳은 비디오 대여점이었다. 보잘 것 없는 규모의 식당인데도 간판에 쓰인 이름은 '신세기 대주점(新世紀大酒店)'이었다. 이것은 중국인들의 일상적 삶의 포부나 생활관념을 그대로 드러내 보여주는 증거 중의 하나라 할 수 있다.

후미진 중국의 작은 시골 도시에도 있을 건 다 있었다. 많은 사람들이 서쪽 지역으로 떠나는 열차를 기다리기 위해 광장에 모여 있었고, 더러는 이곳 건달이나 걸인으로 보이는 사람들이 맨땅에 앉아서 사람들의 행색을 물끄러미 흐린 눈빛으로 바라보고 있었다. 홍콩이나 싱가폴 쪽에서 온 듯한 한 떼의 화교 학생들이 한 곳에 모여서 큰 소리로 떠들고 있었다. 그들은 중국을 떠나서 살고 있지만 모국인 중국에 대한 강한 애착과 자부심으로 충만되어 있는 듯하였다.

일행은 돈황 역 광장 왼쪽 편 모퉁이에 있는 한 식당으로 들어가 저녁 식사를 하였다. 역시 잉어찜과 흰 밀가루 빵, 기름에 볶은 몇 가지의 중국 요리가 나왔다.

나는 여기서 투르판으로 떠나는 밤 열차를 타야 한다.

짐을 한 곳에 모아 놓고 그 짐 보퉁이에 모로 기대어 열차가 출발하는 시간까지 졸다가 깨다가 하였다.

투르판

정확히 오후 7시32분에 돈황 역을 떠났다.

열차는 초록색으로 덩그렇게 높은 키였으며, 객차의 허리로는 노란 선을 가로로 길게 잇댄 모습이 이채로웠다. 실내는 침대 칸이 붙어 있는 고급이었고, 중국 서민들이 이용하는 맨 앞쪽의 객차는 그냥 앉아서 가는 경석(硬席)이었다. 객차 한 칸마다 전속 승무원이 제각기 딸려 있어서 그들이 방마다 다니며 모든 점검을 하였다. 하지만 복무 자세나 승객을 대하는 태도는 매우 불손하였고, 때로는 거칠고 신경질적이었다. 그들은 모두 공무원이었던 것이다. 다른 일행들과 함께 나는 한 객실을 배정 받았다. 노란 모자를 쓴 역부가 부는 바람에 모자가 날아갈 것이 염려스러워서 한 쪽 손으로 모자를 꽉 눌러서 움켜쥐고 있었다.

열차는 돈황 역을 빠져나가자마자 곧장 속도를 내어서 달리기 시작한다.

고비사막의 아득한 저 편 끝 하늘이 불그레하게 물들어 오다가 점점 거무스름한 빛깔로 바뀌어간다. 열차는 사막의 모래 구릉 속을 오르고 내리는 일을 반복하면서 달려갔다. 저녁이 되면서 객실 안은 비교적 아늑하고 혼곤한 분위기로 안정되어갔다. 줄곧 들리는 소리라곤 오직 열차의 바퀴에서 들려오는 단조로운 덜컹거림뿐이었다.

미구에 완전히 날이 저물어 차창 밖은 아주 캄캄해졌고, 고개를 빼어 내다보았지만 아무 것도 보이지 않았다. 황량한 고비사막의 한 가운데를 달리는지 인간의 마을은 전혀 나타나질 않았다. 오히려 차창에는 열차 객실 내부의 쓸쓸한 전등 불빛만이 비치고, 거기에는 먼길을 달려가는 나그네들의 지치고 피곤한 행색만이 보였다. 비록 바깥 세계는 보이지 않지만 저 고비사막은 거대한 암흑 속에 고스란히 잠들어 있으리라. 그 광대한 고비사막의 가슴파기 사이로 난 실오라기 같은 철도를 나는 지금 달려서 가는 것이다.

밤이 깊어 갈 때 짐 보퉁이 속에서 작은 술병을 꺼내어 한 일행과 마주 앉아 주거니 받거니 술잔을 기울였다. 이때 누가 포도주 병을 들고 와서 마셔 보았는데, 병은 그럴 듯하게 생겼으나 중국산 포도주의 품질이 아주 형편없었다. 중국에서는 포도주를 홍깐(紅干)이라고 한다. 맛은 붉은 빛 설탕물 음료라고 하는 편이 가장 적절할 듯하였다. 하지만 이것도 물자가 제한된 열차 안에서는 달갑고 고마운 일이다. 왜냐하면 줄곧 마실 때 취기가 오르기 때문이다.

그 홍깐을 종이컵에 담아 한 모금씩 홀짝거리며, 아무 것도 보이지 않는 차창 밖을 공연히 물끄러미 바라다보거나 고개를 숙이고 여행자 특유의 호젓한 애수에 빠져들었다. 점차 밤이 깊어져서, 나는 이층 침대 위로 올라가 이불을 목까지 끌어당기고 눈을 감았다. 열차 바퀴가 레일과 접촉하면서 뿜어내는 규칙적인 굉음을 들으면서, 나는 고단한 잠의 나라로 슬그머니 빠져들었다.

열차는 미명 속을 달리고 있었다.

문득 열차가 덜커덩거리는 소리에 잠을 깨었다.

아래쪽 침대의 일행은 벌써 잠이 깨어 이불을 모두 개고 세수를 마친 다음 출발 준비까지 모두 마치고 있다. 차창 밖의 동쪽 하늘은 이미 훤하게 밝아오고 있다. 나는 뒤늦게 자리에서 일어나 침구를 정돈하고 행장을 다시 간추렸다. 밤새 흔들리는 열차 안에서도 비교적 깊은 잠을 잤던 것 같다.

정각 아침 여섯 시에 열차는 투르판 역에 도착했다.

배낭을 메고 열차를 내려서니 투르판의 새벽 공기가 비교적 서늘하다. 플렛폼에 세워 놓은 전등에는 가스등이 노랗게 켜져 있다. 하늘은 마치 광도를 점점 드높여 가는 듯 희뿌옇게 바뀌어간다.

투르판이란 말의 뜻은 분지라는 의미라 한다. 그래서 이 지역이 그렇게도 더위가 심한 곳인가 하였다. 분지는 분지이지만 특이하게도 표고가 해수면보다 현저히 낮은 저지대라고 한다. 그래서 지리학계에서는 일명 '아시아의 우물'이라는 별명까지 있다고 한다. 수년 전 미국 여행길에 달려 보았지만, 캘리포니아주의 데스 벨리란 곳이 바로 이곳과 비슷한 특성을 지닌 지질이었다. 고생대에는 이런 곳들이 모두 바다 밑이었다.

투르판도 역시 전형적인 사막지대의 기후로 돈황보다도 훨씬 더운 지역이다. 한여름에는 워낙 고온으로 올라가기 때문에 중국에서는 이곳 투르판을 화주(火州), 혹은 염주(焰州)라고 부른다. 이 일대의 기온은 7월 중순에서 8월 중순까지의 한 달 동안 1년 중 가장 높이 수은주가 치솟는다. 보통 한여름 최고 온도는 47도를 상회하는데, 이때 지표의 온도는 최고 70도까지 오른다. 연간 강우량은 평균 20밀리도 채 안 된다고 하였다. 기온은 높아도 워낙 건조하여 그늘에만 들어가면 비교적 열기가 덜 느껴졌다.

위치로 보아서는 타클라마칸 사막과 천산산맥의 중간에 있는 오아시스 도시이다.

규모가 크지 않고, 이슬람 문화의 독특한 분위기가 그대로 남아있는 곳이기도 하다. 실크로드 부근 지역에서 이슬람교는 당나라 말엽에 천산남로 지방에 들어와 널리 보편화된 종교였다. 하지만 커다란 세력을 얻지 못하다가 위구르 사람들에 의하여 중국의 북쪽 지역까지 그 세력을 확장하였다. 이슬람교를 중국에서 회교(回敎)라 부르는 까닭은 위구르 사람들, 즉 회흘인(回紇人)들이 독실하게 믿어온 종교였기 때문이다. 오늘날 중국의 지도에는 위구르를 '維吾尒'라 표기하고 있다.

이 투르판은 중국 고대의 5호16국 시대를 배경으로 전량(前涼)이란 사람이 고창군을 설치한 이래, 주로 한족 중심의 독자적 정권이 4조15대에 걸쳐 수립 유지되었다. 북조시대와 수당시대에 이르러 국씨(麴氏) 왕조가 나타나 한동안 번영을 구가하였으나, 결국 당나라에 의해 멸망한 슬픈 역사가 있다.

이른 아침 일과를 준비하는 시민들의 모습이 간간이 눈에 띠었다. 이곳에서 안내를 맡고 있다는 조선족 처녀가 일행을 마중해 주었다.

이름은 서연(徐燕).

안경을 끼고 긴 머리채를 가진 상냥스런 20대 후반의 아가씨. 흑룡강성 출신으로 사범대학을 마치고 수년 전 가족을 따라 이곳 투르판으로 왔다고 했다. 부친은 진작 돌아가고 어머니는 옥을 가공해서 판매하는 사업을 하고 있다고 하였다. 시종일관 잔잔하고 윤기 있는 음성으로 투르판 지역의 특성과 궁금한 질문에 대하여 상냥하게 답변해 주었다.

기차역에서 투르판 중심가까지는 무려 두어 시간을 자동차로 달려야 했다. 역시 황량한 사막과 아스라이 먼 곳에 보이는 산맥의 연봉들이 험상궂은 모습으로 나타났다가 곧 시야에서 사라지곤 하였다. 시내까지 당도하려면 아직도 한참을 더 달려가야만 한다. 온통 자갈밭으로만 뒤덮인 황량한 벌판만이 하염없이 계속될 뿐이다. 이렇게 달려가는데 광막한 들판의 저 끝 지평선에 떠오른 붉은 해가 보였다. 작은 공처럼 떠올라 시시각각 온누리를 밝게 비추이기 시작한다.

그 황량한 벌판에도 도로의 개통을 위해 새벽부터 나와서 일하는 노동자들의 모습이 보였다. 어떤 사람들은 아예 작업 현장 부근에 임시로 거처하는 움막을 지어놓고 식사를 손수 끓여 먹으며 노역에 종사하는 광경도 보였다. 주민들은 위구르 사람들이 압도적이었으나 최근에 와서 한족들의 세력이 훨씬 증가 추세에 있다고 하였다.

투르판 시내로 접어들자 나귀가 끄는 달구지에 올라앉은 위구르 노인들의 모습이 자주 보였다. 길가의 가로수들은 잎이 비교적 성글고 키가 낮은 모습으로 가지런히 서 있었으나 자신의 초록을 사막 일대에서 한껏 뽐내며 과시하는 모습이 역력했다. 모든 풍물에서 서역의 분위기가 물씬 풍겨왔다. 나귀 목의 방울 소리가 아침 공기 속으로 청량하게 울려 퍼졌다. 그들이 비뚜름하게 쓴 둥근 형태의 하얀 위구르 모자가 인상적이었다. 모양새는 대개 비슷하였으나 위를 뾰족하게 각을 세운 것도 있었고, 원통형도 있었다. 무늬도 제각기 달랐다. 상당히 멋을 내려고 애를 쓴 흔적들이 보였다.

불공을 드리는 위구르인(투르판 벽화)

턱수염을 무성하게 기른 사람들이 많이 보였다.

여성들은 대개 스카프를 두르고 이슬람식 복장을 하고 있었다. 거리의 간판들에는 한자와 위구르 문자가 함께 나란히 적혀 있었다. 이곳 주민들의 언어는 모두 위구르 말이었다. 위구르 사람들 중에는 중국어를 전혀 구사하지 못하는 사람들이 많다고 했다.

나는 드디어 투르판의 숙소인 녹주 빈관(綠州賓館)에 도착하였다. 녹주는 오아시스를 말한다. 오아시스는 투르판의 모든 특징을 그대로 대변하는 단어이다. 빈관의 실내장식이나 내부의 시설은 화려하지는 않았지만 그렇다고 해서 그다지 부족한 것도 아니었다. 내부의 광장에는 투르판의 명물인 포도 장식의 대형 카펫이 벽에 걸려 있었고, 타일에도 온통 포도 일색이었다. 객실을 배정 받은 다음 일행은 녹주 빈관 앞에 있는 별도의 식당으로 가서 아침 식사를 하였다. 빈관 앞 좌측의 공터에는 천막을 쳐놓고 기념품을 판매하는 상인들의 구역이 있었고, 그 한쪽 옆으로는 여섯 개의 뿔을 가진 기형의 양 한 마리가 외양간에 갇혀서 지루하고 따분한 하루 일과를 보내고 있었다.

불쌍한 육각양(六角羊)!

녀석의 뿔은 마치 땅 속에서 발굴해낸 고대의 무기처럼 낡고 빛 바랜 골동의 느낌을 주었다. 하지만 그 뿔은 아무런 쓸모가 없이 웅장하기만 하였다. 그것은 중국의 현대 조형물들을 이유 없이 거대하고 화려하기만 하다며 비판했던 화가 임옥상의 말을 떠올리게 했다.

붉은 벽돌을 포개어 만든 우리 한 쪽 구석에 웅크려 앉아서 쓸쓸하게 시간을 보내고 있는 저 육각양은 자신의 기형 때문에 이렇게 선택되어 끌려온 것이다. 양의 앞에는 먹다 남은 사료 통이 놓여져 있었다. 그 옆으로는 낙타 한 마리가 말뚝에 고삐를 묶인 채로 쭈그리고 앉아서 혼자 여물을 되새김질하고 있었고, 까만 털의 당나귀도 그 옆에 나란히 서서 먹이를 먹고 있었다.

식당을 나오니 드디어 따갑고 눈부신 투르판의 태양이 하늘에 나타났다. 저것이 바로 활활 타는 염주의 태양이 아니던가. 주변은 한 순간에 태양의 뜨거운 열기로 화끈 달아올랐다. 그 열기는 어제 남았던 대지의 태양 열기를 모두 불러내어 그들의 무대인 투르판에서 한바탕 요란한 향연을 벌이기 시작하였다. 투르판의 살인적인 더위의 위력 앞에서 인간은 다만 초라하고 볼품 없는 하나의 관객일 뿐이다.

베제클리크 천불동 유적지

일행은 버스 편으로 고창(高昌) 고성(古城)을 향하여 달려갔다.

온통 붉고 누런 모래 산의 틈바구니를 달리고 있는데 마치 수십 마리의 사자들이 모래밭에 앞발을 내밀고 위풍당당하게 앉아 있는 듯 험상궂은 형태의 산이 하나 다가선다. 그것이 바로 화염산(火焰山)이다. 중국의 고전 『서유기(西遊記)』에 나오는 작품배경이 바로 이곳이 아닌가. 고전 작품 속에서 삼장법사의 일행들은 화염산의 뜨거운 불을 진압하기 위해서 부채를 사용하고 있는데, 그 이름이 파초선(芭蕉扇)이었다. 하지만 이 부채의 주인은 원래 이 지역에 살던 철옹(鐵翁)공주였다. 소설 속에서 공주로부터 부채를 빼앗는 대목은 지금 생각해도 몹시 흥미진진하다.

투르판 분지의 중부지역 일대에 위치한 이곳은 동서로 100km이며, 남북으로는 10km이다. 평균 고도는 500m 정도이다. 오랜 세월에 걸쳐 지반의 습곡운동이 진행되어 깊이 파인 산과 붉은 빛깔의 계곡이 마치 불꽃과 같았다. 예의 그 불길이 활활 타오르는 듯한 모양이 골짜기의 침식된 모습과 썩 훌륭한 조화를 이루고 있었다.

이 화염산은 저녁의 석양 무렵에 보아야 제 가치를 알 수 있다고 하였다. 약 500m 높이의 산이 100㎞로 길게 이어져 있다. 붉은 사암으로 형성되어 있어 저녁 황혼이 반사되면 그대로 불꽃이 활활 타오르는 듯하다. 잠시 고개를 돌렸다가 다시 화염산을 바라보니 평지로 흘러 내려온 산자락이 늠름하다. 하지만 따뜻한 정감이라곤 전혀 없다. 인간의 발길을 전혀 용납하지 않을 듯한 어떤 결연함마저 느껴진다. 무시무시한 산 기운이 가슴속으로 곧장 전달되어 온다. 한 여름의 지표 온도는 섭씨 80도가 넘을 때가 있다고 한다. 멀리서 바라보는데, 풀 포기 하나 눈에 띠지 않는다.

그 화염산 언저리에 버스를 잠시 멈추고, 천불동이란 유적지를 먼저 보기로 하였다. 이곳의 정식 명칭은 베제클리크(伯孜柯里克) 천불동. 베제클리크란 말은 '산의 중턱'이란 뜻이다. 6세기 경, 화염산의 모래 절벽에 굴을 파고 조성한 이 천불동(千佛洞)은 맨 처음 위세가 대단했다. 고창국의 지배자였던 국씨(鞠氏) 일족들이 자신들의 왕실 사원처럼 활용하였다. 당시 승려들은 이곳을 좌선과 참선의 수행장소로도 사용하였다. 전체 석굴의 수는 모두 여든 세 개라 한다. 하지만 현재 개방하고 있는 것은 고작 스무 개 정도뿐이었다.

9호, 20호와 27호 석굴은 탐험대의 이름을 빌린 서양의 고고학적 탐사대에 의해 탈취 당한 흔적이 너무도 혹심하였다. 중국인 여성 안내원은 서양인들의 문화재 약탈을 매우 흥분된 어조로 비판하였다. 20세기 초반, 이곳을 다녀간 서양인 탐험대들은 석굴의 벽을 워낙 알뜰히도 긁어서 진기한 그림들을 모두 벗겨 갔다. 현재는 누런 흙벽에 원래의 광경을 찍었던 사진만 한 장 쓸쓸하게 붙어 있을 뿐이었다.

다만 20호 굴에서 있었다는 그 사진은 중인주악도(衆人奏樂圖)라 불려지는 벽화로써 횡적(橫笛)과 피리 등의 목관악기를 연주하는 여성형 인물과 바라를 두드리는 남성 인물, T자형 금속을 두드려 소리를 내는 노인의 타악기 연주장면이 보였다. 이 벽화는 열반의 기쁨을 그린 열반도(涅槃圖)와 더불어 한 짝을 이룬다 하였으나, 이제 그 벽화마저 사라지고 자취를 찾을 수 없었다. 하지만 31호 굴의 설법도와 함께 당시의 복식제도를 연구하는 데 있어서 더없이 귀중한 자료라 한다.

33호 굴에서는 왕자거애도(王子擧哀圖)가 커다란 감명을 주었다.

여러 나라에서 온 왕자들의 모습은 당시의 번성했던 국제적 외교관계를 짐작하게 했다. 37호 석굴에서는 불상의 눈 부분을 누군가가 예리한

33호 굴의 왕자거애도(王子擧哀圖)

중인주악도(衆人奏樂圖)〈베제클리크 천불동 20호 굴〉

도구로 파내어 없애버렸다. 설명에 의하면 불교를 증오하는 지역의 무슬림 등 다른 종교 세력들이 이런 몰지각하고 무참한 파괴행위를 저질렀다고 한다. 수년 전 아프가니스탄에서 벌어졌던 전쟁에서 회교 원리주의자들인 탈레반 병사들이 세계적으로 유명한 불교문화의 유적지인 바미얀 석굴을 폭파한 사건이 있었다. 이와 유사한 파괴행위들이 과거 이곳에서 이미 자행되었던 것이다.

39호 굴에는 여러 보살들의 도열한 모습이 그려져 있는데, 이 가운데 청화(青華)로 그렸다는 채색의 느낌이 너무도 신비스럽게 다가왔다. 청화라는 안료는 원래 중국에서만 생산되던 푸른 물감의 한 가지였다. 이 청화에 연분홍 물감을 섞으면 선명한 녹색이 되었기 때문에 화공들이 풀잎이나 나뭇잎 같은 것을 그리는 데 이것을 즐겨 사용하였다.

이 배제크리크는 서기 13세기가 끝날 무렵, 몽골 침략군들이 이곳을 지나가면서 한 차례 심한 파괴를 받았다. 14세기로 접어들면서 이슬람 세력이 장악하면서 불교 석굴은 또 한 차례 엄청난 수난을 당하고 말았다. 그 후 겨우 남아 있던 약간의 유물조차 험난했던 중국의 근대 초기, 서양과 일본의 여러 문화재 수집가들이 떼지어 몰려와 벽화와 불상을 깡그리 훔쳐 갔다고 한다.

독일의 탐험가 그륀베델과 르콕이 이 지역을 무려 서너 차례나 반복해서 찾아와 가장 알뜰히 벗겨갔다. 그들은 벽화를 벗기는 작업에 곡괭이, 망치, 정으로 구멍을 뚫고 거기에 여우꼬리톱을 집어넣어 조심스럽게 썰었다. 벽화의 밑 부분은 점토와 낙타 똥, 잘게 썬 짚과 벽에 바른 회반죽이었다. 물론 이 작업에 착수하기 전에 예리한 칼로 벽화의 외곽 둘레에 깊은 칼자국을 내었다. 예리한 톱으로 절단하는 동안 축음기를 틀어놓고 음악을 즐기기까지 했다고 한다. 심지어는 절단한 그림의 바로 옆에다 언제 누가 이 벽화를 절단하였다는 서명을 남기기까지 하였으니, 상상을 초월하는 그들의 대담성에 혀를 찰 노릇이다.

나는 배제크리크 천불동 벽화가 있던 빈 흙벽 앞에 서서 탐험가란 이름의 르콕과 그륀베델의 작업을 상상해 보았다. 그들의 행동은 도덕적으로 과연 용납할 수 있는 것일까. 세계문화사의 보존과 유지라는 명분 속에서 그들의 행동은 과연 관용될 수 있었던 것일까.

비록 그들이 아니라 할지라도 누군가가 벗겨가고 파괴하였을 것이니 그들의 행동은 범죄가 아니라고 말하는 사람도 있을 것이다. 하지만 나는 그들이 남기고 간 참혹하고도 비정하며 무지막지한 칼자국 앞에서 말할 수 없는 분노와 참담함을 느끼었다.

이렇게 훔쳐간 보물들을 자기네 나라로 옮겨가서 박물관에 전시해 두고 대단한 보물처럼 위세를 뽐내고 있는 것은 우스운 일이다. 독일의 탐험가들이 훔쳐간 벽화들은 베를린 박물관에 보관되어 있다가 2차대전 중 연합군의 폭격에 의해 완전히 소실되고 말았다. 이 무슨 역사의 아이러니인가? 모두가 부질없는 인간의 욕심이 빚어낸 안타까운 일들이 아닐 수 없다. 그러나 한편으로 생각해 보면 그륀베델과 르콕이 직접 목격했던 다음 증언도 충격적이다. 유적의 원형은 결코 그대로 보존될 수 없었다는 것을 그들은 말하고 싶었던 것이다.

비옥한 흙에서 경작하려고 마을 사람들이 고대 도시의 곳곳을 갈아놓았다. 건물도 프레스코 벽화를 찾는 농부들의 손에 부수어져 있었다. 프레스코의 밝은 안료가 강력한 비료라고 믿고 있었기 때문이었다. 들보나 서까래의 재목들도 건축 자재나 땔감용으로 뜯어가 버렸다. 농부들의 손에 요행히 살아남은 벽화도 사람과 동물의 그림에서 눈과 입을 파낸 것들이 대부분이었다. "사람과 동물의 그림에서 눈과 입이라도 파내지 않으면 밤이면 살아나서 마을사람들과 동물과 농작물에 갖은 피해를 입힌다는 미신을 그곳 사람들이 아직 믿고 있기 때문이다"고 르콕은 썼다.
– 피터 홉커크, 『실크로드의 악마들』(김영종 역)에서

천불동의 저 아래편 골짜기로는 빙하가 녹은 물이 세찬 격류가 되어 누렇게 흘러내리고 있었다. 무르토크(木頭溝) 강이라 하였다. 이 강의 물소리에 대해서 르콕은 이렇게 쓰고 있다.

멀리서 본 베제클리크 천불동

그곳을 영원히 지배하는 죽음 같은 침묵을 깨뜨리는 것은 산비탈을 타고 떨어져 계곡의 바위 위에 부서지는 마치 비웃는 듯한 물소리였다.

그 무르토크 강의 위쪽으로는 화염산의 또 다른 줄기가 우람하게 뻗어 있었다.

피터 홉커크의 자료에는 이곳에서 유물을 탈취해간 르콕 탐험대가 작업을 마치고 주변지역을 정찰하면서 찍은 매우 인상적인 사진 한 장이 실려있다. 그것은 베제클리크 천불동의 맞은 편 화염산 중턱에서 천불동 쪽을 향해 촬영한 작품이었다. 벌집 같은 구멍이 송송 뚫려 있는 천불동이 가파른 벼랑에 나란히 보이고, 그 위로는 골짜기의 실안개가 산기슭을 휘감고 흐르는 멋진 장면이었다.

이슬람 교도에 의해 눈이 파헤쳐진 벽화유물

나는 베제클리크 석굴 앞의 언덕에서 맞은 편 산기슭을 바라다보았다.

천불동에서 저 건너편 산기슭까지 그들은 어떻게 올라갔을까. 매우 험준해 보였다. 야생낙타들이 오르내렸다는 자국이 산중턱의 아슬아슬한 바위 사이, 붉게 흘러내린 흙더미 위로 길게 찍혀 있을 뿐이었다. 나는 다만 나의 호기심으로 가득한 시선을 그곳으로 조심스럽게 보낼 뿐이었다.

이 천불동을 나와서 일행은 낙타를 타고 화염산의 중턱 기슭까지 올라가 보았다.

나에게 배당된 낙타는 나이가 약 스무 살 가까이 된 놈이다. 녀석은 워낙 늙어서 언덕 오르는 일을 매우 힘들어하였기 때문에 줄곧 위구르 청년들이 앞뒤에서 "츄!" "츄!"라는 소리를 내며 채찍으로 때리고 재촉을 하였다. 이 낙타 몰이꾼들의 소리는 아마도 낙타의 꽁무니를 뒤따라가면서 앞서가는 동물의 걸음을 더욱 빠르게 재촉하기 위해 내는 소리이다. 아마도 밀어 부친다는 뜻의 한자어 추(推)에서 유래된 말이 아닌가 하였다. 등에는 붉은 모포를 안장처럼 덮었으나, 워낙 늙은 낙타여서 동작에는 힘이 없었다. 등에 달린 두 개의 혹에는 흑갈색의 털이 돋아나 있었고, 나는 쥘 곳이 마땅치 않아서 앞쪽의 혹을 두 손으로 꽉 움켜쥐고 고갯길을 올라갔다. 몸이 기우뚱하게 뒤로 쏠렸으나 손에 힘을 주어서 그런 대로 지탱할 만하였다.

낙타의 수명은 대략 20년 정도라 한다.

내가 탄 낙타는 거의 자신의 수명을 다 살아온 녀석이다. 이 낙타는 워낙 힘이 들어서 오르는 도중에 큰 방귀 소리를 몇 차례 뿡뿡 내더니 기어이 물찌똥을 길바닥에 주르르 흘렸다. 힘들어하는 늙은 낙타의 방귀 소리를 들으니 공연히 기분이 슬퍼졌다. 그것은 마치 풍선에서 바람이 빠지는 듯한 무기력을 느끼게 하였다.

화염산은 저 위쪽에서 혼자 활활 타오르고 있었다.

천불동 입구의 주차장 광장에서는 위구르인 악대와 무용수 서넛이 그들의 전통음악과 춤을 추고 있었다. 여성 무용수들은 울긋불긋한 위구르 전통 민속의상을 입고, 모자도 동일한 무늬로 만들어서 썼다. 남성 무용수들은 하얀 두루마기 같은 외투를 걸쳐 입고, 모자는 검은 바탕에 하얀 무늬가 있는 것을 썼다. 노인과 청년층이 반반씩 어울려 있었다. 악기는 바가지를 잇댄 나무막대가 길게 달려 있는 모양을 하였는데, 현악기로써 독특한 분위기의 소리를 내었다. 악기의 연주에 따라 노래를 부르고 일

화염산 원경

제히 박수를 치면서 흥겨워하였다.

무용수 중에는 키가 몹시 작은 곱추 노인의 모습이 가장 인상적이었다. 그는 줄곧 가벼운 몸 동작으로 춤을 추며 무슨 작은 새처럼 부드럽고도 경쾌하게 주변을 줄곧 빙빙 돌아다녔다. 위구르 춤의 특징은 손동작과 눈짓, 발의 스텝에 달려 있는 듯 보였다.

일행 중의 한 사람이 흥을 못 이겨 위구르 무용수들 사이로 들어가 함께 춤을 추었다. 시치미를 뚝 딴 능청스런 표정으로 엉덩이와 어깨를 경쾌하게 움직이고, 손끝을 가볍게 놀리는 위구르 무용수들의 춤사위를 진지하게 따라서 하는데, 둘러서서 이 광경을 바라보는 사람들 모두 박장대소를 하고 잠시나마 흥겨운 광경을 연출하였다. 사람들의 광경에도 전혀 무심하게 꼬리만 휘저으며 되새김질에 열중하고 있는 녀석들은 오직 낙타뿐이었다. 하지만 이 낙타들도 인간들이 워낙 소란하게 떠들어대는 광경이 이상스러웠는지 한번씩 고개를 들고 물끄러미 쳐다보곤 하였다.

자동차가 출발한 뒤에도 이들의 춤추는 모습과 음악 소리는 눈에 암암, 귀에 쟁쟁하였다.

화염산 부근의 산자락에서 흘러 내려오는 산기슭은 강 언저리에서 갑

가까이서 본 화염산 자락

자기 툭 잘려져 계류를 이루고 있었는데, 그 잘려진 부분이 몹시 거칠고 투박한 분위기를 자아내고 있었다. 마치 강제로 정지된 욕망의 속도를 보는 듯한 느낌이라고나 할까. 자연은 이렇게 가는 곳마다 독특하고 기이한 장면을 연출하고 있다.

고창 고성

사막을 지나고, 또 오아시스 지역의 위구르인 집단 거주 지역을 지나 쳤다.

이렇게 여러 마을과 사막을 번갈아 지나자 드디어 고창 고성의 표지가 보였다.

위구르인 마을에서는 마침 장이 열리고 있었는데, 상인들이 들고 온 물건들이란 온통 청포도 일색이었다. 마을 앞이나 구석진 마당에서는 위구르 노인들이 나와 앉아서 어린 손자들을 품고 있기도 하고, 긴 장죽에 담배를 재워서 눈을 지그시 감고 피우는 모습도 보였다. 여인들은 머리에 수건을 두르고 빨래를 하거나 노역에 종사하는 광경이 보였다. 길거리의 시장에는 서역 특유의 울긋불긋한 천을 팔고 있는 포목상들이 많이 눈에 띠었다.

실크로드 일대의 주택들은 주로 사각형이 가장 많다. 그 빛깔은 주변 모래의 빛깔과 동일하다. 이 모래흙을 반죽하여 벽돌을 찍어내므로 자연환경과 전혀 괴리감을 주질 않는다. 특히 바람이 통과하도록 만든 창문 쪽의 벽돌은 오묘한 무늬가 돋보이는 벽돌을 사용하여 운치를 한결 더하고 있었다. 이러한 모든 광경은 우중충하고 남루해 보였으나 매우 자연스러운 분위기를 고조시키고 있었다. 환경친화적인 빛깔이라고나 할까. 미국의 캘리포니아주에 있는 국립공원인 자이언 계곡을 가본 적이 있는데, 산의 빛깔이 적갈색이었으므로 포장 도로들도 모두 적갈색으로 통일시켜 놓고 있었다. 이런 점들은 한국의 공원이나 시설물, 혹은 유적지 관리정책에서 배워야할 것들이다.

또한 실크로드의 도로변에서 보게 되는 주택들의 대문 장식을 짚고 넘어가지 않을 수 없다. 대문 바로 위쪽은 바람구멍처럼 되어 있는데, 그곳은 나무판을 깎아서 새와 나무, 꽃, 동물의 형상 등의 온갖 장식으로 된 목각 판넬로 막아 놓았다. 어떤 곳에서는 이 목각 판넬을 뜯어 와서 판매하고 있는 광경도 있었다. 이 장식의 느낌에서 서역 위구르 생활 문화의 분위기를 물씬 느낄 수 있게 한다.

고창 고성이 가까워지면서 주변 건물들은 더욱 사막의 흙빛과 동일하였다. 이따금 오래된 고대의 무너진 건물 잔해들이 보였는데, 그것들은 오랜 세월의 바람에 쓸려 나가 거의 무너지고 있거나 한 가운데로 야릇한 구멍이 뚫려 있는 모습이었다. 혹은 한쪽 어깨가 부서진 채로 위풍당당한 자세를 그대로 꿋꿋하게 지키고 있었다. 그 언저리를 얼마나 많은 사람들이 스쳐 지나갔을까. 사람들은 자신의 삶을 일정하게 살다 모두 떠나가고, 이제는 그들이 만들어 세운 건조물의 일부가 겨우 남아서 당시의 곤고했던 역사를 웅변적으로 말해주고 있다.

오, 세월의 무상함이여!

나는 서역 일대를 바로 이것을 확인해보기 위해 애써 찾아온 것이 아니냐?

자동차가 고창 고성 입구에 도착하자 한 무리의 소년 소녀들이 울긋불긋한 위구르의 전통 의상을 입고 우루루 몰려왔다. 그들은 저마다 손에 각종 조악한 기념물들, 이를테면 방울이나, 지도, 작은 지갑, 장신구 따위를 들고 사주기를 간청했다. 그들의 표정은 하나같이 맑고 천진하였으며, 티없이 밝고 순결한 어떤 아름다움의 느낌이 전해져 왔다. 그들의 커다란 눈망울에 비친 고창 고성과 파란 하늘의 흰 구름!

주변에는 기념품을 팔고 있는 노천 상점들과 하미과 따위의 서역 과일들을 흥정하는 관광객들로 북새통을 이루고 있었다. 울긋불긋한 서역의 천으로 짠 스카프와 양고기를 굽는 매캐하고 노릿한 연기로 자욱한 통로를 지나 정문 쪽으로 다가가고 있었다.

이런 광경들에 대하여 망연한 생각에 잠기며 터벅터벅 앞사람을 따라 걷고 있는데, 어느 틈에 고창 고성의 입구로 성큼 들어서게 되었다.

상당히 넓은 지역이라 걸어서 다니기는 불가능하였다.

나는 위구르 소년들이 몰고 다니는 나귀가 끄는 수레에 걸터앉아서 고창 고성의 중심 지역으로 이동해갔다. 주변을 돌아보니 온통 모래벽돌을 쌓아올려서 만든 건축물들은 깡그리 파괴되고 그 아랫부분의 잔해들만 겨우 남아서 유지되고 있었다.

험한 세월의 상처는 한때 이 지역을 무참하게 휩쓸고 간 듯하다.

원래 이곳은 기원전 1세기 무렵에 차사(車師) 왕국에 주둔하고 있었던 둔전부대(屯田部隊)가 도읍의 기초를 조성했다고 알려져 있다. 그 후 서기 499년 한나라 사람 국문태(麴文泰)가 지배하던 작은 왕국. 하지만 그 나라도 시운이 다하여 640년경 당나라의 침공에 의해 멸망하고 말았다.

고창국(高昌國)은 5세기에서 7세기까지 대략 200여 년 동안 번영하였던 한인 계열의 식민국가였다. 그래서 고창국의 문화는 중국적 색채를 바탕으로 해서 서역의 문화를 결합시킨 독특한 양식을 지니고 있었다.

사원이 있던 곳,

주거지와 궁궐이 있던 곳,

식량의 보관 창고로 사용되던 곳,

백성들의 살림집 따위가 광범하게 분포되어 있는 옛 고창국의 황폐한 유허지.

이 지역 말로는 고창국을 카라호자로 부른다고 한다.

고창이란 지명은 한나라 때의 장군이었던 이광(李廣)이란 사람이 이 지역의 특징을 정리하면서 '지세가 높을 뿐 아니라 백성의 세력이 창성하다(地勢高敞 人庶昌盛)'라는 취지를 바탕으로 명명된 것이라 한다.

서기 609년, 수 양제는 북방 지역 일대를 순행하는 일정으로 바쁜 나날을 보내었다.

수 양제는 진시황처럼 지방을 직접 순행하는 일을 은근히 즐겼다고 한다. 이때의 순행은 주로 토곡혼(吐谷渾)을 정복하는 것이 목적이었다.

고창 고성의 불상 흔적들

토곡혼은 청해를 근거지로 해서 급작스레 강성해진 유목민의 세력이었다. 초창기 지배층은 주로 선비족이었으며, 티베트인들이 토곡혼의 지배를 받았다. 그 후 토곡혼은 점차 강성해져서 서역으로 통하는 길을 막고 약탈하며 위협을 가하게 되었다. 일이 이렇게 되자 수 양제는 직접 그곳으로 순행하여 질서를 바로잡아 놓겠다는 심산을 갖고 있었다.

이런 순행을 감행하도록 적극 권유한 사람이 배구(裴矩:547~627)란 신하였다.

그는 양제보다 먼저 서역 일대를 방문하여 양제의 현지 순행을 위한 사전 준비 작업을 철저히 하였다. 말하자면 수양제의 서역정책 기초 설계자이면서 동시에 집행자였던 것이다. 양제의 행렬은 장안을 출발하여 서쪽으로 서쪽으로 나아가서 드디어 장액(張掖)에 당도하였다. 수 양제가 연지산에 도착하자 고창국의 왕이었던 국백아(麴伯雅)를 비롯하여, 서역의 27개 나라의 왕과 사신들이 길가에 도열하고 수 양제에게 절을 하였다. 이때 토곡혼의 왕도 어쩔 수 없이 거기에 동참하였다. 이 모든 사전 정지 작업이 신하 배구의 탁월한 외교 능력에서 가능했던 것이었다. 이런 노력 덕분에 서역 일대는 차츰 안정을 되찾게 되었다.

이후로 토곡혼을 비롯한 서역 여러 나라들의 상인들은 낙양으로 하나 둘씩 몰려들게 되었다. 배구는 원래 장액에서 무역 관계 사업을 관장하면서 서역에 대한 풍부한 경험을 얻을 수 있었다. 이때의 체험을 토대로 서역 여러 나라의 산천과 풍속, 의복과 습속에 대하여 기록한 『서역도기(西域圖記)』 33권을 정리 발간하였다. 그는 이 책에서 이오(하미), 고창, 선선(누란)을 서역으로 가는 문이라 하였고, 돈황을 바로 그 인후(咽喉)에 해당하는 지역이라 표현했다. 배구는 이처럼 명실상부한 고대의 서역 전문가였던 것이다.

눈이 슬픈 고창 고성의 나귀

고창국 유허지의 구조는 대체로 외성, 내성, 궁성 등 세 지역으로 나뉘어 있다.

이곳에 당나라의 현장(玄奘)스님도 험난한 구도의 여행 도중에 와서 한참 동안 머물렀고, 혜초(慧超) 스님도 분명히 이 고창국을 다녀갔으리라 여겨진다. 고창국의 왕 국문태는 현장을 고창국에 좀더 눌러 앉히기 위하여 현장의 천축행(天竺行)을 처음에는 허락하지 않았다. 이에 대하여 현장이 귀로에 반드시 들리겠다는 다짐을 하자 그제야 보내 주었는데, 기나긴 여행에 필요한 많은 물자와 비용, 안전을 위한 배려를 극진히 베풀었다.

지금은 당시의 모든 것이 사라지고, 오직 그 희미한 흔적만 남아 있을 뿐이다.

눈물도 한숨도 한 줄기 바람처럼 일어났다 사라진 지 오래 되는 듯, 새 한 마리조차 날지 않고 울음소리조차 들리지 않는다. 무너진 옛 성터에는 엄청난 일광의 폭포만이 흘러 넘치고, 군데군데 모여선 무심한 관광객과 망국의 옛 상처를 알 길 없는 위구르 소년들의 떠드는 소리만이 잔잔히 들릴 뿐이었다.

나는 무너진 토성의 한쪽 모서리에 올라서 고창 고성 전체의 너무도 쓸쓸한 정경을 빨아들일 듯 조망하였다. 그야말로 '황성 옛터'란 바로 이런 곳을 두고 일컫는 말인가 하였다. 어쩌면 이렇게도 말끔히 무너질 수가 있단 말인가? 강대했던 한나라와 주변 세력들의 틈바구니에서 아주 작고 보잘 것 없었던 고창 옛 나라의 주민들과 왕의 고뇌를 곰곰이 생각해 보았다.

그 옛날 차사 왕국의 수도였던 교하 고성(交河故城)이 투르판의 서쪽에 있다고 하였으나 가보지 못하였다. 아마도 이곳 고창 고성의 광경과 크게 다르지 않은 분위기일 것 같았다. 사진 자료를 찾아보았는데 교하에는 사원 유적과 불탑, 주거지의 흔적 따위가 많이 남아 있었다. 한 척의 거대한 군함처럼 솟아오른 벼랑 언덕에 고성이 있었다. 성을 건설할 때는 땅을 그대로 둘러 파서 모든 건축물을 조성하였다고 한다. 당나라의 안서도호부가 있던 곳도 교하였다고 한다.

차사 왕국을 멸망시킨 사람은 한나라의 장군 정길(鄭吉)이다. 그는 원래 한 사람의 보잘 것 없는 병졸에 불과하였다. 하지만 오랜 세월을 서역 일대에서 복무했던 까닭에 이 지역 사정에 남달리 정통하였다. 한나라 선제(宣帝) 때에 정길은 일약 승진하여 군대를 이끌고 차사 왕국으로 들이닥쳤다. 당시 차사 왕국은 흉노의 세력권에 속해 있었던 것이다. 이 공로를 인정받아서 정길은 대뜸 서역도호에 임명되었다. 도호란 직책은 서역의 남도와 북도 전체를 보호하고 감독하는 임무를 담당하였다. 정길은 일단 도호에 임명되면서 오루성(烏壘城)에 머물며 서역 일대를 통솔하였다.

이곳은 서역의 북도에 위치하여 교통의 요충지가 되었으며, 전체를 통솔하는 곳으로 가장 적절한 장소였다.『한서』의 '정길전'에는 '각국을 진무(鎭撫)하고 이를 주벌(誅伐)하며 회집(懷集)하다. 한의 호령이 서역에 반포되다' 라고 기록하였다. 정길에서부터 시작된 서역도호는 도합 18명이나 되었다고 한다. 이것은 한나라의 강성한 세력이 서역 일대를 완전히 장악하고 있었음을 말해주는 역사적 사례라 할 것이다.

아스타나 고분과 그 주변

고창 고성을 떠나와서 다음으로 당도한 곳이 고분이 무더기로 발견된 아스타나(阿斯塔那) 지역이다. 아스타나란 말은 위구르어로 '휴식의 장소'라는 의미를 지녔다고 한다.

이곳은 투르판에서 남동쪽으로 40㎞ 지점에 위치해 있다. 아스타나 고분군은 원래 고창성 일대에 살았던 한인들의 무덤이다. 옛날의 공동묘지에 해당하는 이곳은 귀족과 서민 할 것 없이 죽음 이후에 가는 유택(幽宅)의 아늑한 공간이었다. 입구로 들어가 본즉 마치 건축공사장을 방불케 하는 흙더미가 널려있고, 나무 전봇대가 여기저기에 서 있어서 고분군이라는 느낌은 전혀 들지 않았다. 하지만 내부로 점점 더 진입해 갈수록 분묘의 느낌이 더해가는 흙더미들이 눈에 들어오기 시작하였다.

나는 이곳에서 고대 한나라 상인의 무덤 내부를 돌아볼 수 있었다.

묘실 내부로 들어가는 길은 땅위에서 비스듬히 뚫려 있었고, 그 막다른 끝에는 관이 놓였던 자리와 주변의 벽화들이 보였다. 벽화들은 주로 무덤 주인의 갈망과 이상 따위와 관련해서 그려진 것들이었다. 무덤 주인의 원래 고향은 남방 지역이었으나, 어떻게 이 먼 곳까지 흘러와서 살며 못내 고향을 그리워하였다고 한다. 하지만 늙고 병들어 타관 객지에서 죽음을 맞이하게 되었다. 그가 묻힌 무덤엔 벽화를 그렸다. 죽은 넋이라도 고향을 갈 수 있도록 날개 달린 새와, 고향 지역 일대에서 많이 돋아나는 나무와 풀, 꽃들을 그림 속에 담고 있다는 점이 특징이었다.

이곳에서 나는 미이라를 보았다.

고대의 미이라는 북어껍질처럼 깡마르기는 했지만 갈색의 피부와 몸의 윤곽, 모발 따위가 그대로 고스란히 남아서 옛 모습을 상상할 수 있도록 하였다. 이 미이라도 살아생전에는 얼마나 많은 세속적 욕망과 시련과 질투에 시달렸을까? 그의 고통과 눈물과 사랑은 지금 모두 어디로 갔는가? 그가 이루지 못한 것들은 어쩌면 우리 후대 인간의 가슴속에 고스란히 살아서 숨쉬고 있을 것이다.

아스타나 고분군에서는 무려 2700점의 고대 유물들과 10000점이 넘는 각종 미술품들이 대량으로 발굴되었다고 한다. 유명한 '복희여왜도(伏羲女媧圖)'와 '수하미인도(樹下美人圖)'도 이곳에서 발굴되었다. 심지어는 그 시기에 빚었던 만두와 점심 밥상까지 그대로 나왔다고 한다. 워낙 건조한 사막 지역이라 그런 일이 가능했을 것이다. 이러한 내용의 설명을 안내인으로부터 들으니, 당시 이곳 부근에서 살아가던 주민들의 물질적 삶과 문화적 번성함을 그대로 느껴볼 수 있는 듯하였다.

아스타나를 떠나서 다음 행선지로 찾아온 곳은 커얼정(坎兒井), 즉 커얼 우물이라 부르는 곳이다. 주민들은 아주 일찍부터 물의 부족에 시달렸었고, 급기야 천산산맥에서 녹아 내리는 빙하의 물을 받아 모으기 위해서 사막의 바닥으로 수로를 뚫는 대공사를 일찍이 하였다. 지하의 수맥을 따라서 일정한 간격으로 수직의 우물을 파고 들어갔다. 이 지하우

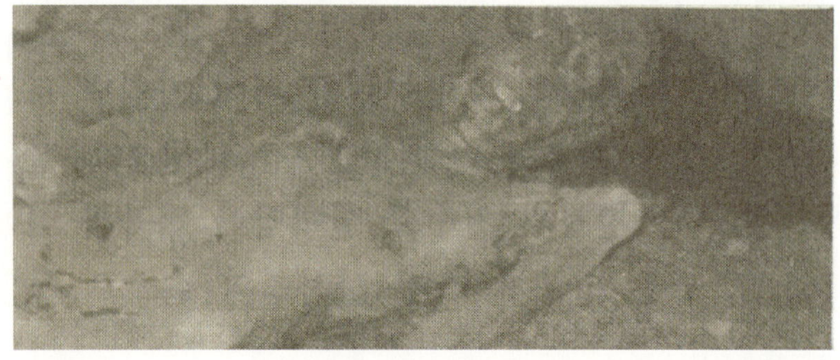

아스타나 고분에서 발굴된 미이라

물과 우물 사이를 물길을 파서 연결시키고, 농업용 관개와 지하 저수지로 사용하였다. 이런 공사를 무려 수 천년 동안 계속해 온 것이다. 전체의 길이는 무려 3000km가 넘는다 한다.

그 물이 통과하는 지하 수로를 일부분 개방하여 관광객들에게 보여주고 있다.

카레즈라고도 불리는 이곳 수로에 손을 담가 보았더니 과연 빙하의 물이라 차기가 마치 얼음 같았다. 맑기는 투명한 수정과도 같았다. 물은 쉴 새 없이 졸졸 흘러가고 있었다. 사막 지역에서 살아가는 주민들에게 이 물줄기는 바로 그들의 생명수와도 같은 것이었으리라. 척박한 환경에서 필사적으로 살아남기 위해 갖은 몸부림과 사투를 펼치는 과정에서 이러한 시설이 고안되었으리라. 풍부한 물이 있었으므로 사막에서의 포도 농사와 생활이 가능했던 것이다.

도처에 위구르 사람들의 마을이 있었고, 그 마을의 집집마다 포도와 하미과(哈密菓)를 말리고 있는 광경들이 보였다. 큼직한 대문은 열려 있었고, 그 앞으로는 평상이 마련되어 있어서 마을 주민들이 찾아와 앉았다 가거나, 노인들의 쉼터 구실을 하고 있다. 집집마다 빈부의 차이가 있었을 터인 즉, 담장의 재료로 사용하는 벽돌에서 그것이 금방 드러나고 있다. 부잣집 벽돌은 적갈색으로 무늬를 다채롭게 장식한 것이 특징이었고, 빈자들의 주택은 벽돌이 아니라 그냥 흙을 반죽하여 찍어낸 것에 불과할 뿐이었다.

이 많은 마을들 가운데의 하나이자 유명한 명소로 알려진 포도계곡을 찾아서 올라갔다. 다소 높은 지역인 듯 자동차는 한참 괴로워하면서 밋밋한 언덕을 올라갔다. 그 언덕 아래의 계곡에는 포도골이라는 이름 그대로 주변에는 포도 농장이 즐비하였는데, 그 사이에 관광객을 위한 포도농장의 쉼터가 조성되어 있었다.

들어가는 통로의 좌우에는 건포도, 건과일 장수들이 잇따라 도열해 있었다. 가끔은 이곳 위구르 주민들이 즐겨 패용하고 다니는 휴대용 단검을 팔고 있는 상인들도 보였다. 주로 손잡이와 칼집에 화려한 장식을 한 것들이 많았다. 이런 칼들은 붉은 천 위에다 진열해 놓아서 몹시 선정적이고 자극적인 느낌을 주었다. 하지만 이런 물건들은 모조리 눈요기만 할 수 있을 뿐이다. 마음에 들어서 구입했다 하더라도 귀국할 때 공항 세관 검사에서 모두 압수되는 물건들이다. 위구르의 전통 악기를 팔고 있는 노점상도 있었다.

한 곳에서 마른 과일들의 맛을 보았더니 과연 그 달기가 이루 말할 수 없었다. 투르판 지역의 그토록 풍부한 햇살들은 모조리 과일의 몸 속으로 들어가 집을 짓고, 자리를 펴서 그대로 들어앉은 듯하다. 내가 먹고 있는 투르판 건과일의 달콤함은 바로 푸진 햇살의 농축이 아닌가 하였다. 허리가 날씬하게 보이는 중국 전통 의상을 입은 처녀들이 일제히 음악처럼 맑고 낭랑한 목소리로 호객하는 소리를 내었다.

잘 익은 하미과의 수확과 포도 그늘

"라이 라이! 칸이샤파!(來來! 看一下吧!)

이 말은 '어서들 오세요. 와서 한번 구경하세요!'라는 뜻이었다.

포도골로 들어가는 입구에는 작은 다리가 하나 놓여 있었고, 그 아래로는 커얼정에서 흘러온 맑고 풍부한 물줄기가 시원스럽게 소리를 내며 흘러가고 있었다.

포도골은 말 그대로 너무도 많은 포도송이들이 주렁주렁 탐스럽게 시렁 위에 달려 있어서 손만 뻗치면 곧바로 따먹을 수 있었다. 투르판의 포도시렁과 비슷한 모습이었다. 대부분 청포도였고, 그 종류만도 수백 가지가 넘는다고 하였다. 포도건조장에 들어가 보았는데, 바깥의 뙤약볕과는 달리 그늘 속은 매우 시원하였고, 벽돌의 뚫린 구멍으로 줄곧 바람이 솔솔 불어 들어왔다. 길다란 백양나무 기둥에 구멍을 뚫어 그곳에 손가락 굵기의 막대기를 약 20㎝ 간격으로 촘촘히 박은 것들이 건조장 바닥에 뉘어져 있었다. 포도를 건조시킬 때는 그 기둥을 실내에 세워서 막대기에 포도를 빽빽이 걸어두는 것이다. 사막의 건조한 바람이 줄곧 불어와서 일정한 시간만 지나면 건포도는 저절로 만들어진다. 대개 보름 정도에서 한 달이면 완전히 건조된다고 했다.

한 곳에 자리를 잡고 앉자, 이곳에서 서비스를 담당하는 위구르 여성이 즉시 달려와 포도가 그득히 담긴 접시를 가져다주었다. 거기엔 일단 두 종류의 청포도가 있었는데, 알맹이가 다소 굵고 갸름한 놈이 있었고, 다른 하나는 작고 동글동글한 청포도가 있었다. 따서 먹어보니 달고 쌉싸름한 맛이 매우 싱그럽고 신선하였다. 갈증이 나던 목이 단번에 해소되었다. 지난날 가수 도미(都美)가 불렀던 「청포도 사랑」이란 노래의 가사가 자꾸만 떠올라 혼자 나직이 흥얼거렸다.

나는 이곳을 천천히 걸어서 포도골을 빠져 나왔다.

이 많은 포도를 그대로 두고 떠나온다는 사실이 못내 허전하고 아쉽기만 하였다. 포도골 주변의 마을은 온통 하미과를 비롯하여 지역에서 생산되는 제철 과일을 팔고 있는 노점 상인들로 즐비하였고, 청년들은 거리의 당구장에서 입술에 담배를 느긋하게 끼워 문 채로 당구 막대를 잡고서 공 쪽으로 시선을 집중하고 있었다. 어떤 노인들은 집에서 가내수공업으로 만든 융단을 들고 나와 길다란 장대 끝에 매달아 펼쳐 놓고 오가는 길손들의 시선을 끌고 있었다.

아무 할 일도 없이 집 앞에 대문 앞에 나와 서서 오가는 행인을 멀뚱히 바라보는 아낙네의 모습도 보였다. 수레를 개조한 작은 탈 것들이 주민들을 싣고 부근 마을을 바쁘게 오가는 광경이 눈에 띄었다. 나귀 수레에 온가족이 앉아서 길가를 분주히 달려가는 장면도 포착되었다. 이제 서서히 저녁이 도래하고 있는 것이다.

돌아오는 길에 다시 화염산 부근을 지나게 되었는데, 마침 저녁 무렵이어서 더욱 생생한 화염산의 전경을 볼 수 있었다. 하지만 희끄무레한 안개에 덮여 화염산은 또렷한 느낌이 훨씬 덜하였다. 크고 누런 암석에다 위구르 문자와 한자로 나란히 화염산이라 새겨놓은 표지석이 있었고, 그 앞에선 청색과 붉은 색을 입은 위구르 소녀 세 사람이 민속춤을 추느라 한창이었다. 악대의 연주도 흥이 올라 있었고, 방문객들은 저마다 흥겨운 표정으로 춤을 감상하거나, 화염산을 배경으로 사진을 찍느라 분주하였다. 쌍봉 낙타 두 마리가 등에 붉은 안장을 얹고 서서 탈 사람을 기다리는 중이었고, 낙타몰이 소년은 사다리 위에 걸터앉아 호객하는 소리를 내었다.

버스를 타고 출발하자 날이 서서히 저물었다. 위구르 마을에서는 많은 위구르 사람들이 집과 마을 앞 공터에 나와 앉아서 흐뭇한 저녁 한 때를

보내고 있었다. 투르판 시내에는 환하게 불이 켜져 있어서 낮보다 비교
적 시원한 저녁 시간을 즐기려는 시민들로 북적거렸다. 도로 한 가운데
에 심어 놓은 가로수는 너무 어린 묘목이라 아직 많은 시간이 지나야 가
로수의 구실을 할 수 있을 것이었다.

투르판 시내의 한 교차로에서 자동차가 잠시 신호 대기를 하였는데,
흥미로운 광경이 보였다. 그것은 신호등의 적색과 초록 등이 들어올 때
붉은 글씨로 된 시간이 표시되었다. 30초에서 카운트 다운해 들어가는데
숫자가 0이 되면 다시 다른 신호로 바뀌곤 하였다. 하지만 주민들은 이런
신호쯤엔 별반 아랑 곳 하지 않은 채 그냥 길거리를 횡단해 다니고 있었
다. 저만치 녹주 빈관의 전경이 보였다.

투르판의 야경

저녁 식사를 마친 다음 나는 가벼운 차림으로 갈아 입고 투르판 시내
의 미리 보아둔 시장 골목을 향해 바쁘게 걸어갔다. 시내 지도를 보니 투
르판의 중심부는 고창로(高昌路)와 노성로(老城路)로 나뉘어져 있다. 가
장 커다란 거리의 이름은 일명 해방가(解放街)로 부르기도 한다. 고창가
의 동쪽은 포도덩굴이 우거진 회랑이 길게 설치되어 있어서 젊은 연인들
이 그 밑을 거니는 광경을 흔히 볼 수 있다. 그래서 이곳을 청년로(靑年
路)라 부른다.

붉은 받침이 된 원주(圓柱)가 나란히 서 있고, 그 위로 시렁이 설치되
어 있다. 포도덩굴은 그 시렁 위에서 시원하게 드리워져 제법 그늘을 만
들고 있다. 포도는 대부분 알이 별로 크지 않은 청포도였다. 제법 노르스

투르판의 처녀들

야시장 노천식당에서 만난 위구르족 청년들

름하게 색깔이 들어있는 걸 보면 알맞게 익은 상태임을 알 수 있다. 포도 고장에서 아주 신선하고 색다른 아이디어라 하겠다. 포도덩굴 밑을 천천히 걸어가노라면 투르판의 정서가 온몸으로 왈칵 젖어든다.

빈관 앞에 저 혼자 우뚝 서 있는 이정표는 투르판에서 화염산까지 46km, 교하고성까지 11km라는 거리를 충실하게 표시하고 있다.

온갖 채소와 과일, 육류와 양념 따위를 팔고 있는 상인들의 통로를 빠져 나와 흥청거리는 야시장으로 걸어갔다. 너무도 많은 인파에 나는 자주 어깨를 부딪쳐야만 했다. 한 노점 상인의 수레에서 왕락빈(王樂賓)이라는 서역 민요를 잘 부르는 이 지역 남성가수의 음반을 한 장 구입했다. 음반 재킷의 그림에는 사막을 줄지어 걸어가는 낙타의 행렬이 있었고, 카우보이 모자를 멋있게 눌러쓴 왕락빈의 모습이 있었다. 그의 구성진 노래를 들으면서 투르판의 저녁 정취는 서역의 전형적 분위기를 물씬 풍기게 하였다.

시장 앞 광장에는 야시장의 노천음식점들이 한창 성황리에 열리고 있었다. 하얀 위구르 모자를 쓴 남정네들이 칼을 쓱쓱 갈아서 양고기를 잘게 썰고 있는 광경이 보였고, 그 옆에서는 벌겋게 피어오른 숯불에 고기를 굽느라 노린내나는 매캐한 연기를 피워 올리는 장면도 보였다. 이런 노천주점의 어느 한 곳에 나는 잠시 앉아서 양고기와 술 한 병을 비웠다. 투르판 주민들은 이런 밤 분위기를 무척 즐기고 있음에 틀림없었다. 강아지를 데리고 나온 사람, 애인들과 다정하게 나와 앉아서 시간을 즐기는 시민들로 가득하였다.

나의 발걸음은 곧 투르판의 종합경기장 쪽으로 옮겨갔다.

그곳에서는 누군가가 육성으로 부르는 노랫소리가 크게 들려왔다. 하지만 막상 올라가 보니 확성기에서 들려오는 음악소리였다. 주변의 분수와 벤치에는 투르판 시민들이 모여 있었는데, 모두 어딘가에서 일제히 쏟아져 나온 듯이 붐비는 인파로 북적거렸다.

그런데 이때 빗방울이 떨어지기 시작했다.

비는 삽시에 투닥거리는 소나기로 바뀌어 주룩주룩 쏟아졌다. 많은 사람들은 일제히 경기장 아래쪽 통로로 몰려들어서 비를 피하였다. 비좁은 공간에 참으로 많은 사람이 입추의 여지없이 몰려 서서 비를 피하는 광경은 재미있었다. 나도 그들 사이에 묵묵히 뒤섞여 선 채로 소나기가 지나가기를 기다렸다. 이 소나기가 후텁지근한 사막의 숨막히는 열풍을 단숨에 거두어갔으면 좋겠다. 하지만 소나기는 그야말로 잠시동안의 소나기인지라 곧 그쳐버렸고, 사람들은 다시 와글와글 떠들며 제각기 어디론가 흩어져갔다. 나도 포도나무를 가로수로 심어서 긴 회랑을 조성해 놓은 통로를 천천히 걸어서 빈관으로 돌아왔다.

바로 잠자리에 들기가 심심하여 나는 잠시 빈관 부근을 산책이나 할까 생각했다.

여전히 무더위가 가시지 않은 투르판의 밤을 어슬렁거리다가 몇 사람의 일행들과 어울렸고, 빈관 앞 주점에 앉아서 포도주 한 병을 주문했다. 그런데 뜻밖에도 갖고 온 포도주의 이름이 아름답고 특이하였다.

그 이름은 '누란(樓蘭)'!

이 신비스런 이름의 포도주에는 누란의 냄새가 난다.

사막 지역인 누란의 풍부한 햇살과, 누란의 그 덧없이 사라진 시간들과, 누란에서 살다가 세상을 떠난 사람들의 가슴 속 슬픔이나 서러움까지 모두 끌어안고 있는 듯한 포도주 '누란'!

병의 모양새도 귀여웠을 뿐 아니라 '누란'의 맛은 몹시 신선하고 독특하였다. 서역 일대의 짙은 모래 냄새가 나는 듯도 했다. 달콤하고 쌉쌀한

신강성의 대표적인 포도주 〈누란〉의 코르크 마개

포도주를 혀끝으로 살짝 베어먹는 그 멋진 맛이란 지금까지 맛본 어떤 와인과도 견줄 수 없으리라. 나는 '누란'이란 이름이 인쇄된 코르크 마개를 정겹게 만지작거리다가 호주머니에 슬그머니 집어넣었다. 이 작은 기념물을 들고 가서 나의 책상머리에 항상 놓아두고 투르판의 멋진 밤을 오래 오래 기억하고 싶었기 때문이다.

주변에서 왁자지껄하게 떠들던 사람들도 모두 어디론가 떠나갔다.

투르판 녹주 빈관의 야경이 달빛 아래서 맑고 또렷하게 보였다. 달빛이 빈관의 전경을 어떤 실루엣으로 휘장처럼 천천히 덮고 있는 듯한 느낌이 들었다. 나는 결국 투르판의 훌륭한 포도주인 '누란'을 한 병 더 주문하여 완전히 빈 병을 만들고 난 다음에야 숙소로 돌아왔다.

달이 창공에 높이 떠서 저 혼자 쓸쓸한 얼굴을 하고 있었다.

내 몸 속으로 들어간 '누란'은 마치 외부에서 공급된 혈액이 온 몸의 구석구석을 순환하며 다니듯이 분주히 쏘다니며 나에게 무어라 비밀스런 고대의 귓속말을 나직하게 들려주었다. 하지만 나는 넋을 놓고 서역의 달을 바라보느라 잠시 '누란'의 말에 귀를 기울이지 못했다.

투르판의 밤은 이렇게 고즈넉이 깊어가고 있었다.

내가 뚜렷한 반응을 보이질 않자 몸 속의 '누란'도 잠잠하게 입을 다물었다.

남산 목장의 카자흐인들

투르판의 녹주 빈관을 떠나서 자동차는 남산 목장을 향해 떠났다.

그 길은 상당한 거리였다. 자동차로 대평원을 몇 시간이나 달렸을까? 광활한 사막의 벌판 저 먼 곳으로는 거대한 산악의 모습도 보였다. 원경으로도 허연 빛을 띠고 있는 소금 호수도 있었다. 구름이 대평원에 그림

구름도 쉬어가는 신강성의 대평원

자를 드리우고 머물다 미련 없이 떠나는 광경이 보였다. 염호(鹽湖)에는 슬픈 전설이 서려 있다고 하였다.

이 지역에서 살아가던 한 부잣집 처녀와 그 집에서 머슴살이하던 총각이 서로 사랑하게 되었다. 하지만 이것은 시작부터 불행한 사랑이었다. 처녀의 완고한 아버지는 당연히 펄쩍 뛰며 총각을 증오하였다. 잔인한 아버지는 두 사람을 끝내 갈라놓고야 말았는데, 처녀는 울고 또 울다가 기어이 죽어서 소금호수가 되었고, 총각은 그 호수를 바로 지척에서 내려다보는 산악이 되었다. 산이 염호에 거꾸로 비칠 때 호수의 모습은 가장 아름답다고 하였다. 이 지역 주민들은 이 염호를 일컬어서 '눈물의 호수'라 부른다 하였다. 짜디짠 염호의 물은 모두 처녀의 눈에서 흘러내린 눈물이라는 것이다. 슬프고도 아름다운 중국의 구비문학이다.

곧 시와보(柴窩堡)란 곳을 스쳐 지나갔다.

엄청난 숫자의 풍력발전소가 있는 걸 보면 이곳이 세찬 바람이 지나는 통로임을 알겠다.

이른 아침이어서 햇살에 비친 산악의 연봉들이 뚜렷한 명암을 드러내고 있어서 산세의 험준함을 더욱 강조하고 있었다. 동시에 누런 색과 회색은 햇살을 받은 부분이요, 그늘진 부분은 암갈색이었다. 아주 먼 산의 원경은 푸르스름한 빛깔로 구분되어 나타났다. 길다란 구름이 산맥의 허리를 휘감고 있는 장면도 보인다. 평지에서 노랗게 보이는 곳은 해바라기를 대량으로 재배하는 농장의 모습이다. 천산산맥의 원경과 멋진 대조와 조화를 이루고 있다. 너무도 목가적인 전원 풍경이다.

들판에 길다랗게 검고 둥그런 부분은 구름의 그림자다. 어떤 곳은 산꼭대기에서부터 줄곧 평지까지 이어진 부분도 보인다. 청마(靑馬) 유치환(柳致環) 시인은 저러한 광경을 일러 구름이 빨래를 해서 들판에 널어두었다는 호방한 표현을 한 적이 있다. 그 광경은 천산북로 쪽 중앙아시아의 넓은 초원 어디를 둘러보더라도 쉽고 흔하게 발견할 수 있다. 과연 호연지기(浩然之氣)를 실감하게 하는 장면들이다.

잘 닦인 길은 아득한 벌판 한 가운데로 실낱같이 연결되어 있는데, 이런 길을 자동차는 바람처럼 맹렬하게 달려간다. 도로변의 초원에는 양을 방목하는 사람들의 작은 천막집이 자주 나타난다. 검은 빛과 흰 빛이 뒤섞인 양떼들이 풀밭에서 풀을 뜯다가 고개를 들고 자동차를 멀뚱히 바라보는 광경들이 보인다. 그 옆에서 소들은 공연히 어슬렁거린다. 사뭇 평화로운 풍경들이다. 환경이 전혀 오염되지 않은 청정지역이라, 어느 곳을 막론하고 색채의 선명함은 유난히 맑고 인상적이었다.

이러한 벌판 한 가운데 지친 나그네들이 잠시 쉬어 가는 휴게소가 있었다.

신강성의 대표적인 가수 왕락빈의 흉상

대개의 휴게소가 그렇듯이 이곳도 품질이 조악한 기념품과 옥을 가공한 제품, 모조 골동품 따위를 진열해 놓고 비싼 값을 붙여 놓았다. 휴게소의 처녀 복무원들이 뜨거운 재스민 차를 한 잔 씩 가져다주어서 즐겁게 담소하며 마셨다. 휴게소 앞마당에는 신강이 배출한 유명한 민요가수인 왕락빈의 동상이 세워져 있었다. 왕락빈은 한 사람의 민중연예인으로서 신강성 주민들에게 커다란 인기와 존경을 누리고 있는 듯하였다. 동상 앞에도 '인민음악가'란 경칭을 써놓고 있었다.

나는 왕락빈의 동상 앞에 서서 그동안 내가 달려온 아득한 서역의 들판을 바라보았다. 그 벌판을 쉬지 않고 바람은 불어가고, 구름은 높이 떠서 유유히 흘러간다. 모자가 날아갈 것 같아서 나는 머리를 두 손으로 움켜 잡았다.

신강 위구르 자치주는 남쪽으로 곤륜산맥, 북쪽으로 천산산맥이 달리고 있다. 그 가운데 청해성(靑海省)은 청장고원의 일부로서 3000m 이상의 높이에 위치해 있다고 한다. 두 산맥 사이에는 타림분지가 발달해 있고, 그 아래편으로는 차이다무 분지가 있다.

투르판에서 우루무치 쪽을 향해 가다가 천산산맥의 북쪽 산기슭에 조성된 카자흐 족들의 마을이 오늘의 첫 번째 목표이다. 이곳을 남산이라 한다. 크고 작은 계곡들이 밀집해 있어서 많은 관광객들은 이곳의 진풍경을 보기 위해 몰려든다. 자동차는 서서히 천산 기슭의 카자흐 목장으로 접어든다.

카자흐 족들은 어떻게 해서 이곳 서역지방까지 와서 살아가게 되었는가? 그것은 러시아 국내 정세가 불안하던 시절, 백계 러시아인들과 카자크 인들은 사방으로 흩어져 자신들의 살길을 찾으려 다닌 결과였다. 그로 인하여 카자흐 인들은 서역 일대로까지 흘러 들어오게 된 것이다. 사람이 살지 않는 빈 농막이 여러 채 보였다. 쓸쓸한 분위기의 초등학교도 보인다. 목장 일대에서 살아가는 주민들은 바로 저 학교로 자녀들을 보내는 것이다. 말을 타고 학교에 등교하는 아이들! 이 얼마나 신나는 광경인가?

마을로 들어가는 입구에는 차단기를 설치해 두고 출입자를 통제하고 있었는데, 이것은 오로지 입장료를 받기 위한 목적인 것으로 보였다. 그곳에서 다시 언덕의 산기슭을 향해 조금 더 올라가니 드디어 카자흐 사람들의 집단 거주지역이 보였다. 백여 마리의 양떼가 잠시 길을 막고 있다가 도로 한 편으로 몰려서 올라갔다. 양치기 노인의 걸음이 갑자기 빨라지고, 손에 들린 막대기가 분주히 오르내렸다.

대개의 주택들은 몽골 유목민들의 집과 같은 게르, 즉 파오(包)의 형태를 하고 있었다. 그것은 유목민 특유의 주거 형태인 원형의 천막 가옥이다. 이 파오는 두 가지 종류가 있다고 한다. 한 가지는 소달구지 위에 완전히 고정시킨 상태로 설치하여 이동할 때는 철거할 필요가 없이 그대로 옮겨가면 되는 방식이었다. 이것은 가장 오래된 원시유목민들의 주거 형태였다. 다른 한 가지는 조립과 해체를 마음대로 할 수 있는 이동 가옥으로, 약 한 시간 정도면 즉시 천막을 해체하여 자동차나 낙타의 등위에 실을 수 있다고 하였다.

남자들은 대개 목이 길게 올라오는 가죽 장화를 신었고, 여성들은 원색의 치마와 활동에 편한 윗저고리를 입었다. 남자의 의복은 옷소매가 좁고 섶이 짧았는데, 그것은 말을 탄 채로 활을 쏘기에 편리하도록 조상들이 고안한 의상이었다고 말했다. 모든 살림구조가 유목적 생산과 자급자족의 생활을 위한 슬기와 배려로 온통 가득하였다.

자동차에서 내리니 워낙 고도가 높은 산악 지역이라 싸늘한 냉기가 온

몸을 파고들었다. 나는 재빨리 방한복을 꺼내어 입었다. 산 계곡마다 짙은 흰 구름이 몰려 내려와 있었다.

말을 타고 날쌘 동작으로 달리는 카자흐 여인들과 소년들의 모습이 도처에서 보였다. 그들이 서로 부르며 주고받는 말! 말들이 내뿜는 콧김! 말방울 소리! 말을 처음 타는 관광객들의 비명이 한데 뒤섞여 와자지껄하게 들려왔다.

많은 사람들이 이미 말 위에 앉아서 일정한 지역을 달리고 있었으며, 이곳 사람들의 생활 한 귀퉁이를 경험해 보는 즐거움을 맛보고 있었다. 나도 곧 한 카자흐 아낙네의 인도에 따라 그가 끄는 말고삐에 의존하여 한 마리의 흑갈색 말에 올라탔다. 난생 처음 타보는 말이다. 말은 주인이 시키는 대로 말귀를 알아듣고 잘 따르는 유순한 성격이었다.

나는 그러한 말의 목덜미를 마치 많이 말을 타본 사람처럼 익숙한 손놀림으로 툭툭 쳐주었다. 말은 발굽 소리를 내며 또각또각 걸어간다. 돌멩이가 있거나 말거나 땅이 질거나 말거나 말은 앞만 보고 열심히 고개를 흔들며 걸어간다. 말의 목에서는 맑은 놋쇠방울 소리가 달랑달랑 끊임없이 들려온다. 가만히 들어보니 이 말방울 소리는 카자흐 마을이 자리잡고 있는 산 계곡을 흥건하게 채우고 있다. 잠시 후 아낙네는 나의 앞자리에 성큼 올라타고 말을 재촉하여 달리기 시작한다. 나의 엉덩이는 아낙네의 뒤에서 연신 들썩거리고, 말이 달리는 동작에 따라 내 몸도 덩달아 규칙적으로 방아를 찧는다. 이런 경험은 유쾌하기 짝이 없다. 아마도 이 쾌감 때문에 사람들은 승마를 즐기는 것인가 하였다.

길가 풀 섶에는 송아지란 놈들이 앉아서 해를 쬐거나 심심하면 일어나 벌판을 달리며 서로 쫓고 쫓기는 장난을 즐기고 있었다. 그것도 지루해지면 녀석들은 가만히 서서 서로의 얼굴이나 목덜미를 핥아 주었다.

천산 기슭 남산의 카자흐족 거주지

카자흐족의 천막집 게르

한 바탕 주변을 말에 몸을 싣고 흔들거리며 달려온 뒤에 드디어 말에서 내리는데, 정말 아쉬운 생각이 들었다. 이대로 말고삐를 잡고 저 높은 산과 들을 마구 달리고 싶은 충동이 들었다. 내 몸 속에 오랫동안 조용히 잠자고 있던 기마 민족의 피가 문득 잠을 깨어 발동하고 있는 것일까?

나는 승마의 충동을 억누르고 언덕 위의 게르로 들어갔다.

건너편 산기슭에는 카자흐 족들의 천막집이 마치 하얀 버섯처럼 돋아나 있었다. 카자흐 족의 주거도 몽골족의 것과 비슷했다. 하기야 모든 유목민들의 삶은 어떻게든 서로 상통하는 것이 아닐까? 카자흐 여인들은 씩씩하고 강인하다. 어떤 악조건 속에서도 능히 자신을 꿋꿋하게 일으켜 세울 수 있는 힘을 가졌을 것이다. 그녀들이 말 위에 늠름하게 앉아서 들판을 달려가는 모습을 보노라면 하나같이 당당한 여장부라는 느낌이 강렬하게 들었다.

완강한 느낌의 카자흐 여인들을 보고 있으려니 문득 1930년대 한국의 시인 백석(白石)의 작품 「절망(絶望)」이 떠올랐다. 저 카자흐 여인들과 한국의 함경도 쪽 여성들의 이미지는 일견 흡사한 데가 있을 것이다.

北關의 계집은 튼튼하다
北關의 계집은 아름답다
아름답고 튼튼한 계집은 있어서
흰 저고리에 붉은 길동을 달아
검정치마에 받쳐입은 것은
나의 꼭 하나 즐거운 꿈이었더니
어늬 아츰 계집은
머리에 무거운 동이를 이고
손에 어린것의 손을 끌고

가파러운 언덕길을
숨이 차서 올라갔다
나는 한종일 서러웠다

– 백석의 시 「절망」 전문

마치 북관의 여자처럼 생긴 카자흐 여인 하나가 자신의 아들과 함께 옆에 서 있었다. 머리엔 노란색 스카프 쓰고, 붉은 코트를 입었는데, 예닐곱 살 가량 되어 보이는 아들과 서로 몸을 껴안은 그들 모자의 모습은 봄 햇살처럼 한없이 밝고 자애로웠다. 내가 카메라를 들이대자 웃는 얼굴로 기꺼이 포즈를 취해 주었다. 카자흐 말은 마치 러시아 발음을 연상케 하듯 혀를 빠르게 굴리며 경쾌한 것이었다.

마을길은 질척질척했다. 피부에 와 닿는 공기의 감촉은 차고 서늘하였다. 채찍을 든 소년이 말을 몰고 쏜살같이 언덕 아래편으로 달려 내려갔다. 천막집으로 올라가는 길목에는 카자흐 어린이들이 약 십여 명 몰려 있다가 나를 보고 반가운 표정을 짓고 있다. 그들에겐 이국인의 모습이 마냥 새로운 것이다. 붉은 얼룩무늬의 스웨터를 입고 옹기종기 모여 있다가 천진한 얼굴로 웃어주는 아이들을 품에 끼고 천막 앞에 쪼그려 앉아 사진을 찍었다. 한 어린이는 머리를 짧게 깎아서 마치 남자 어린이인 줄 알았으나 알고 본 즉 여자였다. 두발이 빨리 자라는 것에 대비하여 미리 짧게 깎아두는 이곳 어른들의 경제관념 때문이었던 것이다. 내 어린 날, 한국에도 저런 풍습은 있지 않았던가? 옷도 몸이 성장할 때를 대비하여 미리 부대자루처럼 커다란 것을 소매를 접어 올리고서 헐렁하게 입고 다녔던 것이다.

카자흐 어린이들의 그 순진한 표정이 과연 얼마나 오래도록 유지될 것

카자흐족 어린이들의 천진한 모습

인가? 도시화와 산업화의 거센 물결이 파도쳐 오면 이 아름다운 지역도 마치 해일 앞의 모래성처럼 붕괴되고 말리라.

일행을 파오 안으로 안내한 카자흐 아낙네는 깔끔한 용모의 30대 후반으로 집안을 말끔히 치워두고 긴 탁자를 비워두고 있었다. 곧 그 탁자 위에는 기름에 튀긴 길죽한 밀가루 꽈배기 과자, 카자흐 주민들이 먹는 빵, 우유 과자, 사탕, 마유주(馬乳酒) 등속을 차려 왔다. 하얀 설탕은 마치 커다란 돌덩이처럼 투박하고 딱딱하였다. 이른바 손님맞이의 풍습을 보여준다는 것이다. 마유주는 말의 젖으로 만든 술인데 우리네 탁주와 흡사하였다. 맛은 몹시 시큼하였다. 호기심에 그것을 맛본 사람들은 일제히 한 번씩 얼굴을 찡그렸다. 비위에 맞지 않는 사람들이 많았던 것이다. 찬 공기가 스며들어 부르르 떠는 사람도 있다. 카자흐 아낙네는 재빨리 난로에 장작을 넣고 불을 지핀다. 더운 지역을 완전히 벗어난 터라 곧 소매 긴 옷들을 새로 꺼내어 위에 한 벌 더 껴입었다.

게르의 내부는 천정으로 바람구멍을 내어서 환기가 되도록 하였고, 또 그 구멍으로 밝은 햇살이 비쳐 들어오도록 하여 어두운 실내의 조명을 적절하게 조절하고 있었다. 주변의 둥근 벽으로는 카자흐 부족의 독특한 문양으로 짠 카펫을 둘러서 보온 효과를 높여주고 아름다운 분위기를 북돋우게 하고 있었다. 그 무늬는 마치 한국의 인동초(忍冬草) 무늬를 연상시키는 것이었다. 전체 구조는 벽과 출입구와 지붕 따위로 세 분할 되었다.

방바닥은 온돌이 들어오는지, 훈훈한 느낌이 들었는데, 음식을 만드는 연료는 모두 프로판 가스를 이용하고 있었다. 하지만 이곳은 단지 순수한 살림집이 아니라 관광객들에게 보여주기 위해 설치된 주택인 듯하였다. 제주도 성읍(城邑)의 민속마을이란 곳도 대개 이런 광경이 아니던가. 카자흐 아낙네는 하루의 일과를 마치고 틀림없이 자신의 집으로 퇴근할 것이었다. 이럭저럭 놀다 보니 시간이 많이 경과되어 나는 서둘러 남산 목장을 떠났다.

중로에 경관이 좋은 언덕에 차를 세우고 잠시 주변 풍치를 조망하여 휴식을 하였다. 고도가 높은 지역이라 산들바람이 시원하고 깨끗한 풍광이 몹시 아름다웠다. 아직 해는 넘어가지 않고 있었다.

천산 천지

한참 뒤에 나는 아주 높은 산 언덕길을 오르기 시작했다.

그곳은 천산(天山)이라는 이름의 높은 산이었다. 해발 1910m의 산정에는 호수가 하나 있었는데, 그 호수의 이름이 천지(天池), 즉 하늘못이었다. 우리의 백두산 천지와 이름이 같았다. 하늘과 가까운 산정의 연못은 모두 천지가 아닌가 하였다. 길이는 3.3km, 넓이는 1km, 최고 수심은 105m라 한다. 이곳은 우루무치 동북쪽 90km 지점에 있으며, 천산산맥의 주봉인 해발 5445m 높이의 보그다봉(博格達峰) 중턱에 있는 산정호수이다. 정작 호수의 높이는 1980m로서 제주도의 백록담과 비슷한 고도를 가졌다.

이 천산 천지는 서왕모(西王母)와 주나라의 목왕(穆王)이 만난 곳으로 전설 속에서 전해져 오는 곳이기도 하다. 세 발 달린 새를 비롯한 여러 설화들이 바로 여기서 비롯된 것이다. 울창하게 우거진 숲과 콸콸 소리를 내며 흐르는 계류의 전경이 보였다. 차창 밖으로는 말 탄 카자흐 사내들이 자주 지나갔다.

이곳으로 가는 중로와 천지의 주변에도 카자흐 인들의 주거지역이 많이 보였다. 말들도 야산의 여기 저기에서 풀을 뜯고 있었다. 천지의 까마득한 고봉 근처에는 방목하는 양떼들의 모습이 보였다. 녀석들은 그곳까지 진출하고 있는 듯하였다. 멀리서 바라다 보이는 양떼들의 모습은 흡사 옷 사이에 붙어있는 벌레들 같은 느낌이 들었다.

만년설에 덮여 있다는 천산의 모습은 구름에 가려 볼 수 없었지만 천지는 맑은 비취색 얼굴을 그대로 보여 주고 있었다. 호수의 표면에는 잔잔한 바람이 물살을 만들고 있었다. 그 때문에 물에 비친 천산의 모습은

천산 천지 입장권

자꾸만 깨어지고 있었다. 맑은 천지에 거꾸로 비친 천산의 모습을 보려
했던 강렬한 기대는 충족시킬 수 없었다.

주변은 온통 눅눅한 습기와 질척이는 땅이었다. 자칫하면 천지의 기슭
에서 미끄러질 수도 있었다. 호숫가에는 가문비나무가 우거져 있었다. 엉
겅퀴처럼 생긴 투박한 야생초의 모습이 보였다. 중국의 분홍빛 전통의상
을 입은 소녀 하나가 역시 붉은 모자를 씌워놓은 양 한 마리를 끌고 다니
는 광경이 눈에 들어왔다. 소녀는 천지 속에서 나온 것인가? 그 신비스러
운 분위기에 홀려서 나는 한 순간 소녀를 정말 천지의 용궁에서 온 사자

로 착각하였다.

나는 천지가 바라다 보이는 높은 산기슭에 지어진 천지왕모 대주점(天池王母大酒店)에 하루의 여장을 풀었다. 중국어에서 주점은 술집이 아니라 호텔급 여관을 말한다. 기온은 오싹한 소름이 돋을 정도로 추웠다.

이제 일정은 거의 막바지로 들어간다.

빈관의 로비는 괴괴할 정도로 조용하였으며, 투숙객은 아마도 나와 우리 일행 몇이 모두인 것 같았다. 바닥을 온통 나무로 깔아놓은 빈관의 시설은 비교적 고급스럽고 깨끗한 편이었으나, 수도꼭지를 틀었을 때 그러한 기대는 산산조각이 나버렸다. 어찌된 영문인지 붉은 녹물이 쏟아져 나왔다. 이곳은 사람들이 그렇게 많이 찾아드는 지역은 아닌 듯하였다. 조용한 빈관 안에서 우리 일행들만 떠들며 설치고 다녔다. 식당에서도 오로지 우리들뿐이었다. 서비스를 담당하는 중국인 소녀들이 잔잔한 미소를 머금은 표정으로 줄곧 음식 접시와 차 주전자를 날랐다. 저녁 식사 후에 나는 친근한 몇몇 일행들에게 산책 나가기를 권유했다.

마침 천지에 일몰이 오는 시간.

서쪽 하늘이 온통 불그레한 기운으로 물들다가 점점 연보랏빛으로 바뀌어 가더니 드디어 검은 갈색의 어둠이 자신의 거대한 날개를 대지 위에 펼치기 시작했다. 아직 날이 완전히 어두워지려면 약간은 시간이 남아있다. 호기심 많은 나는 시멘트 포장이 줄곧 나 있는 곳을 향해 걸어가다가 계단으로 이어진 그 아래편으로 내려가기 시작했다.

아, 그런데 이게 웬 일인가?

너무도 장대하고 멋진 폭포 하나가 뜻밖에 나타나 나의 귀를 멍멍하게 한다. 우렁차게 쏟아져 내리는 물줄기는 나의 가슴을 고동친다. 그 유명하다는 천지의 백양폭포(白楊瀑布)가 바로 이곳인가 하였다. 과연 떨어

져 내리는 폭포수의 모습이 바람에 나부끼는 수양버들과도 같은 느낌이
들었다.

조심조심 계단을 걸어 내려서 나는 폭포를 가로질러 건너편으로 다시
길을 따라 오르기 시작했다. 곧 하나의 미완성 전망대가 보였고, 나는 거
기서 일단 걸음을 멈추었다. 그곳에서 더 위쪽으로 올라가기에는 시간이
부족하였을 뿐만 아니라, 비좁고도 젖은 길이 너무 위험하였기 때문이다.
그 좁은 산책로는 폭포를 따라서 저 아래편까지 한없이 이어지고 있었다.
날이 밝고 시간만 충분했더라면 나는 그 길을 모두 내려갔다가 올라왔을
것이다.

나는 줄곧 탄성을 지르며 그 아름답고 멋진 폭포를 감상하였다.

워낙 폭포의 소리가 굉음이어서 서로의 커다란 고함조차 들리지 않을
정도였다. 한참 뒤에 내려온 길을 다시 올라가는데, 이 백양폭포 주변의
도로 공사에 동원된 노동자들이 합숙하고 있는 초라한 막사 앞을 지나게
되었다. 중국인 노동자 서넛이 무슨 음식인가를 만들어 접시에 담아 젓
가락으로 허겁지겁 먹고 있는 중이었다. 늦은 저녁이어서 몹시 허기졌을
것이다. 한 노동자는 바위 위에 혼자 앉아서 음식 접시를 손바닥으로 받
쳐들고 식사를 하다가 흘끔 곁눈으로 보았다. 그들이 오늘밤을 보내게
될 막사 안에는 난로 불이 활활 타고 있었다. 밤 기온이 뚝 떨어져 몹시
추울 이곳 천지의 백양폭포 주변에서 저 노동자는 저 난롯불의 온기에
의지하여 하룻밤 달콤한 숙면을 취하게 될 것이다.

빈관으로 돌아오는 숲길엔 아주 어둠이 내려앉았다.

언뜻 언뜻 터진 숲 사이로는 실같은 초승달이 밤하늘에 파들파들 떠는
모습으로 애처로웠다. 숙소로 들어가다가 문득 고개를 돌려서 보니 멀리
산 아래쪽 도시의 불빛이 반짝이는 모습으로 번성하였다.

천지 호반에서의 멋진 밤

오늘밤에는 이번 여정의 성공적인 마무리를 자축하는 잔치가 열릴 것이라고 한다.

이 조촐한 연회를 위하여 카자흐 주민의 천막집 하나를 빌리고, 그 집 주인에게 부탁하여 작은 양 한 마리를 잡게 하였다고 한다.

기쁜 밤이다. 공연히 가슴부터 두근거린다.

아직 초저녁이어서 한기를 느낄 정도는 아니었지만 이 멋진 밤의 정취를 어찌 그대로 놓칠 수 있을 것인가? 마침내 양고기가 다 익었다는 전갈이 와서 일행은 오직 별빛에 의지하여 캄캄한 어둠 속을 더듬더듬 내리고 오르며 카자흐인의 천막집을 찾아갔다.

문으로 들어서자 벌써 난로에는 장작불이 이글이글 타오르고 있었다. 구조는 남산 목장에서 보았던 그것과 크게 다르지 않았다. 식탁 위에는 어느 틈에 오래 고아서 푹 익은 구수한 양고기와 뽀얀 곰 국물이 앞앞이 놓여지고 더운 김이 설설 피어올랐다. 자욱한 김이 안경을 희뿌옇게 덮어왔다. 바깥 공기가 워낙 차기 때문이다.

그런데 모두들 양고기 그릇을 그냥 바라다 보기만 한다.

나는 먼저 용기 있게 소금을 쳐서 뜨거운 육수를 훌훌 마셨다. 뜻밖에도 그 국물 맛의 시원함이란 이루 형언할 길이 없다. 이어서 삶은 갈비가 나왔고, 불에 구운 시시카바부가 한 접시 나왔다. 술은 신강성(新疆省)에서 제조된 독한 고량주였다.

이름은 '신강특곡(新疆特曲)'.

나는 천천히 그 맛을 즐기며 양고기를 뜯고 국물을 마시며, 또 여러 잔의 고량주를 들이켰다. 술에 약한 사람들이 많아서 이날 밤 웬만한 술은 대개 나의 독차지였다. 나는 이날 밤 양고기 삶은 희고 뽀얀 국물을 양껏 마셨다.

독한 술기운이 올라서인지 바깥으로 나와서 찬 냉기를 맞는데도 전혀 추운 느낌이 들지 않았다. 오히려 몸의 내부에서 훈훈한 기운이 피어올라 외부의 냉기가 적절한 느낌으로 조절이 되어 상쾌하였다.

달은 더욱 밝고 휘황한 얼굴로 떠서 나의 발걸음 앞을 비치어 주었다.

조용하고 괴괴한 천산 천지의 서왕모 대주점은 늦은 밤 여러 사람들이 돌아오는 왁자지껄한 소리로 잠시 소란하였으나, 모두들 자기 방을 찾아 뿔뿔이 들어간 다음에는 다시 원래의 괴괴한 침묵 속으로 잠겨들었다. 이런 곳에선 말소리도 나직나직하게 할 수밖에 없다. 몸을 씻고 잠자리에 누우니 저녁나절에 보았던 천지 백양폭포의 위용과 그 우렁찬 굉음이 눈에 선명하게 떠오르고 귀에 쟁쟁하였다.

다시 보고 싶은 충동이 왈칵 치밀었다.

나의 미래시간도 저 폭포처럼 씩씩하고 당당하게, 그리고 우렁찬 걸음 걸이로 살아가리라.

이런 생각을 하다가 얼마나 뒤척였던가. 나는 어느 틈에 잠의 나라에서 온 사자에게 이끌려 그의 포로가 되었다. 그리고 그 다음은 전혀 알수가 없다.

우루무치에 가다

다음날 아침은 비교적 늦게 일어날 수 있었고, 또 시간의 여유도 많았다.

하지만 천지 폭포를 다시 갈 만한 여유는 주어지지 않았다. 왜냐하면 일어나자 말자 떠날 시간이 임박하였기 때문이다. 천지 폭포를 다시 보고 싶었던 나의 계획은 좌절되었지만 나는 그것을 크게 서운해하지 않는다. 간밤의 기억만으로도 폭포는 영원히 내 가슴속에 남아 있을 것이니까.

어제 올라왔던 도로를 자동차는 다시 구불구불 따라서 천지를 내려간다. 천지에서 일하는 노동자들이 두꺼운 옷을 껴입고 말을 타고 가는 모습이 보인다.

서서히 아침해가 뜨면서 대지는 점차 달아오르기 시작한다. 낮은 평지의 마을들은 역시 뜨겁게 달아오른 지열에 힘겨운 표정들이다.

이렇게 한참을 달리는데 누가 창 밖의 광경을 보며 탄성을 지른다. 보니 천산의 주봉이 만년설에 덮인 채로 구름 속에서 장엄하고 웅장한 얼굴을 드러내고 있었던 것이다. 가까운 곳에서는 못 보았지만 그곳을 멀리 떠나와서야 나는 비로소 그토록 갈망하던 천산의 최고봉을 보게 되었다. 무릇 모든 일이 이와 같을 것이다. 낮은 산과 푸른 하늘 사이에서 우뚝한 모습으로 하얀 천산의 모습은 눈부시게 솟아올라 있었다.

어딘지도 모르는 곳을 달리고 또 달려서 드디어 일행이 탄 버스는 우루무치의 경계 안쪽으로 접어들었다. 우루무치는 예상외로 아주 커다란 규모의 도시였다. 우루무치는 위구르 말로 '아름다운 목장'이라고 한다.

푸른 하늘을 배경으로 높다란 빌딩들이 원경으로 보였다. 인구는 208만명!

중심가에는 인파가 득시글거리고 있었다. 수레 위에 과일을 잔뜩 싣고 다니는 상인도 보인다. 거리는 넓고, 차량의 행렬은 몹시 붐비었다. 한 백화점 빌딩 위에는 '고거등소평이론위대기치(高擧鄧小平理論偉大旗幟)'라 크게 써 붙여 놓은 표어가 보였다. '등소평의 위대한 이론을 높이 받들고'란 뜻인데, 그 다음 문장은 빌딩 모퉁이로 가려져 있어서 제대로 보이질 않았다. 아마도 새로운 세기의 공산당을 건설해 가자는 뜻이 뒤로 이어지는 듯하였다. 이 구호는 이미 낡은 것이었으나, 눈부시게 변화해 가는 현대 중국의 현실을 잘 반영하고 있는 느낌이 들었다. 오늘의 중국은 등소평의 시대가 진작 떠나가고, 쟝쩌민(江澤民) 시대를 지나서 모름지기 후속세대인 후진타오(胡錦濤)의 시대로 접어들고 있질 아니한가?

아편전쟁에서 영국과 싸웠던 임측서

이곳 우루무치는 신강성을 대표하는 도시로서 실크로드의 가장 위쪽 통로인 천산북로의 시발점에 위치해 있다. 고대에는 흉노족이 이곳을 다녀갔고, 13세기경에는 몽골족이 이 지역을 거쳐서 유럽으로 진격해 갔다. 당나라 이후에는 서역인들이 이곳으로 진출해 와서 현재의 이슬람 분위기를 형성하고 있다.

시내의 한 지점을 지나고 있는데 차창 밖으로 홍산공원(紅山公園)의 모습이 보였다. 해발 934m의 제법 높은 산이 우루무치 시내의 중심가에 우뚝 서 있는 것은 뜻밖이었다. 모양이 호랑이의 머리를 닮았다 하여 호두산(虎頭山)이라 일컫기도 한다. 과연 바위산의 빛깔은 붉은 빛이 감도는 갈색으로 이루어져 있다. 산꼭대기 벼랑턱에는 모두 9층으로 된 진룡탑(鎭龍塔)이 세워져 있다. 자주 하천의 범람을 일으키는 우루무치강의 용을 달래기 위해 이 탑을 세웠다 한다. 하지만 이것보다 더 나의 관심을 끄는 것은 아편전쟁에서의 중국 영웅 임측서(林則西)의 동상이 이곳에 세워져 있다는 사실이다. 제국주의 외세의 침략 앞에서 임측서의 고뇌는 어떠하였을까?

서역의 한 자락, 실크로드의 한 지점!

나의 여정도 이곳을 반환점으로 해서 돌아가야만 한다. 예정된 시일이 모두 경과하였기 때문이다. 일행의 발걸음은 드디어 이번 실크로드 여정의 맨 마지막 지점에 당도하였다.

우루무치의 한 식당으로 가서 나는 서역 방식의 다소 늦은 아침 식사를 하였다. 이곳에서는 어딜 가나 잉어 찜이 한 가운데 커다란 접시로 나온다. 오늘 점심에서 가장 맛있게 먹었던 것은 토실토실 살찐 근대나물을 그대로 소금간을 해서 익힌 것이다. 이것이 너무도 맛있어서 나는 혼자서 거의 한 접시를 다 비웠다. 맥주도 한 병이나 마셨다. 이 구수한 야채 요리와 맥주만으로 점심을 대신하였다.

일행의 상당수는 점점 식욕을 잃고 젓가락질조차 힘들어하는데 나 혼자서 왕성한 식욕을 나타내 보이니 미안스러웠다. 모두들 무슨 특별한 관심거리를 대하는 듯이 나에게 시선이 집중되었다. 그럴수록 나는 일부러 맛있게 먹는 시늉을 하게 되었다. 하기야 일행 중 불과 두 셋만 음식을 가리지 않고 잘 먹었고, 대개는 거의 여러 날의 느끼하고 기름진 중국 음식에 힘겨워 하는 표정이 역력하였다. 아무튼 여행 중에는 식사 때문에 고생하지 말아야 한다. 현지 음식에 신속히 적응하고, 거기서 어떤 맛을 발견하는 것이 나그네의 가장 단순한 행복이자 보람일 것이다.

식사 후에는 우루무치 시내의 재래시장을 찾아갔다.

입구의 간판에는 '우호시장(友好市場)'이라 쓰여져 있었다. 구운 빵을 잔뜩 쌓아놓고 파는 가게가 먼저 눈에 들어왔다. 세숫대야처럼 넓고 커다란 빵과 손바닥으로 한 뼘도 넘어 보이는 크기의 빵들이 가지런히 포개어 서서 주인을 기다리고 있었다. 붉은 고추처럼 보이는 양념을 자루에 소복하게 담아놓고 팔고 있는 가게도 지나쳤다. 한 여인이 길다란 절굿공이로 양념을 절구통에 빻고 있는 광경이 보였다. 여인의 손놀림은 남정네의 그것처럼 씩씩하고 기운차게 느껴졌다. 아들로 보이는 어린 아이 하나가 줄곧 옆에서 칭얼거리고 있었다.

계란가게와 채소가게 앞을 스쳐서 감자와 파, 미나리, 자주색 양파, 가지, 토마토를 팔고 있는 소녀의 앞을 지나갔다. 붉은 셔츠를 입은 소녀는 우루무치 일대에서 생산되는 납작한 호박을 한 개 들어 보이면서 나에게 코믹한 표정으로 익살을 떤다. 푸줏간 앞 갈고리에 걸려있는 붉은 날고기들은 모두 고기였다. 갈비와 내장, 뒷다리 등이 부위별로 각이 떠진 채 제각기 별도로 걸려 있었다. 이곳 한쪽 모퉁이를 돌아가자 코를 찌르는

독한 냄새가 풍기는데, 바로 그곳이 공공측소(公共厠所), 즉 공동화장실
이었다. 입구에는 요금을 받는 노파가 혼자 앉아서 흐릿한 눈으로 잔돈
을 헤아리며 대기 중이었다. 우리에게도 저러한 옛 모습이 있었지. 나는
1950년대의 기억을 되돌려 본다. 그것은 모두 흑백필름으로 눈물 자국이
어렸다.

그곳을 지나가면 옷감과 기성복을 팔고 있는 가게들이 줄지어 있었다.

시장에 다녀보면 그 나라의 경제 사정을 가장 환하게 알 수 있다. 중국
은 현재 엄청난 속도로 발전해 가는 과정 중에 있음을 이곳 재래시장에
서 여실히 확인할 수 있다. 옷가게를 통과해 가면 먹거리 시장이 있다.
즉석에서 반죽한 밀가루를 가늘게 만들어 하얀 실타래처럼 비비꼬아서
기름에 튀겨내는 위구르 청년의 부지런한 손길이 보인다. 그 음식의 생
김새가 신기하여 하나 맛을 보았는데, 특별히 두드러진 미각은 느껴지지
않았다.

실크로드의 미이라들

다음 행선지는 우루무치에 있는 신강 위구르 자치구의 실크로드 박물
관이다.

이곳으로 가니 아직 직원이 출근하지 않았다. 잠시 문 앞에서 기다려
나는 박물관으로 우루루 들어갔다. 이곳은 정말 특이한 곳이다. 소장한
유물들은 그리 많은 분량이 아니지만 하나 하나가 모두 귀하고 멋진 것
들뿐이다.

그 귀한 것들 가운데 각종 미이라를 보았던 것이 참으로 귀한 경험이

었다.

미이라는 한자말로 목내이(木乃而)라고 한다.

중국의 서쪽 신강성 일대는 건조한 사막 지역이라 고대의 미이라가 많이 발굴된다. 실제로 우루무치 박물관의 유리 진열장 속에는 당나라 때의 지역 사령관 미이라도 있었고, 또 그의 부인 미이라도 있었다. 귀족들의 미이라도 있었고, 가난한 서민의 미이라도 있었다. 노인의 미이라와 젊어서 죽은 사람의 미이라, 그리고 나의 가슴을 가장 슬프고 애잔하게 하였던 것은 첫돌이 되기 전에 불행하게 죽었던 아기 미이라의 모습이었다.

이곳은 그야말로 미이라들의 천국이었다. 수십 구의 미이라들은 하나같이 유리관 속에 묵묵히 누워서 모든 것을 초탈해 버린 것이 분명한 표정으로 공허하게 천정을 올려다보고 있었다. 장군의 미이라는 워낙 말을 많이 타고 격전장을 돌아다녔던지라 그의 골격은 사후에도 그대로 남아 있었다. 대퇴부의 억센 골격이 양쪽으로 쩍 벌어진 위압적 자세가 그것을 말해주고 있었다. 시신들의 모발과 치아, 주름진 피부, 그리고 마르고 쪼그라들어 마치 건포도처럼 변한 젖꼭지까지 고스란히 남아 있었다.

나는 미국 뉴욕의 메트로폴리탄 박물관이나 로마의 바티칸 박물관에서도 이집트와 잉카의 미이라를 본 적이 있다. 하지만 그들은 불과 한 두 구의 미이라만 갖고서도 보관상태와 관리 면에 있어서 무척 엄격하였고 또 호들갑스러웠다. 일반 관람객들은 미이라 앞에서 극도로 절제된 태도를 유지해야만 하였다. 조금이라도 눈에 벗어나면 관리인이 달려와 제지하곤 하였다. 우리의 경우도 최근 경기도의 어느 도로 공사장에서 어려서 죽은 아동 미이라가 발굴되어 화제가 된 적이 있었다. 그 미이라는 천연두를 앓다가 죽었고, 시신은 끝내 흙으로 돌아가지 못했다. 하지만 강우량이 많고, 습도가 높은 한국에서는 미이라가 형성될 환경적 조건을 전혀 갖추고 있지 않은데 이는 참으로 뜻밖의 일이다.

실크로드 일대에서 보았던 중국의 미이라들은 양적으로 매우 풍부하였다. 그러나 보관은 너무도 허술하고 형식적이었다. 워낙 건조한 사막 지역이라 미이라들이 더 이상 변질될 염려는 없을 것이었다. 아무리 그렇다 하더라도 유리 상자에 뉘어 놓고 그대로 방치해놓은 듯이 가볍고 소홀하게 다루고 있는 광경에는 참으로 의아한 생각이 들었다. 나무토막이나 못쓰는 허섭쓰레기도 이보다는 더 단정하게 정리해 놓았을 것이다. 그처럼 허술하고 경솔한 관리는 적어도 미이라들이 견뎌온 수천 년 세월의 시간과 역사성에 대한 올바른 예의가 아니지 않는가?

그 미이라를 따라 입구 쪽으로 가면 또다시 다른 미이라를 만나게 된다.

누란의 고성에서 발굴되었다는 미이라도 가슴속에 잔잔한 파동을 일으켰다.

그 나라의 역사조차 제대로 정리해 낼 수 없었다는 사막의 왕국 누란!

그곳에서 발굴된 미이라는 젊은 여인의 주검과 아기의 미이라로 남아 있었다. '누란의 미인'으로 명명되었다는 여인의 미이라 앞에 서서 나는 그녀가 살아서 다니던 시간을 생각했다. 지금부터 어언 2500여 년 세월이 눈 깜짝할 사이에 흘러갔구나.

이 미이라가 혹시 '얼음공주'로 알려진 바로 그 신비스러운 누란의 미인인가?

사막의 모래바람 속에 흔적도 없이 사라진 누란이여! 누란의 한 많은 역사여!

사랑과 눈물과 증오와 욕망은 이제 모두 어디로 갔는가?

위구르족이 즐겨쓰는 각종 꽃모자들

그대는 어떻게 해서 이 유리관 속에 말없이 누워 하염없는 세월을 보내고 있는가?

여보게, 미이라들이여!

일어나 나에게 누란의 모든 사실을 말해다오.

그 슬픔의 나라 누란이 겪었던 모든 고통과 곡절을 남김없이 들려다오.

하지만 미이라는 아무런 대답도 않고 오직 한 곳만 뚫어져라 응시하고 있다.

나는 미이라 앞을 적적한 심정으로 돌아 나올 수밖에 없었다.

안내인 아가씨 서연은 나를 안내하여 이슬람 방식의 재래식 자유시장인 바자르가 있는 곳으로 데리고 갔다. 그곳은 우루무치의 몇 군데 안 되는 서민들의 장터였다. 이곳의 한 노점상인에게서 위구르족의 꽃 모자를 하나 샀다.

위구르족들은 휴대용 주머니칼을 지니고 다니기를 즐긴다. 곳곳에 칼만 팔고 있는 상점도 자주 보였다. 투르판의 시장 골목과 다를 바 없으나 규모가 훨씬 더 큰 이곳을 나는 성큼성큼 가로질러서 통과했다.

사람 사는 곳의 풍경은 어디나 다를 바 없다.

다시 빈관의 레스토랑으로 돌아와 점심식사를 하였다. 일행은 줄곧 볶고 튀기는 음식의 기름기와 독특한 냄새를 무척 싫어하는 듯하였다. 불과 한 주일 정도의 짧은 기간임에도 그 식사시간을 자신들의 괴로운 경험으로 확인하고 있었다.

다시 서안

식사 후 정확히 오후 1시 비행기를 타기 위해 일행은 우루무치 국제공항으로 갔다.

이제 이곳에서 서역의 안내인 서연 양과도 이별이다. 나는 그녀에게 여러 가지로 좋은 느낌을 많이 가졌다. 이윽고 이륙한 비행기는 다시 한참 동안 동쪽으로 구름 속을 날고 또 날아서 서안을 향해 간다. 우루무치를 향해 올 때 보았던 고비사막이 저 아래쪽에서 여전히 태양을 껴안고 몸부림친다. 중로에 잠시 난주(蘭州) 공항에 기착하였다. 하늘에서 바라다 본 난주는 무척 황폐한 사막의 한 가운데에 위치해 있었다. 도시의 이름은 무척 서정적인데, 원경은 황량하고 척박해 보였다. 하지만 이러한 인상만으로는 오래된 고도(古都) 난주의 실상을 전혀 짚어내지 못할 것이다.

중국 신강항공의 비행기 물표(우루무치에서 서안으로 가는 노선)

다시 난주를 이륙한 비행기는 오후 5시가 넘어서 드디어 서안공항에 도착하였다. 이제 이곳에서 하룻밤만 지나면 한국으로 돌아간다. 서안에서 줄곧 우리 일행을 태우고 다녔던 낯익은 한족 기사가 기다리고 있다. 이제 공항에서 서안으로 들어오는 길은 이미 오래 살아온 곳처럼 익숙해졌다.

서안의 성곽과 그 주변의 홍등(紅燈)에는 어느 덧 붉은 빛의 전등이 켜져 있다. 가지런하게 도열해 있는 그 아름다움은 매혹적이었으며, 중국적 분위기를 한층 북돋운다. 종루 앞 네 거리를 돌아서 빈관 방향으로 돌아오는 길도 이미 익숙하다.

서안 시내의 저녁은 참으로 많은 사람들이 집으로 돌아가고, 혹은 시내로 볼일을 보러 나와서 온통 사람의 파도를 이루고 있다. 중국에서 퇴근 길 자전거의 홍수는 가히 장관이라 할 수 있다. 남녀노소가 모두 자전거를 타고 거리를 가득 메우는데, 자동차와 뒤범벅이 되어도 적절한 질서가 유지되는 것이 신기할 정도이다. 키가 우뚝한 이층버스들도 거리를 당당하게 누비고 있다. 우루무치에 비하면 서안은 참으로 대도시의 풍모를 지니고 있다.

빨리 빈관으로 돌아가서 여장을 풀어놓고 이 서안 시내를 다시 나와 보리라. 호화영청(豪華映廳)이라 쓰여진 한 영화관 앞을 지나는데, 간판에는 '투심양모녀(偸心兩母女)'란 제목의 영화가 상영 중이었다. 이른바 '모녀 도둑'이란 뜻이다. 서양에서 수입된 영화로 보였다.

저녁 식사는 빈관에서 부리나케 한 뒤에 나는 여러 길동무들과 택시에 올라탔다.

나는 서툰 중국어로 시내 대안탑 부근을 가자고 하였다. 기사는 나의 말을 용케도 알아듣고 목적지로 향하였다. 이미 날이 어두워진 뒤라 중심가와 골동 가게들은 거의 대부분 문을 닫았다. 몇 군데의 가게만이 문을 열어놓고 있었는데 대개 붓과 벼루 등을 팔고 있는 필방(筆房)이었다. 나는 한 곳에서 중국의 단주에서 생산되는 둥근 무늬가 있는 돌로 만들어진 작은 벼루 하나를 구입했다.

골동가게 골목을 나와서 종루(鐘樓)를 중심으로 빈관 쪽으로 가는 넓은 길을 나는 발길 닿는 대로 천천히 걸어갔다. 시가를 다니는 중국인들의 느릿느릿한 걸음걸이와 장사치들의 모습을 보았다. 한족들의 보행이 완만하면서도 당당해 보이는 것은 그들 특유의 골격 때문으로 여겨진다.

한 곳에 이르니 턱수염을 기른 대머리 사내가 매우 커다란 규모의 망원경을 인도 위에 세워 놓고 행인을 향하여 달구경하라고 외쳐댄다. 한 번 보는데 중국 돈 1원이었다. 한화로 160원 정도. 나는 망원경 속의 둥실 떠오른 중국 서안의 보름달, 즉 지난 날 당대의 시인 이백(李白)이 노래한 「자야오가(子夜吳歌)」에 등장하는 장안(長安)의 달을 보았다.

장안도 한밤에 달은 밝은데
집집이 들리는 다듬이 소리 처량도 하구나
가을 바람 불어서 그치질 않는데
모든 것이 옥관(玉關)의 정 일깨우노나
아, 언제쯤일까
원정 끝낸 그이가 돌아오실 그 날은

長安一片月
萬戶擣衣星
秋風吹不盡
總是玉關情
何日平胡虜
良人罷遠征

당나라의 詩仙 이백

그런데 망원경의 우람한 규모에 비해 달의 생김새는 너무도 초라하였다.

배율이 지나치게 작은 것이었는지 그냥 육안으로 바라보는 것이 차라리 나았다는 느낌이 들었다. 하지만 나는 유쾌하게 웃었다. 이것도 하나의 재미있는 경험이 아닌가?

무더운 여름 저녁을 걷다보니 등에 땀이 젖었다. 나는 가까운 '캔터키 치킨' 가게로 들어갔다. 중국에 진출한 '캔터키 치킨'은 그 발음을 중국어로 음역한 '긍덕기(肯德基)'로 불리고 있다. 젊은 사람들이 어디나 가득 가득 몰려 있다. 다행히 이곳은 냉방이 잘 되어 아주 시원하였다. 음료수를 마시며 잠시 다리를 쉰 다음 다시 거리로 나갔다.

길거리에 사람들이 모여 있기에 가 보았더니 푸른 갈대 잎을 엮어서 메뚜기와 나비, 사마귀 등의 곤충을 만드는 청년이 보였다. 이 재미있는 물건을 만드는 사람은 20대 중반의 중국인 사내였는데, 그 쾌활하고 넉살 좋아 보이는 표정은 보는 사람의 기분을 아주 푸근하게 하는 요소가 있었다. 나는 그가 갈대 잎으로 벌레를 만드는 솜씨를 한참 보면서 즐기다가 드디어 하나씩 구입했다. 청년의 휴대품 중에서 한 개의 박스를 열자 거기엔 이미 많이 만들어둔 벌레들이 가득 들어있었고, 또 그것들이 건조하지 아니하도록 물을 흠뻑 부어둔 광경이 보였다.

중국인 청년과 나는 서로 마주 보고 싱긋 웃었다.

웃음이란 참 묘한 소통 수단이다. 비록 말은 통하지 아니하나 서로의 웃는 얼굴로 이미 많은 이야기들을 마음으로 말하고 있지 아니한가.

서안의 밤거리

나는 다시 서안의 밤거리를 걸었다.

손에는 제각기 갈대풀로 만든 나비와 잠자리, 메뚜기 등속을 들고 흔들면서. 한 교차로를 지나자 행인이 점차 줄어들고 조용한 지역으로 분위기가 바뀌었다. 이곳에서 나는 택시를 불러 타고 빈관으로 돌아왔다. 그곳에서 빈관까지는 아주 가까운 거리였다. 그만큼 나는 한참을 걸어와 거의 숙소 부근까지 당도해 있었던 것이다.

빈관으로 돌아오고 난 뒤에도 어떤 애착이나 미련 같은 것이 마음 한 구석에 남아 있었다. 이제 내일이면 이 중국을 아주 떠나야 한다는 생각 때문이었던 것 같다. 그 길로 중국인처럼 완만한 보행으로 빈관 뒤편 골목을 향하여 한없이 빨려 들어가듯 걸어갔다. 위구르 사람들의 신앙적 고향인 청진사(淸眞寺)란 회교 사찰이 있다고 해서 가보았으나, 내가 만난 청진사는 규모도 작았고, 또 밤이 깊어서 문조차 굳게 닫혀 있었다.

나는 서안의 변두리 뒷골목 주택가를 걷고 또 걸었다.

그곳 일대는 대개 위구르 사람들의 집단 거주 지역으로 짐작되었다. 대부분의 골목은 몹시 불결하고 지저분하였으며, 하수구에는 각종 쓰레기가 넘쳐나고 있었다. 악취도 진동하여 코를 싸매어야 할 곳이 적지 않았다. 한 동네에서는 커다란 공동의 마을회관을 만들어 두고 거기에 주민들이 나와서 마작이나 카드놀이를 하는 광경도 있었다.

어떤 곳에서는 더운 집안을 피하여 집 앞 길거리에 이부자리를 펴고 잠든 가족의 광경도 보였다. 한 노부부가 잠이 들어 있는데, 그 사이에는 아직 잠이 들지 않은 어린 위구르 소년이 누운 채로 눈을 빠끔히 뜨고 나를 향해 "할로우!"라고 불렀다.

나는 그 소년을 보고 웃어주었다.

잠시 후에 돌아오면서 그 소년을 보았더니 이미 깊은 잠에 빠져 있었다. 할아버지와 할머니 사이에서 소년은 너무도 행복하고 편안한 표정으로 잠들어 있었다.

나는 그 아름다운 광경을 내내 잊을 수 없다.

빈관 앞으로 돌아오니 걸음을 워낙 많이 걸어서 아랫도리가 뻐근하게 아파 온다. 건물 앞의 노점상인들, 특히 서안 지역 화가들의 조잡한 그림을 팔고 있던 상인들은 그때까지 무료하게 앉아 있다가 나를 보고 우루루 몰려든다.

드디어 중국에서의 마지막 밤이 깊어가고 있다.

이 별

지난 여정을 모두 끝내고 이제 돌아가는 일만 남았다.

시간의 분량으로는 그다지 많지 않으나 경험의 두께로는 대단히 풍부하고 깊이도 얻었다.

나는 그 동안 소설 『돈황』의 주인공인 조행덕이 다녔던 그 뜨거운 고비사막의 여러 경로를 따라서 더듬어 다녔다. 나의 행보는 이제 돈황과 고비사막을 떠나서 어디를 향해 가고 있는가? 나의 삶에서 돈황과 서역은 어떤 의미를 지니고 되살아나게 될 것인가? 분명한 사실은 이 돈황이 하나의 작은 불씨가 되어 내 가슴 속 깊이 갈무리되었다는 사실이다. 그리하여 나의 가슴은 지금 사뭇 뜨겁고 숨가쁘다.

나는 지금 돈황을 속에 갈무리하고 한국으로 돌아가는 것이다.

이른 아침에 고도 빈관을 출발하여 서안공항을 향해 달려간다. 서안 시내는 출근하는 시민들의 자전거 행렬이 장관이다. 아주 짧은치마를 입고 아슬아슬하게 페달을 밟고 가는 젊은 여인들의 광경도 있다. 성곽 부근에는 태극권을 비롯한 각종 기공(氣功)을 연마하는 사람들의 모습도 보인다. 수년 전 상해의 홍구공원에서는 이른 새벽 파룬궁(法輪功)을 수련하는 시민들의 모습을 본 적이 있었다. 하지만 이젠 그 광경을 중국 전역 어디에서도 볼 수 없다. 집회의 세력을 두려워한 정국정부가 법으로 그것을 금지시켰기 때문이다. 중국에서 파룬궁은 현재 반정부세력과 동일한 관점에서 통제를 받고 있다.

이미 몇 차례의 왕복으로 서안에서 공항 가는 길의 양쪽 편 풍경들은 낯이 익다. 졸다 깨다 하는 사이에 공항에 당도하였다. 이제 그 동안 줄곧 안내를 맡았던 조선족 김 군과도 작별이다. 그는 서안에 고급 아파트를 하나 장만하는 것이 꿈인데, 그 동안 수입이 워낙 좋아서 목표를 달성할 수 있는 날이 앞당겨질 것이라 했다. 이렇게 말하는 그의 눈빛은 물질세계에 대한 선망의 광채를 한껏 머금고 있었다.

오전 9시 반에 비행기는 중국 서안 상공을 힘차게 날아올랐다.

이제 언제 다시 이 곳을 찾아올 수 있을까?

늘 깨어있으면서도 잠자는 듯한 중국 대륙의 움직임이 온몸으로 느껴진다. 그 뜨거운 고비사막을 터벅터벅 걸어가는 조행덕의 뒷모습이 가물가물하게 보인다.

광활한 중국 대륙이여!

내 또다시 너를 찾아오마, 서역이여!

우리 다시 만날 때까지 부디 잘 지내기를!

제 2 부
타클라마칸 사막과 그 주변

우루무치

　지난해 서안, 돈황 일대를 감동적으로 기행하며 탐사한 바 있거니와 나는 올해 다시 실크로드를 한 차례 다녀올 기회를 갖게 되었다. 여행 코스는 지난해의 마지막 장소였던 중국의 신강성 우루무치에서 시작하는 것으로 결정되었다.

　출발을 앞두고 마음속으로 여러 가지 다부진 결의를 가진다.

　그것은 어떤 악조건 속에서도 지치지 않겠다는 다짐이고, 또 하나는 짧은 일정을 최대한 활용하여 많은 것을 보고 느끼고 돌아오자는 뜻이다. 그래서 이런 저런 자료를 구하여 많이 읽고 있다.

　여러 자료 속에 수록된 각종 사진들을 대하면서 현장에서의 느낌과 어떻게 다를까 줄곧 상상해 보았다. 나는 그 많은 자료 중에서 피터 홉커크

비행기에서 내려다본 광대한 고비사막

(Peter Hopkirk)가 저술한 『실크로드의 악마들: Foreign Devils on the Silk Road)』(김영종 역)이란 책이 가장 뇌리에 박혔다. 정수일이 옥중에서 저술한 『씰크로드학』이란 자료도 커다란 감동을 주었다.

이 책들을 읽으며 나는 시종일관 격정적인 감동과 흥분에 휩싸였다.

전자의 대부분은 중앙아시아 탐험사를 직접적인 경험과 사유를 바탕으로 하여 다큐멘타리 방식으로 정리한 내용이다. 책의 마지막 장을 덮은 다음 한참 동안 훌륭한 독서체험이 주는 충격에 잠겨서 나는 그대로 눈을 감고 고요히 앉아 있었다. 다시 정신을 수습하여 책장을 도로 펴고서 파미르고원, 호탄강, 실크로드의 카시가르, 키질 석굴, 쿠차, 호탄, 타클라마칸 주변 지역의 지도 등 이번 여행에서 내가 직접 다니게 될 곳과 관련된 내용들에 색종이를 끼웠다. 이것은 나중에 찾기 쉽도록 미리 표시해 두려는 배려이다.

드디어 떠나는 날이 하루 앞으로 다가오자 나는 잠도 제대로 이루지 못하였다.

이제 내일부터는 그야말로 신비와 몽상의 지역으로 들어가 꿈결같은 나날을 보내게 된다. 이른 아침 비행기로 서울로 날아가 곧장 인천공항으로 향하였다. 비행기는 오후 1시에 인천공항을 출발하였다. 이륙한 지 한 시간 반 정도가 지났을까.

벌써 북경이라 한다.

너무 빨리 중국 땅으로 내리게 되니 외국에 왔다는 실감이 도통 나질 않는다. 북경공항에는 이제 앞으로 일행을 일정한 기간 동안 안내하며 함께 다니게 될 조선족 안내인 이옥란(李玉蘭) 여사가 미리 대기하고 있다. 40대 중반으로 작달막한 키에 다부진 목소리, 언제 어디서나 잘 웃고 당당한 표정 등이 그녀가 살아온 삶의 내력을 어렴풋이 짐작하게 한다.

붐비는 북경공항에서 나는 국내선으로 바꿔타기 위하여 다른 공간으로 이동해 갔다. 중국 동방항공 보잉비행기를 이용하여 나는 신강성의 우루무치까지 곧바로 날아가게 된다. 우루무치까지는 약 4시간 가량 소요된다고 한다.

북경을 떠나서 얼마 되지 않았는데 벌써 아래로 보이는 것은 망망한 사막 지역뿐이다.

다시 고비사막의 시작인 것이다. 이 사막에도 한 때는 물이 흘렀던 강의 자국이 뚜렷하게 보였고, 주거지의 흔적들도 눈에 들어왔다. 길의 자취도 분명하게 연결되어 있다. 저 길들은 어디로 이어져 있는 것인가. 이 비행기 아래로 나는 지난해 내가 다녔던 서안과 돈황, 투르판까지 하늘에서 지나치게 될 것이다.

몇 시간을 달렸을까.

지난해의 경험과 마찬가지로 비행기의 창문 오른편으로는 만년설에 뒤덮인 기련산맥의 장대한 줄기가 눈에 들어왔다. 아득한 고비사막의 뜨거운 모래벌판 위로 내가 탄 비행기의 그림자만 외롭게 스쳐 지나가고 있다.

대지는 뜨거울 것이나 그림자는 전혀 뜨거움을 느끼지 못하리라.

비행기에서 간단한 기내식을 하였다. 투르판 부근을 지날 때쯤 우뚝한 천산의 모습이 보였다. 좌우 산맥들 가운데 가장 높고 우뚝한 것이 천산의 위용이다. 사실 우루무치를 비롯한 쿠차, 카시가르 지역 일대까지 신강성 중앙 지역의 북쪽을 가로지르는 거대한 천산산맥의 기슭에 자리잡고 있는 도시들이라 할 수 있다. 그러니까 타클라마칸 사막은 북쪽의 천산산맥과 남쪽의 곤륜산맥, 그 오른 쪽으로 이어진 카라코람 산맥 사이에 자리잡고 있는 거대한 사막인 셈이다.

이제 비행기는 우루무치 가까이로 접근하게 된다.

해가 뉘엿뉘엿 기우는데 비행기는 어둑한 우루무치 공항에 무사히 착
륙하였다. 늘상 느끼는 바이지만 이렇게 거대한 비행기가 어떻게 하늘을
날아서 아무런 충격도 없이 지상에 사뿐하게 착륙하는 것인지, 나는 어
린아이처럼 이것이 새삼 신기하고 야릇하게 느껴질 뿐이다.

얼마나 많고 많은 금속과 금속들의 결합체인가.

그 무게만도 대관절 얼마인가.

안내 방송에 의하면 신강성의 시간은 대체로 북경과 동일하게 사용하
지만 이곳의 지역시간으로는 두 시간을 앞당겨야 한다고 한다. 북경에
비해 약 두 시간의 시차가 발생하는 머나먼 서쪽으로 나는 왔다. 이런 생
각을 하니 한국이 더욱 아득하게만 느껴졌다.

우루무치(烏魯木齊)는 중국식 발음이고, 실제의 위구르식 발음은 우름
치가 보다 원음에 가깝다. 이 우루무치는 신강 위구르 자치주의 주도이
다. 원래는 카시였으나 이곳으로 옮겨왔다고 한다. 세계에서 가장 내륙에
위치한 도시로도 이름난 곳.

중국의 중심부에서 워낙 멀리 떨어진 곳에 있으므로 중국의 내정이
불안정할 때마다 이곳은 독립국가로서의 의욕을 불태웠다. 우루무치가
본격적 발전을 하게 된 것은 명대와 청대에 접어든 다음의 일이라 한다.
지금은 군사적, 경제적 가치가 점차 부각되는 중국의 중요 도시의 하나
이다.

신강성(新疆城)의 역사

    신강성은 그 면적만 해도 전체 166만㎢로 한반도의 여섯 배를 넘는다.
신강이 본격적인 중국 영토로 편입되어 성(省)으로 승격한 것은 청나라
광서(光緒) 연간, 그러니까 19세기 후반의 일이다. 현재의 신강은 엄청난
매장량을 자랑하는 석유의 산지로서 그야말로 중국의 보배로운 영토가
아닐 수 없다. 이곳의 이름을 신강(新疆)으로 지은 사람은 바로 청나라의
황제 건륭제(乾隆帝)였다. 그 뜻은 중국의 '새로운 영토'란 의미였다.

중국의 서북부 신강성 지도

신강성은 우뚝한 천산을 중심으로 남쪽과 북쪽 지역으로 나뉜다.

북쪽은 대개 준가르 초원이 펼쳐지고, 그 서쪽에는 유명한 이리(伊犁) 계곡이 있다. 이곳을 무대로 몽골과 티베트의 통일제국을 꿈꾸던 준가르 족이 자리잡고 있었다. 하지만 그들의 뜻은 청나라의 심한 압박으로 좌절되고 말았다. 천산의 북쪽 지역은 거의 라마교를 신봉하는 소수민족들이 많다. 이곳을 지나서 카시가르로 연결되는 통로를 천산북로라고 한다.

이에 반하여 천산의 남쪽 지역으로는 거의 이슬람의 세력들이 자리잡고 있다. 원래 터키계였던 위구르족은 천산 남부 지역을 중심으로 유목 생활을 해왔으나 차츰 농경사회로 정착하여 안정된 삶을 살아갔다. 준가르족과 위구르족은 청나라의 압제에 저항하여 많은 투쟁을 펼쳤으나 결국 18세기 중반 건륭제의 지배 체제 속으로 편입되고 말았다. 천산남로와 서역남로가 그 지역에 포함되어 있다.

영토확장의 야심으로 가득 찬 건륭제는 중앙아시아 일대의 평정에 만족하지 않고, 티베트 지역까지 공략하여 식민지로 전락시키고 말았다. 당시 티베트는 달라이라마 지정을 둘러싼 황모파(黃帽派)와 홍모파(紅帽派) 사이의 내분이 심해져 극심한 알력에 휩싸여 있을 때였다. 황모파, 홍모파란 한국의 비구, 대처승 사이의 불편했던 관계와도 흡사하다. 이 절호의 기회를 놓치지 않고 청나라는 티베트를 공략하여 주권을 빼앗고 말았다. 이런 역사적 배경을 생각할 때, 오늘날 세계를 떠돌며 거대 중국의 무단적(武斷的) 압제와 식민지로 전락된 티베트 민중들의 고통을 호소하고 다니는 달라이라마의 쓸쓸한 여정을 이해할 수 있다.

신강성 전역에는 워낙 아름다운 곳이 많아서 그 이름을 일일이 말하기조차 힘들 지경이다. 특히 빙하계곡, 만년설에 덮인 고산준봉들, 대사막, 절벽, 대초원, 원시림, 실크로드를 따라가며 만나게 되는 고대 유적들이 중요한 볼거리들이다.

신강성 관광 지도에는 오월부터 시월까지를 적절한 시기로 잡고 있다. 5월 중순에는 새리무 호숫가의 야생초 군락지가 워낙 아름다워 가지 않고는 배겨날 수가 없다고 한다. 6월 중순에는 파나스 숲과 천산 천지를 손꼽고 있다. 7월 중순은 신강성 전역이 볼거리로 그 어느 곳을 가던지 만족을 얻을 것이라 한다. 8월 중순에는 참외 익는 향기가 진동하고, 특히 투르판 지역의 포도를 즐기러 가는 코스가 좋다고 한다. 9월 중순은 카나스 호수의 아름다운 빛깔이 절정이며, 이곳을 배경으로 사진 촬영이 으뜸이라고 한다. 10월 중순은 모래바람이 비교적 줄어들어서 타클라마칸 사막 일대를 탐험하는 코스도 권할 만하다고 적고 있다.

이 신강성 내부에는 여러 개의 자치주가 있는데 우루무치를 포함하여 알리타이(阿勒泰) 지구, 창길(昌吉) 회족(回族) 자치주, 이리(梨犁) 코사크(哈薩克) 자치주, 파음곽릉(巴音郭楞) 몽골 자치주, 호탄(和田) 지구, 카시(喀什) 지구, 하미(哈密) 지구, 투르판(吐魯番) 지구, 아리타이(阿勒泰) 지구, 악쑤(阿克蘇) 지구, 브루타라(博尒塔拉) 몽골 자치주, 키질쑤(克孜勒蘇)의 키르기즈(柯尒克孜) 자치주 등 도합 13개의 소수민족 자치지구가 그것이다. 광대한 지역에 분포한 소수민족을 합하여 전체 주민들은 1700만 명이다. 그 중에 가장 압도적인 숫자는 단연 위구르족이다.

서역과 위구르족

위구르족의 역사에 대하여 잠시 더듬어 보기로 하자.

이들은 투르키스탄 지역에서 활약하던 터키계 민족이다. 초창기에는 세렌가 강 유역에서 동돌궐의 지배를 받았으나, 차츰 힘을 결집시켜서 돌궐의 세력을 몰아내고 초원의 새로운 지배자가 되었다.

위구르족은 중앙아시아 일대의 유목민들 중에서 그들만의 고유한 문자를 만들어낸 유일한 유목민으로서 문화적 자주의식이 매우 강하였다. 이러한 분위기를 바탕으로 위구르족은 점차 세력이 강성해진 당나라와의 관계를 조절하면서 자신을 조절해 나갔고, 당나라가 설치한 안북도호부를 통하여 중국의 지배를 받게 되었다. 그들의 전성기는 8세기 중엽에서 무려 한 세기 동안에 걸치는 세월이었다.

이 시기에 당나라는 안록산(安祿山)과 사사명(史思明)이 일으킨 내란으로 대혼란에 빠졌는데, 이때 위구르족은 직접 군대를 파견하여 당나라가 난을 진압하고 정치적 안정을 회복하는 일에 커다란 도움을 주었다. 이후 당나라와의 우호적인 교역과 통상이 활발해져서 삶의 질은 급격히 향상되었고, 많은 이익도 얻었다. 하지만 9세기 중엽으로 접어들면서 위구르의 내부에는 반란이 일어나 인근 키르기스족의 침입을 불러오게 되었다. 침략군과의 싸움에서 패배한 위구르족은 그 후 중앙아시아 전역으로 흩어져 오늘에 이르게 되었다고 한다.

처음 만나는 위구르 사람의 외모는 흡사 유럽인과 같은 분위기를 풍기게 한다. 우뚝한 코와 움푹 들어간 눈, 노랑머리, 숱이 많은 수염을 가졌다. 심지어 어떤 위구르인은 눈빛마저 노란 서양인을 방불케 하였다. 하지만 또 자세히 보면 노란 피부와 별로 크지 않은 신장 등에서 동양인으로서의 친근감도 느끼게 한다.

이 위구르가 동돌궐을 쳐 부신 다음 그 지역을 완전히 장악한 것은 744년경의 일이었다. 처음에 위구르와 당나라 사이에는 우호적인 선린관계가 유지되었고, 비단을 비롯한 각종 물자와 인원의 교류가 활발하였다. 당나라의 수도 장안에도 많은 위구르족들이 이주해와서 거주하였다. 하지만 이 위구르의 세력은 당나라에게 있어서 은근한 위협적 존재가 되었다.

여기에다 또 하나의 불편한 세력이 나타났던 바, 그것은 곧 파미르고원 저 너머에서 강성한 힘으로 발전한 이슬람권의 아바스 왕조이다. 중국 측 자료에서 타지, 즉 대식국(大食國)이라 불리는 이 나라는 수시로 군대를 파미르 너머로 보내어 서역 일대의 여러 지역을 강타하였다.

이 대식국이 당나라와 전쟁을 벌일 때에 당나라 측 대표 장수는 고선지(高仙芝)라는 고구려 출신의 무관이었다. 말 타고 달리며 쏘는 활 솜씨에 남달리 뛰어나 당나라의 개원 말년에 안서도호와 병마사의 지위에까지 올랐다. 그는 참전 초기에 파미르고원을 넘어서 소발률(小勃律, 오늘의 키르기스탄)을 공략하여 국왕을 포로로 잡기도 하였다.

석국(石國, 타시켄트)을 쳐서 왕을 굴복시켰고, 강국(康國), 즉 사마르칸드를 포함한 파미르 너머 72국이 복종을 서약하였을 정도로 위세를 떨쳤다. 하지만 이듬해 사라센 아바스 왕조의 장수 지야드 이븐 샬리와 탈라스 강변에서 접전하여 크게 패배하고 말았다.

고선지는 당나라의 서역 방위를 담당하는 임무에 종사하다가 뒤에 안사(安史)의 난에 말려들어 가슴에 한을 품은 채 억울한 죽음을 당하게 된다. 중국의 제지술(製紙術)이 서아시아 일대로 전해진 것은 바로 고선지의 군대가 대식국의 군대와 맞서 싸움을 펼치던 전쟁 중 포로로 잡혀간 중국인에 의한 것이었다고 한다. 중국의 종이는 사마르칸드로 끌려간 중국인 제지공에 의해서 이라크의 바그다드와 시리아의 다마스커스를 거쳐서 유럽 각국으로 전파되었다.

신강을 가로지르는 실크로드

신강성 지도를 펼쳐놓고 보면 한 중간에서 약간 좌측으로 쏠린 광대한 지역이 그 유명한 타클라마칸 사막이다. 이 사막은 타림분지에 위치해 있다. 그 우측으로 곧장 고비사막이 이어져 있고, 타클라마칸의 북쪽으로는 병풍 같은 천산산맥이 우뚝 서서 천연의 국경 역할을 해주고 있다.

워낙 높은 준봉들이 연이어 있어서 이곳을 파미르고원이라고도 부른다.

사막의 남쪽으로는 곤륜산맥과 카라코람 산맥이 병풍처럼 둘러싸고 있다.

이 때문에 지난날 탐험가들이 타클라마칸사막을 종단할 때 처절한 사투 끝에 겨우 사막을 빠져 나오면 또 다른 장애물에 가로막혔다. 그 어느 곳으로 가도 결국은 죽음으로 빠져들게 된다는 참으로 무서운 지역이기도 하다. 커다란 달걀이 옆으로 누운 모양을 하고 있는 이 타클라마칸 사막은 투르크 말로 '들어가서 당신은 다시 나오지 못하리라'란 뜻을 지니고 있다. 지도를 펴서 꼼꼼히 살펴보니 직접 가보지 않고 상상만으로도 두려움의 실체를 짐작할 수 있겠다.

수많은 여행자들은 티베트와 카시미르, 아프가니스탄과 러시아로부터 넘어오는 빙하 고개를 넘어오다가 추위에 얼어 죽어나 실족하여 천길 절벽 아래로 떨어져 목숨을 잃었다. 이 지역을 탐험한 스웨덴의 스벤 헤딘

은 타클라마칸 사막에 대하여 '세상에서 가장 위험한 최악의 사막'이라
하였다. 그 외에도 여러 탐험대들은 '죽음의 땅' '너무 소름끼치는 황료
함'이란 표현을 썼다. 이 가운데 폰 르콕의 기록이 우리의 눈길을 끈다.

> 순식간에 하늘이 어두워지고(…) 잠시 후 폭풍이 무서운 힘으로 대상들
> 위에 휘몰아치기 시작하였다. 엄청난 양의 모래가 자갈과 뒤섞여 공중으로
> 올라가 소용돌이치면서 사람과 동물 위로 덮쳤다. 더욱 어두워지면서 무엇
> 인가 꽝 하고 부딪치는 소리가 폭풍의 으르렁거리는 포효소리와 뒤엉켰
> 다.(…) 모든 게 지옥의 한 가운데서 일어나는 것 같았다.(…) 이런 폭풍의
> 습격을 받은 여행자는 아무리 푹푹 쪄도 털 담요를 뒤집어쓰고서 머리 위
> 로 미친 듯이 쏟아지는 돌에 부상을 입지 않도록 해야했다. 사람과 말은
> 몸을 엎드린 채 폭풍의 분노를 참아내는 수밖에 없었고, 이는 때때로 몇
> 시간씩 계속되었다.
> ─ 피터 홉커크, 『실크로드의 악마들』(김영종 역), 24면

한편 스타인은 카라코람 고개를 넘어와 타클라마칸 사막을 걸어가면
서 이렇게 말하고 있다. "모래 위에 흩어져 있는 짐승들의 말라비틀어진
시체와 허옇게 반짝이는 뼈를 이정표 삼아, 먼 옛날의 여행가들이 이와
같이 물도 없고 사람도 살지 않는 사막을 뚫고 나가야만 했을 것을 생각
해 보았다"

스타인의 이런 기록들은 오늘의 우리를 숙연하게 한다.

우리들의 현재적 삶은 너무도 느슨하고 긴장이 풀려 있으며, 거대한
물질의 소비와 감각적 만족의 추구에만 몰두해 있는 것이다. 자신의 삶
에 대한 옛 탐험가들의 추구와 열정을 우리는 배워야만 하리라.

멀리 남동쪽 서안에서 출발한 실크로드의 기점은 돈황을 거쳐 이 신강
성에 와서 세 갈래로 나뉘게 된다. 그 세 갈래의 통로는 모두 신강성 안

에 있다.

우루무치 시가의 모습은 지난해 보던 것이라 대체로 낯이 익었다. 공항에 도착하자마자 곧장 대기하고 있던 버스 편으로 홀리데이인 빈관으로 출발하였다. 이 호텔은 국제적 연결망을 갖고 있는 유명한 호텔이다. 중국식 명칭으로는 가일 빈관(暇日賓館)이다.

이따금 빗방울이 뿌려서 웬 빗방울인가 물어보았더니 사막지역에 오랜만에 오는 비라고 한다. 반가운 사람이 올 때 이 비가 내린다 하니 우선 신강성에 도착한 나그네의 심정이 그렇게 쓸쓸하지만은 않다. 자전거의 행렬과 붐비는 자동차와 인파, 축제의 불빛을 지나서 자동차는 어느 틈에 빈관에 도착했다.

한국을 떠나 머나먼 곳으로 왔다는 나른함과 적적한 마음이 한꺼번에 몰려와 가방을 숙소에 올려두고, 마치 약속이라도 한 듯이 아래층 술집으로 우루루 몰려가 늦도록 맥주 잔을 기울였다. 바쁘게 살아가다가 한번씩 나그네의 혼곤한 심정에 젖어보는 일은 얼마나 즐겁고 흐뭇한 것인가.

신강풍정만리행

우루무치의 아침이다.

비교적 숙면을 하고 일어나 창문의 커튼을 걷어보니 시가는 온통 빗물에 젖어있다.

주룩주룩 내리는 비다.

기현상이로구나.

오아시스 도시에 이렇게 많은 비가 내리다니.

조반을 후딱 해결하고 버스에 오르니 7시가 조금 지났다.

35인승 버스의 운전 기사는 위구르족 청년으로 알림(Alim)이란 이름을 가졌다.

하지만 나의 조선족 안내인 이옥란 여사는 그녀의 또랑또랑한 중국식 발음으로 한 음절씩 끊어서 "알 리 무!"라고 부른다. 인상이 어질어 보이는 호남형의 알리무는 턱수염을 바싹 들여다 깎아서 면도한 자리가 파르스름하게 보인다. 키는 작은 편이지만 이목구비가 뚜렷하고 매우 선량해 보이는 눈을 가졌다.

저런 눈을 일러 코끼리 눈이라 했던가.

시선이 마주칠 적마다 미소를 짓는 그의 표정은 사람을 매우 편하게 한다.

오늘 일정은 우루무치를 출발하여 악쑤 지구의 쿠차까지 종일 780㎞를 달리게 된다. 일단 투르판 쪽 고속도로를 향해 동남쪽으로 달려가다 백양하(白陽河)에서 오른쪽으로 갈라진 314번 국도를 바꿔 타고 주행해 간다. 고속도로의 좌우 쪽 풍경은 이미 지난해에 본 것이라 크게 색다른 인상은 없었으나, 여전히 밝고 깨끗하고 싱그러운 대자연의 기상과 위풍당당함이 느껴져 가슴이 뿌듯하였다. 군대의 지프로 보이는 백여 대가 비상등을 켜고 고속도로를 천천히 달려가고 있다. 그 행렬의 길이가 몹시 길고 지루하다.

중로의 휴게소에서 잠시 휴식하는데 광대한 벌판을 불어온 바람이 얼마나 드센지 모자란 모자는 모두 날려가고, 바람을 마주 서서 그냥 버틸 수가 없을 정도로 힘이 들었다. 이따금 모래 폭풍이 불어서 누런 모래를 이불처럼 둘둘 말아 저편 광야로 이동해 가는 광경도 보였다. '신강풍정

만리행(新疆風情萬里行)'이란 꽤나 시적인 구절을 표어로 만들어 휴게소의 여기저기에 붙여놓은 것이 보였다.

'만리 길에 펼쳐지는 아름다운 신강의 절경이여'

이렇게 풀이하여 읽어도 무방할 듯싶다.

포장이 잘 된 고속도로를 달릴 때는 좋았으나 국도로 바꿔 타면서 사정은 급속히 변하였다. 군데군데 도로는 패이고, 포장은 벗겨져서 굴곡이 심하게 느껴졌다. 여기저기서 도로 공사를 한다고 길을 막아서 우회도로를 휘돌아 달릴 때는 더욱 힘이 들었다.

광막한 벌판에서 도로 공사에 사역하는 노동자들은 뙤약볕에서도 피할 곳이 없다.

강풍이 불어도 그대로 바람을 맞을 뿐이다.

한 곳에 이르니 노동자들 서너 명이 그냥 벌판의 한 곳에 옹송그리고 앉아서 휴식을 하고 있다. 그들은 마치 버려진 사람처럼 허허벌판에 그대로 시름없이 일을 하거나, 때로 먼 곳을 바라보기도 한다. 대부분 가난한 지역 주민인 그들 가운데는 죄수복을 입은 사람이 자주 보인다. 비좁은 감옥에 갇힌 것보다는 나을지 모르지만, 그들의 하루 일과는 지평선 그 자체가 그대로 감옥과 다름없는 것이다. 중국 정부는 이렇게 감옥의 죄수들을 동원하여 강제노동에 종사하게 한다.

우루무치를 떠나 시와보(柴窩堡), 달반성(達返城)을 곁으로 스쳐 지나 백양하에서 본격적인 국도 진입이 시작되었던 바, 이 도로에서 맨 처음 만난 마을은 탁극손(托克遜)이란 현이었다. 아마도 '툭순'이란 발음으로 불려질 이곳은 위구르 사람들의 거주 지역으로 여겨졌다.

둥글고 하얀 모자를 머리에 쓴 위구르 사내들과 머리에 스카프를 쓰고 있는 여인들이 많이 지나갔다. 그들은 나귀가 끄는 수레를 타고, 또는 당나귀, 작은 말이 끄는 수레를 타고 방울 소리를 딸랑거리며 고즈넉한 표정으로 지나갔다.

거리의 집들은 대체로 불결해 보였고, 색칠한 대문과 건물의 도색이 워낙 오랜 세파에 낡을 대로 낡아서 희끄무레한 음영만 겨우 남아있었다. 툭순에서 약 한 시간 이상 달리니 마안교(馬鞍橋)란 작은 마을이 있었다. 이곳에 말안장 모양의 다리가 놓여져 있었던가. 그 이름이 자못 시적인 비유의 느낌을 주었지만, 막상 마을은 작고 보잘 것 없는 규모였다. 길도 더욱 험하고, 주변의 바위산들이 오랜 풍화에 시달려 작은 돌 부스러기들이 저절로 흘러내리는 곳이 많았다.

마안교를 떠나 고미십(庫米什)이란 곳을 지나는데, 이곳의 지명은 위구르 발음으로 쿠미스였다. 길가에 한 줄로 늘어선 장방형 벽돌 주택들은 지저분하였고, 대부분 식당이나 약국, 작은 구멍가게 따위를 열고 있었다. 한낮의 햇살은 바늘처럼 따가웠으며, 이미 점심시간이 지난 터라 주변 식당에서 식사를 마친 위구르 사람들이 의자에 느긋하게 앉아서 일제히 나를 향해 시선을 집중시켰다. 화장실을 물었더니 건물 뒤쪽을 가리키는지라, 황급히 걸어가 보았는데 넓고 넓은 황야가 온통 이 집의 화장실이다. 각종 생활쓰레기에서부터 인간과 가축의 분뇨가 어지러이 널려 있었다.

이곳에서 가장 아름다운 것이 있다면 무엇일까?

그것은 한 마디로 자연의 위용이라 할 것이다. 나는 멀리 원경으로 아련히 바라다 보이는 백양나무 늘어선 숲을 배경으로 위구르 사람들이 태양초(太陽草)라 부르는 노란 꽃밭이 광대하게 펼쳐져 있는 광경을 대뜸 들기에 주저하지 않겠다. 그것은 마치 한국의 제주도 유채꽃을 방불케 하였다. 어디서나 불결한 것에는 눈길을 돌리지 말고, 아름다운 것만 골

태양화라 불리는 해바라기 밭

쓸쓸한 사막의 오아시스 마을 쿠미스

라서 보면 된다. 그것이 현재의 즐거운 흥취를 유지하기에 도움이 된다.

이곳 회족(回族) 식당에서 위구르식으로 점심 식사를 하였다.

식당의 내부는 몹시 허름해 보였으며, 안보다는 대개 바깥 식탁에서 식사를 하고 있었다. 커다란 간판에는 붉은 글씨로 식당 이름이 적혀 있었고, 메뉴까지 빼곡이 적어 놓았다. 반면(拌面)과 소면(少面), 그리고 산탕육(酸湯肉)을 대표적인 음식으로 여기나 보았다.

나는 그 음식들의 내용을 잘 모르기 때문에 그냥 반면을 주문했다. 그것은 금방 반죽해서 손으로 뽑아낸 국수 면발에 양고기, 붉은 고추, 브로컬리, 토마토, 콩깍지 등을 기름에 함께 볶아서 얹은 음식이다. 갑자기 많은 길손들이 들이닥쳐 식당의 주방은 온통 지글지글 볶고 지지는 소리로 요란하였다. 흰 위생모를 쓰고 앞치마를 두른 중년의 아낙네는 줄곧 둥그런 통나무 도마에 장방형 무쇠 식칼을 들고 서서 끊임없이 무언가를 썰어대고 있었다.

면발이 한국의 수타면(手打麵)과 같은 지라 졸깃한 맛이 좋았고, 볶음도 그런 대로 입맛에 맞았다. 한 접시를 먹고도 양이 차지 않아서 다시 한 접시를 더 먹었다. 스스로 생각하기에도 놀라운 생각이 들었다. 서역에 와서 나의 몸과 식성은 어느 틈에 위구르 식으로 서서히 변모하고 있는 것인가.

땀을 흘리며 식사를 마치고 나니 포만감에 곧 식곤증이 왔다.

억지로 잠을 눌러 참고, 거리의 이곳 저곳을 거닐면서 구경하였다. 하지만 워낙 단조롭고 빈약한 마을이라, 오른 쪽 끝에서 왼 쪽 끝까지 한 차례 걸어 다녀오니 곧 볼거리가 바닥이 났다. 다만 어느 가게 앞 화분에 심어 놓은 분홍빛 작은 꽃이 애처롭고 쓸쓸하게 피어 있었는데, 그것이 이 적적한 마을의 가장 아름다운 광경이었다. 다시 식당으로 돌아와 잠시 의자에 앉은 채로 쉬다가 길을 떠났다. 뜨거운 음식과 한낮의 사막 기후에 지친 탓일까? 자동차 안의 냉방이 그렇게 시원할 수가 없었다.

사람들은 차에 오르자마자 졸기 시작하였다.

언기를 지나다

우쉬타라(烏什塔拉)를 거쳐 화석(和碩)을 지나치는데 높은 언덕에서 저 멀리 아래편으로 엄청나게 커다란 호수 하나가 보였다. 그 호수의 이름은 박사등(博斯燈)이란 이름의 호수였다. 화석을 곧 지나쳐 얼마간 달리니 표지판에서도 자주 그 이름이 나타나던 언기(焉耆)란 곳이 나타났다. 중국 발음으로 옌지라고 부르는데, 길림성의 연길(延吉)과도 음이 같았다. 이곳은 비교적 규모가 커다란 지역이었다. 상점과 주택들도 빼곡이 들어차고 거리엔 행인들도 많이 보였다. 거의 대부분 위구르족인 듯 하였다. 거리에는 청색 바탕에 꼬불꼬불한 위구르 문자로 중국정부의 정치적 구호를 적어놓은 간판이 자주 눈에 띄었다.

언기는 위구르 말로 카라샤르이다. 이 말은 원래 산스크리트어로 '불의 나라'란 뜻을 지녔다고 한다. 천산의 남쪽 언저리에 있는 동서 교통의 중심지로 흉노와의 대결 시기가 끝나자 중국 역대 왕조들의 서역 경영에서 핵심적인 거점이 되었다. 언기에서 가까운 민오이와 톰시크에는 중요한 불교 유적지가 지금도 남아 있다고 한다.

당나라 때에는 안서 4진의 한 곳이었다.

이 언기와 관련하여 중국의 고대사에는 여러 이야기가 전해 온다.

즉 한나라의 세력이 왕망(王莽)의 등장으로 점차 약화되자, 서역 일대에 대한 관리와 경략이 매우 느슨하고 소홀해졌다. 한나라의 관심은 날이 갈수록 소홀해졌다. 여기에 불만을 품은 언기의 왕은 무려 두 차례에 걸쳐 한나라에서 파견한 서역도호를 살해하였다. 하지만 한나라는 이 사건에 대한 책임을 물을 겨를이 없었다. 이로부터 언기는 한나라의 지배와 간섭에서 차츰 벗어나게 되었다.

당나라로 접어들어서 당시 중국의 정세는 북부의 동돌궐, 서부의 서돌궐 등 돌궐족들의 위협이 점차 심상치 않았다. 당 태종은 먼저 동돌궐을 평정한 다음 장군 이정(李靖)을 시켜 실질적 위협을 주고 있었던 토곡혼(오늘의 티베트)을 치게 하였다. 토곡혼은 당대 초기에 이미 강대한 통일국가로 발전해 있었던 것이다. 이때 당나라의 대토벌군이 습격해 오자 두려움을 느껴 화친을 요청하였다. 이에 당 태종은 황족 출신의 처녀인 문성공주(文成公主)를 토번의 왕과 혼인하도록 하여 우호적 관계가 수립되었다. 티베트 라싸의 포탈라 궁에는 당시에 조각된 문성공주와 토번 왕의 좌상이 현재도 안치되어 있다고 한다.

오늘날 인도에 망명정부를 세우고 세계를 떠돌며 망국의 서러움을 하소연하고 있는 달라이 라마의 처지와 중국의 엄청난 무력 앞에 식민지로 전락한 티베트의 현실을 생각할 때 온갖 감회가 새롭게 떠오르는 것이다.

중국과 티베트의 알력은 이처럼 오랜 역사적 배경과 내력을 지니고 있다.

서돌궐의 본거지는 천산북로 일대의 여러 나라들이었다. 당나라는 동돌궐을 평정하던 초기에 서돌궐에 대한 정책을 매우 유화적인 대응으로 펼쳤으나, 이후 서돌궐 지역에 내란이 일어나자 곧 평정에 착수하여 서역 일대에 대한 완전한 경략 정책에 성공을 거두었다.

640년에는 고창 왕국을 멸망시키고, 언기와 쿠차 왕국도 잇따라 소멸되었다. 경략 정책을 앞세운 당나라의 대군은 파죽지세로 밀려와 소륵국(疏勒國)과 우전국(于闐國)까지 들이닥쳤다. 결국 이 지역의 왕들은 절대복종을 맹세할 수밖에 없었다. 이 무렵에 설치된 안서도호부의 운영은 이로부터 시작되었던 당나라 서역 안정정책의 한 제도였다.

이 안서도호부는 맨 처음 고창 왕국의 번영 지역이었던 투르판에 설치되어 있었다.

이후 서역 일대의 정치적 안정과 서방으로의 확장 의욕 등에 의해 서기 658년, 투르판보다 좀더 서쪽인 쿠차로 옮겨졌고, 천산남로와 서역 일대의 관리를 모조리 통괄하게 되었다. 그러나 안서도호부가 설치된 이후에도 이 지역 일대의 정치적 불안정은 여전히 계속되어 결국 657년, 당나라의 장군 소정방(蘇定方)이 고종의 명을 받아서 대군을 이끌고 서돌궐 일대로 들이닥쳐 이 지역을 완전히 평정하였다.

이 소정방은 한국의 삼국시대에서 신라가 중심이 된 통일 성취하려 할 때 중국의 지원을 요청하였는데, 이때 신라군과의 양면 협공으로 백제를 멸망시키기 위해 중국 지원군을 이끌고 서해안의 백마강 하류로 침입해 왔던 장수이기도 하다. 그래서 그의 이름은 우리 민족에게 매우 널리 알려져 있는 편이다. 천산북로 일대의 여러 나라들이 있었던 지역의 주민들은 이처럼 오랜 기간 동안 중국과 흉노의 가혹한 핍박과 유린에 시달리며 힘겨운 시간을 살아왔다.

이러한 역사적 배경이 있어서인가.

지금도 이 언기와 쿠차를 비롯한 옛 서돌궐 본거지 일대에서 거주하고 잇는 지역 주민들의 기질과 심성은 중국의 신강성 전체에서도 특별히 억세고 강하며, 뚜렷한 개성을 지녔다고 한다. 현재 중국의 통치에 대한 반감을 품은 위구르족 반체제 인사들도 언기 출신들이 많다고 하였다.

언기에서 호수 쪽으로 이어진 막다른 곳으로는 박호(博湖)란 마을이 있다고 하였는데, 이곳은 틀림없이 박사등 호수를 줄여서 쓴 마을 이름으로 보였다. 여정도 지치고 무엇보다도 갈증이 심하게 느껴져서 나는 자동차를 길가에 세우게 하였다. 호박참외를 길가에 수북하게 쌓아 놓고 판매하는 사람들은 거의 대부분 위구르족 농민들로 이 지역 사람들이었다. 유난히 큰 코에 흰 피부, 요철이 두드러지게 느껴지는 얼굴 표면 등등. 그들은 소속만 중국인일 뿐이지, 언어와 용모가 전혀 아시아 계통은 아닌 것이 분명하였다. 말도 중국어를 모르는 사람들이 많아 보였다. 실제로 오랜 옛날 타림분지를 위시하여 이 지역에서 성곽 국가를 세웠던 그들의 조상은 대개 아리아 계통의 인종들이었던 것이다.

호박 참외는 노랗게 잘 익어서 단내를 풍기고 있었다. 농민들과 거의 대화가 통하질 않아서 우리의 위구르족 기사 알리무가 담배를 입술 옆으로 빼어 물고 느긋한 표정으로 과일을 흥정하였다. 하얀 턱수염을 길게 기른 위구르 노인 두 사람이 만면에 웃음을 지으며 과일 앞에 앉아 있었다. 그의 얼굴에는 깊고 굵은 주름이 가득하였다. 의치를 제대로 하지 못한 듯 수박을 먹을 때 그의 턱수염은 앞뒤로 심하게 흔들렸다. 노인은 수박을 짜개어 그중 한 쪽을 나에게 권했다. 나는 미소로써 위구르 노인의 선심을 흔쾌히 받아들였다.

과일을 팔고 있는 위구르 농민

이 과일들을 싣고 온 경운기처럼 생긴 모터 수레가 길가에 세워져 있었고, 노인과 부부로 여겨지는 할머니가 그 짐칸에 혼자 앉아서 나를 멀뚱히 바라보았다. 제법 시원한 바람이 한 줄기 휩쓸고 지나갔다. 노란 먼지가 일었다.

도로 주변에는 이따금 특이한 장소 한 곳이 나그네의 시선을 끌었다.

돌무더기를 수북히 쌓아 올려놓고, 그 위에는 십여 개의 장대를 꽂아 두었다. 장대 끝에는 붉은 색, 노란 색, 흰 색, 청색 등 여러 가지 색깔의 천을 깃발처럼 달아서 바람에 펄럭이게 하였다. 돌무더기의 틈에는 돈의 모양을 한 야릇한 종이들과 기타 물건들을 꽂아 두거나 돌로 눌러 놓았다. 이것이 바로 몽골 계통의 주민들이 거주하는 곳에서 흔히 만나게 되는 '오보'라는 것이다.

이 오보는 한국의 서낭당 비슷한 곳이다. 아득하고 황량한 사막 벌판의 군데군데 설치된 이 돌무더기는 길잡이 표시를 해주기도 한다. 무엇보다도 인간의 흔적이 그리운 나그네로 하여금 안도감을 느끼게 하는 정겨움의 공간이기도 하다.

전설의 왕국, 누란(樓蘭)

언기에서 약 40여분 달리니 쿠얼라(庫尒勒)란 저잣거리가 나타났다.

이곳은 제법 규모가 커다란 도시 풍모를 지닌 마을이다. 슈퍼마켓이 보이고, 자전거를 탄 시민의 행렬도 제법 많이 눈에 띄었다. 국방색 군용 지프도 유난히 자주 보이는 것은 이 부근에 중국인민해방군의 부대가 있다는 징표이다. 도시의 분위기는 꽤 현대적 풍모를 갖추어가고 있지만 과거 실크로드의 흔적은 눈 닦고 보아도 찾을 길이 없다.

하얀 수염을 길게 기르고 위구르 모자를 뒤로 젖혀 쓴 노인이 지팡이를 짚고 걸음을 옮기다가 낯선 이방인의 출현에 놀라 걸음을 멈추고 나를 뚫어져라 바라보았다. 짙은 갈색의 개가 한 마리 나타나서 나와 노인을 곁눈질로 흘끔거리며 어슬렁어슬렁 스쳐 지나갔다.

만약 이곳에서 누란(樓蘭) 고성을 찾아가기 위해서는 이 쿠얼라에서 남쪽으로 방향을 틀어야만 한다. 타클라마칸 사막과 고비 사막 사이에 있는 롭 사막의 중심에 자리잡고 있는 누란은 몇 년 전까지만 하더라도 길조차 제대로 나 있지 않았다고 한다. 하지만 지금은 사막 한 가운데로 길은 뚫려 있지만 인간의 마을이 한 곳도 없어서 방문자들은 부득이 풍부한 식수와 야영장비를 갖추고 누란을 찾아갈 수밖에 없다고 하였다. 돈황 쪽에서 서쪽을 향해 출발하는 것이 쿠얼라에서 가는 것보다 훨씬 가깝고 수월하다고 한다. 다녀오는 기간은 왕복 엿새 거리라 한다.

낙타풀이 사막 벌판에 듬성듬성 돋아나 있는 곳에서 한 떼의 야생낙타가 무리를 지어 풀을 뜯고 있는 광경을 보았다. 물 한 방울 없고, 모래바람 세찬 저 척박한 곳에서 낙타는 유유히 자신에게 주어진 삶을 살아가고 있는 것이다. 자동차를 세우고 차에서 내다보자 낙타는 그 자리에 서서 갑자기 나타난 낯선 인간을 물끄러미 바라보고 있다.

누란의 원래 이름은 크로라이나(Kroraina), 혹은 갈로락가(曷勞落迦: Rauraka)였다.

기원전 8세기 경 누란 왕국은 한나라의 지배를 받게 되면서 이름조차 선선(鄯善)으로 바뀌었다. 누란의 왕은 이곳에서 약 900km 가량 떨어진 니야 왕국과 가장 가까운 우호적 친선을 나누었다. 양국 왕족들 사이에 혼인도 할 정도로 친밀하였다고 한다.

폐허가 된 옛 누란의 집터

누란의 옛 건물 잔해들

한나라 소제(昭帝)때의 일이다.

원래 누란의 왕은 흉노의 왕과 대단히 친밀한 관계에 있었다. 그래서 한나라에 관한 정보를 자주 흉노의 왕에게 몰래 전달해주곤 하였다. 뿐만 아니라 누란의 서쪽 여러 나라들이 한나라로 보내는 공물을 중간에서 가로채는 불법적인 행동을 자행한 적도 있었다. 이 때문에 누란은 한나라의 미움을 사게 되었다.

일찍이 서역을 다녀온 경험이 있는 부개자(傅介子)란 신하가 대장군 곽광(霍光)에게 누란을 토벌하고 누란 왕을 죽일 것을 황제에게 여러 차례 권하였다. 기원전 77년, 부개자는 드디어 특명을 받고 누란으로 파견되었다.

부개자는 일단 의심의 눈초리를 풀지 않는 누란 왕에게 편안한 말로 속이며 짐짓 안심을 시켰다. 즉 한나라의 천자가 황금과 아름다운 새, 짐승 등을 누란 왕에게 보내는 것을 직접 전달하러 왔다며 주연까지 베풀었다. 누란 왕은 이에 의심을 풀었다. 하지만 주흥이 무르익었을 때 부개자는 느닷없이 칼을 뽑아 누란 왕을 찔러 죽이고, 누란 전체를 제압하였다고 한다. 그 후 부개자는 돌아와서 이 공으로 더욱 높은 관직에 올랐다.

이 누란은 서역 경영의 중요한 공로자였던 반초와도 깊은 관련이 있다.

반초의 서역 경영이 맨 처음 시작된 곳이 바로 이곳 선선, 즉 누란이다.

누란 왕은 오랜 기간 동안 단절되어 있었던 한나라의 사절 방문에 한편으론 놀라면서도 한편으론 정중한 환영을 하였다. 그런데 공교롭게도 반초의 일행이 누란을 방문하는 시각에 맞추어 흉노의 사절이 당도하였다. 흉노 사절단의 규모는 한나라의 사신보다도 훨씬 위압적이고 커다란 규모였다. 누란의 왕은 이러한 흉노 사절의 기세에 겁을 먹고, 반초 일행에 대한 예의를 일부러 소홀히 하게 되었다.

여기서 반초는 한 가지 계책을 생각해 내었다.

깊은 밤에 흉노 사절단이 묵는 숙소를 기습하여 그들의 기세를 제압하는 비밀스런 계획이었다. 과연 반초의 이 뜻은 실행에 옮겨져 흉노 사절단의 막사는 불타고 흉노 사람들은 모두 죽임을 당하였다. 이때 흉노의 진영으로 들어가기를 주저하는 부하들에게 반초가 격려했던 말은 지금까지도 유명한 말로 전하고 있다. '범의 새끼를 얻기 위해서는 범의 굴로 들어가야만 하느니라' 이 말은 반초가 남긴 명언 중의 명언이다.

누란의 왕은 이 사건 이후로 반초를 두려워하여 자신의 아들을 한나라에 인질로 보내도록 조치하고 절대복종을 맹세하였다. 하지만 누란은 한나라와 흉노의 두 세력 틈바구니에서 줄다리기 외교로써 아슬아슬하게 버티어 나갔다. 한나라는 기어이 누란을 무너뜨리고, 이름조차 일방적으로 선선(鄯善)이라 바꾸었다. 수도도 누란에서 미란으로 옮겨버렸다. 이로부터 누란은 왕국의 체제가 아니라, 단순한 군사기지로서의 역할로써만 남아 있게 되었다.

멸망이 되기 전, 누란 왕국은 천산남로에서도 중국에서 가장 가까운 오아시스 국가였다. 장건이 서역의 통로를 처음으로 개척한 이래 누란의 주민들은 실크로드를 오고 가는 나그네들에게 식량과 식수를 제공해 주었다. 때로는 낙타로 물건을 날라다 주는 일까지 지원해 주었다. 길을 잃은 여행자들에게는 길잡이로써 방향을 알려 주었다. 이 때문에 누란은 한나라의 병참 기지 역할로써 매우 소중한 의미를 부여받았다. 그러다가 한때 토곡혼의 침공을 받아서 그들의 지배를 받은 적도 있다.

작고 가련한 비운의 왕국으로서 주변의 강대한 나라들의 눈치를 보며,

그들의 비위를 맞추어야 정치적 안정을 이룰 수 있었던 당시 누란 왕의 비통하던 심정을 조금이나마 짐작할 수 있을 것 같다.

이 누란 왕국은 롭 노르 지역에 위치해 있던 왕권 도시국가였다. 롭 노르는 그 자체가 하나의 거대한 염호(鹽湖)이다. 타클라마칸 북쪽을 흐르는 타림강이 흐르고 흘러서 바로 이곳 롭 노르로 흘러 들어온다. 고대의 기록에 의하면 전체 주민들이 종교적 의무를 게을리 하였기 때문에 마치 소돔과 고모라의 설화처럼 도시 전체가 어느 날 갑자기 하늘에서 일시에 쏟아져 내리는 모래와 흙의 비에 파묻혀 버렸다고 한다.

갑자기 역사에서 사라져 버린 이 고대의 유적지는 이로부터 신비의 베일에 휩싸이게 되었다. 구체적인 몰락의 이유는 아직도 분명치 않다고 한다.

서역 일대에 흩어져 있는 지금의 도시와 마을들은 대개 천산과 곤륜의 산자락에 의지해 있지만 고대의 주거지들은 대개 현재의 사막들 속에 자리잡고 있었다. 당시에는 그곳이 사막이 아니었던 것이다. 하지만 점점 확장되어 가는 사막의 엄청난 위력 앞에 인간의 마을들은 덧없이 파묻혀 버렸다.

누란도 니야도 이러한 '사몰(砂沒)의 도시'이다.

세월이 흘러 20세기로 접어든 시기에 유럽을 비롯한 열강 여러 나라들의 학자들은 탐험대를 조직하여 서역 일대로 헤매 다니며 이 모래더미에 파묻힌 도시를 발굴해 내었다. 영국의 탐험가 스타인, 독일의 불교학자 올덴부르그, 동양학자 르콕, 독일의 탐험가이자 인도학자였던 그륀베델, 프랑스의 동양학자 펠리오 등이 바로 그들이다.

고창(高昌), 차사(車師), 구자(龜玆), 우전(于闐) 등의 유적들도 이들에 의해 모습을 그려낼 수 있었다.

현재는 도로망이 뚫려 있기는 하지만 사막을 가로질러서 가는 도로 주
변에 하루 온종일 집 한 채 만날 수 없다고 하니 여전히 위험부담이 따르
는 곳이다.

이 누란이란 이름으로 신강성이 개발한 포도주가 제법 맛이 괜찮은 편
이어서, 나는 이 술을 마시며 누란에 대한 신비스러운 느낌을 나 혼자 가
슴속에 갈무리하기로 했다. 핏빛처럼 유난히 붉고 강렬한 포도주 '누란'
은 밤이 깊어 갈수록 나의 얼굴을 역사에서 사라진 왕국 누란의 사내처
럼 화끈 달아오르게 할 것이고, 자정이 넘도록 망국의 탄식과 슬픔에 젖
게 할 것이다. 이러한 밤의 시간은 나그네로 하여금 얼마나 뜻 깊고 하염
없는 사색의 자세로 앉아 있게 하는가.

옛 구자국의 숨결은 어디로?

쿠얼라에서 다시 길을 떠나 쿠르추(庫尒楚)를 거쳐서 약 두어 시간 달
리니 쿨룩애시마(庫魯克艾西賣)란 야릇한 이름의 마을이 나타났다. 이곳
에서 양하(陽霞)를 거쳐 한 시간 가량 달리니 룬타이(輪台)란 작은 도시
가 보였다.

이 룬타이란 곳은 내가 불과 모레쯤 타클라마칸 사막으로 진입하기 위
하여 다시 찾아오지 않으면 안 되는 지역이다. 타클라마칸 사막의 한 중
간을 남북으로 종단하는 사막 고속도로가 건설되어 있는데, 그 북쪽의
시발점이 룬타이란 곳이고, 그 남쪽의 맨 종착지가 민풍(民豊)이다. 길가
의 표지판에는 곧장 앞으로 갈 때 악쑤(阿克蘇)가 나온다고 하였다.

룬타이를 출발하여 하르파크(哈尒巴克)에 당도하였고, 이곳에서도 다

쿠차로 가는 길가의 바위산들

시 한 시간 반 가량을 더 달린 끝에 드디어 쿠차(庫車)가 가까워지는 느낌을 받았다. 그때 하늘은 온통 검은 빛으로 뒤덮였는데, 단지 서편 하늘 저 끝자락만 환하게 틔어서 마치 새벽 하늘같은 착각에 빠지게 하였다. 말이 일몰이지 한국 시간으로는 이미 밤 10시가 넘었다. 이만큼 서역의 여름은 해가 늦게 진다.

도로의 상태는 여전히 포장과 비포장의 반복이었고, 비포장으로 된 울퉁불퉁한 구간이 훨씬 많았다. 기사 알리무는 이런 길에 전혀 아랑곳하질 않고 거침없이 달려나갔다. 황량함과 음산함으로 가득 차 있었고, 아득한 벌판에는 적막감이 너무도 가득 들어차서 다른 그 어떤 것도 틈입할 여유를 주지 않을 듯 완강하게 보였다.

어떤 곳은 새 한 마리조차 보이지 않을 정도로 죽음 같은 고적감으로 쓸쓸하였다. 높은 산언덕을 오를 때는 여기저기 뚫려있는 바위 구멍들이 이곳을 처음 찾은 사람들에게 심한 위압감을 주었다. 많고도 많은 그 구멍들은 모조리 야차(夜叉)의 입처럼 아가리를 벌리고 자신의 게걸스런 식욕을 과시하는 듯 곧 달려들 것처럼 보였다. 나는 이런 상상이 느껴질 때마다 아예 눈을 감아버렸다.

가끔 부슬부슬 빗방울이 차창을 때렸다.

날카로운 바위부스러기들이 도로 한가운데로 쓸려 내려서 운전에 미숙한 운전자나 몹시 낡은 자동차들이 타이어에 펑크가 난 채로 망연히 서 있는 광경들이 보였다. 이 우울하고 황량한 곳에도 이따금 자동차를 수리해주는 곳이 문을 열고 있었는데, 건물은 마치 1950년대 한국전쟁 직후에 보았던 다리 밑 거지들의 움막과도 흡사해 보였다. 하지만 아무리 허술한 집이라 하더라도 운행 중 자동차의 타이어가 펑크난 사람들에겐 이곳이 천국의 구세주와도 같을 것이라는 생각을 하니 실없는 웃음이 나왔다.

나귀를 탄 소년들은 온몸을 흔들거리며 그들의 집으로 돌아가고 있었다.

쿠차가 가까울 때쯤 완전한 일몰이 왔다. 시계를 보니 정확하게 밤 10시 반이 이미 지났다. 그러나 이곳 신강의 시간으로 환산해 보니 아직도 저녁 8시가 조금 넘은 이른 시간에 불과할 뿐이었다.

하루 온종일 740km를 달리고 또 달려서 드디어 쿠차에 도착한 것이다.

시작이 있으면 마침도 있는 법. 모든 일에서 이 진리는 변함이 없을 것이다.

몸은 나른하였으나 마음속은 오히려 잔잔한 감격으로 물결쳤다. 쿠차 시내의 가장 중심가로 여겨지는 로터리에는 활활 타오르는 불꽃 모양의 대형 조각이 세워져 이곳을 처음 찾은 사람들에게 깊고 뜨거운 인상을 심어주고 있었다. 하지만 거리엔 가로등 시설이 별로 갖추어져 있질 않아서 대체로 어두컴컴한 느낌을 주었다. 그것이 오히려 고도(古都)의 신비스러운 느낌을 더해 주었다.

쿠차는 예로부터 실크로드의 중요 교통로의 하나였다.

주로 인도와 러시아의 상인들이 많이 몰려와 활동하였다고 한다. 특히 고구려 출신으로서 당나라의 명장이 되었던 고선지 장군이 바로 쿠차를 중심으로 이곳에 머물며 눈부신 활약을 펼쳤다. 그의 당시 직함은 중국의 서역방위에서 가장 대표적 책임자인 안서도호(安西都護)였다. 그러니까 당시의 안서도호부가 한 때는 바로 쿠차에 위치해 있었던 것이다. 안서도호부는 교하(交河)에 있었다는 설도 있다.

이곳과 관련된 옛 지명들로는 구자(龜玆), 굴지(屈支), 고차(庫車) 등

화염의 형상으로 표현된 쿠차 시내의 조형탑

이다. 하지만 이 단어들은 모두 같은 말의 다른 음역들이다. 한나라 때에는 쿠차의 주민들이 인도 유럽계의 언어를 사용하였으며, 왕가의 성씨는 백(白)이었다. 천산남로 쪽의 대표적인 왕국으로 호탄 지역에 있던 우전국과 함께 동투르키스탄 문화의 가장 중심지였다. 인도에서 전래된 불교를 일찍부터 수용하여 불교문화의 특징이 강하게 느껴지는 각종 유적이나 유물이 많이 산재해 있다.

당나라의 유명한 고승 현장이 천축국(天竺國), 즉 인도로 갔다가 돌아오는 길에 이곳 쿠차에서 두 달이나 머물렀는데, 당시의 경험들과 이 지역의 불교 예술에 대하여 그는 『대당서역기(大唐西域記)』에서 자세히 서술하고 있다. 신라의 승려 혜초도 인도를 갔다가 오는 길에 카시가르에서 이곳 쿠차까지 그 머나먼 길을 무려 한 달 이상 도보로 걸어서 도착한 기록을 그의 『왕오천축국전(往五天竺國傳)』에서 더듬어 찾아볼 수 있다.

앞장의 일부가 떨어져 나간 불완전한 혜초의 책에서 더듬어 보는 그의 여행 경로는 다음과 같다.

중국의 광주 출발(723년)→바닷길로 인도의 동부 지역에 상륙→구시나게라국→파라날사국→마게타국→갈나급자(인도 중부)→사위국→남천축(인도의 남부)→서천축(인도의 서부)→북천축의 사란달라(인도의 북부)→탁사국→신두고라국→사란달라→가섭미라국(카시미르)→건타라→오장국→구위국→건타라→계빈국→사율국→범인국→토화라→파사(페르시아)→대식(아랍)→토화라→호밀국→파미르고원→소륵(카시가르)→구자(쿠차)→언기국(언기)→장안(서안) 귀환

그러나 지금 이곳 어디에서 혜초의 숨결을 찾아볼 수 있을까?

나는 쿠차의 바람결에도 물어보고, 길가에 돋아난 이름 모를 쿠차의 풀꽃들에게도 물어 보았다. 하지만 그들은 너무 오래된 일이라 알 수 없다고 줄곧 고개를 설레설레 흔들었다. 무심한 그들 옆에 앉아서 저물어

가는 쿠차의 하늘을 멍하게 보았다. 한 조각 구름이 아주 높은 곳에 떠서 흘러가고 있었다.

구자(龜玆)는 중국어로 쿠이즈란 발음으로 읽힌다.

오늘의 숙소로 예약된 곳은 쿠차 시내의 한 켠에 자리잡은 쿠이즈 빈관(龜玆賓舘).

건물은 아담한 아치 형태의 이층으로 몹시 멀고 아득한 서역의 한 쪽 구석에 세워져 있다는 고적감을 느끼게 하기에 충분하였다.

이 건물은 초저녁 어둠을 배경으로 서서 잔잔하고 그윽한 표정으로 나를 내려다보았다. 열대식물처럼 보이는 나무들이 빈관의 앞마당에 심어져 있었고, 쿠이즈 빈관은 곧장 깊고 어두운 밤의 공간으로 마치 빨려 가는 듯 황급히 들어가 버렸다.

옛 구자국의 숨결은 어디로 떠나가 버렸는가?

빈관의 1층 로비에는 옛 쿠차 왕국의 왕궁이나 사원의 벽화로 그려졌음직한 분위기의 울긋불긋하고 신비스런 분위기를 느끼게 하는 모사(模寫) 벽화들이 걸려져 있었다. 그 때문인지 불빛은 어둑어둑하여 낡은 빈관에서 일하는 복무원들은 마치 옛 왕궁의 시녀들처럼 고전적 분위기로 다가왔다. 벽화들은 대개 요염한 자태의 비천상이나 멋스러운 곡선으로 그려진 구름이 많았다. 키질 석굴의 대형 모사 벽화들도 도처에 걸려 있어서 그 퇴색된 분위기가 한층 고졸한 느낌을 배가시켜 주었다.

나는 쿠차의 가난한 주민들이 살고 있는 살림집을 살그머니 내다볼 수 있는 이층의 방 한 칸을 배정 받았다. 몸은 피로하지만 그냥 잠자리에 들기가 허전하여 캄캄한 쿠이즈 빈관의 마당과 문 앞 부근을 공연히 서성였다. 일행들도 하나 둘 내려와 우리는 누가 먼저랄 것도 없이 빈관에서 시내 쪽으로 조금 내려가는 곳에 위치한 목로주점으로 몰려갔다.

쿠이즈 빈관 전경

목로주점

　쿠차 시내는 가로등도 없고, 오직 상점의 희미한 불빛만 길 표지 삼아 걸어갈 뿐이었다. 이따금 지나가는 자동차의 전조등만이 차도와 인도의 구분을 가능케 하였다. 나는 한 술집을 발견하였다. 침침한 등불 밑에서 이리저리 오가며 그 불빛을 가리는 식당 일꾼들의 뒷 모습이 보였다.

　술집에는 노인처럼 늙어 보이는 40대 후반의 위구르족 가장이 그의 일가족들과 더불어 양고기를 구워서 안주를 공급하고 있었다. 자신과 마찬가지로 늙어 보이는 부인과 아들, 며느리, 학교에 재학 중인 금년 15세의 어린 딸. 소녀는 자신의 이름을 아망굴리라고 했다. 모든 식구가 손님들의 술시중을 드느라 분주하였다.

　손자로 보이는 대여섯 살 가량 되어 보이는 소년이 위구르족의 하얀 모자를 쓰고 앉아서 호기심어린 눈을 반짝이고 있었다. 소년이 쓴 모자는 비록 흰 빛깔이었으나 워낙 때가 올라서 자세히 보아야만 그것이 원래 흰 빛깔이었음을 짐작하게 하였다.

　집안으로도 의자와 탁자가 있었으나, 텔레비전을 요란하게 켜두었고, 그것을 시청하는 지역 주민들이 그 안에 들어차 있었다. 나는 집 바깥으로 천막을 쳐서 달아낸 술청에 앉아서 어두워진 길거리를 내다보며 술을 마셨다. 일행 중 여학생 둘이 위구르 소녀 아망굴리와 서로 의기가 맞아서 서로 웃으며 뜻을 주고받는다.

　양고기를 꼬치에 꿰어서 구운 위구르식 전통 요리인 시시카바부를 술안주 삼아 맥주를 홀짝거리는 쿠차의 밤. 주인과는 말이 통하지 않아 알리무가 주로 통역하고, 알리무는 중국의 독주인 '신강특곡(新疆特曲)'을 마셨다. 하루 온종일 장거리 운전에 시달린 그에게 한 잔의 술이 있는 이

저녁 시간은 호적하고 아늑하기만 할 것이다. 양고기를 굽는 연기가 줄
곧 술상으로 날아와 매운 노린내에 시달려야만 했다. 낯선 곳, 머나먼 서
역의 어느 한적한 시골 마을에서 밤 깊도록 술집에 앉아 보내는 쓸쓸한
정취를 무슨 말로 표현할 길이 있으리. 아름답고 적적한 쿠차의 밤은 이
렇게 깊어만 갔다. 어느덧 시계를 보니 새벽 3시. 내일 일정에 지장을 줄
지도 모른다. 하지만 다음날 그다지 바쁜 일정이 아니라 하니 그래도 마
음이 한결 놓인다. 위구르인 술꾼들도 자리를 파하여 하나 둘 돌아가고,
더욱 밤이 깊어져서야 나는 쿠이즈 빈관으로 어슬렁거리며 돌아왔다.

초르타크 산을 넘어서

쿠차의 이른 아침, 요란한 닭소리에 잠이 깨었다.

서역의 닭은 홰를 치며 기운차게 운다. 짐승의 소리에서 풍겨나는 매
우 신선한 활기를 그대로 느낄 수 있다. 한국에서 내가 기르는 닭은 얼마
나 그 소리가 맥이 풀린 것이었던가. 내가 닭을 방사한 지 얼마 되지 않
아서 녀석들은 집 주변의 산과 들을 마음대로 쏘다니며 거의 야생 닭처
럼 기질이 바뀌어졌다. 그때부터 닭소리는 종전보다 훨씬 다른 기운찬
울음을 토해내고 있었던 것이다. 사람도 꼭 저와 같으리라.

가까운 어디선가 개 짖는 소리도 들려온다. 이런 소리는 나그네로 하
여금 무척 아늑한 정감을 느끼게 한다. 쿠이즈 빈관에서 조반을 해결하
고 곧장 길을 떠나 쿠차 시내를 빠져나간다. 별반 크지 않은 시내에는 아
침 일을 나가는 사람들의 행렬과 채소를 실은 나귀 수레가 바삐 지나가
고 있다. 오늘 하루는 알리무가 운전하는 버스를 타고 쿠차 주변의 여러

고대 유적지를 찾아다니게 된다. 이곳에서의 안내인은 얼굴이 그대로 서양사람을 방불하게 하는 위구르의 처녀였다. 그 여성은 중국어와 영어도 꽤나 유창하게 구사하였다.

쿠차도 서역의 여러 도시들이 그러한 것처럼 사막 한 가운데에 위치한 오아시스 도시라 보면 될 것 같다. 백양나무 가로수 길은 실크로드의 전형적인 시골 풍경이다. 엄청나게 키가 큰 백양나무들은 아침 햇살을 받아서 자신의 그림자를 도로 위로 길게 깔아 놓고 있었다. 그 한적한 도로 위를 나귀 수레가 방울소리를 짤랑짤랑 울리며 지나간다. 한참을 달리다 보면 백양나무 가로수 길이 마치 기나긴 터널 같다는 느낌도 든다. 이 터널에선 하늘이 비좁게 보인다.

그 가로수 길을 빠져 나와 북서쪽으로 한참을 달리니 엄청나게 커다란 바위산이 눈에 들어온다. 초르타크(確尒達格) 산의 위용이다. 위구르 언어에서 '초르'란 말의 뜻은 황량하다는 의미라고 한다. 때로는 누렇고 때로는 짙은 적갈색, 혹은 황갈색의 바위산에는 그야말로 나무 한 그루 풀 한 포기 돋아나 있질 않았다. 어쩌면 바위산은 저리도 생명체를 거부하고 있는 것일까. 칼날같이 날카로운 바위산의 연속이라 할 수 있는 초르타크는 그야말로 황량함의 극치였다. 어떤 곳은 이빨을 드러낸 맹수 같고, 어떤 곳은 박쥐의 날개처럼 음산한 기운이 감돈다. 칼과 창을 잔뜩 꽂아둔 것 같은 살벌함이 느껴지기도 한다. 『서유기』의 한 장면처럼 무슨 요괴라도 튀어나올 듯한 분위기다. 이곳 주민들은 이 계곡을 귀신성(鬼神城)이라 부른다고 한다.

그 산의 깊게 패인 부분에 그늘에 깃들여 태양이 비치고 있는 부분과 극명한 명암의 대조를 보여주고 있었다. 검은 골짜기 부분은 더욱 심오한 깊이를 느끼게 하였고, 일광에 드러난 부분은 훨씬 황량한 느낌을 배

티벳 라싸의 포탈라궁을 연상케 하는 쵸르타크산의 험준한 절벽

가시켜 주었다. 화염산도 가까이 다가가 보면 이 초르타크 산과 비슷한 느낌은 아닐까. 그 모습이 어떤 위기 앞에서도 꼬장꼬장한 자세를 풀지 않고 앉아있는 한 복벽주의자(復辟主義者)를 보는 듯했다.

그저께 내린 비에 바위산 아래편 쿠차 강은 순식간에 물난리가 나서 한 바탕 물살이 휩쓸어간 자취가 역력했다. 쿠차 강이 흘러가는 초르타크 산의 계곡을 염수계곡(鹽水溪谷)이라 한다. 이곳을 흘러가는 물은 짠맛의 소금물이 흐른다 했다. 아직도 남은 물살의 기세가 세차게 보였다.

초르타크의 주변 바위산 전체를 한 눈에 조망할 수 있는 곳에 이르자 기사 알리무는 차를 세우고 내려서 일대를 직접 감상하며 사진도 찍을 수 있도록 배려를 해 주었다. 맑은 물이 흘러가는 염수계곡의 물가 모랫벌에는 발을 디딜 수 없도록 질퍽하여 마치 늪과도 같은 느낌을 주었다. 물을 손바닥으로 찍어서 혀에 대어보니 과연 바닷물처럼 짠맛이 감돌았다.

산형 지세는 너무도 괴기적인 분위기를 느끼게 하였으며, 『서유기』에 나오는 야릇한 지역의 특징을 그대로 느낄 수 있게 하였다. 어디선가 요괴가 소리를 지르며 튀어나올 것 같은 분위기마저 주었다.

어느 한 곳에 이르러 썩 풍광이 좋은 바위산을 볼 수 있었는데, 마치 티베트 라싸의 바위 벼랑에 지어진 라마교의 사원인 포탈라 궁(布達喇宮)과도 비슷한 느낌을 준다 해서 그 바위산의 이름이 포탈라 궁으로 표시되어 있었다. 포탈라 궁은 티베트의 정신적 최고지도자인 달라이라마의 사원 겸 왕궁이다. 하지만 그는 현재 자신의 조국을 강대한 중국에게 빼앗겨 버린 채 세계를 바람처럼 떠도는 쓸쓸한 망명객의 신세가 되어 있다.

키질 천불동과 구마라습

그 바위산을 거의 다 빠져나가는 곳에서 탁 트인 오른 편 지평선 쪽으로 흰 눈에 덮인 천산산맥의 연봉들이 보였다. 그 광경은 하염없이 맑고 거룩하였으며, 마음 속 저 깊은 곳에서 경건한 대상에 대하여 느껴지는 어떤 엄숙함이 저절로 솟구치도록 만드는 독특함이 있었다. 사람들은 만년설이 좀더 잘 보이는 멀리까지 걸어가 산을 자신의 가슴에 빨아들일 듯한 자세로 그윽하게 바라다보곤 하였다.

그 산자락을 아주 빠져 나오니 다시 아득한 사막이었다.

가끔씩 소소초(蕭蕭草)라 불리는 낙타풀도 듬성듬성 돋아나 있고 거친 모래와 자갈들이 구릉을 이루고 있는 지역도 있었지만, 대체로 끝없이 넓고 평평하게 펼쳐져 있는 황야였다. 이런 곳을 얼마를 달렸을까.

이윽고 하나의 안내표지판이 모래밭 귀퉁이에 꽂혀 있었는데, 그것이 바로 키질 천불동으로 접어드는 통로를 알리고 있었다. 쿠차에서 약 70km 지점에 위치한 곳.

키질은 중국식 표기로 극자이(克孜尒)라고 한다. 이곳은 쿠차의 서북쪽 방향으로 배성(拜城)을 거쳐 악쑤(阿克蘇)로 이어지는 구간이기도 하다.

키질의 황토 산 흙벽을 파고 천불동을 조성한 것이 그 언제였던가.

알려진 바에 의하면 대체로 3세기경에 짓기 시작하여 대략 600여 년간 유지되어 오다가 9세기경에 쇄락하기 시작하였다고 한다. 중국의 서북지역에서 가장 오래된 최초의 천불동이라 한다. 인도에서 흘러 들어온 불교문화는 분명히 이곳을 거쳐서 잠시 휴식한 다음 돈황으로 서서히 흘러갔을 것이라는 사실을 믿어 의심치 않는다.

불경번역가였던 승려 구마라습

천불동에 올라 좌우로 탁 트인 앞 전경을 조망하노라면 좌우로 길게 이어지는 무자트(木扎特) 강과 그 옆을 따라 하염없이 이어지는 실크로드의 한 구간이었음을 실감할 수 있다. 얼마나 많은 순례자와 상인들이 이곳을 거쳐 지나갔던 것일까? 그들에겐 먼저 지친 다리를 쉬면서 경배할 곳이 필요했을 것이다. 그런 필요성에 의해 이 천불동을 자연스럽게 조성되었을 것으로 여겨진다.

멀리서 바라보면 마치 바위 벼랑에 지어놓은 말벌들의 흙집처럼 느껴진다. 이러한 천불동의 조성에 소요된 그 세월이 무려 일 천년이나 된다고 한다.

흙 벼랑을 뚫어서 만들어 놓은 천불동 입구를 원경으로 바라보면서 입구를 접어들면 맨 먼저 맞이하는 것이 옛 학승 구마라습(仇摩羅什)의 동상이다. 엄청난 열기로 내려 쬐는 사막의 햇살 속에서 구마라습은 검은 살결을 그대로 드러낸 채 무엇인가 깊은 생각에 골똘히 잠겨 있었다. 비록 구리로 만든 좌상이지만 일생을 학문의 연찬과 번역사업에만 골몰했던 학자의 풍모를 물씬 느낄 수 있었다.

앙상한 가슴, 가느다란 허리, 날카로운 눈매, 삼매경에 빠져 있는 약간 숙인 머리!

왕족 출신이면서도 적당히 몸에 걸치고 있는 매우 소박하게 보이는 최소한의 의상! 그는 지금도 불경의 문구에 대한 삼매경에 잠겨 있는가.

우리는 과거 학창 시절, 교과서에서 배웠던 구마라습이란 이름을 어렴풋이 기억한다.

독특한 어감의 그 이름은 구마라시바(鳩摩羅時婆), 구마라기바(拘摩羅耆婆), 줄여서 나습(羅什), 습(什), 의역하여 중국 이름으로는 동수(童壽)라고도 불렸다.

원래 그의 부친은 인도의 귀족 구마라염(鳩摩羅炎)이었고, 어머니는 구자국(龜玆國) 왕의 누이동생인 기바(耆婆)였다. 그가 태어난 곳은 바로 구자국이었다. 그의 이름은 부모의 이름을 합한 것으로 알려지고 있다.

구마라습의 생애를 살펴보면 구도자의 체취가 그대로 느껴진다.

7세 때 출가하여 여러 곳을 편력하다가, 인도 북쪽 계빈에서 반두달다 (槃頭達多)를 스승으로 하여 소승불교를 배우고, 소륵국(疏勒國)으로 옮겨와서 수리야소마(須梨耶蘇摩)에게 용수(龍樹)의 대승불교를 배웠다. 그 후 구자국으로 돌아와 비마라차(卑摩羅叉)에게서 율(律)을 배웠다. 그로부터 줄곧 구자국에 거주하면서 주로 대승불교를 포교하였다.

오호(五胡) 시대였던 383년, 진왕(秦王)이 여광(呂光)을 시켜 구자국을 공략하였을 때, 여광은 구마라습을 데리고 양주(涼州)로 갔으나, 그 뒤 후진(後秦)이 양주를 쳐서 후진왕 요흥(姚興)이 401년 구마라습을 당나라의 수도인 장안(長安)으로 데리고 가 국빈으로 대우하였다. 그는 서명각(西明閣)과 소요원(逍遙園) 등에 있으면서 많은 경전을 번역하였다.

『성실론(成實論)』 『십송률(十誦律)』 『대품반야경(大品般若經)』 『묘법연화경(妙法蓮華經)』 『아미타경(阿彌陀經)』 『중론(中論)』 『십주비바사론(十住毘婆沙論)』 등 경률에 관한 저서를 74부 380여 권이나 펴냈다. 그 중에서도 특히 삼론(三論) 중관(中觀)의 불교를 위하여 많은 힘을 기울여 이를 확립하였으므로 오늘날 중국, 한국, 일본에서는 그를 삼론종(三論宗)의 조사(祖師)로 부르고 있다.

그의 제자 3,000명 가운데 도생(道生), 승조(僧肇), 도융(道融), 승예(僧叡)를 가리켜 습문(什門)의 4철(四哲)이라 일컫는다. 413년 장안에서 69세로 세상을 떠났다. 쿠차가 배출한 유명한 승려로서는 이외에도 불도징(佛圖澄) 등이 있으나, 그에 대해서는 자세한 기록들이 별로 많지 않다.

이런 다채로운 경력을 지닌 쿠차 출신 학승 구마라습의 동상을 배경으로 키질 천불동은 더욱 장엄해 보였다. 현재 굴의 일련번호가 표시된 전체 숫자는 236개나 된다. 아직 조사 정리가 되지 않은 곳까지 합한다면 훨씬 더 많을지도 모른다.

동쪽과 서쪽, 안쪽과 뒤쪽 등 네 군데의 지역에 석굴은 흩어져 있다. 굴의 내부에는 원래 상상조차 할 수 없는 아름다운 채색의 벽화와 각종 신비한 불교 유물들이 가득하였으나, 고고학자란 이름을 앞세운 서양의 탐험대가 찾아와 무차별적으로 대부분의 유물들을 약탈해갔다. 독일의 르콕과 그륀베델이 그 주인공들이다.

귀중한 벽화의 대다수는 그들이 마구잡이로 거칠게 뜯어서 탈취해갔다.

당시의 볼썽사나운 흔적들이 현재까지 그대로 남아 있다. 그들은 처음 굴에 들어가 오직 하얀 벽면만을 보았다. 하지만 그것이 두터운 곰팡이로 뒤덮인 것이라는 사실을 곧 알게 되었고, 그것을 조심스럽게 긁어내자 매우 아름다운 채색의 벽화가 보였다. 특히 신비스러운 느낌을 주는 청색의 안료는 돋보였다. 이후 그들은 중국의 고량주 단지를 그대로 안고 와서 술의 알콜 성분으로 벽에 켜켜이 앉은 곰팡이를 모두 벗겨내고, 밤낮으로 벽화를 절단하여 떼어내는 잔인한 작업에 착수했다.

8호 굴은 7세기의 벽화 양식을 더듬어 보는 데에 도움을 준다.

이곳의 벽화들은 인도의 간다라식 회화가 실크로드의 오아시스 마을들을 징검다리처럼 건너 전파된 경로를 전형적으로 보여주고 있다.

대체로 부처와 그의 여러 제자들, 뭇 승려들과 마귀 야차, 왕과 신하, 해외의 사신들이 그려져 있는데, 백인과 흑인까지 사실적으로 그려진 광경이 무척 이채로웠다. 원숭이와 공작새, 기린, 주작 등의 상상적 동물들도 흔히 보였다. 특히 푸른 색감의 안료가 돋보였는데, 그것은 코발트의 원형을 그대로 느끼게 해주는 독특한 빛깔이었다. 당시의 경제적 여건을 고스란히 말해주는 것이기도 하다.

46호와 47호, 48호 굴은 커다란 미륵부처가 모셔져 있다고 하여 대상굴(大像窟)이란 이름이 붙었다. 18m가 넘는 굴속에 16m 높이의 석불이 조성되어 있다. 유명한 쿠차의 음악 연주와 악기들이 벽화로 그려진 곳은 38호 굴이다. 이곳에는 한국의 전통 악기인 장구의 원형을 더듬어 짐작해 볼 수 있는 갈고(羯鼓)를 비롯하여, 북, 비파, 공후, 젓대 따위의 여러 종류의 쿠차 악기를 찾아볼 수 있다. 그래서 이 굴을 음악동이라 부르기도 한다.

이 음악동굴에서는 천장에 길게 그린 낙천도(樂天圖)와 두 마리의 꿩을 그린 쌍치도(雙雉圖)가 궁륭에 보이는데 이 벽화들도 세계적으로 널리 알려진 유명한 작품들이다.

8호 굴에는 그 높이가 6m도 더 되어 보였다. 이곳의 천장 궁륭에서 나는 다섯 개의 현으로 이루어진 쿠차의 옛 악기인 비파(琵琶)를 찾아 볼 수 있었다. 17호 굴에서는 미륵설법도(彌勒說法圖)를 보았다. 석가모니와 관련된 본생고사(本生故事)를 그린 벽화도 있었다.

내가 보았던 곳은 8, 10, 17, 27, 32, 34, 38, 44, 47, 49호 굴 등 도합 열 개의 석굴이다. 이곳의 유명한 그림들은 비천도(飛天圖), 천궁기락도(天宮伎樂圖), 천상도(天上圖), 동물도 등이다. 모든 벽화들이 불법의 참뜻과 그 오묘함을 일깨우는 중요한 메시지들이 담겨 있다.

음악동굴에 그려진 비천상의 모사화

이 키질석굴의 유물조사와 관련하여 반드시 그 이름을 거명하고 넘어가야 할 사람이 있다. 그 이름은 한낙연(韓樂淵). 조선족 출신의 화가로서 프랑스 유학 시절 방학중에 돌아왔을 때 키질석굴의 유적조사가 펼쳐진다는 사실을 알았다. 그는 이 조사에서 벽화를 확인 정리하고 회화로 복사해내는 작업을 지원하였다. 그리하여 한낙연은 1946년부터 2년간 이곳에 와서 머물며 깊이 있는 조사와 연구 및 회화복사 작업에 몰두하였다.

한낙연

그의 노력에 의해 69호 굴이 새로 발견되었으며 굴의 일련번호를 낱낱이 붙이는 작업까지 해낼 수 있었다. 하지만 그는 1947년 이 작업을 마치고 돌아가던 중 비행기 추락사고로 사망하였고, 동시에 그가 지녔던 벽화의 귀한 복사 작업성과들도 모두 소실되고 말았다. 참으로 안타까운 일이다.

10호 굴의 텅 빈 벽에는 한낙연이 돌벽을 파내어 낱낱이 기록해 놓은 천불동 문화유적의 중요성과 서양인에 의한 벽화 약탈행위의 범죄적 성격, 구체적인 작업일지 등에 대한 모든 기록이 자세하게 새겨져 있다. 나는 한낙연의 필적을 손바닥으로 더듬어 보면서 무한한 감회에 사로잡혔다. 문화유산의 진정한 가치를 깨닫고 있었던 한 사람의 화가로서, 또한 문화재 전문연구가로서 그는 얼마나 비분강개한 마음에 젖었을까.

천불동의 여러 석굴을 돌아다니는 동안 땀은 흐르고 다리는 몹시 심하게 아파 왔다. 날씨는 또 얼마나 찌는 듯이 무더운가. 천불동 앞에 서서 저 멀리 골짜기를 묵묵히 흘러가는 무자트 강의 강물을 바라보고 있노라니, 강줄기 옆의 실크로드 옛길을 따라 낙타를 타고 가던 순례자들의 모습이 아른아른 보이는 것 같다. 더위와 피로에 지친 다리를 이끌고 터벅

터벅 천불동의 계단을 내려오는데 이글거리는 서역의 태양은 머리 위에서 몹시도 뜨거웠다. 마치 불 더미가 정수리로 쏟아져 내리는 듯하였다.

내려오면서 다시 키질석굴이 있는 쪽을 뒤돌아보았더니, 주름잡힌 듯 황토의 층계가 느껴지는 앙상한 산 벼랑에 옹기종기 말벌의 집과 같은 뚫린 구멍들이 보였다. 입장권을 받는 직원도 나무로 엮어 만든 그의 집무실 안에 앉아서 지친 얼굴을 하고 있었다.

맑은 샘이 퐁퐁 솟아나는 곳이 있다고 하기에 위성류나무와 사막식물들이 우거진 숲의 그늘을 따라서 한참 걸어갔으나 관광객을 대상으로 관람을 시켜주는 몽골식 게르만 몇 채 보였다. 샘물 터는 아직도 한참을 더 가야만 한다고 하였다. 그리하여 맨땅에 앉아서 잠시 쉬다가 오던 길을 다시 돌아서 나왔다. 구마라습의 검은 동상만이 여전히 반가부좌의 자세로 앉아서 아무리 흔들어도 깨어나지 않을 듯 깊은 사색에 잠겨 있었다.

휴게소 그늘에 앉아서 쉬는데, 시원한 바람이 솔솔 불어온다. 사막 지역에서는 폭양 속을 피하여 그늘로만 들어오면 일단 지낼 만하다. 워낙 건조한 기후 때문에 습도가 거의 없기 때문이다. 휴게소의 돔형 천정의 궁륭에는 아름다운 채색의 비천상 벽화가 그려져 있었다. 비록 페인트로 그려진 것이나 비바람에 밝은 채색이 바래어지니 원래의 느낌이 감도는 듯 신비스러움마저 서려 있었다. 나는 비스듬히 누워서 그 비천상 벽화를 보고 또 보았다. 그것은 음악동굴의 벽화에 그려진 그림들을 본뜬 모사작품으로 거기에서는 서역의 여러 악기들을 만나볼 수 있었다.

점심 식사를 하게 된 곳은 키질 석굴 관리소 경내의 어느 한 곳이었다. 실내에는 냉방기를 강하게 틀어 놓아서 매우 시원한 느낌이 들었다. 나는 자리에 앉아서 키질 석굴과 관련된 자료를 뒤적였다. 쿠차 부근의 사막지역 일대에는 참으로 많은 천불동들이 조성되어 있다고 한다.

쿠차의 키질석굴 전경

우선 쿠차 동쪽과 북쪽만 하더라도 사무새무(森木塞姆) 천불동, 마자르빠사(瑪扎尒伯赫) 천불동, 키질가하 천불동 등이 있고, 쿠차의 서쪽으로는 위간하(渭干河)를 지나서 쿰트라(庫木吐拉) 천불동, 타타르(台台尒) 천불동, 온바스(溫巴什) 천불동, 투후라크애건(托呼拉克埃肯) 천불동 등이 있다. 고성터만 하더라 쿠차 동쪽의 악시(阿克希) 고성과 북쪽의 쓰바시(蘇巴什) 고성, 남쪽의 사르액(沙尒埃克) 유적지, 위간하를 지나서 남서쪽으로 오시카트(烏什喀特) 고성 등이 있다.

이런 천불동과 유적지는 아직 실크로드의 여러 자료들에도 제대로 소개가 되어 있지 않은 곳들이다. 이 많고도 많은 불교 성지를 조성한 승려들과 신도들은 모두 어디로 갔을까?

그들의 경건한 신앙심은 현재 어떠한 모습으로 남아 있는 것일까?

불교유적지 쓰바시

이곳에서 잠시 쉬며 이런저런 사색에 잠기다가 다시 자동차에 올라서 쓰바시 고성 터를 향해 출발했다. 자동차는 오던 길을 도로 나와서 집도 절도 하나 보이지 않는 황량한 사막을 기운차게 달려갔다. 들판에는 거친 돌 자갈과 소소초, 즉 낙타풀의 연속이었다.

웬 움막 하나가 보였는데 빈집이었다. 빈집 된 지가 오래된 것 같았다. 지붕도 무너지고 벽도 부서져서 기둥만 겨우 오랜 세월의 바람에 버티고 있을 뿐이었다. 주택으로서의 구실은 전혀 불가능해 보였고, 다만 남아있는 형체만으로 '나도 한때는 사람들이 들어와 살던 당당한 집이었소' 라고 말하는 듯하였다. 사막에서 을씨년스런 빈집을 보고 난 뒤 문득 비감한 생각에 젖어들었는데, 그때쯤 키질가하 봉화대의 모습이 먼발치로 보였다.

황급히 달려온 자동차가 시동을 끄고 자욱하던 먼지가 가라앉자 주변에는 한 순간 바다 속 같은 고요로 가득 찼다. 나는 차에서 내려 천천히 봉화대 쪽으로 걸어갔다. 우리는 비록 첫 대면이었으나 수천 년 세월을 이겨온 어떤 인과(因果)의 만남을 가진 듯 하였다. 봉수대는 나에게 무슨 말을 할 것처럼 눈을 끔뻑이며 더듬거리는 말로 몇 마디 중얼거리는 듯 하였다.

쿠차에서 북쪽으로 12㎞ 지점.

염수계곡을 빠져 나와 이곳으로 곧장 오면 훨씬 빠르다.

탑의 높이는 대략 15m는 되어 보였다. 황토를 물에 반죽하여 낙타초와 함께 차곡차곡 쌓아올린 것으로 짐작되었다. 멀리서 보면 흡사 망루와도 같았다. 또 멀리서 보고 있노라면 늙은 부부가 서로 몸을 부축하고 어디론가 불편한 걸음으로 걸어가고 있는 듯한 느낌도 일어났다. 나는 이 봉화대 앞에 서서 이곳에서 연기가 뭉게뭉게 다발로 피어오르는 모습을 상상했다.

여기서 봉화 불을 피우던 사람은 어딜 갔는가?

당시의 연기는 무슨 뜻으로 피워 올렸던 것일까?

이 건축물에서 불씨가 꺼진 뒤로 세월은 얼마나 흘러간 것일까? 세월은 이곳을 고립시켜 놓고 저 혼자 비정하게 달아나 버린 것은 아닐까?

이런 생각들을 하며 나는 봉화대 주변을 한 바퀴 휘돌아 보았다. 몸 색깔이 노랗고 손가락 길이 만한 크기의 사막 도마뱀이 쏜살같이 달아났다. 녀석은 이 뜨거운 모래밭 위를 걸어서 어디로 숨었는지 보이지 않았다. 전혀 숨을 곳이 없어 보였지만, 녀석들에겐 익숙하게 위험을 모면하는 나름대로의 방법이 있을 것이다.

고대의 군사시설이었던 봉수대

그런데 녀석은 대관절 무엇을 먹고 살아가는 것일까?

이 척박한 곳에서 살아가는 저 도마뱀은 사막 생활의 불편을 전혀 모르리라.

뜨거운 뙤약볕 아래서 이리 저리 거닐며 나는 역사의 냉엄함이 주는 감동과 회한에 젖었다. 자동차를 타기 전에 이곳의 건너 편 산언덕을 바라다보았다. 벌집처럼 구멍이 송송 뚫린 석굴들이 보였다. 모두 당나라 때에 조성된 불교 석굴로 마흔 여섯 개나 된다고 한다. 이곳이 키질카르가 천불동이라고 하는데, 지금은 중국 정부에서 폐쇄하여 공개를 하지 않는다고 했다. 나는 다만 먼 빛으로만 망연히 키질카르가 쪽을 바라다 볼 뿐이다. 쌍안경으로 석굴을 자세히 당겨 보았으나, 애만 탈 뿐 그곳까지 다가갈 생각은 눌러 참기로 하였다. 쿠차 부근에는 이 석굴을 포함하여 여러 곳의 크고 작은 불교 석굴이 있다. 심심, 키리샤, 아치크일크, 두르두아클, 쿰투라 등이 바로 그것이다.

다음은 쓰바시 고성을 찾아가는 길이다. 그곳까지 가는 길은 줄곧 키다리 백양나무 가로수가 우거진 실크로드의 아름다운 도로였다. 무더운 한낮인데도 도로엔 짙은 그늘이 드리워져 행인들은 시원하고도 느긋한 표정으로 나귀마차를 타고 지나갔다. 경쾌하게 또각거리는 소리가 멀리까지 들려왔다. 어떤 수레는 위에 햇살을 막는 차양까지 설치해 놓아서 더욱 시원스럽게 보였다. 붉은 옷을 입은 소녀가 자동차를 발견하지 못하고 길을 건너다가 경적에 놀라 얼굴을 찡그리며 귀를 감싸고 달려간다.

중로에 작은 마을을 지나쳤는데, 마침 오늘이 매주 금요일마다 열린다는 바자르였다. 시장 부근에는 검은 염소를 수레에 잔뜩 실은 중년 사내와 눈길이 마주쳤다. 그는 박 속 같은 이를 하얗게 드러내고 싱긋 웃었다. 저 얼마나 순박한 표정인가. 나는 한 순간 가슴이 찌릿하였다. 경운기 뒤

쓰바시 불교유적지 입장권

에 밀가루 포대를 산더미같이 쌓아 올리고 그 위에 혼자 아슬아슬하게 앉아서 달려가는 노파의 광경도 보았다.

쓰바시 고성은 원래 불교의 사찰 유적지다.

이곳의 원래 이름은 자오후리(昭怙厘) 사찰이라고 한다. 쿠차에서 북쪽으로 23km. 쿠차의 하룡구(河龍區) 양쪽의 모래 언덕에 조성되어 있다. 현장의 『대당서역기』에 의하면 하나의 강을 사이에 두고 양측에 두 개의 커다란 사찰이 있었다고 한다. 모두 자오후리란 이름을 지녔지만 동쪽과 서쪽 지역으로 나뉘어져 있었다. 서문 밖 좌우에 높이 90자의 불상이 있고, 사찰만 해도 무려 100여 채, 늘 상주하는 승려가 5000명의 방대한 규모였다고 한다.

대체로 위진(魏晉) 남북조(南北朝) 시대에 축조되어 유명한 불경번역가였던 구마라습이 이곳에 머물며 불법을 강의했던 곳으로 알려져 있다.

당나라 때에는 현장법사가 인도로 불경을 구하러 가던 중 이곳에 두 달 동안 머물렀던 곳으로 유명하다.

수당시대에 이곳은 워낙 번성하여 새벽 범종 소리와 저녁 무렵의 법고 소리, 밥짓는 연기가 끊어질 틈이 없었다고 한다. 하지만 세월이 경과하면서 찾는 이 점점 드물어지고 너무도 쇄락한 곳으로 자취를 잃어가게 되었다. 안내인의 설명에 의하면 이곳은 저 멀리 황량한 모래 산 아래편에 아련히 보이는 동사 불탑과 서사 불탑이 하나로 이어져 있었으나, 오랜 세월이 지나는 동안 지형의 변동에 의해 아주 다른 별개의 지역으로 분리되었다고 한다.

내가 찾아간 곳은 서사 불탑으로 알려진 곳이다.

입구에는 매표소 역할을 하는 허름한 건물 하나가 있었고, 서사 불탑으로 들어가는 어구에는 자동차 출입을 막기 위해 설치해 놓은 매우 엉성한 철책 문이 하나 세워져 있었다. 쓰바시 불사 유적지에 대한 소개를 적어 놓은 안내판이 오른 쪽에 초라하게 보였다.

1958년에 황문필(黃文弼)이란 학자가 이곳에 와서 유물 발굴에 착수하여 도자기, 동전, 목간(木簡), 불경 서적 등 많은 유물을 찾아내었다. 1978년에는 쿠차의 전형적인 모습을 하고 있는 여인의 미이라가 부장품과 함께 발굴되어 세상을 놀라게 하였는데, 그 모든 유물들이 현재 쿠차의 박물관에 보관되어 있다고 한다. 빠듯한 일정 때문에 쿠차의 박물관을 갈 기회를 얻지 못하여 나는 안타깝게도 쿠차 미녀의 미이라와 만날 수 없게 되었다.

20세기 초반에는 일본의 탐험대가 고고학 연구라는 명분을 앞세우고 이 지역에 들어와 발굴에 착수한 바, 채색 사리함과 기타 많은 유물을 탈취하여 달아났다. 현재 이 유물들은 일본의 토오쿄오 박물관에 소장되어 있다.

쓰바시 불교유적지 광장에 돋아난 들수박

　유난히 붉은 빛을 띠고 있는 돌과 자갈들이 많이 널브러져 있는 쓰바시 옛 절터를 더듬어 올라가다 보면 야릇한 풀을 만나게 된다. 그 풀은 동글동글한 초록빛 잎에 가시가 돋아 있는 약간 딱딱한 줄기가 길게 뻗은 모습이다. 독특하게도 땅바닥으로 기어가며 자생하고 있는데 그들이 차지하고 있는 면적은 제법 넓다. 자세히 들여다보면 밤톨만한 크기의 연두빛 열매를 발견하게 되는데, 안내인의 설명에 의하면 이 열매는 빈혈과 관절염에 매우 탁월한 효과가 있다고 했다. 이 식물의 이름을 들수박이라고 한다. 말할 수 없이 척박한 사막지대에 이처럼 푸른 식물이 돋아나 자라고 있다는 사실이 반갑고도 신기하다.

　제법 커다란 규모의 사찰 군락이었음이 느껴지는 것은 올라가다가 바로 오른 편에 보이는 거대한 황토 건축물이다. 엄청난 두께의 벽으로 세워진 이 대규모의 건물은 불교의 교리를 설법하던 강원(講院)이었다고 한다.

수천 년 세월이 지나서 이제 이 건물은 벽만 겨우 남아 있고, 지붕은 사라져 버렸다. 한쪽 귀퉁이가 무너진 벽에 기대어 서서 나는 강원의 내부를 한참 들여다보았다. 수천 명 승려들이 이곳에 구름같이 많이 모여 있었으리라. 그들이 함께 읽어가던 독경소리가 들려오는 듯하였다. 빗물이 세차게 지나갔는지 모래와 자갈이 빗물에 씻겨 흐르다 멈춘 흔적이 뚜렷하게 보였다. 붉은 자갈이 발 밑에서 요란하게 밟히는 소리가 들려왔다.

그만큼 주변은 고요하였다.

사람의 발자국이 많이 난 곳이 자연스럽게 조성된 통로였고, 그곳을 따라서 천천히 걸어 올라가는데 오른쪽으로는 무엇인지 분별이 되지 않는 누런 황토 건축물의 잔해가 여기 저기에 서 있었다. 어떤 것은 탑처럼 보였고, 어떤 것은 성터의 기초 부분 같았다. 삐죽삐죽 튀어나온 부분은 마치 코뿔소의 코뿔처럼 생겼다. 어떤 것은 육식 공룡의 험상궂은 모습과 비슷하였다. 또 어떤 것은 하늘에 망연히 하소연을 하는 듯한 자세였다. 음산하기도 하고, 아무튼 한없는 적막 속에서 매우 익숙해 있는 듯한 분위기였다.

혹시 유물의 부스러기라도 있을까 발걸음 주변을 유심히 살폈지만 아무 것도 없었다. 나는 어떤 구체적인 당시 생활의 흔적을 찾으려 하였으나 가만히 생각해 보니 이 지역의 모든 돌과 흙들이 번영하던 시절의 유물일 것임이 분명하였다.

이런 생각을 하며 혼자 웃었는데, 이때 엄청나게 큰 폭음이 사막의 왼쪽 하늘에서 들려왔다. 첫 느낌이 우선 중국 변경지역 군대가 군사훈련 중에 쏘아대는 대포 소리로 짐작되었다. 도처에서 만났던 정치적 구호와 표어가 떠올랐다. 그것은 하나같이 모든 소수민족이 하나로 뭉쳐서 위대한 중국을 건설하자는 내용들이었다. 이 구호들을 다시 뒤집어 보면 소수민족들의 심리 이면에는 분리 독립에 대한 열망과 민족적 갈등이 여전히 내재하고 있다는 것을 말하는 것이다.

신강 지역의 위구르족만 하더라도 민족저항세력인 비밀결사가 이곳 부근에 숨어서 은밀한 투쟁 활동을 펼친다고 하였다. 지축을 울리는 저 대포 소리는 틀림없이 이 지역 소수민족들의 저항의식을 제압하고, 반체제 인사들의 가슴에 정치적 공포를 심어주려 하는 모종의 위압감이 담겨져 있음이 분명하였다.

언덕진 곳을 오르니 그 막다른 곳에 커다란 탑의 흔적이 보였다. 그것이 서사 불탑(西寺佛塔)이었다. 쓰바시 절터 자체가 높은 곳에 있는데 이 불탑은 그 중에서도 가장 높은 언덕에 있어서 사방을 조망해 보기에 좋았다.

나는 이곳에 서서 저 멀리 동사 불탑(東寺佛塔) 쪽을 바라다보았다.

그쪽 불탑은 아득한 사막 저편의 산밑에 펼쳐져 있어서 무슨 신기루처럼 가물가물하게 보였다. 워낙 태양의 빛살이 작렬하여 중간의 사막을 온종일 뜨겁게 달구고 있기 때문에 그 열기가 시야를 흐릿하게 가로막고 있을 것이었다. 하지만 그러한 상태가 오히려 신비스런 느낌을 배가시켜 주었다. 정말 전설의 내용이 사실이라면 동쪽과 서쪽의 사찰 군락들이 모두 한 군데 모여서 그 규모는 엄청났을 것이 분명하였다.

불탑 위에는 위구르족 처녀들이 올라와 어깨를 겯고 밝은 얼굴로 사진을 찍었다.

사진 속에 오래 남겨둘 추억의 표정을 독특하게 짓는 것은 한국이나 중국의 소수민족이나 다를 바 없었다. 그들 중 입가에 까만 점이 하나 있는 처녀의 앳된 얼굴은 너무도 아름다웠다. 특히 그녀의 미소는 가슴을

쓰바시 불사 유적의 건물 잔해들

서늘하게 하는 힘이 있었다. 나는 자꾸만 그 미소가 보고 싶었으나, 사진을 찍은 후 그녀들은 깔깔 웃으며 곧 불탑을 내려갔다. 그 빈자리에 위구르 소년 두 명이 검은 얼룩 반점이 있는 강아지를 품에 안고 올라 왔다. 힘들게 올라오느라 소년의 이마엔 땀방울이 송글송글 맺혀 있었다.

동사 불탑의 꼭대기에서 나는 사방을 오래 오래 휘둘러보았다.

얼마나 많은 승려들이 이곳에 살며 불경을 외우고, 부처님께 경배하며, 그들만의 경건한 신앙을 쌓으며 참선하였을까? 그들 신심의 자취는 지금 어디에 있는가? 어찌 하여 이곳은 이처럼 덧없이 무너져 안타까운 자취만 남겨두고 있는 것일까? 나는 일부러 바람소리에 귀 기울여 보았다. 혹시라도 바람이 옛 자취의 한 구절이라도 들려줄 것 같았기 때문이다.

정수리에 내려 비치는 햇살이 너무도 따가워서 나는 불탑을 내려왔다.

오던 길을 다시 걸어서 나오는데 강원 옆쪽의 전신주가 서 있는 골목길로 한참 걸어가 보았다. 절터와 집터, 크고 작은 탑의 흔적들이 무수히 보였다. 과연 이곳의 방대했던 규모를 넉넉히 짐작할 만하였다. 어디선가 붉은 가사를 입은 젊은 승려가 툭 튀어나올 것만 같았다. 이 쓰바시 절터에는 중국에서 인도를 향해 가던 많은 구법승(求法僧)들이 그들의 지친 발걸음을 쉬기 위해서라도 이곳을 잠시 들렀을 것임이 분명하다. 현장 뿐 아니라 신라의 혜초도 이곳에 자신의 발자국을 찍었으리라.

나는 붕괴된 사원이 주는 쓸쓸함에 압도되어 갑자기 슬프고 서러운 생각이 왈칵 치밀었다. 그래서 뒤도 돌아보지 않고 쓰바시의 그 옛 골목을 황급히 달려 나왔다. 짙은 황토의 부서진 건축 위로는 하늘이 유난히도 푸르게 보였으며, 거기에 떠가는 흰 구름은 너무도 아득하고 무심하게만 보였다.

들수박 줄기가 바람에 간들거리고 있었다.

발 밑에서 들리는 자갈 밟히는 소리가 유난히 크게 들렸다.

이런 곳에서 한 주일만 지낸다면 나는 옛 사람들과 영적 대화를 나누게 되리라.

그들은 자신들의 슬프고 서러운 이야기를 나에게 들려주고 싶어서 안달이었다. 나는 바람소리에서, 푸른 하늘빛에서, 발 밑에 서걱거리는 자갈 소리에서 그런 느낌을 받았다. 그들은 나의 오감에 달려들어 자꾸만 무언가를 들려주고 싶어 안달이었다.

하지만 나는 곧 떠나야 할 사람.

그들의 말을 낱낱이 들어줄 시간의 여유가 없는 것이다.

나는 쓰바시 옛 성터가 나의 뒷덜미를 왈칵 잡아챌 것 같은 느낌이 들어서 골목길을 뛰듯이 걸었다. 입구 쪽으로 완전히 빠져 나와서 뒤를 흘끔 보았더니 쓰바시는 언제 그랬었냐는 듯이 시치미를 따고 태연하게 앉아 있었다. 쓰바시는 혼자서 지내온 지난 수천 년 세월의 고독에 너무도 익숙해져 있었던 것이다. 그의 고독은 이미 하나의 깊은 철학이 되고 있다. 나는 쓰바시의 고독에 대하여 인간적 연민을 가질 필요가 전혀 없다는 것을 깨달았다.

하지만 나는 안다.

쓰바시가 나에게 들려주고 싶었던 그 말뜻을!

비록 짧은 시간이었지만 나는 그들의 완강한 욕구를 기억하리라.

더불어 그들의 슬프고 서러운 가슴속을 많은 사람들에게 전해 주리라.

정취 깊었던 쿠차의 밤

이윽고 다시 길을 떠나 쿠차로 돌아왔다.

쿠차 시내의 어느 한 곳에 이르러 자동차를 세우는데, 주변의 주택가 사이로 들어가는 골목에 쿠차의 고성터가 있었다. 중국의 옛 자료인『양서(梁書)』제이전(諸夷傳)에는 쿠차의 성곽을 당나라의 장안성에 비교할 만하다고 기록하고 있다. 그 정도로 원래의 규모는 방대하였다고 하지만 모두 파괴되고 이제는 아주 작은 부분만 흔적으로 남아 있었다.

'구자 고성(龜玆古城)'이라 쓰여진 시멘트로 만든 초라한 안내 표지가 있었으나, 그 글씨마저 거의 지워져 아주 흉물스럽게 느껴지고 전혀 볼 품이 없었다. 고성 안내 표지 옆에는 임질과 매독에 좋다는 특효약을 선전하는 낡은 광고지까지 붙어 있었다. 쿠차 고성 터로 들어가는 입구의 골목에는 시궁창 물이 썩는 내를 풍기고 있었다. 주변의 주택들에서 마구 내다 버린 더러운 생활폐수였다. 고성은 몇 줌의 진흙더미만 겨우 남아서 내가 이래 봐도 한 때는 번영했던 성곽이었다는 사실을 완강하게 알려주려고 하였다.

하지만 쿠차 고성이 내지르는 목소리는 몹시 병약한 노인의 고함과도 같이 그 메시지가 들릴 듯 말 듯 몹시도 희미한 기력으로 느껴져 왔다. 좀더 들어가 볼까 하였으나 나는 이 흐린 기운이 갑자기 싫어져서 되돌아 나왔다. 큰길에는 나귀를 기운차게 몰고 가는 위구르 소년의 몸짓이 더욱 생기발랄하게 보였다.

날이 서서히 어두워지고 있었다.

쿠차는 오아시스 도시. 외곽에서 바라보면 줄지어 선 백양나무 숲만 바라다 보인다.

쿠이즈 고성의 남은 흔적들

쿠차 재래시장의 푸줏간

그 언저리에 옛 도시 쿠차가 자리잡고 있다.

사람들이 제각기 집으로 돌아가고 있다.

나귀가 끄는 수레를 타고 그 리듬에 따라 몸을 흔들리면서, 가족들과 함께 타고 있는 사람들은 무슨 즐거운 이야기를 나누는지 활짝 웃으며 담소에 열중하는 광경도 보인다. 십여 세 정도 된 소년이 수레 뒤에 고삐를 잡고 서서 기운차게 나귀를 몰고 가는 광경도 보인다. 이따금 세차게 들려오는 소리는 그들의 손에 들린 채찍이 나귀의 엉덩이를 세차게 내려칠 때 들려오는 무서운 음향이다. 그 소리가 들릴 적마다 나는 몸서리가 처진다.

저 나귀는 무슨 전생의 업보를 가졌기에 나귀로 태어나서 이다지도 아프고 따가운 채찍을 맞아야만 하는가? 나귀는 채찍을 얻어맞은 직후 조금 빨리 달리다가 곧 완만한 속도로 되돌아가곤 하는데 이럴 때는 어김없이 소스라치는 채찍이 또다시 엉덩짝에 떨어지곤 하는 것이다.

돌아오는 길에 쿠차의 재래시장을 잠시 들렀다.

입구 쪽에는 과일 상점이 있었다. 시멘트로 길게 판매대를 설치하여 타일로 바깥을 발랐다. 그 타일 위에는 상점의 일련번호가 붉은 글씨로 나란히 찍혀 있었다. 과일 가게에는 복숭아, 자두, 바나나, 참외 등이 보였고, 아주 드물게 여지(荔枝)도 보였다. 이 과일은 양귀비가 특히 즐겨 먹었다는 중국 남쪽 지역의 과일이다.

이 과일가게를 지키는 주인은 대개 십여 세 정도의 어린 소녀들이었다. 무표정하게 앉아 있거나, 눈이 마주치면 수줍게 살짝 미소를 머금었다. 그곳을 스쳐 지나가니 채소 가게가 있었고, 그 옆에는 양념가게가 붙어 있었다. 양념가게 옆에는 천정의 쇠고리에 양고기를 통째로 걸어놓고 살을 발라내고 있는 위구르 사내의 모습이 있었다.

쿠차 가무단의 민속음악 공연

쿠차 민속가무단의 민속무용 공연

시장의 분위기는 한산한 듯이 보였고, 삶은 계란을 팔고 있는 위구르 청년의 외치는 소리만 요란하게 들렸다. 그 한쪽으로는 포켓볼을 치느라 분주한 위구르 청소년들의 모습이 한가롭게 보였다. 복권으로 보이는 것을 팔고 있는 작은 구멍가게가 있었고, 그 비좁은 나무판자로 엮은 길쭉한 상자 속에는 위구르 처녀 두 사람이 고개를 내밀고 나를 뚫어져라 보고 있다가 눈이 마주치자 얼른 시선을 돌려 버렸다. 내가 짓궂게 그녀의 얼굴을 바라보려고 입구 쪽을 살피니 그제야 내다보면서 환하게 미소를 머금었다.

나귀 수레를 끌고 한 노인이 황급히 지나갔다.

쿠차의 오후, 여전히 따가운 햇살이 시장 골목의 축축한 바닥에 내려 쬐고 있다. 나는 어슬렁거리는 걸음으로 재래시장을 빠져나갔다. 쿠이즈 빈관에 돌아오니 식사 때까지 다소 여유 시간이 있었다. 몸을 씻은 후 공연히 이곳 저곳을 어슬렁거리며 기웃거렸다. 빈관의 입구 기념품 가게에는 별로 구입하고 싶은 물건들이 눈에 띄지 않았다.

나는 빈관의 안락의자에 깊이 몸을 묻고 앉아서 마치 동굴 속과도 같은 흐릿한 조명 속에서 더욱 빛을 발하는 모조 벽화들을 바라보았다. 처음 그렸을 때에는 빛깔이 짙었을 것이나 이제 수년이 지나 탈색이 된 상태에서 제법 고졸한 분위기를 자아내고 있는 것은 오히려 다행스러움이라고나 할까. 눈을 줄 곳이 마땅치 않은 여건 속에서 저 벽화 걸개그림들은 아무리 보아도 지루하지 않은 묘한 느낌을 가졌다.

저녁에는 쿠차의 민속가무를 관람할 수 있도록 약속이 되었다.

쿠차 시립가무단 소속의 배우와 악사들이 직접 이곳 쿠이즈 빈관까지 와서 공연을 해주겠다는 것이었다. 장소는 빈관의 좌측 포도덩굴 아래의 공터였다. 이미 좌석까지 배치해 놓았고, 한쪽으로 포장을 쳐서 무대도

쿠차의 민속악기 연주

쿠차의 민속악기 연주

설비해 놓았다.

가무단의 악사와 배우들은 벌써부터 도착하여 무대의 뒤쪽에서 가벼운 연습을 하고 있었다. 무대의 막이라 할 수 있는 붉은 커튼 뒤에서 움직이는 그들의 그림자가 모두 불빛에 비쳐져 마치 붉은 채색의 고대 벽화 같은 환상적 분위기를 연출하고 있었다. 그런데 그것이 고대 벽화와 다른 것은 인물들이 움직인다는 것과 가끔씩 커튼을 들치고 실내를 살펴본다는 점이었다. 비뚤어진 모자를 바로 잡는 여성, 악기를 조율하는 남성 악사의 모습이 왁자지껄한 소리와 함께 비쳐졌다.

백열등 전구 하나가 켜진 상태로 이윽고 공연은 시작되었다.

일종의 비파처럼 줄을 뜯는 현악기와 활을 문지르는 현악기, 그리고 소고(小鼓)를 연주하는 3인조 악대가 뒤로 나란히 앉아 있었고, 쿠차의 여성 무희들이 번갈아 가며 등장하여 쿠차의 각종 춤과 노래를 선보였다.

무희들은 나이가 들고 몸집이 뚱뚱한 중년여성도 있었고, 허리가 잘록한 처녀도 있었다. 그녀들의 머리는 대개 좌우로 두 갈래씩 땋은 모습으로 온몸을 맴돌 때 머리채는 검은 막대기처럼 수평으로 떠올랐다. 치마가 펄럭이며 들어올려지자 분홍빛 속바지가 선정적으로 드러났다. 여성 무용수의 팔 아래쪽에 달린 금빛 수실들이 찬란하게 반짝였다. 희고 가느다란 손가락은 마치 실뱀이 하늘하늘 움직이는 듯, 발정기의 새가 수컷을 찾아서 설레는 몸짓을 하는 듯 조용하고도 나긋나긋하게 움직였다. 한 무용수는 머리의 양쪽으로 두 가닥씩 길게 땋아 내린 머리채를 손바닥으로 부드럽게 잡아당기며 은근한 구애의 표정을 짓는 것이었다.

나는 우리의 1930년대 걸출한 무용수였던 최승희(崔承喜)의 춤동작이 바로 이곳 쿠차 여성 무용수의 손놀림과 매우 유사한 분위기를 갖고 있다는 사실을 알게 되었다. 한국에 신무용의 뿌리를 내린 것으로 평가되는 그녀의 작품세계의 근원은 한국의 민속춤이라 일컬어진다. 하지만 한국 민속춤의 기원은 이곳 서역 땅 쿠차의 무용에 근원을 두고 있는 것이라고 나는 확신한다. 칼춤, 부채춤 등에서 관중을 사로잡는 눈빛과 동양적 신비한 매력이 담긴 날렵한 춤사위는 정작 실크로드에서 머나먼 한반도로 흘러가 아리따운 열매를 맺은 예술이었던 것이다.

첫 공연은 세 명의 무희들이 머리에 다섯 개의 밥공기를 포개어 얹은 상태에서 추는 민속춤이었다. 악대 옆에서 그들의 연주에 맞춰 중년의 뚱뚱한 여성 가수 하나가 호쾌하고 시원한 발성법으로 노래를 불렀다. 야생동물의 모피로 만든 둥근 털모자를 쓴 그녀의 목소리는 무척 고음(高音)의 경지에까지 쉽게 오르내렸다. 아마도 두성(頭聲)으로 내지르는 발성법이어서 그러한 고음이 가능한 것인지도 몰랐다.

그녀는 악기에도 능하였다. 또 다른 자신의 차례가 다가오자 두 가지 종류의 악기를 동시에 연주하며 노래를 불렀다. 그것은 매우 독특한 기술이었는데, 의자에 가만히 앉은 채로 오른 편 어깨엔 얼룩무늬가 든 뱀가죽으로 만든 북을 얹고, 줄곧 손으로 두들기며 박자를 맞추었다. 왼손으론 현을 뜯는 악기를 연주하였다. 이곳 쿠차가 예로부터 얼마나 음악과 친밀한 고장인가를 확연히 짐작하게 해주는 경험들이었다.

무용수들은 아슬아슬한 춤사위로 용케도 그릇을 떨어뜨리지 않고, 꼭 같은 율동에 맞춰 동작을 엮어갔다. 쿠차 여성들의 춤은 가만히 서서 실로 조금씩 움직이며, 주로 손과 팔 동작을 다채롭게 엮어 가는 매우 정적(靜的)인 무용이었다.

꼬리를 활짝 편 공작새의 모습을 연상케 하는 듯 두 손으로 넓고 화려한 치마폭을 들고 빙빙 도는 춤이 있었다. 나는 그것을 즉석에서 공작무(孔雀舞)라 이름하였다. 한 마리의 학을 떠올리게 하는 듯 한 쪽 팔을

노래를 부르는 위구르 소녀

높이 치켜들고 손목은 끝에서 아래로 꼬부리고, 다른 한 손으론 치마를 뒤쪽으로 길게 들어올린 상태에서 원무를 추는 무용도 있었는데, 그것을 백학무(白鶴舞)라 이름 붙였다. 옆머리에 붉은 꽃 한 송이를 꽂은 그녀는 절정의 순간 제자리에서 하염없이 빙글빙글 돌았다. 이 무용들의 특징은 이 지역의 자연 환경과 위구르 농민들의 생활정서를 담뿍 머금은 농경적 정서와 깊이 관련되어 있는 것 같았다.

점차 분위기가 무르익어 가자 남녀 무용수가 혼성으로 함께 등장하여 아마도 사랑의 엮음 사설 비슷한 노래를 익살스럽고 길게 이어 나가는 장면들을 보여 주었다. 건장하고 늠름한 체구의 남성 무용수는 코밑에 나비 수염을 기른 모습으로 기운차게 춤을 추었다. 여성 무용수는 그와 훌륭한 조화를 이루며 한바탕 사설을 춤사위와 함께 엮어 나갔다. 이른바 가락이 있는 엮음사설을 주고받는 화창(和唱)의 방식이었다. 어떤 대목에서는 젊은 농민 부부의 목소리로, 또 어떤 장면에서는 농촌 미혼 남녀의 사랑을 연출하면서 익살스럽고 재치 있는 분위기로 이끌어갔다. 그 모든 무용들에서는 쿠차 일대의 농민들이 대대로 살아온 삶의 풍자와 해학성(諧謔性)이 물씬 느껴지는 것이었다.

그들의 노래와 춤이 한 판 씩 돌아가자 악사들이 한 사람씩 나와서 악기로 보여줄 수 있는 자신의 최고 솜씨들을 선보였다. 두 가지의 현악기 연주는 실크로드의 분위기를 강렬하게 불러 일으켰다.

나는 그들 셋 중에서 소고를 다루는 악사의 솜씨가 가장 돋보이는 것으로 느껴졌다. 그의 솜씨는 거의 신기에 가까웠다. 한국 악기의 북처럼 양쪽이 막혀있지 않고 한 쪽이 터진 것이어서 여간한 타법으로는 북의 울림을 제대로 뽑아내기 어려웠다. 북의 안쪽 테두리로는 쇠고리가 줄지어 달려 있어서 마치 탬버린의 타법과도 비슷한 효과를 자아내었다. 북으로 기차소리를 완벽하게 재현해 낼 때 가장 커다란 박수가 터져 나왔다. 결코 쉽지 않은 연주임에도 불구하고 그는 보름달 같은 북을 높이 치켜들고 온갖 기교를 동원하여 보는 사람의 넋을 사로잡았다.

악사들의 연주가 끝나자 찬란한 황금빛 의상을 아름답게 차려입고 머리 장식도 예쁘게 한 쿠차의 미녀가 나와서 환상적인 독무를 추었다. 마지막 순서로 마련된 이 공연이 가장 많은 박수를 받았다. 전체 공연이 모두 끝나자 관객들은 일제히 환호를 하고 달려나가 기념촬영도 하였다.

안내인의 설명에 의하면 이 배우들은 낮에 자신들의 평범한 일터에 출근하여 업무를 본 다음 저녁에 이처럼 화장을 하고 의상을 차려 입고 부르는 사람이 있으면 어디든 달려간다는 것이다. 물론 정규 공연이 있을 때를 제외하고, 빈틈을 이용하여 부수입을 올리는 것이다. 모두들 한껏 분위기가 고조되어 배우들이 떠나고 난 다음에도 텅 빈 무대를 바라보며 멍하게 그대로 앉아 있었다.

일행 중 누군가의 제의로 쿠차 시내를 한 바퀴 돌아보자고 하여 이미 캄캄해진 쿠차의 밤거리를 향해 조심조심 걸어나갔다. 그 어두운 도로에도 행인들이 다니고, 수레와 자동차들도 지나가곤 하였다. 달도 없는 밤이라 어둠 속에서 행인들과 자주 어깨를 부딪치는 일이 있었다. 그래도 위구르의 여인들은 작은 웃음을 터뜨리며 오히려 즐거워하였다.

쿠이즈 빈관에서 멀지 않은 곳에서 위구르족의 한 가족이 저녁 식사 후 바람을 쐬러 길에 나왔다가 일행을 보고선 호기심을 보였다. 그들과 길 위에 선 채로 기념촬영을 하고 캄캄한 곳에서 손짓발짓으로 무언의 대화를 나누었다. 이따금 지나가는 자동차의 전조등 불빛에 위구르 가족의 밝은 얼굴이 잠시 시야에 나타났다가 사라졌다.

모든 것이 반가움의 표시였다.

한참을 걸어서 쿠차의 밤거리를 걸어가 보았지만 변변한 술집 하나 눈에 띄질 않았다. 다만 작은 구멍가게와 부식가게들만 자주 보였고, 거리로 달아낸 술집들이 이따금 보였으나 위구르족 술꾼들이 갑자기 나타난 낯선 이방인들을 뚫어져라 바라보는 통에 감히 그곳으로 들어갈 엄두를 내지도 못하고 지나쳐 버렸다.

발걸음은 다시 어제 저녁에 찾아갔던 쿠이즈 빈관 부근의 술집으로 향하였다. 한 번 다녀온 곳인지라 찾는 쪽이나 맞이하는 쪽이나 서로 낯설지 않아서 좋았다. 주인들의 얼굴에는 환대(歡待)의 표정이 역력하였다. 흐릿한 등불은 여전하였고, 양고기 꼬치구이인 시시카바부를 굽는 연기도 여전하였다. 일행은 어제 저녁에 앉았던 바로 그 자리에 다시 찾아와 술을 주문하였다.

그래도 하루 저녁 서로의 얼굴을 익혔다고, 술집의 위구르 사람들은 눈만 마주쳐도 미소를 지었다. 어젯밤에 나를 두려워하던 위구르 소년도 오늘은 일부러 가까이 다가와 안기며 나의 무릎에 서슴없이 앉았다. 뭐라고 말을 붙였지만 무슨 말인지 알아들을 도리가 없었다.

술집 주인의 딸 아망굴리는 일행 중의 한국인 처녀들과 서로 손을 잡고 반가움을 주고받으며, 작은 선물도 교환하였다. 여전히 실내의 텔레비전은 커다란 소리로 떠들고 있었고, 여러 위구르 사람들의 시선은 그 앞에 얼어붙은 듯 고정되어 있었다. 아마도 이러한 풍경들은 내가 이곳을 떠나고 난 뒤에도 마치 판에 박은 듯이 외부의 자극과 변화에 전혀 무관심한 채로 오랜 세월 동안 그대로 계속될 것이다.

아망굴리가 줄곧 은근한 미소를 머금은 채 음식을 날라다 주곤 하였다. 이때 한 위구르 소녀가 나의 좌석 옆으로 와서 노래를 부르겠다고 자청했다.

일행들이 박수로 소녀를 격려하자, 너무도 맑고 고운 소리가 소녀의 목에서 울려나왔다. 그것은 마치 작고 어린 새가 조롱 속에서 예쁜 소리로 밝은 아침을 알리는 소리와도 같았다. 혹은 조약돌을 스치며 흘러오는 물소리와도 같았다. 눈이 구슬 같이 맑고 동그란 위구르 소녀는 박수를 받으며 서너 곡을 더 불렀다. 부른 노래는 모두 곡조가 구성진 위구르의 민속음악의 종류로 느껴졌다. 나는 소녀로 말미암아 잠시동안 서역지방의 독특하고도 이국적 분위기에 흠뻑 빠져들 수 있었다. 소녀의 어머니가 흐뭇한 표정을 지으며 딸아기가 대견스러운 듯 꼭 껴안아주며 안고서 자리를 떠나갔다.

술집의 밤은 깊어갔다.

쿠차의 민속무용과 노래를 들은 흥분이 다시 조금씩 일기 시작하였으나 주변의 밤 공기가 다소 무겁고 완강하게 느껴져서 곧 가라앉았다. 모두들 말없이 앉아서 술을 홀짝거리며 마시거나, 마치 뱃속의 풀을 하염없이 반추하는 소처럼 오늘 하루의 기억을 되새기는 표정으로 허공을 보는 사람들이 있었다.

오토바이를 개조하여 여러 사람들이 뒤에 탈 수 있도록 좌석을 만들어 놓은 교통수단이 보였다. 그 차의 운전기사는 자신의 가족들과 와서 술과 양고기 구이를 먹고는 다시 요란하게 시동을 걸어서 떠나갔다. 술집 주변은 밤이 깊어지면서 깊은 바다 속처럼 고즈넉한 분위기로 가라앉았다. 내일 일정을 염려하여 일행은 자리에서 하나 둘 일어났다.

길에는 행인들도 아주 끊어진 듯 괴괴한 적막만 감돌았다.

다만 쿠이즈 빈관 앞에 유난히 밝은 등불을 켜놓아서 길을 찾기에 아무런 불편이 없었다. 나는 뒤꿈치를 들고 조심조심 걸어서 숙소로 들어갔다.

타클라마칸 사막

타클라마칸 사막을 종단하다

오늘 하루의 행로는 광대한 타클라마칸 사막을 종단하는 일이다.

벌써부터 긴장감으로 가슴이 두근거린다.

위구르족 운전기사 알리무도 아침 일찍부터 자동차를 정비하고 이상 유무를 체크하는 기색이다. 안내인 이옥란 여사도 일행들을 재촉하며 서두른다.

이윽고 아침 7시 정각.

자동차는 일행을 싣고 길을 떠났다. 오늘은 또 얼마를 달릴 것인가.

위구르 술집

어제부터 약 이틀 간 쿠차에 쉬면서 이 지역 부근의 부담스럽지 않은 코스를 다닌지라 비교적 체력은 여유가 생긴 편이다. 약 1시간쯤 달려서

타클라마칸 사막으로 들어가는 입구

룬타이에 도착하였다. 이곳은 타클라마칸 사막으로 들어가는 북쪽의 입구이다. 시간만 넉넉하다면 룬타이에서 쿠얼라 쪽으로 가다가 우측에 있다는 룬타이 고성(輪台古城)도 가보고 싶었으나 이곳은 예정에 없어 그냥 통과하기로 하였다.

룬타이는 별로 이렇다 할만한 특색이 없는 도시이다.

엄청나게 커다란 사막으로 들어가는 초입인지라 자동차 수리상, 화물운수, 고물상들이 많이 보였다. 온몸에 자동차 기름을 시커멓게 묻히고 있는 자동차 수리공들이 더러운 옷을 입고 그냥 걸어다니거나, 자동차 밑에 들어가 누워서 볼트를 조이는 광경들도 자주 눈에 띄었다. 일행은 사막공로의 입구에 잠시 차를 멈추고 휴식을 하였다.

자동차 바로 앞 도로에는 타림(塔里木) 사막공로(沙漠公路)라 크게 써놓은 안내판이 아치 모양으로 걸쳐 있었다. 그 안내판 위에는 12개의 오색 깃발이 겹으로 나란히 세워져 바람에 나부끼고 있었다. 오른 편 옆 공간에는 한자와 위구르 문자로 사막공로를 표시한 조형물이 서 있다. 금속으로 S자를 커다랗게 만들어서 올려 세웠다. 자, 이제부터 타클라마칸 사막을 종단하는 고속도로로 접어들게 되는 것이다. 이윽고 자동차가 출발하였다.

아직은 주변의 풍경들이 초원과 양떼가 보이는 비옥한 곳이었고, 마을들도 자주 보였다. 타클라마칸 초입에서 마주 치는 마을들의 이름은 대개 윤남소구(輪南小區), 아크야쑤(阿克牙蘇), 초당(肯塘) 등이다. 마을이라 해보았댔자 겨우 이삼십 호 가량 되는 작은 취락에 불과하다. 초당을 지나면 곧 타림 강과 만나게 된다. 제법 커다란 강이다.

이 강을 지나서 인간의 마을로서는 마지막이라 할 수 있는 곳이 바로 만삼(滿參)이다. 약 10여 호나 될까말까한 작은 마을이다. 사람보다 방목

하는 양의 숫자가 훨씬 많아 보인다. 이 만삼을 벗어나자 곧 광활한 모래 언덕이 시작되었다. 모래 들판을 지나면 모래 언덕, 그 모래 언덕을 지나면 다시 모래벌판과 모래언덕으로 이어졌다.

가도 가도 끝없는 모래 벌판이었다.

그래도 가끔씩 앙상한 나무등걸이 모래언덕 한 가운데 삐죽이 서 있어서 이곳이 한 때는 푸른색으로 지표면을 덮었던 곳이었음을 말해주고 있었다. 자동차가 달려갈수록 이런 죽은 나무들의 흔적도 사라지고 오직 모래 언덕과 모래 산의 연속일 뿐이었다. 시야는 희뿌연 황사로 덮여 마치 안개가 낀 것 같았고, 심하게 부는 바람이 모래를 날리고 있었다. 아득한 지평선 저쪽까지 온통 누런 모래의 빛깔로 가득 찼다. 사방을 둘러 보아도 보이는 것은 황색의 모래 벌판 뿐이었다. 이따금 바람이 모래를 쓸어안고 마치 다람쥐처럼 빠른 걸음으로 아스팔트 도로를 가로질러서 저편 모래언덕으로 맹렬하게 달려갔다.

그 누런 황사 속을 청색의 구형 화물차들이 쏜살같이 달려와 맞은 편 차선을 교행하곤 하였다. 나는 지금 인간의 유적지를 찾아서 머나먼 길을 헤매 다니고 있지만 사실은 실크로드의 길에서 내가 만나고 헤어지는 모든 대자연의 벅찬 광경들이 바로 조물주의 흔적이 아니고 무엇인가? 타클라마칸 사막은 바람에 의해서 모래 언덕이 파도와 같이 항상 이동하기 때문에 오랜 옛적부터 유사(流砂)란 이름으로 불려왔다. 이곳의 기후는 내륙성 사막 기후로 여름에는 몹시 더위가 심하고, 겨울에는 그 추위가 참으로 엄청나다.

이곳 서역 일대에서 살아가고 있는 이슬람교도들은 대부분 이 타클라마칸 사막의 가장자리에 터를 박고 자리를 잡았다. 북쪽 천산에서부터 남쪽 곤륜에 이르기까지 마을을 만들고, 밭을 일구었으며, 양떼를 키웠다. 빙하가 녹아서 흘러내리는 물을 그냥 흘려 보내지 않고 받아서 사막 밑으로 흐르도록 굴을 파서 물길을 만들었다. 지질시대에 시작된 사막화 현상은 역사시대로 접어든 이후에도 계속되어 타클라마칸 사막은 점점 자신의 영역을 확장해가고 있다고 한다. 하기야 인간 세상의 각박함이란 것도 점차 넓어져만 가는 사막화 현상과 무엇이 다를까.

사막 한 가운데를 종단하는 고속도로의 양편으로는 강풍에 날아오는 모래를 조금이라도 막아보려는 뜻으로 설치해놓은 방사선(防砂線)이 끊임없이 도로를 따라 이어져 있었다. 그것은 억센 갈대풀을 잘라 성근 그물처럼 얽어서 파묻어 놓은 것으로, 모래 위에 약 20㎝ 가량 몸을 내민 모습이었다. 과연 이 시설물이 도로위로 날아오는 모래를 바람으로부터 차단해주는 역할을 해낼 수 있는 것인지 의아한 생각이 들었다.

이렇게 얼마를 달려갔을까.

자동차는 사막 한 가운데의 어느 한 지점에 잠시 섰다.

일행은 모두들 차에서 내려 가까운 모래언덕으로 우루루 올라갔다. 발에 닿는 모래들이 열기가 깜짝 놀랄 정도로 뜨거웠다. 모래언덕 너머에는 과연 무엇이 있나 해서 바쁘게들 올라가 보았지만 그곳에서 바라다 보이는 것이라곤 여전히 꼭 같은 모래언덕일 뿐이었다. 나는 모래의 성에 그대로 갇혀버린 것이었다.

갑자기 거대한 모래가 두려워졌다.

하지만 지난날 이 지역을 탐험했던 스웨덴 출신의 탐험가 스벤 헤딘의 기록은 타클라마칸 사막의 모래언덕을 너무도 아름답게 환상적인 공간으로 묘사하고 있다.

타림 분지의 황량한 모습

저 너머 지평선의 끝에는 고귀한 사구들이 부드러운 곡선을 그리며 솟
아 있었다. 나는 그것들을 아무리 바라보아도 싫증이 나지 않았다. 그리고
그 너머 무덤 속 같은 침묵의 바다 속에 펼쳐져 있는 그 미지의 ……아직
아무도 밟아보지 못한 땅이 나를 기다리고 있었다.
- 피터 홉커크, 『실크로드의 악마들』(김영종 역)에서

헤딘은 이러한 자세로 타클라마칸을 지나서 천 년 세월을 모래 속에
파묻혀 있었던 누란의 유적지를 발굴해낸 것이다. 이 누란은 헤딘이 다
녀간 이후 그의 자료를 바탕으로 스타인이 다시 한 차례 방문하여 엄동
설한 찬바람 속에서 발굴에 착수하게 된다. 당시 스타인은 누란의 부근
에 있는 미란 유적지를 다녀서 오는 길이었다.

푹푹 치미는 열기를 참지 못하고 자동차로 황급히 돌아오는데, 이 뜨
거움 속에서 우리들의 충직한 보조안내원인 호조강(胡朝疆)이 호박참외
를 썰어서 준비해 두었다가 일일이 권하는 모습은 감동적이었다. 적당한
당분이 함유된 서역의 참외는 수분도 풍부하고 맛도 좋았다. 한 쪽만 먹
어도 갈증이 해소되었다. 호조강은 말이 여성이지, 전혀 화장기 없는 얼
굴에 짧게 깎은 머리에다 활달한 걸음걸이하며 거의 남자라 해도 곧이들
을 것 같았다. 사막을 통과하며 자동차는 이렇게 두 번 가량 쉬었는데,
그때마다 호조강은 친절하게도 과일 시중을 들었다.

나는 타클라마칸의 기념이 될 만한 작은 돌 하나를 주워서 손바닥에
꼭 감싸 쥐었다.

이 작은 돌은 언제부터 이 사막에 있었던 것일까. 이 돌에 내려 쬔 햇
살의 분량은 과연 그 얼마일까? 이 돌에겐 사막의 햇살이나 열기가 고통
이 아니라 오히려 안방의 아늑함처럼 편안하게 느껴질지도 모른다. 내가
만약 이 돌을 다른 곳으로 가져간다면 그것은 돌에게 해방이나 이로움을

아득한 대사막의 모래언덕

주는 것이 아니라 오히려 고통을 주는 것이 될지도 모른다. 이런 생각을 하게 되자 나는 손바닥에 쥐었던 돌을 슬그머니 도로 놓아 버렸다. 자연과 환경의 모든 이치를 이 돌에 대한 인식에서 느껴볼 수도 있으리라. 우리 주변에서는 때로 자연과 환경에 대한 관심과 애착이 지나치게 도를 넘어서 슬그머니 독단으로 빠져드는 경우가 적지 않다. 그들의 환경논리가 지나친 주관으로 합리성을 위배하고 있음에도 불구하고 오직 자신의 관점과 논리 이외에는 모두 적대적으로 대하는 태도를 나타내는 것이다. 이는 위험한 독선에 불과하다.

사막에서의 버스 운전

다시 길을 떠났는데, 위구르족 운전기사 알리무가 어딘지 심상치 않다. 그의 이마는 점점 불덩이처럼 달아올랐다. 얼굴이 잘 익은 복숭아처럼 붉다. 워낙 고단한 일정에 너무 무리가 되었던가. 그저께부터 약간의 감기 기운이 있다더니 드디어 몸이 탈을 내는 가보다. 알리무에게 입을 크게 열어 보라 하였더니, 편도선이 심하게 부었다. 눈알까지 충혈되어 불그레하다. 안내원 이옥란 여사가 나에게 비상약이 있으면 좀 달라고 청한다. 마침 한국을 떠날 때 내가 편도선 기운이 있어서 일주일 분의 약을 지어 왔었는데, 그것이 이렇게도 요긴하게 사용될 줄이야.

나는 자동차 뒤로 가서 가방을 부스럭거리며 비상으로 준비해 온 약봉지를 찾아내었다. 도로의 한 쪽 가장자리에 자동차를 세우고 알리무에게 약을 복용하도록 했다. 독한 감기 몸살 약을 먹였으니 이제부터 그에겐 곧 졸음이 올 것이다. 그렇다고 알리무를 잠재워 놓고 15명이 타고 있는

타클라마칸 사막에서 버스를 운전하다

중형버스를 그 자리에서 마냥 대기할 수도 없는 노릇이다. 알리무는 막무가내로 죽어도 자신이 운전을 계속하겠다고 중얼거린다.

이옥란 여사가 일행들을 향하여 외친다.

누가 알리무를 대신하여 운전대를 잡을 사람이 없겠느냐고!

먼저 앞자리에 앉았던 한 사람이 운전대에 용감하게 앉았다. 조금 서툰 느낌이 있었지만 자동차는 불안감을 안은 채 출발하였다. 사막의 도로가 오직 일직선으로 곧은 것이어서 운전은 비교적 수월한 편이었다. 다만 내리막길과 오르막길의 교차가 잦은 것이 부담스러웠고, 대형 화물차들이 맞은편에서 달려와 교행할 때 잔뜩 신경이 쓰이는 것이 사실이었다. 평소 승용차 운전에만 익숙했던가. 그는 약 이십여 분 운전을 하다가 점점 자신감을 잃어 가는 기색이 보였다. 그리하여 내가 다시 운전대를 바꿔 잡고 운행을 계속하였다.

나는 몇 해 동안 줄곧 지프를 몰았었기 때문에 중형버스 운전이 그다지 낯설지 않았다. 처음엔 커다란 핸들과 버스라는 선입견 때문에 긴장이 되었으나 기어 변속의 방법과 가속페달의 감각이 별로 다른 방식이 아니었으므로 곧 심적 안정을 되찾게 되었다. 이렇게 무려 한 시간 이상이 넘도록 버스를 몰고 타클라마칸 사막 한 가운데를 달려갔다. 그런데 이것은 너무도 뜻밖의 경험이다. 이 독특한 현장 체험을 기억하고 증명하기 위하여 어떤 일행은 옆에 와서 일부러 사진을 찍어 주기까지 하였다.

내가 운전대를 잡고 앉자 일행들은 처음엔 앞좌석의 등받이를 손으로 꽉 잡고 긴장된 표정을 지었으나 곧 안심해도 좋다는 판단이 가진 듯하다. 깊은 잠에 빠져서 옆 사람의 어깨에 자신의 머리를 기댄 사람들의 모습이 후사경으로 보였다. 그 광경을 보면서 나는 쿡쿡 웃음이 터져 나왔다. 비록 잠시동안이긴 하지만 함께 버스를 탄 모든 사람들의 운명을 책임지게 된 것이다.

사막의 따가운 햇살이 창문으로 들어와 왼쪽 팔뚝이 몹시 아렸으나 오른 손으로 핸들을 잡고 왼 손으로 커튼을 당겨서 닫는 여유마저 생기었다. 나는 썩 경쾌한 심정이 되어서 타클라마칸 사막의 한 가운데를 직접 중형버스를 운전하며 신나게 달렸다. 시간이 경과할수록 버스 운전에 자신감이 붙어서 가속 페달에 점점 힘을 주었다. 속력이 붙게 되자 불안해진 이옥란 여사가 즉각 감속을 하라며 주의를 주었다.

아무튼 대단히 유쾌하고 이색적인 경험이 아닌가.

일부러 자청해서라도 하고 싶은 사막 종단이라는 생각을 하니까 더욱 즐거워졌다.

내가 약 한 시간 가까이 운전을 하는 동안 기사 알리무는 뒷좌석에서 땀을 흘리며 깊은 잠을 자고 일어나 앞으로 왔다. 잠든 중에도 못내 자신의 직업적 의무에 대한 부담과 불안감을 떨치지 못했던가 보다. 내가 좀 더 운전대를 잡겠다 해도 알리무는 한사코 머리를 흔들었다. 다시 사막 공로 한 가운데서 버스를 세우고 나는 알리무에게 운전대를 넘겨주었다. 일행들이 나에게 박수를 보내 주었다. 나는 모자를 벗어 들고 경쾌한 손짓으로 답례를 했다. 원래의 핸들 주인 알리무가 버스를 인계 받으면서 승차감은 한결 부드러워졌고, 자동차는 훨씬 안정감이 고조된 기세로 앞을 향해 나아갔다.

탑중유전

룬타이에서 430km를 허겁지겁 오전 시간을 온통 바쳐 달려가면 뜻밖에 인간의 반가운 흔적을 발견할 수 있다.

그곳이 바로 탑중유전(塔中油田).

타림분지 내부에 형성된 유전이란 뜻이나, 이것이 그대로 지명이 되었다.

이 거대한 사막도 아득한 옛날 고생대에는 울창하고 푸른 숲이었으리라. 당시의 초목들이 켜켜이 쌓이고 쌓인 지층의 틈서리에 귀한 석유가 생겨난 것이다. 이것을 채굴해내는 후대 인간의 솜씨도 결코 녹녹하지 않다. 이 죽음과도 같은 불같이 뜨거운 사막 한 가운데에 유전을 발견하고 그것을 채굴해내는 각종 장비를 옮겨다 놓았다. 이 장비들을 관리하고 가동시키는 기술자들이 생활하는 곳은 모두 금속으로 만든 직사각형 컨테이너이다. 그것들은 대개 자동차 바퀴 위에 얹힌 채로 적절한 간격에 의해 서로 붙어 있다. 그 광경이 모두 하나의 제품으로 규격화된 인공적인 마을처럼 느껴진다.

나는 일부러 그 컨테이너들 사이를 걸어다니며 들여다보았다. 대개 문이 잠겨 있었으나 어떤 곳은 문이 열려 있어서 철계단 위로 걸어 올라가 내부를 기웃거렸다. 누가 나의 뒷모습을 보았다면 혹시 도둑으로 의심했을지도 모르리. 하지만 내부의 광경은 너무도 지저분하고 빈곤하였다. 정작 도둑이 들었다 할지라도 훔쳐갈 아무런 물건도 없었다.

쇠막대를 엮어서 이층 침대를 만들었고, 거기엔 거의 누더기와 다름없는 남루한 침구와 가방이 아무렇게나 펼쳐져 있었다. 모래바람에 날려온 모래들이 그 이부자리 위에 쌓여 있었다. 바닥에도 온통 모래 투성이였

타클라마칸 사막 중앙에서 개발된 탑중유전(塔中油田)

다. 실내는 얼굴이 화끈거릴 정도로 열기에 달아있었다. 컨테이너 사이와 주변에는 이곳 노동자들이 마시고 버린 빈 술병들이 잔뜩 버려져 있었고, 화장실도 따로 없는 지 용변을 본 흔적들이 도처에 널려 있었다. 하지만 그것이 불결하게 느껴지지 않는 것은 엄청나게 뜨거운 사막의 태양열이 인간의 배설물을 즉시 건조시켜 그것들의 존재를 아주 무의미하게 만들어버리기 때문이다.

사막의 기온은 낮과 밤의 일교차가 무척이나 심하다고 한다.

한낮에는 이처럼 모든 것을 녹여버릴 듯 뜨거웁지만 저녁만 되면 열기가 급속히 식어서 깊은 밤에는 춥기까지 하다는 것이다. 겨울로 접어들면 일교차가 더욱 심하게 벌어진다고 했다. 나는 정상적인 숨조차 쉬기 힘들어서 열기에 벌겋게 달아오른 얼굴로 탑중유전 건물 중에서 가장 커다랗게 보이는 건물로 보이는 곳으로 들어갔다. 그곳은 그늘이 있어서 바깥보다는 훨씬 나을 것 같았기 때문이다. 입구에는 녹주 찬관(綠州餐館)이라는 초라한 간판이 붙어 있었다. 녹주는 오아시스! 찬관은 다름 아닌 식당이다.

구석에 냉방기 한 대가 설치되어 줄곧 가동되고 있었는데, 그 때문에 다소나마 뜨거운 열기에서 해방될 수 있었다. 깡마른 얼굴로 코밑에 나비 수염을 기른 위구르 사내가 음식의 주문을 받고 그릇을 날라다 주곤 하였다. 이곳에서 점심 식사를 하고 떠나게 되어 주방 근처에 있는 수도로 가서 손발을 씻었다. 문득 물맛이 궁금하여 한 모금 입에 넣었다가 깜짝 놀라서 도로 뱉고 말았다. 그것은 거의 소금물과 다름없는 짠맛이었다. 하지만 지하에서 퍼 올린 물이라 발등에 쏟아지는 시원한 느낌이 좋았다.

실내 조명이 너무도 어둡고 침침한 식당 안은 타클라마칸 사막을 오고 가는 나그네들이 그들의 자동차를 잠시 쉬면서 식사도 하고 가는 모습들이 보였다. 콧수염을 기르고 얼굴이 까무잡잡한 사람들이 우리 일행을 유심히 보곤 하였다. 텔레비전 한 대가 켜져 있어서 홍콩 등지에서 제작된 듯한 무협영화를 보여주고 있는데, 시선 둘 곳이 마땅치 않은 사람들이 반드시 텔레비전을 보겠다는 자세가 아닌 표정으로 그저 보다말다 하면서 식사를 하고 있었다. 냉방기의 시원함 속에서 바깥으로 나오기 싫었지만 그것은 여행자의 비겁하고 소극적인 자세가 아닌가.

식사를 마치고 호박참외까지 한 쪽씩 후식으로 먹은 다음 나는 과감하게 사막의 폭양 속으로 돌진하듯 걸어 나왔다. 젊은 청년들 한 무리가 이 무서운 폭양 속의 모래밭에 주저앉아서 기타를 두드리며 노래 부르고 있었다. 그들 청춘 세대들에게는 사막의 폭양 정도쯤이야 아무런 두려움의 대상이 아닌지도 모른다. 사람들은 무슨 신기한 동물이라도 보는 듯 그들을 곁눈으로 흘끔흘끔 바라다보았다.

그들이 앉아 있는 바로 위쪽으로는 커다란 철골 구조물이 아치 형태로 세워져 있고, 거기엔 '정전사망지해(征戰死亡之海)'란 글귀가 쓰여져 있다. '싸워서 정복한 죽음의 바다'란 뜻으로, 타클라마칸 사막에 대한 중국정부의 집념과 포부를 나타내고 있다. 이 광막한 모래벌판은 그야말로 사막이 아니라 차라리 모래의 바다였다. 타림 사막공로를 오고가는 시외버스 한 대가 식당 앞에 머물러 있어서 가 보았더니, 차말현(且末縣)에서 쿠얼라(庫尒勒)까지 왕래한다는 노선 안내판이 차창 앞에 붙어 있다. 물론 한자와 위구르 문자 두 가지로 동시에 표기했다. 차말현에 있다는 매매제(買買提)란 이름의 식당 광고판도 세워져 있었다.

나는 탑중유전의 오아시스 식당 앞의 사막공로 주변에 쳐놓은 철조망을 타넘어서 건너편 모래 언덕을 향해 걸어 올라갔다. 그곳에 가면 주변 풍경을 좀더 광활하게 조망할 수 있을 것 같았기 때문이다. 뜨거운 태양의 열기가 마치 폭우처럼 목덜미에 일제히 쏟아졌다. 삽시에 등이 끈적거리고, 샌들의 틈 사이로 뜨거운 모래가 스며 들어왔다. 나는 발가락을 모래의 열기에 노출시키지 않으려고 최대한 발가락을 오그렸다.

모래언덕의 가장 높은 곳에 올라서 주위를 둘러보니 내가 방금 식사를 마치고 떠나온 탑중유전 일대의 컨테이너 건물들이 한 눈에 들어왔다. 주변의 광막한 사막 한 가운데서 인간의 자취는 너무도 초라하고 볼품없는 존재에 지나지 않았다. 여러 개의 성냥 곽을 나란히 놓아둔 앙증스런 광경일 뿐이었다. 나는 모래 산과 모래 언덕 사이의 어느 한 지점에 서서 분주히 길을 가다가 걸음을 멈추고 더듬이를 움직이고 있는 한 마리 개미처럼 주변을 두리번거리고 있었다.

일행은 곧 길을 떠났다.

전체 658㎞에서 430㎞를 달려왔으므로 아직도 민풍까지는 228㎞가 남아있다. 모래 산과 모래 언덕은 여전히 계속된다. 이따금 모래더미를 이불처럼 휘감아 올리는 작은 규모의 회오리바람이 솟구쳐서 알 수 없는 곳으로 무작정 떠나가는 광경이 보였다.

사막 공로 양쪽의 모래 방지 시설은 끝도 없이 계속되었다. 그것도 사람의 흔적이라 줄곧 보면서도 마음에 부담이 가질 않고 오히려 안정감을 도와주는 효과가 있었다. 누가 이런 시설의 공사에 참가했을까? 중국정부는 아마도 감옥의 죄수들을 동원하였으리라. 오던 중에도 죄수들의 노역 광경을 많이 보았던 터라 이런 추측이 쉽게 들었다.

가도 가도 끝없는 엄청난 넓이의 타림분지!

그 타클라마칸 사막을 나는 온종일 자동차로 달려서 종단해 내려간다.

단조롭게 펼쳐지는 사막의 광경에 한 순간 무료해져서 나는 중앙아시아 탐험의 역사를 기록한 홉커크의 책 『실크로드의 악마들』을 다시 펼친다. 책 본문에서 가장 중요한 중심무대인 타클라마칸 사막 바로 그 현장을 지나가며, 나는 그 책의 앞부분 여백에다 나의 감회를 한 자 두 자 떨리는 손으로 기록하였다.

이 책을 사서 읽고 서역(西域)의 머나먼 땅 타클라마칸! 그 장엄한 대사막을 종단하면서 나는 지금 이 글을 적는다.
-2002년 7월 13일

이렇게 책 앞에 쓰고 서명까지 하고 난 다음, 그 아래의 여백에다 '오늘 하루 온종일 타클라마칸 사막을 건너가다'라고 다시 덧붙여 적었다.

사람의 마을을 향하여

타클라마칸은 타림분지 바로 그 자체이다.

한나라 때의 기록에 의하면 중국인들은 타클라마칸 사막을 유사(流沙), 즉 움직이는 사막이라 표현하였다. 쉴새없이 불어대는 바람으로 인하여 모래언덕이 늘 이동하거나 다른 형태로 변화하기 때문이다. 원래 위구르 언어에서 '타클라마칸'이란 말은 '한번 들어가면 다시 나오지 못한다'라는 의미를 지녔다고 한다.

하루 온종일을 달려서 오후 다섯 시경에 드디어 푸릇한 소소초, 즉 낙타풀을 만나게 되었다. 말라죽은 나무들의 굵은 등걸이 이어지는가 했더니 곧 사막 군생의 여러 식물들이 나타나기 시작하였다. 가까이 다가가 보면 마치 바늘처럼 뾰족하고 딱딱하기 짝이 없는 그 식물들에서 오히려 왈칵 반가움마저 느끼게 되는 것이다.

이제 대사막을 서서히 빠져나가기 비롯하는가 보았다.

지도상에는 사막공로의 왼쪽으로 정절국(精絶國) 옛터가 있다고 표시되어 있었으나, 막상 달려가는 도로 위에서는 그 입구를 찾을 수도 없었거니와 그곳과 관련된 어떤 표지도 발견할 수 없었다. 이런 사막 한 가운데에도 도읍지가 있었다는 생각을 하니, 사뭇 가슴이 메어오고 아득한 생각만 피어날 뿐이었다.

거기서 좀더 남쪽으로 내려간 곳에 니야진(尼雅鎭)이란 곳이 있었다. 이곳은 역시 니야국(尼雅國)의 옛 자취와 관련이 있는 지명이 분명하였다. 니야는 민풍에서 북쪽으로 120㎞ 떨어진 곳에 있다. 나중에 자료를 통해 알게 된 사실은 전한 시대 니야 지역 일대에는 정절국이 있었다는 점이다. 전체 인구는 고작 3360명에 불과하였다. 이 왕국은 사차국의 지배를 받게 되었는데, 뒤에 선선국의 치하로 들어갔다.

피터 홉커크의 저서에 의하면 니야 유적지에서 스타인 탐험대가 카로슈티 문자로 쓰여진 목독(木牘)을 발굴하였다. 그 목독은 오늘날의 편지에 해당하는 것으로 종이에 쓴 편지를 나무 봉투에 넣어서 끈으로 묶고 매듭에 점토를 뭉쳐서 발신자의 봉인을 찍었다고 한다. 이 점토의 뭉치를 봉니(封泥)라 하는데, 목독을 받은 사람은 봉니를 부수고 끈을 잘라서 목독, 즉 편지를 열어볼 수 있었다. 그 무수한 목독들은 항의서, 소환장, 체포장, 노역자 명단, 계산서 따위의 지방관청 문서나 보고서였다. 하지만 나는 그곳 니야 유적지를 찾아갈 수가 없었다.

1980년대 후반, 일본의 NHK 방송취재팀에 의해 니야 유적지는 생생하게 그 현장이 세상에 공개되었다. 취재팀은 민풍에서 많은 준비를 해서 낙타를 타고 현지로 떠났다. 사막 위에서 캠프 생활을 해가며 여러 날의 고달픈 탐사를 했지만 예정했던 니야 유적지는 그들 앞에 모습을 나타나지 않았다. 그들은 길도 없는 사막에서 방향을 잘못 잡는 바람에 니야를 통과하고 있었던 말이다. 다시 오던 길을 되돌아가서 그들은 드디어 유적지에 당도하게 되었다.

니야 유적지는 거의 사막의 모래밭에 묻혀서 사라지고 있었다. 다만 옛 주거지의 흔적과 부식되어 가는 나무기둥들이 모래 위로 드러나 있어서 번성했던 과거의 영화를 말해주고 있었다. 전문연구자들의 해석에 의하면 이곳에 살던 사람들은 니야의 젖줄이라 할 수 있는 니야강이 완전히 말라서 바닥을 드러내자 모두들 터전을 포기하고 어디론가 떠나고 말았다는 것이다.

당시 취재팀의 고생을 비디오 자료로 보고 있노라니, 니야 유적지는 나에게 만약 시간적 여유가 있었다 할지라도 감히 다가갈 수 있는 지역이 아니었다는 판단이 들었다.

사막의 황폐한 유적들

니야진에서는 실크로드 천산남로 구간의 동쪽으로 누란까지 이어진다. 차말(且末), 약강(若羌) 방향이 바로 그것이다. 약강에서는 다시 오른쪽으로 71㎞ 지점에 실크로드를 공부할 때 누란과 더불어 그 이름이 널리 알려진 미란(米蘭)이 있고, 그 부근에 유적지 미란고성(米蘭古城)이 있다. 원래 미란은 선선국의 수도였다. 하지만 13세기, 마르코 폴로가 이곳을 지날 때 미란은 이미 모래 속에 깊이 파묻혀 보이지 않았다.

곧장 길을 따라 가는데 차츰 인간의 주거지가 나타나기 시작하고 양떼를 몰고 있는 남루한 지역주민의 행색이 보였다. 그들의 집은 헛간처럼 지어져 너무도 초라하고 볼품이 없었다. 하지만 그곳에서도 인간이 누리는 온갖 감정을 표현하고, 물질을 소비하며 살아갈 것이었다. 다만 그들의 소비문화는 매우 소박하기 짝이 없는 것이리라.

전기는 물론 들어오질 않고 밤에는 호롱불을 켤 것이다. 양의 젖을 짜서 마시고, 양고기를 먹으며, 양을 팔아서 밀가루를 구입하여 빵과 국수를 만들어 먹을 것이다. 가까운 샘물에서 물을 길어다 마시고, 최소한의 소비에 만족하며 하루 하루를 겸허하게 살아가리라.

이런 생각에 도달하니 나는 문득 그들의 삶이 바로 성자의 표상이 아닌가 하는 생각이 들었다. 가옥과 가옥의 거리는 몹시 멀어서 아무리 외쳐 불러도 소리가 들리지 않는 거리에 훨씬 떨어져 있었다. 서로의 집을 찾아가려면 한참을 걸어서야 비로소 도달할 수 있을 것이었다. 양들은 물가에 모여 있거나 샘물 터를 찾아가는 중간에 파릇한 풀을 뜯고 있는 평화로운 광경이 보였다. 누더기를 걸친 소년들은 손에 막대기를 하나씩 들고 양떼를 몰다가 지나가는 자동차를 물끄러미 바라다보곤 하였다.

도로 양편은 점점 황색에서 초록색으로 바뀌어졌다.

그 초록빛 들판 사이사이로 점점이 박혀 있는 것은 모두 양들이거나

소의 방목 현장이었다. 누런 빛깔과 검은 빛깔의 소떼가 도로를 가로막고 서 있다가 갑자기 달려온 자동차를 보고도 비킬 생각조차 하지 않는다. 줄곧 경적을 울려대니 그제야 한 번 힐끗 보고선 여전히 꼬리를 천천히 흔들어 파리를 쫓으며 어슬렁 어슬렁 길가로 비켜난다. 어떤 소들은 자기들끼리 그저 반가운 듯 몸을 비벼대며 애정의 교감을 나누고 있다.

마을이 가까운 한 곳에서는 어린이들이 건너 편 차선의 아주 한 가운데로 들어와 앉아 무슨 유희를 즐기고 있다. 그 아이들은 대개 소나 양을 관리하는 목동들이다. 마치 안방처럼 도로 위에 편하게 앉았거나, 더러는 누워 있는 광경도 보인다. 자동차들이 자주 다니지 않는 곳이기도 하겠지만 저러한 모습은 대단히 위험하고 아슬아슬하다. 자칫하면 비참한 교통사고로 이어질 수 있다. 말 탄 사내 하나가 갈색 모자를 쓰고 바쁜 걸음으로 지나쳐 갔다.

자동차의 연료가 바닥이 나기 직전이라 잠시 휴식도 할 겸 길가의 어느 주유소에 들어갔다. 주변에는 몇 채의 민가들만 나직하게 엎드려 있을 뿐 황량한 풍경은 아무런 가식이 없이 그대로 펼쳐져 있었다. 민가의 뒤란에 나무 울타리를 만들어 염소 몇 마리를 가두어 놓은 광경이 보였다. 어디선가 닭소리가 들려왔다. 닭의 울음소리는 개 짖는 소리와 더불어 어디서나 반갑고 밝은 느낌을 나그네에게 던져준다.

주유소 주변을 어슬렁거리고 있는데 인근 마을의 위구르 소년들 몇이 멀리서 슬금슬금 다가와 낯선 이방인의 행색을 호기심어린 눈으로 유심히 살핀다. 나도 소년들의 모습을 통하여 그들의 삶의 일단을 읽어내려 애를 쓰고, 그들도 나를 뚫어져라 바라본다. 이렇게 우리는 서로 살피고 있다.

사막을 빠져 나오니 하늘은 구름이 잔뜩 끼어있고, 부는 바람이 오슬 오슬 한기마저 느껴진다. 길가에 줄지어 선 백양나무가 나타나기 시작한다. 위구르족의 마을이 가까웁다는 증거이다. 이곳 백양나무들은 키가 미인들처럼 미끈미끈하고, 나무 등걸의 굵기도 대단하다. 이 가로수들을 심은 지가 오래되었다는 사실을 말해준다. 그 백양나무 가로수의 행렬이 끝나는 지점에는 어린 백양나무들이 심겨져 있었다. 워낙 메마른 땅이라 물길을 파서 나무의 밑동을 스쳐 지나도록 하였다. 자동차가 출발한지 십여 분도 채 되지 않아서 돌연히 하나의 아담한 도시가 나타나는 바, 그곳이 곧 민풍(民豊)이었다.

이곳 백성들의 삶이 항상 풍요롭다는 이야기인가.

아니면 워낙 빈한하여 풍요롭기를 갈망한다는 뜻인가.

누가 이런 이름을 붙인 것일까. 마을 이름을 만든 이가 만약 지역 주민이라면 이곳이 정말 풍요로웠다는 의미일 터이다. 하지만 위정자들이 지명을 붙였다면 그것은 틀림없이 통치의 한 방편이자 이데올로기가 스며든 뜻일 것이다.

사연이야 어떠했던 간에 매우 아름다운 지명을 가진 오아시스 도시 민풍 시내를 휘돌아 가는데, 도시 주민들의 입성도 비교적 깨끗하게 느껴졌고, 거리의 상점과 시장에는 물화도 풍부한 듯이 보였다. 이곳이 바로 농업을 기반으로 하는 지역이라는 사실을 실감하게 된다. 도시의 가장 번화한 중심에는 거대한 시멘트 조형물이 하나 세워져 있었다. 거리도 깨끗하고 가로수도 잘 정비가 되어 있다. 넓고 커다란 잎을 가진 관목들이 줄지어 서 있었는데, 그것들은 처음 보는 나무였다. 일부러 가지를 다듬은 것 같지는 않았는데, 마치 손질해 놓은 듯 일제히 원형을 유지하고 있었다. 사람들의 걸음걸이도 느긋하게 보였다.

원래 일정은 이 민풍에서 하루를 쉬고 출발하기로 되었으나 기사 알리무는 좀더 가기를 원하는 눈치인 듯하였다. 왜냐하면 어차피 예정된 거리를 달려야 하는데, 아직 날도 저물지 않아서 시간이 많이 남아 있었고, 또 체력도 제법 회복이 되어서 좀더 많은 거리를 달려두는 것이 전체 거리를 단축하는 하나의 방법이 아닌가 하는 판단에서였다.

그리하여 일행들은 민풍 시내를 버스로 통과하는 중에 신속히 이 문제에 대하여 논의하였다. 모든 사람의 뜻은 다소 몸이 피로해지더라도 이 민풍을 그냥 통과하여 좀더 많은 거리를 주행해두는 것이 다음날의 일정을 위하여 유익한 도움이 될 것이라는 의견을 모았다.

민풍을 지나서 호탄으로

내가 탄 자동차는 민풍을 뒤로하고 쏜살같이 다음 행선지를 향해 달려가기 시작했다. 오늘 밤 내가 묵을 곳은 민풍에서 호탄으로 바뀌었다. 민풍에서 호탄까지는 274km이다. 거리 상으로는 그다지 먼 거리가 아니었으나 중간의 도로 사정이 그다지 좋은 편이 아니었다. 최근 이 지역에 폭우가 몇 차례 쏟아진 직후라 하수 시설이 제대로 되어 있지 않은 곳의 도로가 유실되거나 손상된 곳이 많다는 것이다. 밤길을 운행해 가기에는 위험요소도 많고, 게다가 도로 유실 지역은 우회해서 가야할 곳이 많다고 했다. 알리무와 일행들은 마음을 굳게 먹었다. 아무리 고생스러운 코스를 만나게 된다 할지라도 이를 악물고 돌파하기로 다짐하였다. 어찌 힘들다고 불만스런 얼굴로 투덜거리기만 할 수 있으랴.

과연 민풍에서 얼마 가지 않아 도로는 한 가운데가 뭉텅 잘라져 나간 곳이 보였고, 그 옆으로는 엄청난 속도로 흘러가는 범람한 하천이 보였다. 도로건설비 때문인지 신강성의 대다수 도로들은 이렇게 지표면과 높이를 동일하게 설치해 놓았으므로 잠시 내리는 소나기에도 개울은 곧 범람하여 도로유실과 붕괴 앞에서 속수무책이다.

모든 물들은 넘쳐서 도로 위로 올라오게 마련인 것이다. 몹시 빠른 하천의 유속은 나약하기 짝이 없는 허술한 도로의 한 허리를 대뜸 잘라서 그곳을 자신들의 통로로 만들어 버리고 있었다. 허기진 하천의 유속(流速)이 도로의 허리를 통째로 뜯어먹다가 그대로 버려 두고 떠나간 것 같은 곳도 있었다. 그런 곳에는 어김없이 거대한 흙더미가 밀려와 도로 한쪽에 쌓여 있었다. 도로 위를 덮고 있는 흙더미를 포크레인으로 밀어낸 흔적인 것이다.

이런 곳을 통과할 때는 도로의 주변 먼 곳으로 우회하도록 급조한 비포장 도로가 있었는데, 돌이 튀어 나와 노면은 몹시 울퉁불퉁 하였고, 깊이 파인 곳은 구덩이를 이루어 진창이 되어 있었는데 자동차의 바퀴가 그곳에 빠지면 몹시 기우뚱거리며 몸을 사정없이 흔들리게 하였다. 물론 자동차에도 뻘 흙이 튀어 올라 지저분한 꼴이 되고 만다.

도로는 수시로 끊어진 모습으로 나를 힘들게 하였다.

버스는 오이투지라크(奧依托格拉克)란 이름의 작은 마을을 지나고, 우전(于田)이란 커다란 마을을 지나고 있었다. 우전은 과거 이 지역에 수립되었던 우전(于闐) 왕국과 한자의 음이 서로 동일하다.

차창으로 시내 풍경을 내다보니 이곳에 오늘 꽤 대규모의 시장이 열리고 있었다. 참으로 많은 위구르 사람들이 시장 골목에서 바글거리고 있었다. 그야말로 인산인해였다. 뒷짐을 진 채 어슬렁거리는 노인들과 어린이들, 자전거와 오토바이를 탄 시골 주민들, 나귀 수레를 타고 온 농민들, 짐을 싣기 위해 대기하고 있는 말 달구지들로 발 디딜 틈조차 없었다.

부르카로 얼굴을 가린 위구르 여인들

이곳 위구르 사람들의 시장을 바자르라고 하였던가.

시장거리의 중심에는 온통 흰옷을 입고 하얀 모자를 쓴 위구르 사람들로 붐비었다. 여성들은 검은 색과 갈색의 천을 머리 위에서 온몸에 둘렀으므로 얼굴을 전혀 알아볼 도리가 없었다. 그러한 의상을 부르카란 이름으로 부른다 하였다. 하지만 얼굴 쪽 부르카의 천이 워낙 성글게 짠 것이라 내부에서 바깥을 보는 데에는 아무런 불편이 없다고 한다. 붉은 천을 지붕으로 씌운 수레 둘레에는 무슨 광경이 펼쳐지는지 완전히 인파로 둘러싸였다.

그들이 타고 온 나귀, 당나귀, 작은 말들과 그들의 꽁무니에 숙명처럼 매달려 있는 수레는 저녁 햇살 속에서 매우 호젓하고도 쓸쓸한 여운을 느끼게 하였다. 그 가축들은 수레를 매어 달고 서서 하나같이 무슨 생각에 깊이 잠겨 있는 표정들이었다. 서역 길에서 보았던 가장 강렬한 인상을 들라면 나는 서슴없이 저 가련한 나귀와 나귀수레를 들겠다.

그늘 한쪽 귀퉁이에서는 카드놀이를 하는 남정네들의 모습도 보였다. 울긋불긋한 색실을 장대에 매어 달고 걸어다니는 행상의 모습도 보였다. 한국의 시장에서 흔히 볼 수 있는 지체장애자의 모습도 있었다. 그들은 줄곧 땅바닥에 엎드려 벌레처럼 기어가다가 한번씩 진행을 멈추고 주변 사람들에게 구걸의 손을 내밀고 있었다. 위구르 사람들의 불그레한 얼굴과 하얀 턱수염은 저녁햇살을 받아서 더욱 그 색깔의 느낌을 돋보이게 하였다.

우전에서는 커리야(克里雅) 강을 건넜다.

강물은 비가 내린 직후여서 제법 거센 물줄기로 흘러갔다. 황토와 모래를 안고 흘러가는 격류라 빛깔조차 누르스름했다. 이 물줄기 중의 일부가 다시 노선을 벗어나서 군데군데 도로를 단절시키고 있었다.

이렇게 험난한 코스를 달리고 또 달리다 보니 어느덧 해가 설핏하게 기운다. 시간은 금방 오후 열 시를 넘어섰다. 아직도 햇살의 기운이 어렴풋이 남아있는 이 늦은 시간에 나는 자꾸만 앞을 향해 줄곧 달려가야만 한다.

우전을 빠져나가니 또다시 도로 공사가 한창이었다. 길바닥은 온통 진창이었으며 자동차가 달릴 수 있는 공간은 매우 비좁기만 하였다. 두 대의 자동차가 서로 교행하기조차 힘겨울 정도였다. 길가의 집들은 심한 흙먼지에 찌들어 마치 원래부터 누런 빛깔이었던 것처럼 보였다. 행인들도 어둡고 우울한 표정으로 고개를 숙이고 침통하게 걸어가는 듯하였다.

이제 차창 밖은 아주 캄캄해져서 마주 오는 자동차의 불빛에 드러나는 물체만 부분적으로 보일 뿐 사방은 칠흑의 어둠에 휩싸였다.

센바이바자르(先拜巴札), 쿠라하마(固拉哈瑪)란 야릇한 이름의 위구르족 마을을 지나 제법 커다란 마을인 책륵(策勒)을 통과하니 어느덧 밤 열 시가 가까웠다. 책륵에도 바로 지척을 흘러가는 책륵하(策勒河)가 있었으나 밤길이라 확인하기가 어려웠다.

일행은 대체로 저녁 식사를 하지 못한 상태여서 심한 허기와 무기력으로 서서히 빠져들고 있었다. 어떤 사람은 신강성의 작고 보잘 것 없는 돌능금을 어둠 속에서 부스럭거리며 찾아내어 무료한 시간을 애써 소멸시키려는 듯 무료한 시간을 애써 소멸시키려는 듯 줄곧 씹어 대었다.

위구르 수제비

드디어 버스는 어느 작은 마을로 들어섰다.

늦은 식사를 하기 위해 들른 이곳은 달마구향(達瑪區鄉)이란 시골의 길가 식당이었다.

위구르 일가족이 꾸려 가는 허름한 식당에서 나는 위구르족들이 즐겨 먹는다는 밀가루 수제비를 시켰다. 그런데 이 위구르 수제비 만드는 과정이 너무도 재미가 있어서 지금부터 이마을의 수제비 제작 광경에 대하여 설명해야겠다.

허름하기 짝이 없는 달마구향의 노변 식당은 출입문 바깥 좌측으로 장작불을 피우는 화덕이 설치되어 있고, 그 화덕 위에는 커다란 무쇠 솥이 두 개 걸려 있었다. 솥 안에는 물이 한 가득 뜨거운 김을 설설 피워 올리며 끓었다. 한 소년이 화덕의 아궁이로 연결된 풀무를 돌려 바람을 자아내었다. 젊은 위구르족 내외는 가마솥 옆의 도마 위에서 밀가루를 반죽하여 마치 길다란 끈처럼 뽑아내고 있었다.

이 작업이 완료되면 그 밀가루 끈을 몇 겹으로 둘둘 말아서 한쪽 어깨 위에 받쳐들고 솥 앞에 나란히 선다. 그리곤 손가락으로 밀가루 끝을 조금씩, 보다 정확히 말하자면 약 2㎝ 정도의 크기로 잘라서 솥 안의 펄펄 끓는 물 속으로 던져 넣는 것이다.

솥과 수제비 던지는 사람 사이의 거리는 넉넉잡아 2m 정도는 됨직 하였다. 이렇게 가마솥 앞에 서너 사람이 나란히 선 채로 반죽한 밀가루 노끈을 높이 들고, 짧게 자른 밀가루 토막을 솥으로 던져 넣는 광경은 그야말로 일대장관이었다. 식당 일을 돌보는 위구르 일꾼들은 그 밀가루 끈의 토막을 조금도 실수 없이 솥 안으로 정확하게 던져 넣었다. 솥 안으로 들어간 밀가루 토막들은 끓는 물 속에서 즉시 부드럽게 잘 익어서 뜨끈뜨끈하고 맛있는 수제비가 되었다.

일행 중 몇 사람이 호기심을 참지 못하고 밀가루 끈의 일부를 받아서 던지는데 대개 실패의 연속이었다. 워낙 여러 객꾼들이 솥 앞에 서 있으

달마구향 마을 식당에서의 위구르 수제비 만들기

니까 식당의 위구르족 청년 하나가 앞에 선 사람들의 뒤편에 서서 앞사람의 머리 위로 던져 넣는 것이었다. 거리가 훨씬 멀어졌음에도 불구하고 그가 던지는 밀가루 노끈의 토막은 던지는 족족 솥 안으로 정확히 떨어졌다. 이렇게 솥으로 들어가서 끓는 물에 잘 삶겨진 밀가루 노끈은 잠시 후에 잘 익은 수제비가 되어 공복감에 지쳐 있는 내 앞에 제각기 한 접시의 음식이 되어서 나왔다.

썩 입에 맞는 음식은 아니었으나, 밀가루의 담백함과 슴슴한 위구르식 양념이 그런 대로 먹을 만했다는 느낌이 들었다. 하지만 식성이 까다로운 사람들은 위구르식 수제비를 몇 점 먹는 둥 마는 둥 하다가 곧 젓가락을 내려놓고 말았다.

위구르의 시골 마을, 저 바깥에는 밤이 점점 깊어 가는데, 내가 가야할 길은 아직도 멀고 아득하기만 하다. 흐릿한 전등 불 밑에서 한 그릇 수제비를 앞에 놓고 후루룩 후루룩 더운 김을 불어가며 먹노라니 왠지 서글프고 쓸쓸한 나그네의 심정으로 빠져들었다.

아서라.

이런 심정이야말로 길 떠나는 나그네의 고유한 정감이 아니던가.

식사를 마치고 달마구향 식당 앞으로 나오니 백양나무 가로수를 쓸고 가는 바람이 제법 시원하였다. 마을 주민들이 우리 일행의 소문을 들었는지 십여 명도 넘게 나와서 주변에 몰려들었다. 입성은 추레하였으나 사람들의 눈빛은 한결같이 순수하고 소박하였으며, 정감을 담뿍 담은 표정들이었다. 서로 언어가 통하지 않으니까 다만 서로 바라보며 웃기만 할 뿐이었다. 일행 중 어떤 사람이 볼펜을 비롯하여 자신이 사용하던 작은 물건들을 주민들에게 선물로 주는 광경이 보였다. 그 착한 마음이 아름답게 느껴졌다. 주민들은 뜻밖의 선물을 받아들고 반색하는 표정이 역력했다.

자, 이제 슬슬 떠나기로 하자.

먼길을 가는 사람은 행선을 스스로 재촉해야만 하는 법.

우리는 서로를 부추기며 자동차에 올랐다.

밤에 달린 실크로드

버스는 밤바람을 가르며 달마구향을 떠났다.

차창을 통해 불어오는 바람이 시원하게 느껴졌다. 길은 여전히 멀고 험하며, 울퉁불퉁하여 앉은자리가 몹시 불편하게 느껴졌다. 차창 밖의 풍경은 전혀 보이지 않고, 이따금 교행하는 자동차의 전조등만 눈부시게 비칠 뿐이었다. 백양나무 가로수도 보이지 않고 나무 잎을 스쳐 가는 바람 소리만 들렸다.

이렇게 나는 서역남로 쪽 실크로드의 아득한 밤길을 불안스럽게 헤치며 앞으로 앞으로 나아갔다. 그리고 그 방향은 오직 서쪽이었다. 지나치면서 헤드라이트에 비치는 표지를 얼른 보니 영난간(英蘭干)과 낙포(洛浦)라는 마을을 지나치고 있었다. 영난간은 아주 작고 빈약한 마을이었으나 낙포는 그래도 제법 규모가 느껴졌다. 하지만 마을들은 이미 자정이 넘은 밤이어서 주변 전경이 보이지 않았을 뿐더러, 오가는 행인의 발길도 완전히 끊어져 있었다. 지루하고도 험하기 짝이 없는 밤길 여행이었다. 그래도 우리의 운전기사 알리무는 지친 내색을 하지 않고 줄기차게 전방을 향해 달려갔다.

인간의 길에서도 이러한 밤길 여행과도 같은 구간이란 반드시 있게 마련인 법. 나는 그러한 아득함과 불안감을 어떻게든 잘 참아내지 않으면

안 된다. 현실에 지친 모습을 보이는 것은 약한 자세의 노출에 불과한 것이다. 비록 현재의 자리가 지루하고 몹시 지쳐 힘이 들더라도 나는 나에게 닥친 난관과 역경을 이겨내어야만 한다.

그래야만 그 다음 단계의 밝음과 광명을 누릴 수가 있는 것이다.

옥의 고장, 호탄

이렇게 얼마를 달렸을까?

이제는 심신의 곤비함도 제대로 느끼지 못할 정도로 지쳐 있을 무렵에 드디어 나의 목적지 호탄(和田)에 닿았다. 화전에 접어들기 전에 커다란 강을 통과하였는데, 그것이 바로 호탄강(和田河)이었다. 위구르 사람들은 이 강을 카라카시(喀拉喀什) 강이라 부르기도 한다. 지도상에는 호탄 주변으로 여러 줄기의 강이 흐르고 있고, 두 지류로 갈라지고 있었는데 동쪽이 백옥하(白玉河), 서쪽의 강이 묵옥하(墨玉河), 혹은 흑옥하(黑玉河)라 하였다.

백옥하는 위구르 말로 유룽카시라 부른다. 그 사이로 비교적 규모가 작은 녹옥강(綠玉江)이 흐른다고 했다. 모두 그 지역에서 많이 생산되는

하북성의 고분에서 발굴된 금루옥의(金縷玉衣)

옥과 관련된 지명들이다. 과연 옥의 고장임을 실감하게 된다. 호탄에서 생산된 옥을 우전옥(于田玉), 혹은 곤륜옥(崑崙玉)이라 부르는 것은 모두 이 지역의 지명들과 관련이 있기 때문이다.

일본 NHK 탐사팀이 촬영한 필름에는 이 강에서 옥을 찾고 있는 호탄 지역 위구르 주민들과 곤륜산에서 옥의 원석을 등에 지고 터벅터벅 걸어 가는 낙타들의 모습이 담겨 있었다. 그들은 주워온 옥을 호탄의 옥 수집 소로 들고 가서 일정한 돈과 바꾸었다.

해마다 가을이 되어 강물의 수량이 줄면 호탄의 왕은 고관들을 데리고 와서 가장 먼저 옥을 채집하였다고 한다. 이들이 한 차례 다녀간 뒤에야 백성들이 강으로 들어갈 수 있었다. 귀족들이 옥을 주울 때 백성들은 강 가에 접근하는 것조차 금지되었다고 한다.

나는 이 강들의 모습을 자세히 보고 싶었으나 어둠 속이라 강의 모습 은 제대로 보이지 않았다. 이 강줄기는 타클라마칸 사막 한 가운데를 통 과하여 타림 강으로 흘러 들어간다.

호탄강을 건너서 곤륜산맥 자락에 말리크와트(瑪利克瓦特) 고성이 있 다. 하지만 이곳은 이번 여정에 들어있질 않다. 곤륜산맥에는 옥을 캐내 는 광산이 있다고 한다. 채굴된 원석은 덩어리 째로 낙타의 등에 실려서 호탄으로 운반되어 온다.

지난 1968년에 하북성의 한 고분에서 금루옥의(金縷玉衣)가 발굴되었 다.

그곳은 약 7000년 전, 전한 시대의 중산왕 유승(劉勝)의 무덤이었다. 왕의 시신을 온통 옥으로 감싸고, 금실로 촘촘히 꿰맸다. 여기에 사용된 옥 조각은 무려 2498매, 이를 연결한 금실의 총량은 1만kg이 넘었다. 옥 으로 수의를 만들면 후대에 반드시 환생한다는 믿음을 갖고 있었다고 한다. 이 옥의를 만든 재료가 모두 호탄에서 생산된 것이었다.

호탄은 옛 우전(于闐) 왕국의 도읍지.

『한서(漢書)』의 '서역전(西域傳)'에는 이곳을 서성(西城)이라 표기하고
있다.

중국 한나라 때의 반초가 누란을 공략하고, 이곳으로 입성하였다. 하
지만 우전의 왕은 한나라의 사절에 대하여 냉담한 태도를 나타내었다.
그 까닭은 당시 우전 왕국이 흉노의 지배권에 속해 있었기 때문이다.

여기서 반초는 한 가지 계책을 생각하였다. 우전국에서 가장 존경을
받으며 중심적 위치에 있던 인물은 한 사람의 무녀였다. 그런데 이 무녀
는 한나라에 대하여 몹시 반항적이고 비판적인 태도를 가졌다. 이에 반
초가 무녀의 집을 불시에 들이닥쳐 그녀를 단칼에 죽였다. 우전의 왕은
이 모습에 잔뜩 겁을 먹고 결국 한나라에게 복종을 맹세하게 되었다고
한다. 타림분지 남쪽에 있는 오아시스 도시국가로서 호탄은 물질과 문화
의 번영을 이룩하였다고 한다. 원주민은 원래 아리아 계통이었으며, 왕실
의 성은 위지(尉遲)씨였다.

바로 여기에 착안한 것일까.

이 위지란 성은 일본의 작가 이노우에 야스시가 자신의 소설 『돈황』
에서 작중인물 중의 한 사람인 탐욕스런 장사꾼 위지광(尉遲光)의 성씨
로 슬쩍 활용한 바 있다. 당시의 성씨를 풀이한 자료에 의하면 '위지'는
산스크리크어 '뷔쟈야'를 음역한 한자말이라 전한다.

호탄은 고대 천축국의 불교 문화가 중국으로 전해질 때 중간 지점에서
매개 역할을 하였던 곳이기도 하다. 그래서 이곳 주변에는 불교 유적지
가 많이 산재해 있다. 하지만 이슬람 세력이 이곳으로 확장되기 시작하
면서 불교문화의 흔적은 깡그리 파괴되고, 도시는 점차 황폐한 모습으로

호탄 빈관에 도착한 버스

바뀌어갔다. 이곳도 서역의 다른 여러 나라와 마찬가지로 토곡혼의 침략을 받아서 한때 그 지배 하에 들어간 적이 있었다. 하지만 속박에서 벗어난 이후에는 다시 당나라와의 교류를 회복하였다.

화전에 도착하여 시계를 보니 새벽 3시.

이제 동틀 시간도 멀지 않았다. 나는 어제 아침 7시부터 하루 온종일 달리고 자동차 안에서 자정을 넘기었다. 그러고도 무려 세 시간을 더 달려서 목적지에 다다른 것이다. 출발부터 지금까지 총 주행 시간은 무려 18시간. 그것도 무박 2일의 여정이었다.

달려온 거리만도 장장 1100km의 대장정이었다.

누가 이런 고달픔을 가히 상상이나 할 수 있으리. 이토록 무리가 따르는 여정의 힘겨웠던 사정을 자세히 설명한다 한들 그 누가 깊은 이해와 공감에 도달할 수 있으리.

화전 시내는 밤새도록 켜놓은 수은등 불빛만 휘황하였고, 밤거리는 그야말로 괴괴하기만 하였다. 이 텅 빈 밤거리를 달려서 자동차는 화전 빈관 앞마당으로 저 혼자 당당하게 진입하였다. 기나긴 시간의 험난했던 주행에도 아무런 탈이 나지 않았던 자동차가 오직 고마울 뿐이었다. 그리고 지친 모습을 보이지 않는 우리들의 친절한 기사 알리무에게도 깊은 감사를 전하고 싶은 마음이었다. 알리무는 피로에 지친 나를 도리어 위로하며 싱긋 웃어 주었다.

시간은 이미 새벽을 향하여 달음질쳐 간다.

나는 화전 빈관 숙소에서 다음날 오전 9시까지 취침할 수 있도록 시간을 얻었다. 자리에 누워서 곧바로 잠이 든다 해도 고작 여섯 시간. 어차피 충분한 수면이란 불가능하다. 워낙 피로하여 몸도 씻지 못하고 그대로 침대에 누워서 잠을 청하지만, 기나긴 여행의 긴장에서 헤어나지 못하고 의식은 청명하기만 하였다. 침대에 누워서도 줄곧 자동차를 타고 어딘가를 향해 하염없이 달려가는 듯한 착각이 들곤 하였다. 이렇게 조용한 시간과 환경이 이제는 도리어 불안해진 것이다. 노크 소리가 나서 문을 열어보니 기사 알리무다. 그는 만약의 경우를 대비해서 몸살 약을 좀더 먹어두어야겠다고 한다. 남은 약이 있으면 더 얻어가려고 찾아온 것이다. 나는 얼른 가방을 뒤져서 알리무에게 약봉지를 건네주었다.

착하고 충직한 알리무!

이런 생각 저런 생각들을 하며 한참을 자리에서 뒤척이다가 나는 어느 틈에 깜빡 잠으로 빠져들고 말았던가.

서역남로의 주변 풍경들

세상 모르고 자는 중에 전화벨이 울렸다.

무슨 말인지 알 수 없는 중국어로 교환 아가씨가 나의 잠을 깨운다. 몸은 천근만근 무겁지만 그래도 가야할 여정을 알고 있기에 눈이 뜨인다. 황급히 세수를 마치고 화전 빈관 아래층 입구 쪽으로 내려오니, 역시 어제의 피로에 지친 터라 준비를 마치고 내려온 사람이 많지 않다.

옥의 명산지답게 빈관의 로비에 전시된 토산품 상점에는 거의 대부분 옥으로 가공한 제품이 가득하다. 둘러보니 옥의 빛깔이나 특성은 좋아 보이나, 가공 솜씨는 섬세함이 부족하고 투박한 것 같다.

호탄과 관련하여 재미있는 이야기가 하나 있다.

그것은 탐험가 스타인이 타클라마칸 사막 일대를 돌면서 유적 발굴과 각종 문화재 수집에 나서고 있을 때 출토유물을 가짜로 만들어 판매하고

호탄시장(바자르)의 모자가게

귀금속 상점의 인상적인 간판(문맹자를 위하여 그림으로 그렸다)

위구르 문자와 한자로 동시 표기된 세탁소 간판

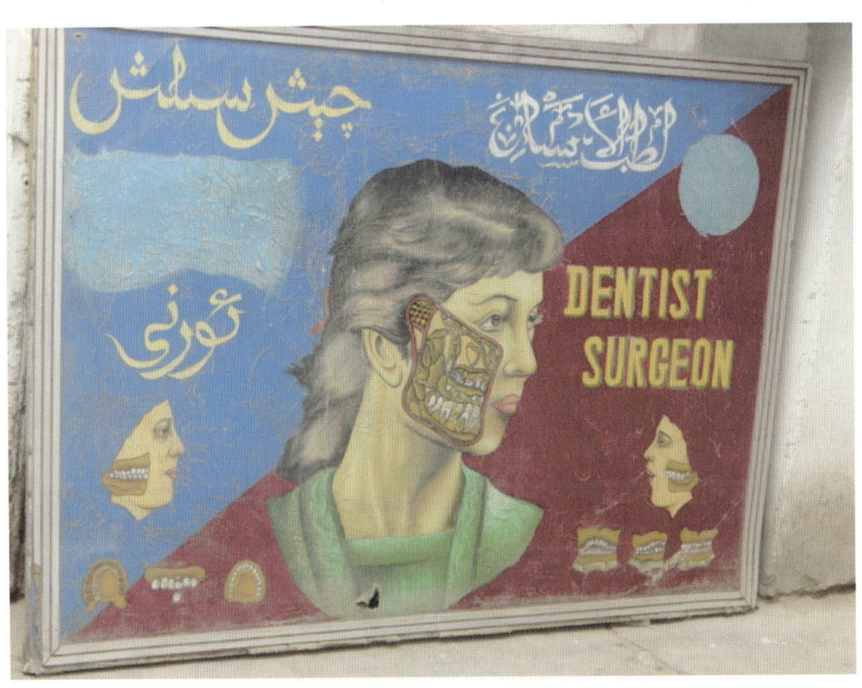

치과병원의 간판(턱과 치아의 구조를 자세하게 그려두었다)

호탄의 바자르에서 팔고 있는 양고기

나귀를 이용한 물품의 운반

있는 이슬람 아훈이란 사람에 관한 것이다. 스타인은 그의 정체를 밝히는 활동에 나섰다. 중앙아시아 일대에서 발굴 유물에 대한 관심이 날로 높아지자 모조품을 만들어 판매하는 사람이 하나 둘 생겨나기 시작했는데, 그냥 방치해 두면 상당히 문제가 될 것이었기 때문이다. 스타인은 결국 교활하고 잔꾀를 잘 부리는 아훈으로 하여금 스스로의 잘못된 행동과 죄악을 낱낱이 문책하고 뉘우치도록 만들고야 만다.

열 시경에 자동차가 출발하였다.

누란이란 이름을 쓰고 있는 구멍가게가 길가에 보였다. 이곳 중앙아시아 사람들에게 있어서 이런 이름은 하나의 자존심과도 같다. 가랑비가 부슬부슬 뿌린다. 호탄의 재래시장을 들러서 이곳 주민들의 삶을 들여다 보기로 하였다. 포장되지 않은 시장 골목은 어디나 그렇듯이 질척한 진탕으로 바뀌어졌다. 그 진창길을 한 어린 소년이 몰고 있는 나귀수레는 거침없이 디디고 진행해 갔다. 한 위구르 사내는 나귀 수레 뒤에 잔뜩 짐을 싣고, 그 짐 위에는 자신의 아내를 태워서 호기롭게 걸어가고 있었다. 나는 그들 사이에 끼어서 마치 징검다리를 건너듯 조심조심 걸음을 옮기며 시장의 이모저모를 둘러보았다.

위구르 사람들이 즐겨 쓰는 동그란 모자를 팔고 있는 가게, 양고기를 굽는 곳은 노린내나는 연기로 자욱하였다. 주민들의 입성은 대개 추레하고 후줄근하였으며, 거리는 낡고 빈한한 느낌을 주었다. 푸줏간 앞에서는 말다툼이 벌어져 아주 살풍경한 광경이었다. 몹시 흥분한 위구르 청년이 고래고래 소리를 지르고 있었다. 그 싸움을 말리는 한 늙은이가 겨우 분쟁을 조정하였다. 구경꾼들은 싱거운 표정으로 흩어져 갔다.

호탄의 상점 간판들은 매우 흥미롭다. 위구르 문자는 위쪽에 조그맣게 쓰여져 있고, 그 아래로는 상점에서 팔고 있는 대표적인 물건들을 그림으로 그려놓고 있었다. 이를테면 귀금속상 간판에는 귀고리, 목걸이, 팔찌, 반지 등을 빼곡하게 그려 놓았다. 치과병원의 간판은 틀니와 각종 보철 기구, 어금니의 전체 해부 구조가 상세하게 그려져 있었다. 이것은 아마도 글을 읽을 줄 모르는 문맹자를 위한 배려일 것이다. 잠시 뿌리던 가랑비는 그치고 다시 눈부신 햇살이 오아시스 도시 위에 내려 쬐고 있었다.

화전에서 서쪽으로 26km를 달리니 묵옥(墨玉)이란 곳이 있었다.

과연 옥의 산지다운 지명들이다. 이곳에선 양질의 검은 옥이 생산된다고 하였다. 길을 떠나서 맨 처음 만난 마을은 차라즈(扎瓦子)란 곳이었고, 이어서 아크란칸(阿克蘭干), 커리리(克里麗), 장계(藏桂) 등의 마을들이었다. 이 마을들은 모두 도로의 주변을 중심으로 발달한 인간의 주거지이다. 그러므로 도로 주변에는 각종 상점과 식당들이 어김없이 들어서 있다. 이어서 사리와크(薩依瓦格), 무쿠라(木奎拉), 사르칸(薩干) 등의 마을들이 잇따라 도로 주변에 나타났다. 호탄의 바자르, 즉 시장에 가려는 주민들로 백양나무 가로수 길은 온통 나귀수레와 방울소리로 가득 찼다.

호탄에서 북쪽의 타클라마칸 사막 내부로 좀더 깊이 들어가면 단단월릭이라는 고대 유적지가 있다. 이곳은 원래 고대 불교 사원의 유적지였다고 하지만 지금은 모래 속에 거의 모두 파묻혀서 그 실체를 전혀 알 수가 없다.

스타인은 20세기가 개막되던 1900년 성탄절 부근, 몹시도 춥던 이 단단월릭에 도착하여 모래 더미를 파내기 시작하였다. 그 과정에서 여러 문서를 발굴하였는데, 특히 눈에 띤 것은 8세기경의 문서였다. 그것은 백성이 관청의 수장에게 보내는 탄원서로 누렇게 빛 바랜 종이에는 다음과 같은 내용이 적혀 있었다.

두 남자가 당나귀를 빌려 갔는데 열 달이 지나도록 돌려주지 않고 그들은 어디론가 달아나 버렸습니다. 빨리 그 남자를 찾아서 당나귀를 되돌려 받을 수 있도록 도와주십시오.

지금 읽어도 백성들의 처연한 삶과 그 정취가 물씬 풍겨난다.

당시 이곳에서는 연꽃 위에 서 있는 여인의 누드화도 발굴되었다. 이 그림은 그리스 신화에 나오는 비너스를 연상케 한다. 그만큼 희랍과 로마 미술의 영향도 찾아볼 수 있는 것이다. 중국의 공주가 모자 속에 누에고치를 감추고 호탄으로 시집가는 내용이 그려진 '직녀왕도(織女王圖)'란 그림도 출토되었다. 당시 중국의 양잠술(養蠶術)은 외부로 유출될 것을 우려하여 정부로부터 엄격한 통제와 간섭을 받았다. 그러나 이것은 서역 일대로 몰래 몰래 퍼져나가게 되었는데, 이 그림은 이러한 과정을 알 수 있게 하는 증거자료이다.

그로부터 약 90년 세월이 흘러간 1980년대 후반, 일본 NHK 방송국 탐험대가 이 단단윌릭 일대를 무려 두 시간 동안이나 비행기를 타고 수색하여 그 흔적의 일부를 겨우 찾아낼 수 있었다. 하지만 대부분의 유적지는 다시 모래더미에 파묻혀 거의 사라지고 지금은 확인할 길 없다.

사르칸에서 쉬다

나는 사르칸에서 자동차를 세우고 점심식사를 했다.

이곳의 한 길가 식당에 들어갔는데, 위구르족이 경영하는 제법 커다란 식당이었다. 하얀 위구르 모자를 쓴 지역 주민들이 점심식사를 하다가

호탄 시장 거리에서 만난 위구르 소년

사르칸의 어머니와 세 딸

갑자기 들이닥친 외국인의 무리를 보고 몹시 굳은 표정으로 묵묵히 앞만 보고 식사를 한다. 몸이 불편해 보이는 한 소년은 시종일관 우울한 표정으로 앉아 있었다. 어쩌다 나와 눈이 마주치게 되면 얼른 다른 곳을 보면서 자신의 평정을 유지하려고 허둥거리는 기색이 엿보였다.

이 식당에서 나는 양고기와 채소를 볶은 쌀밥을 주문하여 천천히 주위를 둘러보며 식사를 하였다. 식당 주변은 온통 노천시장과도 같은 분위기였다. 과일가게, 식당, 옷가게, 식료품 가게 등이 줄지어 서 있었고, 많은 위구르 사람들이 한가하게 어슬렁거리며 다녔다. 특히 우리 일행을 둘러싸고 뚫어져라 바라보는 한 무리의 주민들이 있었다. 그들에겐 갑자기 나타난 외국인들이 매우 볼만한 구경거리였다. 소년들은 줄곧 나의 꽁무니를 졸졸 따라다니고 있었다.

그들은 사진 찍는 것을 무척 즐거워하였다. 내가 카메라를 들이대면 갑자기 동작을 멈추고 굳은 표정으로 일제히 모여 서서 포즈를 취하는 것이었다. 한 소년은 나의 몸을 일부러 슬쩍 건드리며 천진스럽게 깔깔 웃었다. 머리에 스카프를 두른 위구르 여인들도 삼삼오오 모여 서서 우리 일행을 보았다. 이 지역에서는 아마도 외국인을 만날 일이 그다지 많지 않았던 듯하였다. 나는 위구르족들을 보고, 그들은 나를 보았다.

대개 웃음 띤 얼굴로 호의를 나타내는 주민들이 많았으나, 가끔은 이 방인에게 적대적 태도를 가진 사람들도 있었다. 과일가게 앞에 앉아 있는 한 소녀와 그의 어머니의 사진을 디지털카메라로 찍어서 그들에게 보여 주었는데, 가장으로 보이는 사내가 나타나서 즉시 사진을 뽑아 달라는 시늉을 했다. 그것이 불가능하다는 사실을 내가 손짓 몸짓으로 나타내 보였더니, 그는 곧 험상궂은 기색을 나타내었고, 이후로 줄곧 나의 등 뒤를 따라다녔다. 그의 허리에 꽂힌 위구르 단검을 보자 문득 두려움이 왈칵 느껴졌다. 나는 다리 위에 서서 바람을 쐬고 있는 우리 일행들 사이로 슬쩍 숨었다.

이 와중에도 안내보조원 호조강은 수박과 호박참외를 잘라서 일일이 찾아다니며 권하는 충직한 성의를 보였다. 나는 그녀의 이런 순박한 태도가 참 인상적으로 느껴졌다.

사르칸 마을을 가로지르는 하천에는 맑은 물이 제법 세찬 기세로 흘러가고 있었다.

화장실을 물었더니 식당 뒤를 손가락으로 가리킨다. 대개 뒷간이란 건물의 뒤쪽에 있게 마련인 것이다. 이런 생각을 하며 슬그머니 뒤로 돌아가 보았더니 참으로 기가 막히는 광경이 펼쳐졌다. 식당 뒤의 넓은 공터는 온통 인간의 분뇨로 가득 널려 있었다. 그야말로 발 디딜 틈을 발견하기가 힘들 정도로 많은 분뇨들이 그곳에서 따가운 일광에 건조되어 가고 있었다. 시간이 한참 경과하여 완전히 수분이 증발해버린 인간의 분뇨는 이미 추(醜)의 경지를 오래 전에 벗어나 있었다. 그러한 빈 공간에는 또다시 새로운 분뇨들이 빈틈을 빼곡이 채워 가는 것이었다. 이곳 주민들은 이러한 생활을 이미 수천 년이 넘도록 반복해온 것이다.

일행 중의 한 사람이 "앗! 모두들 대인지뢰에 발목 조심!"이라고 외쳐서 한바탕 웃음을 자아내었다. 위구르족들의 생활 위생은 이 한 가지만 보더라도 말이 아니었다. 의식주 전체가 모두 힘들고 궁핍하게 보였다. 이러한 궁핍은 그들의 표정에도 그대로 나타나서 심한 무기력과 체념 따위가 느껴졌다.

나귀 수레를 이용한 백양나무 운송

피산의 거리 풍경

사르칸에서 피산(皮山)은 북쪽으로 8km이다. 그 정도의 거리라면 지척이라 할 수 있다. 피산에서는 남쪽으로 험준한 곤륜산맥을 넘어서 티베트와 인도 쪽으로 들어가는 교통로가 열려 있다. 그 길가에는 고대 스리나가르 도시의 유적지가 아직도 남아 있다고 한다. 스리나가르는 산스크리트어에서 '길상의 도읍'이란 뜻이라 한다. 현재의 카시미르 동남부의 고원 지대에 위치한 고도이다. 피산에서 섭성 사이에는 씨이티야(錫依提雅) 고성이 있다고 하였으나 이곳을 다녀올 시간적 여유가 나에겐 없었다.

다만 피산에서 잠시 휴식하며 그곳 거리 풍경을 자세히 돌아보았다.

식당 안에는 사람들이 여전히 빼곡이 들어차 있었으며, 서너 살 된 어린이는 길가의 식당 앞에서 아랫도리를 벗은 채 그대로 쪼그려 앉아 똥을 누고 있었다. 1950년대 나의 어린 시절에도 저러한 모습이 있었지. 문득 오랜 기억의 저 편에서 갑자기 되살아나는 옛 풍경들이 떠올랐다. 머리에 붉은 스카프를 두른 한 소녀는 그녀의 동생으로 보이는 아기를 안고 힘겨운 발걸음을 옮기고 있었다. 아기는 언니의 품에 안겨서 단잠에 빠져 있는 중이었다.

등뒤에 수레를 달고 있는 노새와 나귀가 있었다.

녀석들은 뜨거운 일광 속에 서서 눈을 끔뻑거리며 깊은 사색에 잠긴 표정을 짓고 있었다. 이마엔 붉은 수실로 장식된 예쁜 꽃을 달고 등에 얹힌 수레 안장의 금속 장식도 독특한 무늬로 실크로드 문화의 부드러움과 특성을 나타내고 있었다. 고개를 숙인 나귀는 내가 가까이 다가가도 자신의 진지한 자세를 전혀 풀지 않았다. 다만 가끔씩 하는 동작이라곤 그

저 머리를 이리 저리 흔들어서 얼굴에 귀찮게 달려드는 파리를 쫓는 것과 숱 많은 꼬리를 총채처럼 좌우로 나부껴서 역시 엉덩이로 자꾸만 날아 붙는 해충들을 쫓는 것이 고작이었다. 짐을 날라다 주는 노동자들이 길가의 수레 위에 누워서 낮잠에 빠져 있었다.

그 옆으로는 목재를 톱으로 켜는 제재소가 있었다. 요란한 굉음을 내며 전기톱이 돌아가고 있는데도 고단한 노동자들은 낮잠에서 깨어날 줄 몰랐다. 목재소의 나무들은 대부분 서역에서 흔히 볼 수 있는 백양나무였다. 실크로드의 마을들마다 도로 양편에 서 있는 쭉쭉 곧은 그 나무들이 벌채되어 이곳 제재소로 와 있는 것이다. 일정한 크기로 잘린 백양나무들은 다시 세밀한 톱으로 잘려져서 널판자가 되거나 각이 진 기둥감이 되기도 하였다.

전체 길이가 약 30m도 넘어 보이는 백양나무를 두 개씩이나 운반하는 사람들의 광경이 흥미로웠다. 두 대의 나귀수레를 길다란 백양나무 앞쪽에서 끌게 하고 뒤편에는 청년이 탄 수레 하나를 매달아서 나무를 지탱하게 했다. 억센 구렛나루를 기른 마부는 나귀수레에 올라앉아 나귀들에게 사정없이 채찍질을 해댔다. 채찍이 허공을 가르는 소리가 날카롭게 들렸다. 크고 길다란 통나무가 너무도 무거웠던지, 나귀들은 발걸음을 쉽게 옮기지 못하고 줄곧 등가죽에 매운 채찍을 맞았다. 그 소리가 워낙 날카롭고도 무서움을 주는 것이어서, 나는 그 소리를 들을 적마다 소스라쳐 얼굴을 찡그리지 않을 수 없었다.

나귀가 끄는 수레에 사람들을 태우고 목적지로 데려다 주는 마부가 있어서 일행 중 몇은 그것을 타고 시내 도로를 달렸다. 거리엔 참으로 많은 나귀 수레가 오고 갔다. 외곽지에서 들어오는 사람들, 시내에서 외곽지로 빠져나가는 사람들로 거리는 분주하였다.

서역남로의 이정표

피산의 거리에서 졸고 있는 나귀

나귀수레 위에는 일가족이 앉아서 담소를 나누는 광경, 할아버지가 흐뭇한 표정으로 손자를 안고 가는 광경, 부부가 닭과 염소를 안고 가는 광경, 젊은 연인들이 나란히 앉아서 가는 광경, 소년이 기운차게 혼자서 몰고 가는 광경, 할머니가 혼자서 수레를 몰고 가는 광경 따위가 줄곧 파노라마처럼 이어져 갔다. 그들은 부는 바람에 우수수 소리를 내는 백양나무 아래의 곧은 도로를 달려서 그들의 목적지를 향해서 달려갔다. 위구르 노인의 숱 많고 하얀 수염이 바람에 나부꼈다. 이따금 타닥 하는 소리로 날카롭게 들려오는 채찍 소리가 바람결에 잠깐 솟았다가 흩어지곤 하였다.

섭성 부근의 어느 위구르 민가

다시 자동차를 타고 피산을 출발하여 루크(洛克)를 단숨에 통과하고, 한참 뒤에 섭성(葉城)으로 들어갔다. 피산에서 달려온 실크로드는 이곳 섭성에 이르러 또 한 갈래의 길로 나뉘어진다. 그것은 서쪽의 타시쿠르간으로 곧장 직행하여 이란과 페르시아 지역으로 연결되는 통로이다.

루크에서 섭성으로 가는 중로의 어느 위구르 민가에 자동차를 세우고 나는 무작정 그 집으로 들어갔다. 흙벽돌로 쌓은 담장 사이에 대문이 있었다. 하얀 바탕에 검은 꽃무늬를 새긴 타일로 대문 둘레를 장식하였고, 그 아래로 목재로 짜서 만든 출입문이 달려 있었다. 문의 외부에도 소박한 조각이 설치되어 있었다. 문패를 보니 이곳의 정확한 지명은 찰와향(扎瓦鄉) 샤하르크촌(夏合勒克村)이다.

물론 위구르족 운전기사 알리무가 먼저 목표한 주택에 들어가서 집안

샤하르크 마을 주민들

샤하르크 마을의 아버지와 아들

귀여운 위구르 소녀 자매

구경을 하는 일에 승낙을 받고자 하였다. 하지만 집안에는 머리에 스카프를 두른 어린 소녀 혼자서 집을 보고 있다가 느닷없는 외국인 방문객들의 출현에 몹시 놀라고 당황했던가 보다. 눈이 맑은 그 소녀는 너무도 수줍어해서 얼굴을 찡그리고 고개를 푹 숙인 채 눈물까지 찔끔거렸다. 나와 눈을 맞추지 않으려고 이리저리 시선을 애써 피하곤 했다. 잠시 후에 집안의 안주인이 돌아왔다. 나는 그녀의 수락을 받고서야 집안 구석구석을 둘러 볼 수 있었다.

흙벽돌로 쌓아올린 담장 사이에 목조의 대문이 있었고, 그곳으로 들어서면 앞마당이 있다. 앞마당에는 몇 그루의 포도나무를 심어 놓아서 따가운 한낮의 폭양을 가려 주고 있었다. 이때 염소 우는 소리가 들린다. 나는 그 소리가 들리는 쪽으로 들어가 본다. 별로 넓지 않은 마당을 가로질러 안채 오른 편으로 돌아가면 측간과 외양간, 헛간 따위가 있었다. 외양간에는 이제 송아지 상태를 갓 벗어난 듯한 암소 한 마리와 서너 마리의 염소가 되새김질을 하고 있다가 깜짝 놀라 외양간 내부를 이리저리 불안스레 서성인다.

측간은 한국의 시골 재래식 화장실과 흡사한 구조를 지녔다. 널판자 두 쪽을 약간 간격을 벌린 채 가로놓고 그 아래로 단지 하나가 묻혀 있었다. 다져진 흙바닥은 비교적 깨끗한 느낌을 주었다. 그 옆의 헛간에는 여러 가지 종류의 농기구가 널브러져 있었다.

이제 나는 안채에 대한 호기심을 떨쳐낼 수 없다. 천천히 안방 쪽으로 걸어 들어가니 아기를 업은 젊은 안주인은 방안에 그대로 펼쳐진 이불을 개느라 분주하다. 그런데 그 이불이란 것이 너무도 남루하기 짝이 없는 누더기와도 같다. 우리네 옛날 가옥의 봉당처럼 거의 흙바닥인 듯 보이는 안방 바닥에는 커다란 벌레들이 기어다니고 파리 떼가 잔뜩 붙어 있다가 놀라 이리저리 날아다녔다. 그 불결하고 비위생적인 환경 속에서 이 위구르 가족들은 살아가고 있는 것이다.

안방 옆의 통로를 따라 걸어 들어가면 뒤쪽의 작은 곁방을 만나게 되는데, 채광이 되지 않아서 몹시 어두웠다. 이 방안에는 각종 밀가루 부대와 씨앗들이 무질서하게 널브러져 있었다. 통풍이 잘 되지 않아서 퀴퀴한 냄새도 풍겼다. 일행 중 비위가 약한 어느 여성은 줄곧 코를 싸쥐고 기침까지 하였다.

누군가가 집주인의 어린 딸에게 약간의 돈과 작은 선물을 쥐어 주었다. 소녀는 자신이 받은 물건 중에서 머리핀을 가장 좋아하는 눈치였다. 작은 손바닥에 꼭 감싸쥐고 있다가 소중한 듯이 펼쳐보곤 하였다.

낯선 외국인들이 집안에 들어와 한참이나 머물러 있다는 소식이 주변 민가로 전해진 것일까. 인근 주민들이 우루루 몰려 와서 도리어 우리 일행을 구경한다. 잔잔한 미소를 머금고 있는 노부부, 지역의 청년들, 심심한 마을 아낙네들이 하나 둘 모여든다. 어떤 이는 팔짱을 끼고 선 채로, 또 어떤 이는 뒷짐을 진 채로, 또 어떤 이는 호주머니에 손을 넣은 채 담벼락에 어깨를 기대고 멀뚱한 표정으로 나를 바라본다.

나는 그들과 함께 어울려 사진을 찍었다.

노부부의 사진도 찍어서 곧 화면을 통해 보여 주었는데, 그들은 몹시 신기해하면서 기쁜 표정을 지었다. 나는 자동차에 올라 그들에게 작별의 손을 흔들었다. 수십 명의 위구르 주민들은 일제히 길가에 모여 서서 떠나는 나를 향해 계속 손을 흔들어 주었다.

말할 수 없이 순박하고, 선량한 마음씨를 지닌 샤하르크 사람들!

그들이 시야에서 사라져 보이지 않게 되었을 때에도 여전히 위구르 마을 주민들의 선량한 잔상은 여운처럼 가슴에 깊고도 은근하게 남아있었다.

실크로드에 관한 사색

자동차는 기운차게 달려갔다.

섭성에서는 서쪽으로 타시쿠르간을 거쳐 이란으로 들어가는 페르시아 지역 통로가 있다.

원래 실크로드는 중국의 신강성 지역을 통과하면서 세 갈래로 나뉜다.

중국에서는 실크로드를 사주지로(絲綢之路)라 부른다. 즉 비단길이라는 뜻이다. 실크로드란 말을 최초로 쓴 사람은 독일의 리히트 호펜(1883~1905)이다. 그는 19세기 후반 중국의 여러 곳을 답사하고 돌아와『중국』이란 책을 저술 발간하였는데, 이 책에서 실크로드란 말을 처음으로 사용하였다.

이 실크로드로 물품을 잔뜩 실은 낙타 떼를 몰고 왕래하였던 사람들은 대개 이란 지역의 주민들로서 대하(大夏)와 대원(大宛) 지역 출신이었다. 상업적 감각과 능력이 뛰어난 그들은 캬라반을 조직하여 낙타 떼를 몰고 로마제국과 중국 사이를 오고 가는 중계 무역을 하였다. 이런 일은 대단히 위험한 고비를 겪어야만 하는 그야말로 목숨을 걸어놓은 일이었다. 용감무쌍한 담력과 자기 앞에 당면한 위기를 잘 극복해 가는 투지를 가져야만 성공할 수 있었다.

당시엔 로마나 중국의 상인이 실크로드의 양쪽 끝까지 수만 리 길을 직접 찾아가는 일은 거의 없었다. 왜냐하면 로마가 파르티아와 항시 전쟁 상태로 대립하고 있었기 때문이다. 그리하여 로마와 중국의 상인들은 중계 무역상들에게 의존하는 무역을 할 수밖에 없었다.

캐러밴들은 사막에 점점이 박힌 오아시스를 찾아서 헤매고, 무시무시한 계류의 골짜기를 건너고, 눈사태가 수시로 일어나는 총령(葱嶺, 파미

대사막을 건너가는 캬라반

르고원)을 넘고, 뜨거운 사막의 열풍이 휘몰아치는 유사(流砂, 타클라마칸 사막)와 열해(熱海, 이시쿨 호수)를 그들의 전 생애를 걸고 건너다녔다. 이렇게 다듬어지고 다져진 이 실크로드야말로 동서 문명교류의 가장 중요한 통로로서 세계사에 길이 살아남게 되었다.

실크로드의 여러 갈래 중 하나는 서안, 즉 옛 장안에서 출발하여 내몽골을 거쳐서 창길(昌吉)과 석하자(石河子)를 통과한 다음 규둔(奎屯)을 지나 정하(精河) 곽성(霍城)으로 빠져나가는 천산북로(天山北路) 쪽 통로이다. 이 길은 흑해 연안으로 연결된다.

천산북로의 또 다른 통로는 하미(哈密)에서 투르판(吐魯蕃)을 지나 툭손(托克遜), 화석(和碩), 언기(焉耆)를 거쳐 규둔으로 연결되거나, 이닝(伊寧)으로 빠져서 곽성으로 이어지기도 한다. 이 통로는 화정(和靜)에서 천산을 넘을 준비를 단단히 하고 가야만 한다.

두 번째 통로는 서안에서 감숙성의 돈황 지역을 거쳐 투르판 지역의 고창국(高昌國)과 교하국(交河國)을 들른 다음 누란을 통과하면서 타클라마칸 북쪽의 마을들을 지나는 통로이다. 이 노선은 쿠차를 지나 악쑤(阿克蘇)와 파초(巴楚)를 거쳐 카시가르를 반드시 거친 다음 지중해로 이어져 로마로 들어간다. 이를 천산남로(天山南路)라 부른다.

한나라에서는 로마를 대진(大秦)이라 불렀다.

로마의 원로원 제도와 공화정에 관한 이야기는 일찍부터 중국에 전해졌다. 양쪽의 물자가 오고 가며 서로에 대한 호기심을 불러 일으켰지만 직접적인 사절단의 왕래는 없었다. 서역 경영의 개척자였던 반초가 자신의 부하 감영(甘英)을 사신으로 임명하여 대진국으로 파견하였으나, 감영은 안식, 즉 파르티아를 거쳐서 조지국(條支國, 지금의 시리아)에 이르렀다. 그곳에서 배를 타고 대진국으로 가려할 때 뱃사공이 만류하였다. 감영은 그들로부터 바다를 왕래하는 데에만 석 달, 역풍을 만나면 2년도 걸릴 수 있으며, 반드시 3년 치의 양식을 갖고 가야하며, 항해 중 향수병으로 죽은 사람도 있다는 말을 들었다. 곰곰이 생각하던 감영은 대진으로 가는 계획을 단념하고 동쪽으로 발길을 돌렸다고 한다.

천산남로에도 또 다른 경로가 있는데, 천산북로를 타고 서쪽으로 전진하다가, 투르판에서 남쪽으로 방향을 돌려서 언기, 쿠얼라(庫尒拉)를 거쳐 위리(尉犁)에서 천산남로와 합류하는 길이다.

실크로드의 세 번째 노선은 천산남로와 함께 오다가 누란에서 갈라져 타클라마칸의 남쪽으로 휘돌아 츠루신 강줄기를 따라서 온다. 이때 다음 경로로 차말국(且末國)과 정절국(精絶國) 등을 반드시 경유하여 화전과 피산 지역으로 이어지는데, 피산에서 방향을 급격히 남쪽으로 돌려서 험준한 곤륜산맥을 넘어 천축국(天竺國), 즉 인도로 들어간다. 피산에서는 섭성을 거쳐서 타시쿠르간으로 빠져서 페르시아 지역으로 연결되는 또 다른 갈림길도 있다. 이를 모두 서역남로(西域南路)라 한다.

이 세 갈래 길은 대부분 순탄하지 않고 험악한 지세로 말미암아 크고 작은 사고를 만나게 되는 악조건 속에 놓여져 있었다. 그래도 옛 사람들은 이 실크로드를 오고 가며 죽음을 무릅쓴 강행군으로 자신들의 앞을 가로막는 악조건과 역경들을 돌파해 나아갔다.

이런 과정과 더불어 중국의 향료와 비단, 서적 등 동양의 각종 물화들은 서쪽으로 흐르고 흘러 유럽 지역으로 들어갔고, 그 상인들에 의해 유리를 비롯한 로마와 서방의 문물 또한 역방향으로 중국에 흘러 들어왔던 것이다. 이것이 바로 실크로드라 불리는 옛 상업적 교역에 이용되던 중요한 통로였다.

이 실크로드를 통해서 동서양 문물의 만남과 유통은 비로소 본격적으로 펼쳐질 수 있었다. 중국에서는 지금도 수박을 서과(西瓜)라 부른다. 포도, 호도(胡桃), 호박, 석류 등의 과일과 중국인들의 삶에서 결코 빠뜨릴 수 없는 일상적 용품인 재스민(茉莉花) 차도 모두 서양에서 실크로드를 통해 유입된 것들이다. 낙타, 사자, 공작 등의 동물들도 남방에서 실크로드를 따라 중국 쪽으로 들어왔다. 장식품으로는 상아, 향료, 코뿔소의 뿔, 대모(玳瑁)라고 불리는 왕거북의 등 껍질 따위도 실크로드로 들어온 물품들이다.

특히 대진(大秦, 로마)의 물건으로는 명월주(明月珠), 야광벽(夜光璧), 호박(琥珀), 산호, 유리등의 보석류와 금화 은화를 비롯하여 금실로 수놓은 모직물이 대량으로 들어와 한나라 황실과 그 주변 귀족들의 호사 취미를 한껏 충족시켜 주었다. 실크로드를 통해 서방으로 수출된 중국의 물품은 단연코 비단과 견직물이었다. 제정시대의 로마에서는 부드러운 감촉과 아름다운 광택을 자랑하는 중국의 견직물로 만든 의상을 입어보는 것이 귀족 상류 사회의 평생 소원이었다고 한다. 비단의 무게와 황금의 무게가 같은 값이었을 정도로 중국 비단의 인기는 극에 달하였다.

고대 로마에서는 중국을 일컬어 세리카(Serica)라 불렀는데, 그 뜻은 바로 '비단의 나라'였다고 한다. 이 실크로드의 곳곳에는 지금도 이러한 사정을 말해주는 당시의 역사적 유적과 유물들이 많이 남아있는데, 박물관이나 현장에서 이를 직접 대면하는 경험은 자못 고전적인 신비스러움 그 자체라 할 수 있다.

나는 하와크(峆瓦克)를 지나고 택보(擇普)를 향해 달려갔다.

서역의 지명들은 꽤 철학적 분위기를 풍기는 것들이 많다. 이 택보도 그러한 지명들 중의 하나이다. 유가적 중용의 태도와 비슷한 느낌을 준다. 항상 보통의 자리에서 살아가며, 보통의 평상심을 일부러 선택하고 유지하기란 사실 얼마나 어려운 일인가.

이런 생각을 하고 있는데 오래지 않아 곧 택보를 통과하고 있다.

그곳에서 나는 도시의 주변을 감싸고 흘러가는 하나의 커다란 강을 보았다. 강의 다리는 난간을 제법 예쁘게 꾸며놓고 있었다. 그것은 예르강(葉尒羌)이란 이름의 강이었다. 과거 이 일대에 세워져 있었던 전설적인 고대의 왕국 약강(若羌)의 어렴풋한 흔적을 단지 강 이름에서만 희미한 실루엣처럼 더듬어 발견할 수 있을 뿐이다. 이 강도 화전하와 마찬가지로 타클라마칸의 북쪽 언저리를 통과하여 거대한 타림 강으로 흘러 들어간다.

택보를 지난 다음에 나타나는 마을의 이름들은 사차(莎車), 쿠르와트(庫尒瓦特), 키지르(克孜勒), 투부루크(托甫魯克) 등의 위구르 마을이다.

사차와 관련해서는 고대 중국의 서역경략사(西域經略史)에서 이런 이야기가 있었다.

한나라 후반기에 왕망이 등장하여 스스로 천자라 칭하고 국내정치를 혼란으로 몰아넣었을 때, 광무제가 그를 축출하고 내부를 정돈하여 한나라의 왕실을 재건하였다. 하지만 광무제는 어찌된 영문인지 서역 경략을 비롯한 대외정책에는 상당히 소극적 자세를 취하였다.

이 무렵 서역 일대에서는 한나라에 반대하는 기운이 드높았는데, 특히 사차, 즉 야르칸드의 세력이 그중 강성하였다. 사차의 왕은 스스로를 대도호라 호칭하며, 주변의 여러 나라들을 오히려 압박하였다. 이 때문에 약소한 서역의 18개국은 한나라로 사신을 보내어 예전처럼 한나라의 서역도호를 다시 임명해주기를 간청하였다. 하지만 광무제는 이 간절한 요청마저 받아들이지 않았다.

이로부터 중국의 변방으로 서역으로 이어지는 통로인 옥문관은 굳게 닫히고 말았다. 서역 일대는 각국의 싸움과 흉노 침략군의 말발굽에 의해 대혼란의 아수라장으로 빠져들고 말았다.

사차는 이런 역사적 배경을 가졌다.

사차에서부터 마을들의 분위기는 대체로 비슷하다. 키 큰 백양나무 가로수는 어김없이 서 있고, 그 아래로 도로 양편을 오고 가는 나귀가 끄는 수레가 달리고 있으며, 흙벽돌을 쌓아서 만든 소박한 위구르 주민들의 가옥이 즐비하다. 이따금 오토바이와 자전거를 타고 가는 사람도 보이지만 대개는 나귀나 작은 말들이 끄는 수레를 타고 가는 주민들이다. 참으로 드물게 낙타가 끄는 수레도 있었다. 진득하게 오래 갈 수는 있지만 한 걸음 두 걸음 터벅터벅 걸어가는 걸음으로 하염없이 전진하는 낙타수레는 결코 그 속도가 빠르지 않다. 눈에 덮인 곤륜산맥의 빼어난 봉우리들이 먼 시야에 아련히 들어온다.

영길사에서 만난 오색구름

오른쪽 타클라마칸 사막 가까운 지역 부근으로는 짙은 먹구름이 몰려들고 있다.

자동차는 곧 그 먹구름 아래를 통과해 가게 된다. 멀리서 보아도 무서운 기세의 소낙비가 묻어오는 광경이 보인다. 자동차는 소나기 세례를 받으며 젖은 도로 위를 씩씩하게 달려간다. 뜨겁게 달구어진 대지에 잠시 시원한 바람이 불었다. 차창을 후려치는 소나기의 거센 빗줄기에 답답하던 속이 후련해지는 듯한 느낌을 받는다.

이 먹장구름도 곧 남서쪽으로 몰려가고, 버스는 영길사(英吉沙)란 곳을 향해 달려간다. 도로 위에는 비에 젖은 곳과 전혀 젖지 않은 곳이 뚜렷하게 나뉜 곳이 있다. 하기야 한국의 소나기도 이런 경우가 허다하질 않는가. 한여름 농촌에서의 소나기는 소의 등에서 한쪽만 적시는 광경도 있다고 했다.

영길사 부근을 지날 때 누군가가 탄성을 질렀다.

하늘에 오색 채운(彩雲)이 생겨났다는 것이다. 그가 손가락으로 가리키는 하늘을 올려다보았더니, 아니나 다를까 광활한 천공에는 비록 검은 먹구름이지만 주변의 흐릿한 선이 너무도 아름답고 환상적인 오색 구름이 보였다.

설명에 의하면 채운은 바로 이 서역 일대의 상공에만 나타나는 기이한 자연현상의 하나라고 한다. 다른 지역에서는 결코 목격할 수 없는 것이라 한다. 참으로 신비스런 광경이다. 아마도 그 오색구름은 거대한 사막과 청명한 햇살과 만년설 등이 한데 어우러져 빚어내는 자연의 놀라운 조화일 것이다. 하지만 그곳을 벗어나자 오색구름은 곧 자취를 감추어버렸다.

앞으로 서역남로 쪽 실크로드를 찾아가는 여행자들은 반드시 이 채운을 만나보길 바란다. 오늘 오후의 여정에서는 참으로 보기 힘든 오색구름을 보는 행운을 얻었으므로, 나의 앞길에는 좋은 일들이 저 아름다운 채운처럼 펼쳐지게 될 것이다.

이런 상상을 하니 공연히 기분이 즐거워졌다.

고도 카시가르

자동차는 여전히 기세 좋게 잘 달리고 있다.

운전기사 알리무의 몸 상태도 한결 좋아 보인다. 이렇게 달리고 달려서 아보천(牙甫泉)과 소륵(疎勒)을 통과하고 나니, 드디어 오늘의 종착지인 카시가르(喀什)의 안내 표지가 보였다. 고대에는 카시가르였으나 지금은 카시로 바뀌었다. 동투르키스탄 서부의 중심이라 할 수 있는 카시가르는 참으로 커다란 규모의 옛 도시였다. 중앙아시아와 중국을 이어주는 요충지답게 카시가르는 천산북로와 천산남로가 합쳐지는 곳으로 실크로드와 더불어 발전해온 큰 도시였다. 실크로드에서 교통의 가장 요충이라 할 수 있는 이곳은 천산남로와 천산북로로 곧장 연결되고, 서쪽으로는 파키스탄과 아프가니스탄, 중앙아시아를 거쳐서 카스피 바다로 이어지게 된다.

카시가르란 말의 의미에는 여러 가지 다양한 해석들이 있다.

페르시아 말로는 구슬이 모이는 곳이란 뜻이 있다 하고, 몽골어로는 푸른 지붕을 인 건물이란 의미가 된다고 한다. 또 어떤 해석은 타일이 아름다운 도시란 뜻도 있다고 한다.

카시엔 도로의 폭도 넓고 행인들도 많았다.

사람들은 거리를 걷다가 돌연 아스팔트길을 무단 횡단하곤 했다. 자동차들도 요란한 경적 소리를 은근히 즐기는 듯 마구 울려대었다.

실제로 같은 지명의 작은 마을도 통과했지만, 이 카시가르는 원래 소륵국(疎勒國)의 도읍지였다. 『한서』 서역전(西域傳)의 기록에 의하면 이미 2천년도 훨씬 이전부터 이곳의 인구는 무려 8600명이라고 하였다. 가구 수는 1500호가 넘었다고 한다. 참으로 대단한 규모라 하겠다. 중국의 성씨에서 배(裵)씨는 그들의 조상이 원래 소륵국에서 동남쪽 내륙으로 이주해 온 사람들이라 한다.

아주 오랜 옛날 소륵, 즉 카시가르의 서쪽에는 페르가나와 소그디아나란 지역이 있었다. 그곳 주민들의 성씨는 대체로 지씨(支氏)와 강씨(康氏)였다고 한다. 말하자면 외국의 성을 중국에서 음역하여 그렇게 불렀을 것이다. 이곳 사람들은 제대로 된 나라를 형성하지 못한 채 그냥 벌판에 흩어져 사는 유목민들이었다.

이 소륵국을 이야기할 때 반초와의 관련을 결코 빠뜨릴 수 없다.

당시 소륵의 왕은 두제(兜題)라는 사람으로 흉노의 편에 서서 잔뜩 방자하고 오만한 태도를 나타내었다. 이에 반초는 기습적으로 두제를 공격하여 사로잡게 되는데, 그 위세에 압도되어 두제는 복종을 맹세하게 되었다. 이 무렵에 두고(兜固) 장군의 군대도 차사를 무찔러 항복을 받았다. 이에 따라 서역 일대의 남도와 북도는 온통 한나라의 지배권으로 편입되었다.

그로부터 새로운 도호가 임명되고 서역 경영은 차츰 안정되어 갔지만, 언기와 구자가 한나라의 도호를 공격해서 살해하는 사건이 벌어졌다. 서역 경영에 대한 중앙 정부의 지원과 의지가 너무도 약해진 어려운 조건 속에서 반초는 배반의 길을 선택한 소륵의 왕을 독자적인 판단으로 체포하여 사형에 처했다. 곧이어 구자와 사차도 항복시켜서 조정과의 연결이 단절된 상태에서도 완전히 혼자서 한나라의 대리인으로 서역 일대를 평정하였다.

반초가 소륵에 머물고 있을 때 대월지국이 대군을 이끌고 파미르고원을 넘어서 침공해 왔으나, 반초는 곧 군대를 지휘하여 적군을 크게 무찔렀다. 이 전투에서 반초는 계책을 써서 적들의 보급로를 차단하였다. 대월지국의 군사는 군량이 떨어져 사기가 저하되었고, 반초의 공격을 막아내지 못하였다. 한나라에 대하여 반감을 품고 있던 언기와 위리(尉犁)까지도 군대를 보내어 그들을 복종시켰다. 한나라가 이토록 서역 경영에 힘을 쏟았던 것은 오로지 흉노의 세력을 견제하기 위한 목적이었다.

반초는 거의 30년이 넘는 세월 동안 서역 땅 소륵에 살면서 독자적으로 서역 경영의 터를 닦았으며, 한나라의 지배 질서를 구축하는 일에 심혈을 기울였다.

이제 반초는 머나먼 서역 땅에서 늙고 병들게 되었다.

그는 드디어 고향 땅으로 돌아가 편안히 쉬기를 원하였다.

수 차례 천자에게 상서를 보내어 귀향의 뜻을 전하였으나 반초의 간절한 뜻은 받아들여지지 않았다. 그의 위치와 역할을 대신할 만한 인물이 없었기 때문이다. 30년 전에 떠났던 옥문관을 반드시 살아서 들어서고 싶다는 상서를 마지막으로 보내게 되자, 마침내 천자는 감동하여 반초의 귀향을 허락하였다. 반초는 꿈에도 그리던 고향으로 돌아왔다. 하지만 병들고 지친 노구는 오랜 여행에 시달린 후유증으로 돌아온 지 겨우 1개월 뒤에 영원히 눈을 감고 말았다. 이때 반초의 나이 71세였다.

반초의 아들 반용(班勇)은 아버지의 부임지였던 서역에서 성장하여 그곳 사정에 밝았다. 그러한 경험을 살려서 부친의 뒤를 이어 서역 경영에 적극적으로 나섰으나 아버지의 업적에 비해 별반 이렇다 할만한 뚜렷한 성과를 이루지 못하였다. 반초 이후 몇 사람이나 파견되었으나 반초의 업적을 뒤따르지 못하였다.

이로부터 서역 땅은 한나라의 관심권에서 서서히 이탈되어 정치적 불모의 땅으로 되돌아가게 되었던 것이다. 이 정도로 카시가르는 옛 서역의 출중한 통치자였던 반초의 발자취가 짙게 서려 있는 곳이다.

채소를 싣고 가는 수레에 앉은 소년

카시 중심가의 광장에 세워진 마오쩌뚱 석상

현재 카시의 인구는 약 28만 명 정도라 하는데, 9할 이상이 모두 위구르족들이다. 그 때문에 종교는 단연 압도적으로 이슬람교 일색이다.

카시의 가장 중심지역에 위치한 인민공원 부근을 지나치는데, 엄청난 크기의 돌을 깎아서 만든 마오쩌뚱(毛澤東)의 입상(立像)이 보였다. 높이가 무려 10m도 훨씬 넘어 보였다. 그는 한 쪽 팔을 높이 들어서 서역의 허공 어딘가를 가리키고 있다.

마오의 손가락은 과연 무엇을 가리키고 있는가.

인민광장 앞은 인파로 가득 붐비었다. 자동차와 수레가 인파와 더불어 붐비는 중심가를 통과하여 버스는 드디어 한 건물의 입구로 들어선다.

그곳의 이름은 쓰만 빈관(色滿賓館).

카시의 몇 안 되는 중요 빈관들 중의 하나이다. 과거 소련영사관 건물을 개조하여 만들었다고 한다. 지금도 당시의 유적지를 표시하는 낡은 건물이 남아 있는데, 놀랍게도 그곳은 화장실로 사용되고 있었다. 이 쓰만 빈관은 제법 커다란 국제적 규모의 빈관으로 배낭여행자와 유럽인들이 이곳을 즐겨 찾는다고 했다. 내가 가방을 끌고 빈관 별채로 들어서자, 위구르족 모자를 쓰고 제복을 입은 여성 복무원들이 모두 현관 양측에 도열하여 환영의 인사를 하였다. 한 복무원은 커다란 쟁반에 물수건을 준비하여 받쳐들고 있다고 하나씩 집어서 주었다. 비록 작은 성의에 불과하지만, 여행의 피로에 지친 나그네에겐 커다란 위로가 될 수 있는 인상적인 접대로 느껴졌다. 시계를 보니 현재시간이 오후 7시를 넘어섰다. 적절한 시간에 카시에 입성하였다는 생각이 들었다.

비교적 이른 시간에 목적지에 도착하였으므로 저녁식사를 마치고 나서도 여전히 날이 저물지 않은 상태였다. 식사를 할 때 위구르의 미녀 하나가 호의적 표정으로 자꾸만 말을 걸어왔다. 까무잡잡한 피부에 유난히

쓰만 빈관의 아름다운 벽돌 모자이크 회랑벽

선이 굵고 뚜렷한 눈이 매력적인 느낌을 주었다. 두 눈썹은 양미간을 서로 연결하여 하나의 선으로 쪽 곧게 그린 기묘한 화장을 하고 있었다. 이런 화장법은 중앙아시아 일대의 여성들이 즐겨 쓰는 화장술의 하나이다.

나이는 이십대 젊은 여성이었으나 이미 결혼하여 아이까지 있는 주부였다.

그녀의 호의에 화답하듯 나도 호의적 응답으로 대화를 나누자 기어이 그녀의 본색이 나왔다. 자기가 쓰고 있는 모자를 사달라는 제의를 해왔다. 가격도 만만치 않았다. 그녀가 보였던 호의의 속뜻을 그제야 알아차리고 나는 고개를 가로 저었다. 역시 도시의 때묻은 상혼에 불과했던 것이다. 불쾌한 느낌을 지우지 못하고 레스토랑을 나와서 나는 바람이 선선하게 불어오는 쓰만 빈관 잔디밭 벤치에 앉았다.

일행 중 몇 사람이 다가와 시내 구경을 하자는 제의를 해왔다. 몇 사람의 의견은 곧 일치되었다. 하지만 많은 숫자는 아니어도 전체가 함께 모여서 일치된 행동을 하는 과정에는 반드시 그 일치를 깨뜨리는 작은 일들이 일어나기 마련이다. 이런 일은 세상사에서 아주 흔한 것이다.

일행은 빈관의 정문을 나오다가 곧 두 패로 나뉘어졌다. 한 패는 빈관 앞에 대기하고 있는 마차를 타고 인민광장까지 진출하자는 사람들이었고, 또 다른 한 패는 차라리 빈관으로 돌아가 맥주나 한 잔 하자는 주장이었다. 유난히 호기심 많은 나는 당연히 시내 진출 쪽으로 앞장을 서서 갔다.

마차의 방울소리

　머리숱이 별로 없고, 앞이마가 메뚜기처럼 생긴 위구르족 마부는 마차의 수레에 우리 일행이 모두 올라 탄 것을 확인한 다음 말에게 채찍을 가하며 마차를 출발시켰다. 말이 세차게 달리기 시작하자 마부는 마차의 가장자리에 성큼 뛰어서 올라탔다. 그러한 마부의 동작이 매우 씩씩하면서도 유연하게 느껴졌다.

　줄곧 목덜미의 갈기를 나부끼며 콧김을 씩씩거리며 달려가는 말의 목에선 맑은 놋쇠방울 소리가 짤랑짤랑 울려 퍼졌다. 해가 지면서 이 방울소리는 한적한 카시의 밤 골목에서 더욱 크게 들렸다.

　언덕길에서 말이 힘들어하자 마부는 마차에서 뛰어내려 말의 잔등에 사정없이 채찍을 후려쳤다. 깜짝 놀란 말은 황급히 언덕길을 올라갔다. 말발굽에서 쉴새없이 들려오는 또각거리는 소리는 고단한 말의 하루 일과를 처연하게 말해주는 슬픔의 소리였다.

　내리막길을 내려갈 때 마차는 맹렬한 속도로 내려갔다. 마부는 속도를 조절하기 위해서 오히려 말의 고삐를 세차게 잡아 뒤로 젖혔다. 말은 아픔을 참지 못하고 억지로 걸음의 속도를 늦추었다.

　나는 마차의 기둥을 부여잡고 카시의 밤길을 달려간다.

　선선한 바람이 얼굴을 스치고 지나갔다. 야경이 그대로 눈앞에 펼쳐졌다.

　그것은 그대로 살아있는 그림이었다. 어느 활동사진이 이보다 더 선명하고 직접적일 수 있으랴. 마차는 대로를 달리다가 어둡고 좁은 뒷골목으로 들어가기도 하였다. 어딘지 알 수 없는 초행길을 마부는 나를 이끌고 말을 몰아서 힘차게 달려갔다.

맑은 방울소리를 내는 카시의 마차

뒷골목 주민들의 저녁 풍경은 궁금증 많은 나에게 매우 즐거운 구경거리였다.

문 앞에 탁자를 내다 놓고 앉아서 벗들과 장기 두는 사람.

이웃들과 모여 앉아 마작(麻雀)하는 사람.

손자를 안고 나와 바람을 쐬며 행인을 바라보는 사람.

마을 주민들끼리 자리를 깔고 옹기종기 모여 앉아 담소를 나누는 장면.

미장원에서 둥그런 기계에 머리를 넣고 눈을 감은 채 앉아 있는 중년 여성.

침침한 불빛 아래서 머리를 깎고 있는 이발소 풍경.

각종 물화를 팔고 있는 상점 내부의 모습.

노천 과일가게에서 흥정하는 사람들의 광경.

매캐한 연기를 휘감아 올리며 엄청난 노린내를 풍기고 있는 양고기 구이집.

그곳에서 술을 마시는 술꾼들의 뒷모습.

팔짱을 끼고 거리를 다정하게 걷는 젊은 연인들.

그들 주변의 울긋불긋한 간판들과 채색의 대문들!

이처럼 살아있는 활동사진들의 사이사이를 내가 탄 마차는 방울소리를 짤랑짤랑 울리며 거침없이 달려간다.

드디어 인민광장 부근의 골목에서 마차는 멈추었다.

말이 통하지 않는 위구르족 마부는 우리들에게 인민광장을 다녀올 때까지 그곳에서 기다리고 있겠다는 몸짓을 했다. 나는 그의 의사를 알아듣고 고개를 끄덕이며 미소로 응답했다. 인민광장은 밤중이었음에도 불구하고 발 디딜 틈이 없을 정도로 많은 사람들이 북적대었다. 보다 시원한 곳을 찾아서 놀러 나온 카시 시민들이 대부분이었고, 가끔 나처럼 낯선 이방인들이 시민들 사이를 지나다니며 주변을 두리번거릴 뿐이었다. 무슨 좋은 볼거리라도 있는가 기대하였으나 광장을 한 바퀴 돌아서 나올 때까지 단조로운 광경들뿐이었다.

골목에서 기다리고 있을 마부의 생각이 나서 나는 인민광장을 빨리 떠나올 수밖에 없었다. 내가 골목을 찾지 못하고 서성이며 다니자, 마부는 나를 발견하고 마차가 멈추어 서있는 골목을 손으로 가리켰다. 컴컴한 골목의 담벼락 쪽에 우리가 타고 온 마차가 서 있었다. 조금 전 내가 타고 온 그 경로를 그대로 되돌아 달려서 마차는 빠른 시간에 쓰만 빈관 앞으로 되돌아 왔다.

마차에서 내려 빈관으로 들어가려는데, 빈관 앞의 술집에서 일행 중 몇 사람이 술을 마시고 있다가 손짓으로 나를 부른다. 맥주와 고량주를 몇 병 주문하여 조금씩 홀짝거리며 카시의 첫 밤을 말없이 즐겼다. 위구르 마부가 내 주변을 흘끔거리며 서성이고 있기에 그를 불러서 자리에 앉혔다.

마부는 내가 음식을 권하자 아무런 주저 없이 맨손으로 닭고기를 들고 허겁지겁 먹기 시작하였다. 몹시 배가 고팠던 모양이었다. 음식을 씹다가 목이 막힐 때면 술을 물처럼 벌컥벌컥 마셔댔다. 나는 그가 게걸스럽게 음식 먹는 광경을 흘끔흘끔 다만 옆 눈으로 바라다보기만 할뿐이었다. 마부는 접시를 깨끗이 비우고 나서 드디어 자리를 떠났다.

점차 밤이 깊어져서 일행들은 대부분 숙소로 돌아가고 나는 젊은 동행자 한 사람과 함께 빈관 앞의 구멍가게에서 몇 병의 맥주를 더 마시며 담소를 나누다 들어왔다.

파미르 고원

파미르 고원을 향하여

간밤 늦게 잠자리에 들었는데도 비교적 이른 시간에 잠이 깨었다. 물론 빈관의 모닝콜 덕분이다. 몸은 무거웠으나 정신은 민첩하기 짝이 없다.

카시의 아침.

이곳에서도 빈관 주변의 닭소리가 들린다. 개 짖는 소리도 들려온다. 이런 소리는 고향의 정감을 불러일으킨다. 묘한 환기장치이다.

나라와 지역은 달라도 견폐성(犬吠聲)과 계명성(鷄鳴聲)은 아무런 구별이 없구나. 저 짐승들만큼은 그들만의 공통적인 국제언어를 사용하고 있는 것이다.

오늘의 일정은 카시에서 남서쪽으로 달려서 서쪽의 국경 가까운 도시 타시쿠르간(塔什庫尒干)까지 가는 266km의 장정이다. 비록 거리는 그다지 멀지 않지만 중로의 산형지세가 워낙 험준하기 짝이 없어서 많은 시간이 걸린다고 했다.

카시 중심가를 벗어나자 도로는 곧 백양나무 가로수로 바뀌었다.

실크로드의 도로들은 어딜 가나 이러한 정경을 담고 있다. 이번 여정이 끝나서 모든 것이 원래의 일상으로 돌아가게 되었을 때 나는 실크로드의 기억들 중에 가장 먼저 이 백양나무 가로수 길을 생각하게 될 것이다. 서역의 나귀 마차도 다시 보이기 시작했다. 만년설에 덮인 고산 준봉들의 감동적인 풍경들이 눈앞에 펼쳐지고 있다. 저 엄청난 산맥의 이름은 무엇인가? 아마도 카라코룸 산맥인 것 같다.

제법 커다란 강이 하나 옆의 산자락을 따라 줄곧 흘러가는데 그 이름이 크지르(克孜勒) 강이라 했다. 나는 이제 이 강을 건너 해발 4500m 높이의 파미르(帕米尒)고원 일대를 오르게 된다. 세계사 자료의 설명에 의하면 중국의 종이가 서방세계로 전해진 것도 바로 이 파미르고원이다. 중간에 작은 마을들이 있었는데 지도를 확인해 보니 그 지명들이 소부(疏附), 오파르(烏珀尒) 등이었고, 내가 달리고 있는 도로는 314번 국도였다.

오파르에서 112km를 달리니 타크떵파시(塔克登巴什)란 마을이 있었다. 마을이라고 부르기엔 너무나 작고 초라한 지역이었다. 노란 연기를 내뿜는 공장이 하나 개울가에 서 있어서 독한 공해를 마구 쏟아내고 있었다. 주변의 산과 골짜기, 그리고 개울 바닥의 흙은 모두 적갈색을 띠고 있었다. 미국의 콜로라도 주의 여러 산들이 바로 이런 빛깔과 흡사했던 기억이 있다. 세 아이가 길가에서 놀다가 나와 시선이 마주치자 그저 싱긋 웃었다. 그 웃음이 그렇게도 맑고 신선하였다. 내가 카메라를 들이대

파미르 고원 입구에서 만난 세 소년

키르기즈족의 쓸쓸한 무덤

자 소년들은 함께 어깨동무를 하고 마치 정지된 화면처럼 부동자세로 서 있었다.

이곳에도 표지판이 하나 서 있어서 이름하여 개자촌(蓋孜村)이라 하였다.

들국화가 청초하게 피어 있었고, 하늘은 유리구슬처럼 맑고 푸른 빛깔이었다. 그러한 하늘로 검고 날카로운 바위산의 봉우리가 허공을 찌를 듯이 솟구쳐 있었고, 그 위로 거대한 흰 구름이 몸을 기대고 있었다. 오, 저 구름은 동쪽으로 흘러가는구나. 그곳은 내 사랑하는 어머니의 나라가 있는 곳!

파미르고원으로 들어가는 입구, 국경 지역의 검문소에서 나는 여권을 제시하고 통과를 허락 받았다. 한 사람씩 줄지어 들어갈 때 중국의 국경 경비원이 여권의 사진과 얼굴을 힐끗 대조하며 확인하는 듯하였다. 이 검문소를 지나면서부터 곧바로 험준한 산악지역이다.

깎아지른 듯한 벼랑에서는 금새라도 바위와 자갈더미가 와르르 쏟아져 내릴 것만 같았다. 가슴이 두근거리고 불안감으로 가득 찼지만 내색하지 않았다. 아슬아슬한 벼랑 턱으로 뚫린 좁은 길을 조심조심 달려갈 때도 있었다. 포장한지 오래된 도로는 군데군데 벗겨져 있었고, 도로를 보수하는 노동자들의 모습이 자주 눈에 띠었다.

옆의 산자락을 따라서 흘러가는 하천은 무지쓰(木孜蘇)강이라고 불린다. 이 지역 일대에는 위구르족보다도 키르기스족들이 더욱 많이 거주하고 있다. 거대한 산자락이 흘러내리고 있는 기슭에는 어김없이 키르기스족들의 주거지가 보인다. 바깥에서 보면 단지 사방을 흙벽돌로 두른 담벼락을 높이 쌓아올린 평범한 모습에 불과하다. 이 담벼락 안에 규모가 별로 크지 않은 키르기스족들의 주택이 있다. 이 주택도 역시 대지의 빛깔

카라쿨리 호수의 아름다운 절경

카라쿨리 호수로 들어가는 입장권

과 동일한 흙벽돌로 축조하여 만들었다. 이렇게 담이 높은 것은 한겨울에 골짜기의 춥고 매서운 강풍을 조금이라도 막아보려는 의도일 것이다.

키르기스족들은 가운데가 높고 뾰족한 양털로 짠 삼각형 모자를 쓰고 다닌다. 희고 검은빛이 적절히 배합되어 매우 독특한 분위기를 느끼게 한다. 다시금 유심히 바라보면 그들 마을 주변에서 흔하게 바라다 보이는 만년설 덮인 산봉우리와도 흡사하다.

키르기스족들의 무덤도 생자(生者)의 주택과 마찬가지로 흙벽돌을 쌓아서 만들었는데, 죽은 이가 생전에 거주하던 자택을 그대로 축소한 모양으로 보면 된다. 때로는 회교 사원인 모스크를 축소한 양식도 보인다. 이런 무덤들이 여러 개 모여 있거나, 적막한 황야에 단지 하나만 쓸쓸하게 서 있는 광경도 보였다.

이 높고 험준한 산악의 고원지대에도 드문드문 사람의 마을들이 나타나서 반가움과 위안을 주었다. 쓰바시(蘇巴什), 타하만(塔合萬) 마을들이 그것이다. 이 작은 마을들은 대개 파미르고원 일대에 산재해 있다.

만년설에 덮인 고산준봉들

주변에는 만년설에 덮여 있는 고산준봉들의 장관이 펼쳐진다.

해발 7719m의 궁끄르(公格尒)산, 즉 궁끄르치우비에. 또한 그보다 조금 낮은 7546m의 무스타크(慕士塔格)산! 이 산들은 국제등산지도에서 다소 어감상의 차이가 느껴지는 콩구르(Kongur)봉과 콩구르 티우비에(Kongur Tiubie), 무즈타가타(Muztagata) 산 등으로 표시되어 있었다. 하지만 서로 비교해 보면 어느 산을 일컫는지 당장 구별해낼 수 있다.

세계적인 명성을 뽐내는 이 고봉들은 거의 대부분 키질쑤(克孜勒蘇)의 키르기즈(柯尒克孜) 자치주에 위치해 있다. 무스타크 지역은 거대한 빙하가 흘러내리고 있는 빙하 고개로도 그 이름이 널리 알려진 곳이다. 그래서 이름마저 '빙산의 아버지'로 불린다고 했다. 골짜기를 지나가면서 바라보는 무스타크 빙하의 골짜기를 보고 있노라니 내 자신이 마치 시간의 원형질 속으로 헤엄쳐 들어가는 한 마리의 물고기와도 같다는 생각이 들었다.

이 고산들은 보통의 산들과는 전혀 그 차원이 다른 것이었다. 하나의 신령한 존재가 눈앞에 실재의 모습으로 나타나 있는 경건한 광경이었다. 이 산들을 보고 있노라면 저절로 경배의 마음이 가슴 속 저 깊은 곳에서부터 우러난다. 이 두 개의 이름높은 고산 이외에도 크게 이름이 알려져 있지 않은 빼어난 봉우리들이 줄곧 이어지고 있다.

이런 장관을 배경으로 넓고 넓은 파미르고원이 펼쳐져 있다. 흘러간 초등학교 시절, 우리는 파미르고원을 '세계의 지붕'이란 말로 배우지 않았던가.

나는 지금 바로 그곳을 달려가고 있는 것이다.

말 탄 주민들의 모습이 자주 보인다. 대개 키르기스족이다. 그들은 수레를 달지 않은 말이나 낙타를 타고 이웃마을을 다녀오거나, 멀리 시장을 갔다 오기도 한다. 가운데가 산봉우리처럼 불룩 솟구친 그들의 특이한 삼각 모자가 말 위에서 흔들거리는 광경은 매우 인상적이다. 모자의 빛깔은 주로 흰색인데, 검은 무늬를 적절하게 배합하여 어울리도록 하였다.

커다란 호수 앞에서 잠시 자동차를 세웠다. 이 호수의 이름은 카라쿨리(喀拉庫勒).

만년설에 덮인 고산준봉들

장엄한 곤륜산맥

키르기스족 노인의 매사냥

만년설에 덮인 고산들이 호수의 물위에 거꾸로 비친 모습이 너무나도 아름다웠다. 그 빛깔이 완전히 비취색이나 코발트빛을 떠올리게 하는 파아란 하늘이 호수의 수면에 들어찬 광경은 탄성을 자아내게 하였다. 실제의 모습보다도 호수에 투영된 산과 하늘의 광경은 더욱 생기롭고 또렷한 색채를 느끼게 하였다. 저렇게 아름다운 거울이 또 어디에 있으리. 그 어디에서도 볼 수 없는 아름다움의 절정이자 극치라 아니할 수 없다.

나귀를 탄 키르기스족 사내 하나가 담배를 피워 물고 유유자적한 표정으로 지나간다. 한 떼의 소년들이 몰려와서 기념품을 사라고 들이민다. 하지만 그 물건들은 대개 쓸모 없는 것들뿐이다. 사지 않는다며 고개를 저어도 한사코 달려 붙는 이 적극적인 소년들도 역시 키르기스족. 지금까지 칫솔질이라고는 해본 적이 없는 그들의 치아가 온통 황금빛이다.

나는 그들이 마지막으로 호주머니에서 꺼내 보여준 물건 하나를 구입했다. 구리를 활 모양으로 굽히고 두들겨 작은 현악기처럼 만든 것에 좁고 길다란 쇳조각 하나를 박아놓은 것인데, 그 흥미로운 도구는 이름을 응적(鷹笛)이라 하였다. 언젠가 텔레비전에서도 본 적이 있는 이 물건은 바로 중앙아시아 일대의 키르기스족이 매사냥을 할 때 자신의 매를 불러들이는 도구로 사용하는 악기라고 하였다. 이것은 파미르고원을 다녀온 좋은 기념이 될만한 물건이었다.

앞니로 악기의 한 쪽 끝을 살짝 물고 손가락으로 쇠막대를 퉁기면 위잉, 요옹, 미융 등의 야릇한 공명 효과를 자아내는 맑은 소리가 저음으로 울려 퍼진다. 특별한 높낮이가 없고 단지 이런 단조로운 소리만 반복해서 나올 뿐이다. 멀리 날아간 매는 이 소리를 듣고 금방 주인의 어깨나 팔뚝으로 되돌아온다고 했다. 키르기스 소년에게 여러 차례 반복해서 소리를 내게 하고 입의 동작을 자세히 보면서 방법을 배웠다. 하지만 그들과 헤어지고 나서 혼자 열심히 시도해 보았으나 끝내 제대로 된 소리를 내지 못하였다. 나의 이런 모습을 보고 일행들이 빙그레 웃었다.

또 다른 호수가 보이는 곳에 제법 커다란 식당 하나가 있었다. 이 호수도 역시 엄청나게 커다란 카라쿨리 호수의 한 자락일 것이었다. 나는 식당으로 들어가 음식을 주문했다. 필시 산악인으로 보이는 여러 명의 서양인들이 거위 털을 넣어서 만든 두툼한 겨울 방한복을 입고 식당 안에서 식사를 하고 모습이 보였다. 식당의 커다란 전망 창으로는 역시 하얀 눈에 뒤덮인 고산준봉의 늠름한 모습과 또 그것들이 호수에 거꾸로 비쳐 있는 아름다운 광경들이 한눈에 들어왔다. 음식이 담긴 접시가 내 앞에 놓일 때까지 나는 이 환상적 장면에 넋을 온통 빼앗기고 있었다.

식당 앞 넓은 마당에는 키르기스족들이 펼쳐놓은 기념품 노점들이 즐비하였는데, 몇 차례나 찬찬히 둘러보아도 구매 충동을 불러일으키게 하는 물건들은 눈에 띄질 않았다. 수제품과 장신구 따위가 대부분이었는데, 제품의 상태는 몹시 투박하고 조악한 것들뿐이었다.

식사를 마치고 나는 다시 그곳을 떠났다. 줄곧 비슷한 풍광이 펼쳐지고 있었지만 조금도 지루한 느낌이 들지 않았다. 이 멀고도 험난한 산골짜기와 고원지대를 걷고 또 걸어 수천 년 전 당나라의 현장법사와 법현, 신라의 혜초 스님 등 여러 구법승들은 온갖 고난과 역경을 극복해 가면서 천축으로 다녀오질 않았던가.

대체 모든 조건이나 환경이 지금보다 훨씬 열악하고 험난했을 그 시대에 그들은 대체 어떻게 이 죽음의 코스를 넘어갈 수 있었던 것일까. 아무리 상상하고 또 헤아려도 당시의 상황이 짐작되질 않았다. 그토록 어려운 과정을 극복해낸 경험만으로도 그들은 전문적인 탐험가요, 산악인이었다고 할 수 있다. 오직 감탄과 경악만이 새삼스럽게 솟구칠 뿐이었다.

점점 가까이 다가오는 만년설

장엄한 세계의 지붕 파미르 고원

타시쿠르간

저 멀리 좌측 산자락 아래로 타시쿠르간 강이 흐르고 있었다.

수량은 그다지 많아 보이지 않았으나 강폭은 엄청나게 넓었다. 물이 흐르지 않는 강바닥은 초원이 형성되어 양과 소가 풀을 뜯는 목가적 풍경이 전개되었다. 좌편에도 우편에도 험준한 고봉들이 만년설을 정수리에 얹은 채 우뚝 서서 작은 타시쿠르간 마을을 당당하게 내려다보고 있었다.

원래 페르시아 말에서는 타시쿠르간이란 말의 뜻이 돌로 쌓은 성이란 의미라 한다. 실제로 이곳의 가장 대표적이며 상징적인 명소는 중국 고대에 축조한 석성(石城)이다.

신강성 서쪽 끝자락의 작은 국경도시 타시쿠르간!

그곳은 바로 강줄기를 따라서 그 기슭에 자리잡고 있다. 파미르고원을 넘는 도중에 멀리서도 이 작은 도시는 한눈에 들어온다. 만국기가 여러 겹으로 도로의 상공을 가로지르고 있다. 거리의 풍경은 한적했다. 오가는 사람이 별로 많지 않았으며, 둥근 원통형 모자를 쓴 키르기스족 여성들 몇 사람이 분홍색 스카프를 그 모자 위에 두르고 거리를 천천히 걷고 있었다. 그 때문에 쓸쓸한 거리가 그나마 화사한 느낌으로 다가왔다.

길에서 아는 사람을 만나면 종종걸음으로 달려가 서로 손을 잡고 밝게 웃으며 적극적으로 반가운 내색을 나타내었다. 그녀들이 웃음소리가 타시쿠르간 상공으로 날아올라 비둘기처럼 만년설 쪽으로 날아가는 것이 보이는 듯했다.

내가 탄 버스는 파미르 빈관 앞마당에 도착했다.

빈관은 타시쿠르간 시내로 진입하여 중학교 정문을 스쳐 직진하게 되

타시쿠르간의 파미르 빈관 앞에서

타시쿠르간 거리 풍경

타시쿠르간의 바자르(시장)

소를 몰고 가는 키르기스족 여인

면 왼쪽 편으로 보이는 화사한 계란색 이층 건물이었다. 복무원 여성들도 모두 키르기스족으로 그들의 전통 의상과 원통 모자를 쓰고 있었다.

방을 배정 받기 위해 빈관 로비의 의자에 앉아 있는데, 옆자리엔 눈이 매우 깊고 그윽하며 철학적 신비를 간직하고 있는 듯한 두 명의 사내가 있었다. 그들은 방금 국경을 넘어온 파키스탄 청년들이었다. 마치 두루마기 같은 그들 민족만의 하얀 고유의상을 입고 앉아서 주위의 사물을 빨아들일 듯한 시선으로 주변을 관조하는 듯 그윽하게 응시하였다.

곧 시선이 마주 쳐서 우리는 서로 목례를 나누고 간단하고도 의례적인 몇 마디의 대화를 나누었다. 청년들은 낮고도 울림이 있는 목소리로 자기들은 상업적 목적으로 국경을 넘어왔다고 했다. 그리곤 약 한 주일 가량 머물다 돌아간다고 덧붙였다. 이런 평범한 이야기를 하는 데도 그들의 눈은 마치 깊이를 알 수 없는 투명한 호수에 빠진 듯 나의 모든 의식을 송두리째 빨아들이는 듯하였다. 그들은 모든 존재와 사물을 통찰하고 있는 듯한 종교적 신비감이 느껴지는 눈빛을 지녔다.

빈관의 건물은 몹시 낡았으나, 다행히도 최근에 새로 지었다는 맞은편 별채가 나에게 배정되었다. 이층의 숙소로 올라가는데 계단을 다소 성급하게 올라갔더니 갑자기 가슴이 울렁거리며 호흡이 힘들고 가빠지는 것을 느꼈다. 바로 이것이 고산증(高山症)의 시작이라는 생각이 들었다. 조금만 동작을 급하게 하거나 운동량을 늘려서 맥박이 빨라지도록 활동하면 곧 숨이 가쁘고 현기증이 느껴지는 것이었다. 평소 몸이 약한 사람은 이런 증세가 더욱 심해진다고 했다. 여기저기서 핼쑥한 얼굴로 두통을 호소하는 사람들이 생겨났다.

이곳이 과연 해발 4500m가 넘는 고원지대가 아니던가. 나는 한 순간 여기가 높고도 높은 파미르 고원이라는 지리적 조건을 깜빡 잊고 있었던 것이다.

숙소의 창문 커튼을 활짝 걷으니 맑고 정갈한 만년설에 덮인 고산의 전경이 그대로 한 눈에 들어왔다. 침대에 누운 채로 나는 만년설과 그 위의 새파란 하늘을 오래 오래 바라보았다.

이런 청복(淸福)이 있을 수 있는가.

누워서 만년설을 내다보고 있으려니, 이 시간이 나에게 너무 과분하다는 생각마저 들었다. 그것은 아무리 바라보아도 눈이 시어지질 않고, 지치지 않는 아름다운 광경이었다. 이렇게 한 주일 가량 이런 곳에서 쉴 수 있다면 심신이 월등히 좋아질 것 같았다. 누워서 푸른 하늘과 만년설을 그윽하게 바라보고 있다가, 문득 시내의 거리 풍경이 궁금하여 나는 곧 빈관을 빠져 나왔다.

타시쿠르간은 도시라고 부르기엔 너무도 작고 빈약한 마을이었다.

한국의 시골로 치자면 소읍이나 면소재지 정도라고나 할까. 중심가로 여겨지는 곳에 소박한 상점들이 수십 군데 열려 있고, 이 가게들은 마치 게딱지처럼 서로 따닥따닥 붙어 있어서 하나의 시장골목과도 같은 역할을 하였다. 그곳을 중심으로 사람들은 천천히 거리를 오고 갔다. 붉은 원색으로 차려입은 키르기스족 아낙네가 길다란 막대기를 들고 암소를 뒤에서 몰아가는 광경도 있었다.

나는 시장 거리의 끝까지 걸어가다가 옥을 가공해서 판매하는 한 상점을 발견하였다. 그곳으로 들어가 삼십 대 중반의 한족 주인과 이런저런 이야기를 나누었다. 숱이 적은 콧수염을 기르고 몸이 수척한 젊은 주인은 상점의 한 쪽 구석에서 자신이 직접 옥의 원석을 가공하여 각종 옥 제품들을 만들고 있었다.

내가 다가서서 관심을 보이자 그는 옥을 가공하는 전반적인 과정을 나에게 자세히 설명해서 보여주려 하였다. 반지, 목걸이 등의 각종 장신구와 다기, 식기 등의 옥 제품들이 진열대 위에 전시되어 있었다. 나는 화전(和田)의 흑옥으로 만들었다는 다완(茶碗) 몇 개와 백옥으로 만든 식기 몇 점을 싼값에 구입했다. 그의 젊은 부인이 아기를 안고 등뒤에서 이 광경을 보며 흐뭇한 얼굴로 웃고 있었다.

파미르의 밤하늘

파미르 고원에 위치한 작은 마을 타시쿠르간에 일몰이 찾아들었다.

거리는 점차 사람이 줄어들어 한산해지고 있었다. 빈관으로 돌아와 저녁식사를 마친 다음 앞마당 쉼터에 의자를 내다 놓고 앉아서 나는 파미르고원의 밤하늘을 바라다보았다. 나의 자세는 점차 뒤로 젖혀져 비스듬히 누운 꼴이 되었다. 바람이 워낙 선선하여 다소 추운 느낌마저 들었다.

몹시 높은 지역이어서 저 밤하늘의 성군들과도 더욱 가까운 느낌이 드는 것일까.

은하수가 바로 이마 위에 다가와 있는 듯한 느낌이었다. 크고 작은 별들이 제각기 자기 자리에서 영롱하게 반짝이고 있었다.

우리는 타시쿠르간의 밤하늘을 올려다보며 곧 별자리에 관한 담화를 시작했다.

성좌와 그 유래에 대해서 비교적 조예를 갖고 있는 한 사람이 설명을 했다.

큰곰자리, 작은곰자리, 카시오페아 성군, 안드로메다 성군, 북두칠성이 사실은 여덟 개의 별로 이루어진 북두팔성(北斗八星)이라는 사실 등등,

타시쿠르간의 일몰 광경

나는 그에게서 별과 관련된 많은 전설과 재미있는 유래를 들었다.

서역의 밤하늘에 서늘한 바람이 불어갔다.

하늘의 별들은 일제히 화원에서 바람에 나부끼는 꽃송이들처럼 파르르 떨었다.

저 별 떨기들은 모두 어떤 이의 영혼이 하늘에 가서 생겨난 것일까?

나의 영혼은 다음 세상에서 어떤 별이 되어 지상을 내려다보고 있을까?

캄캄한 밤하늘에서 내가 혼자 떨고 있을 생각을 하니 갑자기 슬프고 서러워졌다.

이때 인공위성 하나가 유난히 밝은 빛을 깜빡이며 별들 사이를 통과해 갔다. 그와 동시에 남녘 하늘에서 별똥 하나가 크고 누런 빗금을 길게 그으며 하늘 저편으로 황급히 사라졌다. 나의 어린 시절에는 유성이 지는 밤에 반드시 세상의 누군가가 숨을 거두었다는 이야기를 노인들로부터 들었다.

밤이 깊어갈수록 대기는 확연히 차고 서늘해졌다. 선득선득한 냉기에 코까지 막히는 느낌이 들어서 나는 숙소로 올라왔다. 파미르 고원의 아름다웠던 밤하늘을 가슴속에 깊이 간직하고 자리에 누워서 나는 그것들을 나의 꿈속에서 다시 풀어놓을 생각이었다. 그리곤 지난 여러 날 동안 나의 발길이 거쳐온 서역 땅 실크로드의 소중한 기억들을 하나 둘 꺼내어 반추할 것이었다.

타시쿠르간 석두성

눈을 뜨니 새벽 다섯 시.

아직 동이 트지 않았다. 황급히 의장을 챙겨서 나는 빈관의 동쪽 타시쿠르간 강을 내려다 볼 수 있는 언덕에 위치한 유적지를 찾아갔다. 아직 해는 저 산 너머에서 올라오지 않고 다만 부챗살처럼 푸른 아침 하늘로 찬란하게 펼쳐 올리고 있었다. 이른 시간이라 사람들은 보이지 않았으며, 다만 일찍 일어난 마을의 개들이 황량한 고성으로 가는 넓은 언덕길을 저만치 앞장서서 달리고 있었다. 녀석들은 이따금 멈추어 서서 어딘가를 향해 컹컹 짖었다. 인간이 듣지 못한 무슨 소리를 들었는가? 개가 짖는 쪽을 바라보았으나 아무런 낌새도 없었다.

표지판에는 수당시대(隋唐時代)의 고석두성(古石頭城)이라 쓰여져 있다.

타시쿠르간 고성은 모두 돌로 쌓아서 축조한 석성(石城)의 구조를 가졌었다. 지금은 거의 무너져 옛 자취를 찾을 수 없으나 번성했던 시절의 어렴풋한 윤곽만은 충분히 짐작할 수 있게 하였다. 석성의 규모는 방대하였고, 강과 맞은 편 산을 내다볼 수 있는 전망대의 위치도 이곳이 천연의 요새였음을 깨닫게 하였다.

안내판의 설명에 의하면 당나라 때 이 성곽의 관리와 책임은 바로 쿠차에 주둔해 있었던 안서도호부(安西都護府)였다고 한다. 영토의 유지와 보전의 차원에서 이곳 타시쿠르간은 매우 중요한 지역이었음이 새삼 실감된다. 성터의 가장 높은 곳에 올라서 타시쿠르간 강의 위용을 물끄러미 바라보고 있는데, 때마침 일출이 시작되었다.

대지에 쏟아지는 아침의 양광은 맑고 깨끗한 황금빛으로 찬란하였다.

이 찬란한 아침햇살이 옛 황성(荒城)의 언저리로 비치는 광경은 자못 눈물겹다 못해 처연하기까지 하였다. 하얀 만년설은 아주 황금색으로 바뀌었다. 그 모습이 어떤 엄숙하고 경건한 분위기를 머금은 채 무척 신비스럽고 색다른 비경으로 다가왔다.

타시쿠르간 강기슭의 초원에는 소와 양들이 몰려 나와 풀을 뜯기 시작한다.

나는 돌로 쌓았던 성이 무너져 유난히 돌들이 많이 튀어 올라 있는 황성의 내부를 거닐며 한 바퀴 휘돌아서 그 오른 편 아래로 보이는 타지크족들의 마을을 따라 천천히 걸어 내려왔다. 흙벽돌로 지어놓은 집은 겨울 바람을 막아보려고 울타리를 높이 쌓아올렸으며, 그 흙벽에도 이곳 아이들의 각종 낙서가 아무렇게나 그려져 있었다. 돌을 쌓아올려서 만든 집들도 보였다. 그 담벼락 앞 길바닥엔 쇠똥을 작은 빵처럼 뭉쳐서 나란히 늘어놓은 광경이 눈에 띄었다. 아마도 겨울에 난방용으로 쓸 연료를 건조시키는 것으로 보였다.

한 집에서 머리에 붉은 스카프를 두른 여인이 잰걸음으로 나와 집 부근의 샘물 자리로 가더니 양동이에 물을 길어 들고 갔다. 워낙 이른 아침이라 그런지 마을은 마치 사람이 살지 않는 듯 괴괴하였다. 적적한 중에 새들이 지저귀었고, 이어서 개 짖는 소리도 들려서 이곳에 그래도 사람이 살고 있구나 라는 안도감을 갖게 하였다.

마을을 통과하여 나오니 곧바로 폐교된 학교의 마당으로 이어져 있었다. 학교의 건물에는 가난한 빈민들이 입주하여 그들의 살림집으로 사용하고 있는 듯했다. 어떤 사람은 일부러 학교 마당에 나와서 낯선 외국인 나그네의 출현에 잔뜩 호기심을 표시하였다.

타시쿠르간 석성(石城)의 황폐한 모습

카라코람 산맥

　빈관 식당에서 간단한 조반을 해결한 다음, 나는 다음 목적지인 중파 국경(中巴國境)을 향하여 출발하였다. 하지만 우리 일행을 시종일관 안내하는 책임자 이옥란 여사가 어제부터 국경검문소의 담당 책임자와 통과를 위한 절충을 시도하고 있는 중이므로, 그 결과를 기다려야만 했다. 이 여사는 길림성 공산당 간부로서 중국에서 많은 행정 활동에 종사해본 경험이 있는 터라, 이런 절충사업에는 유난히 자신감을 나타내 보였다.

　이 지역의 노선은 타시쿠르간을 출발하여 55㎞ 지점에 다푸다르(達布達尒)란 작은 마을이 있고, 그곳에서 다시 22㎞ 가면 후룬쌀람(闊云薩拉馬)이란 마을이 있다고 한다. 홍치랍타반(紅其拉甫達返)이란 이름의 마을은 중국에서 파키스탄으로 넘어가는 국경 지역의 가장 막다른 마을이다.

　카시의 좌측 국경을 넘어서면 타지키스탄이 있고, 파미르강 서남쪽으로 아프가니스탄과의 좁은 국경과 맞물려 있다. 그 아래로 파키스탄과의 천연적 국경을 이루고 있는 장엄한 카라코람 산맥이 당당하게 자리잡고 있다. 카라코람은 중국어로 객라곤륜(喀喇崑崙)이라 불린다. 이를 발음하면 커라쿤룬이 된다.

　원래 카라코람이란 말은 옛 위구르 제국의 고도로서 동돌궐의 왕자들이 비석을 세웠다는 유서 깊은 지역을 지칭한다. 몽골제국의 최대 영웅이었던 칭기즈칸의 셋째 아들 오고타이칸이 오르콘 강의 부근에 제국의 수도를 정하고, 그 이름을 카라코룸이라 했다. 이 번성했던 국제 상공업 도시의 위세를 따서 산맥의 이름이 카라코람으로 된 것인지는 확인할 길이 없다.

카라코람 산맥의 빙하 골짜기

아무튼 카라코람 산맥의 좌측으로는 국제적으로 널리 알려진 대표적 분쟁지역의 하나인 카시미르가 있다. 영토상으로는 인도와 파키스탄이 일정한 구역을 남북으로 분단시켜서 남쪽을 인도가 차지하고 북쪽을 파키스탄이 관리하고 있는데, 최근에도 갈등과 분쟁에 휘말린 지역 주민들이 대학살의 참극에 어이없이 휘말려들어 대량으로 아까운 인명이 자꾸만 희생되고 있는 중이다.

카라코람 산맥의 중간에는 세계에서 두 번째로 높다는 해발 8611m의 교과리(喬戈里) 봉이 있다. 이 봉우리는 국내에서 흔히 K2봉으로 불리는데, 전문산악인들에게는 꿈의 고봉으로 알려져 있다. 이 봉우리의 이름을 딴 등산용품 제조회사도 생겨났다. 국제 등산지도에는 중국어 원음에 가까운 초고리(Chogori)봉으로 표기되어 있다. 워낙 위험도가 높아서 많은 등산가들이 그곳에 자신의 생애를 묻었으며, 국제적으로 그 악명이 높다.

그 아래편으로 해발 8047m의 브로드피크 봉과 7484m의 트라무칸리(特拉木坎力) 봉이 버티고 있다. 등산지도에는 트라무칸리가 테람캉리(Teramkangri)봉으로 표시되어 있다. 모두 곤륜산맥에서 서쪽으로 곧장 이어지는 카라코람 산맥의 주봉들 가운데 하나이다.

인도에서 출발한 대부분의 여행자들은 평균 해발 3000m가 넘는 이 카라코람 고개를 넘어서 왔다. 워낙 많은 나그네들이 이 고갯길을 넘다가 죽어서 묻혔다. 탐험가 헤딘은 자신의 탐험기에서 이곳을 '십자가의 길'로 적고 있다. 1950년에 이 고개를 넘어간 용감한 탐험가의 기록은 우리에게 카라코람의 실상을 생생하게 일깨워주고 있다.

우리가 평지에 도달할 때까지 해골의 모습이 눈에서 사라진 적이 한 번
도 없었다. 줄지어 이어진 뼈와 시체들은 우리가 길을 몰라 헤맬 때마다
으스스한 길 안내가 되어 주었다.

이런 지역들의 원경이라도 바라볼 수 있을까.

앞으로 펼쳐질 장엄한 광경들을 상상하며 나는 타시쿠르간 외곽지를
벗어나는 검문소 앞에서 약 한 시간 이상 대기하였다. 하지만 오랜 기다
림 끝에 최종적으로 날아온 답변은 실망스러웠다. 오늘은 도저히 통과가
불가능하다는 한 마디 말뿐이었다. 최근의 국경지역 상황이 매우 좋지
않다는 것이 출입 불가의 사유였다.

이곳에서 국경까지 가는 지역은 현재 치안부재에다 통제불능 상태라
해도 과언이 아니라 한다. 소수의 지역 주민들이 거주하고 있으나, 카시
미르와 접경하고 있는 아프간 쪽에서 국경을 넘어와 험준한 산악지역에
숨어서 게릴라생활을 하고 있는 탈레반 잔당들이 자주 출몰한다고 한다.
굶주린 그들은 지나는 버스를 강제로 세우고 모든 물품과 현금을 약탈하
는 일을 서슴치 않는다고 했다. 또한 카시미르 분쟁지역의 여파가 이곳
까지도 밀어닥쳐서 정치적 불안감이 상당히 고조되어 있다고 한다. 지난
달에도 영국의 기자가 이곳을 통해 국경을 넘어가려다 반란군들에게 체
포되어 총살된 사건이 벌어졌었다고 한다. 그리하여 중국 정부에서는 모
든 외국인의 이 지역 국경 통과를 일절 금지하고 있다는 것이다. 이런 곳
에 생사를 건 모험을 감행할 필요는 전혀 없다.

이옥란 여사가 흥분에 상기된 얼굴로 돌아오면서 줄곧 고개를 가로 저
었다. 그녀는 일을 성사시키지 못한 자신의 무능함에 대하여 탄식하였다.
일행은 그녀의 노력에 박수를 보내어 격려 섞인 응답을 해주었다. 이 여

중파(中巴) 국경 가까운 삼엄한 검문소

몽골족의 천막집 게르

사는 일이 실패로 돌아간 것이 자신의 능력 부족 때문이 아니라는 사실
과 현재 중국정부의 방침이 워낙 강경하였다는 설명을 몇 차례나 반복해
서 말하곤 하였다.

이제 갈 길은 딱 한 가지뿐이다.

엊그제 왔던 길로 다시 자동차를 되돌려서 카시까지 달려가는 일이다.

실망스런 마음을 고쳐먹고 새로이 바깥 풍경에 관심을 기울이기 시작
했다. 올 때 바라보았던 풍경들이 그대로 펼쳐지고 있었다. 하지만 그것
은 거꾸로 돌아가면서 바라볼 때 전혀 색다른 풍모를 나타내고 있는 것
도 사실이었다.

키르기스족 사내 하나가 혼자 말을 타고 어딘가를 다녀오는 광경이 보
였다. 아득하고 거친 황야에서 그는 바람을 맞으며 하염없이 앞만 보고
묵묵히 자신의 길을 가고 있었다.

어느 호숫가에 이르니 유목민들의 이동 가옥인 게르를 걷어서 정리하
는 한 키르기스족 일가가 보였다. 그들은 이곳의 풀밭이 썩 마음에 들지
않아서 보다 나은 비옥한 초원으로 옮겨가려는 중이라 한다. 작은 트럭
위에는 이미 그들 일가의 자질구레한 살림이 잔뜩 실려있다. 이삿짐의
면면을 보더라도 소박한 살림이다. 부녀자들을 먼저 자동차에 태워 보내
고 자신은 낙타에 나머지 세간사리를 실어서 떠나갈 것이라 한다.

수시로 이동하며 살아가는 그들 유목민에 비하면 우리 도시인들은 필
요 이상으로 많은 항산(恒産)을 소유하고 있는지도 모른다.

그저께 만난 적이 있던 타지크족 중년 사내 하나가 삐뚜름한 안경테를
쓰고서 등을 구부정하게 숙이고 도로 가장자리를 터벅터벅 걸어가고 있
었다. 그의 옷은 남루했고, 어깨는 아래로 처져 보였다. 그들에게 가난은
삶의 가장 확실한 부담이자 무게인 듯 보였다.

파미르 고원의 도로를 보수하는 노동자들

파미르의 초원에 만발한 야생초

도로를 보수하거나 신설하는 작업 현장에서 노역에 종사하는 노동자들의 모습이 다시 나타났다. 그들은 어제 보았을 때와 마찬가지로 날이면 날마다 하염없이 이 작업에 종사하고 있는 것이다. 얼굴과 벗은 상체는 온통 햇볕에 검게 타서 흑인과 다를 바 없었다. 왕조 말기에 조선을 다녀간 서양인들의 사진에서 당시 한국인들의 모습이 바로 저와 같았던 것이다. 내가 탄 자동차가 지나갈 때 그들은 무뚝뚝한 표정으로 나를 힐끗 바라보았다. 그것은 원망과 부러움, 결코 넘어뜨릴 수 없는 고통의 장애물에 대한 심한 좌절이 담겨 있는 눈빛이었다. 버스는 그들을 뒤로하고 산 구비 길을 휘돌아 때로는 절벽 아래를 아슬아슬하게 빠져서 거침없이 달리고 또 달렸다.

오파르 마을의 아름다움

파미르고원을 모두 내려와서 거의 평지에 다다르게 되었을 때는 시간이 정오가 훨씬 지나 어느덧 세 시가 가까웠다. 나는 오파르(烏拍尒)까지 달려와서 비로소 늦은 점심을 먹을 수 있었다. 비교적 시골 주민들로 붐비는 시장 거리의 한 위구르 식당으로 들어가 양고기구이 백반을 주문하였다.

숯불에 구운 양고기 한 토막과 볶은 채소와 흰밥이 전부였다.

그곳에서의 양고기는 어떤 방식으로 조리했는지 전혀 냄새가 나질 않았고, 씹을수록 담백한 맛이 있었다. 늦은 점심 끝에 참외까지 한 쪽 먹고 나니 그제야 주변 풍경들이 여유있게 눈에 들어오기 시작했다.

짧은 휴식시간을 이용하여 나는 식당 부근의 상점들을 찾아다니며 구경을 했다. 과일가게, 미장원, 잡화상, 신발가게 등에는 많은 주민들이 들어가 물건을 흥정하고 있었다. 한국의 시골 장날에서 보았던 신기료와 꼭 같은 구두수선점이 길가에서 성업 중이었다. 나는 구경꾼들 틈에 끼어 서서 위구르 사람들의 일상적 삶의 내부를 진지하게 들여다보았다.

바로 그 옆에서는 가옥의 지붕에 덮인 묵은 갈대풀을 벗겨내고 새 갈대풀로 지붕을 씌우고 있는 광경이 펼쳐졌다. 그런데 지붕에 올라가서 열심히 일하고 있는 사람은 다름 아닌 십대 초반으로 보이는 두 소년이었다. 나는 그들의 노동 현장을 물끄러미 지켜보았다. 대단히 착하고 충직할 뿐 아니라 자신들의 일상적 삶에 매우 깊숙이 참여하고 있는 성실하기 짝이 없는 아들들이었다.

이 오파르에는 유난히도 나귀 수레를 기운차게 끌고 가는 소년 마부들이 자주 눈에 띄었다. 가족 구성원 중에서 소년들의 역할이 이렇게도 중요한 일부를 담당하고 있다는 사실이 놀랍기만 하였다. 나는 이 사실이 너무도 신선한 아름다움으로 느껴졌다.

이윽고 자동차가 다시 출발하여 백양나무 가로수 길을 힘차게 달려가는데, 이곳에서 카시는 불과 55㎞. 한 시간 남짓 달리니 다시 옛 카시가르의 중심부로 접어든다.

아직 해가 서쪽 하늘에 높이 떠서 일몰까지는 시간이 많이 남아 있다. 오후 시간은 줄곧 휴식을 하거나 시내를 다니며 쇼핑을 하는 일들로 지나갔다.

오파르 마을의 신기료 장수

나귀를 몰고가는 오파르의 소년

388 __ 제2부 타클라마칸 사막과 그 주변

진흙 화덕에서 빵을 구워내는 오파르의 소년

거리의 빵장수

실크로드를 달리는 독일인 부부

쓰만 빈관 앞마당에는 무스타크 봉을 다녀온다는 영국의 등산대가 엄청난 짐을 부려놓고 활기찬 표정으로 정리를 하는 광경이 보였다. 그들 중에는 여성 대원의 모습도 보였는데, 튼튼한 다리와 완강한 어깨가 웬만한 남성들 이상이었다. 전체 대원들의 분위기에서는 전문성의 세계에서만 느껴지는 특유의 권위가 풍겨져 왔다. 그들의 짐은 대개 심하게 젖어서 축축하였고, 옷은 흙투성이로 남루하였지만, 눈빛은 신성한 고산을 올라본 등산가의 맑은 광채를 머금고 있었다.

빈관의 앞마당 주차장에서 나는 몹시 흥미로운 광경을 보았다. 그것은 독일에서 출발한 한 대의 지프였다. 외양만 지프이지 성능은 거의 탱크 수준에 가까운 육중함과 투박함이 느껴졌다. 그 지프의 옆을 무심코 지나치는데 차창 유리 안쪽으로 붙여놓은 자동차 주인의 탐험 경로 안내를 보게 되었다. 그들은 독일 베를린에 거주하는 50대의 부부로서 지난봄, 그러니까 독일을 출발하여 러시아를 거쳐 여름의 막바지에 중국으로 들어왔다고 한다. 그들의 목적은 중국의 실크로드를 모두 답사한 다음, 다시 흑해 경로를 따라서 모스크바를 거쳐 독일로 돌아가게 되는데, 귀환 예정이 지금부터 여섯 달 후인 연말 무렵이라 했다.

과연 그들의 행로야말로 명실상부한 대장정이라 할 만 하였다.

상세한 경로가 컴퓨터로 그려진 지도상에 색깔로 표시하여 알아보기 쉽도록 해 놓았다. 지프의 옆에는 자동차의 바퀴가 험로에 빠졌을 때 사용하는 구난용 철판이 부착되어 있었고, 차내의 뒷부분에는 사각형으로 된 커다란 알미늄 박스가 여러 개 쌓여 있었는데, 모두 대장정에 필요한 중요 살림 도구들인 것 같았다.

자동차의 바퀴도 일반적인 오프로드용 바퀴가 아니었다. 요철이 매우 뚜렷하고 깊었으며 튼튼함이 넘쳐나는 완강한 타이어였다. 그들은 인적 없는 사막을 달리며 때로는 자동차에서 자고 먹고 쉬면서 다음 행선지를 지도로 더듬어 궁리하게 될 것이다. 주인공들을 만나보고 싶었으나 그들은 지프를 세워두고 어디론가 떠나버려 나는 자동차에 부착된 부부의 사진만 바라볼 뿐이었다.

나에게도 바로 저 독일인처럼 난관과 역경을 이겨가며 대장정을 실행해 보려는 꿈이 있다. 곰곰이 생각해 보면 인생이란 것도 어차피 험로를 건너가는 대장정이 아니던가. 멋있는 서양인 부부의 모습이 못내 부러웠고, 그들의 용기가 새삼 대단하게 생각되었다.

그렇게도 뜨겁던 기온은 저녁이 되자 곧 선선한 바람으로 바뀌고 있었다. 이제 카시의 마지막 밤을 어찌 이대로 밋밋하게 보낼 수 있으리. 일

실크로드를 자동차로 답사하는 독일인 부부의 지프차

행은 빈관에서 그리 멀지 않은 식당으로 우루루 몰려갔다. 만찬은 푸짐
하고도 활기에 찬 분위기였다. 식사 후에는 빈관 입구의 쉼터로 가서 신
강성의 대표적 포도주인 누란(樓蘭)을 주문하여 마셨다. 누적된 여행의
피로도 잠시 잊고 모두들 흥겨움에 겨워서 어린아이들처럼 재잘거린다.

어제오늘 힘들게 다니며 보고 겪었던 파미르고원과 곤륜산맥의 만년
설들이 눈앞에 잔잔히 떠오르기 시작한다. 그 태초의 기운을 그대로 가
슴에 줄곧 흡수하면서, 나는 중국 쪽 실크로드의 마지막 지점인 타시쿠
르간까지 다녀온 것이다.

이 감동적인 기억을 오래도록 잊지 못하리라.

향비묘

다시 카시의 아침이 밝았다.

오전에 향비묘(香妃廟)를 들렀다가 돌아오는 길에 박물관을 참관하기
로 하였다. 오후에는 카시 국제무역시장과 아이티칼 청진사를 들러서 그
부근 지역에 있는 카시의 명물 금은 세공점 골목을 다니게 될 것이다. 시
장주변과 카시 중심가 풍경을 좀더 둘러보며 경험해 보는 것도 오늘의
목적 중 하나다. 그리하여 오늘 하루의 일정은 그렇게 힘들거나 고생스
럽지 않다.

자동차는 오전 9시 경 카시 중심가를 한 바퀴 돌아서 향비묘를 향해
달려갔다. 복잡한 도심을 벗어나 비교적 외곽지의 느낌이 나는 곳에 비
운의 향비는 자신의 친지 가족들과 더불어 사후에도 영혼의 그릇인 육체
를 담은 관에 아름다운 채색을 하여 멋스러운 이슬람 건축물 속에서 안

식하고 있는 중이었다.

향비묘로 들어가는 입구는 다수의 관광객들이 몰려와 일제히 내부를 향해 들어가고 있었다. 타일로 장식된 담장을 들어서자 넓은 묘역의 정원이 펼쳐졌다. 그 정면으로 이슬람 사원을 방불케 하는 아름다운 향비묘의 건물이 서 있었다. 이슬람 특유의 양식인 궁전식 능묘의 하나였다.

향비묘는 그녀의 부친인 아파크 호자(阿巴霍加)의 무덤과 함께 있다.

사실상 이곳의 정식 명칭은 '아파크 호자의 무덤'이다. 이곳 사람들은 '존자(尊者)의 무덤'으로도 부른다 한다. 그런데도 굳이 향비묘라 부르는 것은 그녀가 슬픈 사연을 지닌 채 세상을 떠나서 시신이 마침내 고향인 카시가르로 되돌아와 부친의 곁에 함께 안장될 수 있었기 때문이라는 전설 때문이다.

아바크 호자는 원래 이슬람교 백모파(白帽派)의 유명한 지도자였다. 문 입구는 항시 열려 있었는데, 들어가서 보는 이의 시야에 가장 먼저 들어오는 광경은 크고 작은 수 십여 개의 관곽(棺槨)이었다. 아파크 호자의 5대에 걸친 친족들 72명의 시신이 이곳에 안장되어 있다고 했다. 목재의 크고 작은 관들은 모두 울긋불긋 채색이 되어서 빛 바랜 천으로 덮여 있었다. 수많은 관을 바라보는 기분은 그리 유쾌하지 않았다. 하지만 향비의 전설에 얽힌 슬픈 사연을 생각할 때 나의 마음은 애잔한 연민이 꿈틀거리며 솟아 나왔다.

천산의 남쪽 카시가르의 왕족 중에 특이한 미인이 출현했다는 소문이 청나라의 수도에까지 알려졌다. 이슬람 지도자의 딸이었던 이 처녀는 성장하여 위구르족 족장과 혼인하였으나, 곧 남편이 죽고 말았다. 홀로된 그녀는 여전히 젊고 아름다웠다. 그녀의 몸에서는 언제나 활짝 핀 들꽃처럼 그윽하고 향그러운 내음이 풍겼다고 하여 주변 사람들은 '향비(香妃)'

향비묘 입구의 표지판

아름다운 모자이크 건축의 향비묘

향비와 그의 가족들의 관

향비의 의상으로 꾸민 위구르 처녀

향비묘 입장권

란 이름으로 불렀다. 이런 풍문이 바람결에 실려 멀리 멀리 날아갔다.

청나라의 건륭제는 향비에 대한 각별한 관심을 가지고 그녀를 자금성(紫金城)으로 데려오도록 하였다. 돌연히 고향을 떠나 북경의 궁궐로 끌려오듯 오게된 향비는 망국의 서러움과 원한을 가슴속으로만 품었을 뿐, 겉으로는 담담한 얼굴을 하였다. 그 담담함이란 마치 바위와도 같았다. 황제가 다가와 무엇을 은근히 물어도 무표정한 그녀의 입은 종내 열리지 않았다.

애가 탄 황제는 궁녀를 시켜서 향비의 마음을 돌리려 하였다. 그러자 향비는 돌연히 소매 속에서 단검을 꺼내들고 결연히 말했다.

"만약 나에게 억지를 부린다면 오직 찌르고 찔리는 일 뿐이리라. 그 상대가 황제든 궁녀든 가리지 않을 것이다. 나는 반드시 망국의 한을 풀고야 말리라."

이렇게 말하는 향비의 얼굴은 겨울 달빛처럼 차디차고 매서웠다.

이 사연을 전해들은 황제는 향비에게 결코 강압을 쓰지 않았다.

고향 생각에 겨운 향비의 처지를 오히려 동정하고 가련하게 여겨서 향비의 거처 앞에다 이슬람 사원과 거리의 풍경을 일부러 꾸며 주었다. 시간이 흐를수록 황제는 향비에 대한 사랑의 마음이 점점 덧쌓여갔다. 하지만 향비의 태도는 황궁으로 끌려올 때와 전혀 달라진 것이 없었다.

이를 보다 못한 황제의 모친이 아들에게 단념하기를 권하였다. 그러나 황제는 모후의 권유에 대하여 고개를 저었다. 그리곤 조용한 목소리로 힘주어 말하기를 "제 마음속에는 그녀에 대한 사랑의 정이 날이 갈수록 넘칩니다." 라고 하였다. 하루는 황제가 출타한 틈을 타서 황제의 모친은 향비를 찾아가 그녀를 심하게 꾸짖었다. 그리곤 오직 네 뜻대로 하라며 돌아왔다.

이탈리아 출신의 화가 낭세녕이 그린 향비상

향비는 그 말뜻을 얼른 알아차렸다.

모후가 돌아간 후 향비는 자리에 단정하게 앉아서 소매 속의 칼을 뽑아 자신의 목을 찔렀다. 비보를 들은 황제가 급히 향비에게 달려왔다. 하지만 향비의 숨은 이미 끊어진 다음이었다. 그런데 참 이상한 일이었다. 죽은 향비의 몸에서는 살아있을 때와 마찬가지로 독특한 향기가 피어났고, 입가엔 은은한 미소마저 머금고 있었다. 황제는 향비의 죽음을 못내 슬퍼하고 탄식하였다. 마침내 이름높은 서양인 화가를 불러다 향비의 초상화를 그리게 하고 늘 그림을 보면서 울적한 마음을 달래었다.

한 미모의 여성을 왕권으로 제압하지 않고, 오로지 그녀의 마음이 돌아설 때까지 줄곧 기다리며 짝사랑하였던 건륭제의 처신은 얼마나 신사적이며 멋있는 것인가. 기어이 황제의 사랑을 받아들이지 않은 채 야무진 결심으로 꼿꼿이 버티다가 자결을 선택했던 향비의 고집과 슬픈 운명이란 또 얼마나 세상에 보기 드문 일인가.

북경의 고궁박물관에는 서양의 제수이트 신부였던 카스틸리오네가 유화로 그린 향비상(香妃像)이 소장되어 있다. 카스틸리오네는 1715년 중국에 건너가 청나라의 건륭제에게 발탁되었다. 그의 뛰어난 그림 재주를 황제로부터 인정받았기 때문이다. 중국에서 받은 이름은 낭세녕(郎世寧)이다. 그림 속에서 향비는 서양의 기사처럼 서양의 갑옷과 투구를 늠름하게 차려 입고, 목엔 하얀 스카프를 둘렀다. 더불어 옆구리에는 장검을 찬 모습으로 그려져 있다. 투구의 꼭지에는 붉은 깃털이 꽂혀 있고, 두 손은 양 허리에 올려져 있다.

나는 향비의 초상화를 찾아서 물끄러미 바라보았다.

향비의 표정은 매섭게 꽉 다물린 입에서 결연한 의지를 느끼게 하고, 갸름한 얼굴과 오똑한 콧날, 선명한 눈빛은 지금 다시 보아도 예사롭지 않다.

이 향비와 관련된 전설의 정확성은 그리 분명하지 않다고 한다. 다만 민중들 사이에서는 향비에 관한 슬픈 이야기가 점점 각색, 미화되어 입에서 입으로 전해 내려오는 하나의 야사(野史)가 되었다고 한다. 하지만 그것이 실제로 있었던 일이라면 향비는 왜 이곳 서역에서 멀리 북경까지 끌려갔던 것일까.

가인박명(佳人薄命)이라.

그녀의 자색이 너무도 어여쁜 것이 비운을 불러왔던 것이다.

그녀의 몸에서 풍겨났다는 독특한 향기는 무슨 냄새였을까.

그녀는 왜 건륭황제의 후궁으로 황제의 사랑을 받는 일을 한사코 거부하고, 기어이 죽음의 길을 선택하고 말았던 것일까.

이곳 서역 사람들의 삶에서 향비는 과연 어떤 의미로 재해석될 수 있는가.

향비의 전설과 중국 내 소수민족의 존재성은 과연 어떤 관계에 있는 것일까.

이런 상투적 궁금증은 꼬리에 꼬리를 물고 나의 뇌리에 벌떼처럼 윙윙거리며 따라다녔다. 하지만 이 수많은 궁금증 가운데 내가 명쾌한 해답을 얻은 것은 단 한 가지도 없다.

사진 촬영이 금지되어 있어서 관리인은 목을 길게 빼어 혹시라도 촬영하는 사람이 있는가 두리번거리며 살피고 있었다. 향비묘 앞 정원에는 향비와 비슷한 복색을 갖추고 허리에는 장검을 찬 위구르 처녀 두 사람이 원하는 사람들을 위해 약간의 돈을 받고 촬영을 위한 포즈를 취해주고 있었다. 그녀들은 항상 미소를 지으며 꾸미지 않은 자태를 갖고 있었다.

향비묘 앞 주차장에는 향비와 관련된 여러 가지 기념품을 판매하는 상점들이 즐비하였다. 그 가게를 한 바퀴 둘러보는데 카시 지역 위구르 사람들의 민속음악을 짐작하게 하는 전통악기 판매점이 가장 눈길을 끌었다. 그곳에서는 젊은 기술자가 직접 악기를 제조하며 판매도 하고 있었는데, 나무로 만든 서역의 나발은 우리 한국 농악에서의 태평소와 흡사한 분위기를 가졌다. 어쩌면 태평소가 바로 서역의 나발에서 온 것이 아닌지 모르겠다. 또 비파와 닮은 비슷한 구조를 지닌 현악기가 있었는데, 이 악기의 울림통은 홈을 판 나무에다 어룽더룽한 뱀의 가죽을 씌워서 제작한 것이 특징이었다. 하지만 그 뱀이 무슨 뱀인지는 알 수 없었다. 내가 물었더니 무서운 독뱀이라고만 말했다. 아마도 코브라가 아닌가 하였다. 이 악기의 연주법은 딱딱한 플라스틱 피크로 금속 줄을 퉁겨서 소리를 내는 기타와 흡사한 것이었다.

다음으로는 바깥에 쇠고리를 줄지어 부착한 북이었다. 서양악기의 탬버린을 연상케 하는 이 둥근 악기가 서역 음악의 흥을 돋구는 데는 그저 그만이었다. 또 다른 것으로는 바이올린과 흡사한 악기로써 말총 현에다 활을 문질러서 소리를 내는 현악기였다. 이 서너 가지 종류의 악기가 한데 조화를 이루어 서역의 아름다운 음악예술이 형성되는 것이다.

실크로드 박물관

다음 행선지는 카시의 실크로드 박물관이다. 이곳 표기로는 사로(絲路) 박물관이다.

'사로'는 비단길을 뜻하는 사주지로(絲綢之路)의 준 말이다. 이곳의 소장 품목과 규모는 많지 않았으나 실크로드의 자취를 더듬어 보는데

카시의 실크로드 박물관 입장권

사원의 기둥 장식으로 새긴 문양

기둥 장식으로 양각한 화초

아름다운 기둥 장식 문양

는 매우 유익한 유물들이 풍부하였다.

이곳에서 나는 한 구의 미이라를 보았다.

매우 씩씩해 보이는 남자의 미이라였는데, 신장이 178cm도 넘어 보였다. 그가 입고 있는 고대 의상도 매우 훌륭한 차림이었으며, 수분이 모두 빠져나간 깡마른 육신에 불과하였음에도 풍채는 당당하고 의젓하였다. 아마도 무사의 신분이 아닌가 하였다. 일행 중 호기심 많은 한 사람은 미이라의 정확한 신장이 궁금하여 옆 바닥에 그대로 누워서 자신의 신장과 직접 비교해보았다. 다시 자동차를 타고 박물관을 떠난 지 한참이나 지났을 때 그는 자신의 값비싼 색안경이 없어진 사실을 알았다. 가만히 생각해 보더니 미이라 옆 바닥에 누웠을 때 주머니에서 흘러내린 것 같다고 말했다. 그는 자신이 아끼던 물건을 고대의 미이라에게 헌정하였다고 말하며 씁쓸하게 웃었다. 그 날 밤 미이라는 자리에서 벌떡 일어나 선글라스를 끼고 신이 나서 박물관 내부를 혼자 돌아다닐 것이었다. 이런 상상을 하니 공연히 기분이 유쾌해졌다.

박물관에서 본 것 중에는 누란의 쓸쓸한 유적지를 촬영해 놓은 사진도 깊은 감동을 주기에 충분하였다. 저무는 일몰의 황금빛 햇살을 받고 있는 누란의 유적지는 거의 다 허물어진 토성들, 그 사이로 모래밭에 쓰러진 채 산산이 부식되어 잘디잔 모습으로 풍화되고 부서져 가는 통나무 등걸의 장엄한 모습들이 있었다.

또 어떤 나무들은 흙벽돌을 쌓아서 만든 구조물들의 사이에서 원래 중요 건축재료였던 그것들이 노출된 상태로 낡아 가는 장면들이었다. 그것은 이 누란 유적지를 휩쓸고 간 시간의 회오리바람이 할퀸 자국을 그대로 느끼게 하는 매우 처연한 장면이었다. 또 다른 장면은 수 백 개의 흙 건축물들이 거의 모두 사그라지고 일부의 흔적만 겨우 남아서 대사막에 버티고 있는 광경이었다. 모래들도 붉은 빛과 누런빛이 서로 교직(交織)되어 어떤 황홀하고 신비스런 분위기를 더욱 고조시켜 주고 있었다.

이 누란은 어찌하여 완전히 몰락하고 말았는가.

누란의 황홀했던 시간들은 이제 어디로 떠나가 있는가.

이곳에서 번영의 시간을 구가하던 주인공들과 그들의 꿈과 사랑은 모두 어디에 있는가. 말해다오. 누란을 불어 가는 바람이여. 지금도 누란의 상공을 쉴새없이 흘러가고 있을 시간의 구름이여.

그밖에 실크로드의 여러 곳에서 발굴된 목독(木牘)과 각종 문서들도 고대인의 삶과 대면할 수 있는 중요한 매개물들이었다. 석기시대에서 청동기시대를 거쳐 한당(漢唐) 시대의 유물들이 전시되어 있었고, 카라한 왕조의 문물 수백 점도 전시되어 있었다. 불두와 깨어진 항아리, 유리 그릇, 각종 비단 천의 작은 조각들, 또한 퇴색되었지만 여전히 아름다운 그 천조각의 무늬 등등. 우루무치의 박물관보다도 소장품은 적었으나 실크로드와 관련된 또 다른 특색이 이곳 소장품들에서 느껴졌다.

일행은 카시의 수공업 제품청(製品廳)이란 곳을 찾아갔다.

그곳은 3층 건물로의 작은 방마다 빼곡이 들어찬 수공업 제조공장이 있었다. 악기와 카펫 등의 직물류, 신발과 모자 등등 많은 제조공들이 직접 제품을 만드는 현장을 둘러보며, 원하는 사람은 바로 그 자리에서 곧바로 물건을 구입할 수도 있었다.

점심은 한족이 운영하는 만두 전문점을 찾아갔으나 막상 음식이라곤 다진 양고기 소에다 중국의 향채(香菜)를 넣은 것으로 맛은 매우 보잘 것 없었다. 향채란 모든 중국인들이 매우 즐겨 먹는 야채의 한 가지이지만, 이를 처음 먹는 한국인들은 대개 비누냄새가 난다며 머리를 설레설레 흔들고 만다. 대부분의 일행들은 불만족스런 표정을 지었다. 안내인 이옥란

위구르 문화의 특징이 고스란히 담겨있는 카펫

여사의 심기가 몹시 불편해져서 급기야 위구르족 보조안내인 여성에 대한 비판으로 이어졌다. 하지만 매 끼니를 만족스럽게 먹을 수는 없지 않은가. 나는 도리어 그녀를 위로하였다.

카시의 회교사원, 아이티가르

오후의 행선지는 아이티가르(艾提尕尓) 청진사, 즉 카시의 대표적인 회교사원을 방문하는 일이다. 이곳은 중국에서 가장 그 규모가 큰 이슬람 사원이다. 아이티가르란 단어의 의미는 예배당이란 뜻을 가졌다고 한다. 이 사원은 15세기경 카시가르의 지배자였던 샤크서츠 미잘의 후예가 설립하였다. 카시에서 가장 많은 인파가 몰려드는 곳이 바로 이 사원 앞의 광장이다. 사원 앞은 자동차를 주차할 만한 공간이 없었다. 아니 공간은 있었으나 먼저 온 노점 상인들이 모두 차지하고 있어서 빈틈이 없었던 것이다.

참으로 많은 시민들이 몰려나와 시장을 보거나, 뚜렷한 일없이 거리를 어슬렁거리고 있었다. 길가의 벤치에 안장서 오가는 행인을 바라보거나 특이한 장사꾼을 둘러싸고 선 인파 속에 뒤섞여 구경의 흥을 돋우는 것이었다. 하지만 일단 청진사 안으로 들어서면 갑자기 조용하고 아늑한 분위기에 저절로 엄숙해진다. 입구의 돔형 천정 아래에는 심심한 위구르 노인들이 통로 양쪽으로 나와 앉아서 오가는 행인들을 바라보며 무료한 시간을 보내고 있었다.

통로를 따라 천천히 걸어 들어가면 왼쪽 편 기도 공간에서 줄곧 엉덩이를 치켜들고 코란을 암송하며 경배하는 위구르 사람들의 뒷모습이 보

카시의 아이티갈 청진사 회교사원

금요예배에 참석하려는 카시의 시민들

아이티갈 청진사에서 기도에 열중한 신도

청진사 내부의 기도소

아이티갈 청진사 입구에서 만난 카시의 노인

였다. 통로의 양옆에는 잎이 무성한 식물들이 줄지어 심어져 있었으며, 그 통로의 끝에 사원의 가장 커다란 본당이라 할 수 있는 기도 공간이 있었다. 경배를 하는 예배당, 앞뒤로 줄곧 몸을 흔들며 코란을 읽는 독경당(讀經堂), 연못과 규모가 거창한 문루가 특히 볼만한 것들에 속한다 할 것이다.

이슬람 사원의 특징은 불교 사찰에서의 부처상처럼 뚜렷한 경배의 대상이 모셔져 있지 않다는 점이다. 신도들은 사원 안으로 들어와 지정된 기도 장소에서 함께 기도하고, 독경당에서 조용히 코란을 암송하는 것으로 충분하다.

높은 천정에는 아름다운 천정화가 그려져 있었고, 바닥에는 페르시아 특유의 카펫이 잇따라 깔려 있었다. 초로의 노인 두 사람이 하얀 벽 앞에 가까이 다가앉아 코란을 외우며 줄곧 기도를 하는 모습이 보였다. 사원의 본당 좌측으로는 또 다른 기도소 건물이 있었다.

궁륭이 설치된 회랑을 따라 한참 걸어가면 첫눈에도 오래된 느낌이 풍겨나는 옛 사원의 건물이 보였다. 이 건물의 특징은 기둥의 양식이 매우 아름답고 고풍한 것이었다. 기둥마다 모두 밝은 채색으로 무늬를 그려 놓았다. 그 무늬 속에는 카시 지역 위구르 주민들의 신앙과 문화의 향기가 고스란히 배어나고 있었다. 어떤 이는 주로 이 기둥에 새겨진 서역인의 독특한 문양(紋樣)을 열심히 카메라에 담았다.

얼굴 표정이 몹시 신경질적으로 보이는 사원관리인은 줄곧 못마땅한 기색으로 도끼눈을 하고 관광객들을 지켜보며 반바지 입은 사람이 보이면 즉시 달려가 등을 떠밀어 그를 바깥으로 몰아내었다. 잠시도 쉬지 않고 경비병처럼 사방을 두리번거리다가 조금이라도 자신의 판단 기준에 어긋난 행동을 하는 관람객이 있으면 단숨에 달려가서 즉시 그를 퇴장시켰다. 그의 근엄함과 고지식함은 지나칠 정도로 답답하고 까탈스러워 보였다. 그가 온종일 하는 일이라곤 바로 이런 감시와 감독뿐인 듯하였다.

관광 안내 사진에는 아이티가르 청진사 입구에 엄청나게 많은 인파가 집결한 장면이 보인다. 아마도 라마단 기간 중의 단체 기도 행사가 있을 때가 아닌가 하였다. 매일 새벽부터 다섯 차례의 예배가 있고, 금요일 오후의 주말예배는 인산인해를 이룬다 했다. 특히 이슬람교의 축제라 할 수 있는 쿠르반과 로즈 시기에는 수만 명의 신도가 일시에 이 모스크 주변에 몰려들어서 발 디딜 틈이 없다고 한다.

이슬람교가 다른 종교의 경우와 다른 것이 있다면 전문화된 승려가 따로 없다는 점이다.

다만 이슬람교의 최고 권위자로서 칼리프란 지위가 있지만 이는 하나의 세속적인 지위에 불과하다. 이슬람교의 교리에서는 모든 사람이 신도라는 측면에서 다 같이 평등한 존재이다. 그렇게 된 까닭은 바로 알라의 가르침 때문이라 한다. 알라신이야말로 가장 무한한 것, 가장 절대적인 존재의 중심인 것이다. 마호메트도 교리 해설을 통하여 항상 평등사상을 강조하고 가르쳤다. 그는 지금도 이슬람교도의 가슴에 대고 외친다. 모든 교도는 같은 형제이며, 평등한 존재로서 살아가야 한다는 진리의 가르침을 일깨워준다.

바자르

한적하고 엄숙한 기운이 감도는 청진사 회교사원을 한 바퀴 휘돌아 바깥으로 나오니 그곳이 바로 속세였다. 구걸하는 걸인과 조잡한 물건을 팔아달라고 따라다니는 행상인, 공연히 어슬렁거리는 건달들로 거리는 가득 메워져 있었다. 나는 그들 민중들의 파도 속으로 더욱 깊이 들어갔다. 사원 옆으로는 이슬람식 시장인 바자르(巴扎)가 있다. 각종 무늬를 새겨 넣은 금속공예 제품이 특히 많이 보였다. 이슬람 문화의 특징은 저 구리 주전자와 촛대, 술잔 따위에서 쉽게 발견할 수 있다. 그 수제품들이 저마다 지니고 있는 우아한 곡선과 황동(黃銅)의 광택은 보는 이의 넋을 잠시동안 멍하게 하는 마취의 효과를 가지고 있는 듯하다. 악기, 모자, 옷감 따위를 판매하는 상점들이 줄지어 있었다.

악기점 주인은 위구르 악기를 연주하면서 나를 일본인으로 착각한 듯 자신이 알고 있는 몇 마디의 일본어를 줄곧 지껄여댔다. 이랏샤이마세! 아리카토 고자이마쓰! 나는 강하게 고개를 저었다. 아니야! 나는 한국인이야! 한국인이란 말이야!

이곳을 돌아 나오면 사원 앞 넓은 광장에 또 한 떼의 인파가 몰려 있었다.

그곳은 악기를 연주하는 노인, 야바위꾼, 몸에 좋다는 건강보조 식품을 판매하는 노점 약장수, 길가에서 꾸려 가는 자전거 수리상, 온갖 사람들이 몰려들어 한 바탕 사람의 바다를 이루고 있었다. 카시에서 가장 서민적 냄새가 물씬 풍기는 곳은 바로 여기가 아닌가 하였다.

한 떼의 인파가 몰려 있는 곳이 있어서 발돋움을 하고 기웃거렸더니 바로 거리의 약장수다. 푸른 천막비닐을 넓게 깐 곳에는 분홍색 봉투가 쌓여 있었고, 지금 약장수는 그 봉투 속의 약에 대하여 한창 설명의 열을 올리는 중이었다. 위구르 말은 알아들을 수 없어도 그는 지금 분명 만병통치약이라 선전할 것임에 틀림없다. 봉투 위에는 키질 봉수대 부근에서 보았던 사막의 도마뱀 한 마리가 발에 노끈이 묶인 채 불안스런 표정으로 엎드려 있었다.

이슬람 문화의 특징이 물씬 풍기는 카시의 바자르

거리의 환담(카시에서)

청진사 앞 좌측 골목으로 접어들면 그곳이 금과 은을 즉석에서 세공하는 귀금속상들의 집합이었다. 불과 한 평도 채 못되는 비좁은 가게에서 통로 쪽으로는 진열장을 차려 놓고 금제품들을 팔고 있었는데, 대개 주인은 그 앞에 앉아서 손님들을 맞이하고 있었다. 그의 등뒤로는 대체로 십대 중반쯤으로 보이는 소년 기술공들이 용접 기구를 들고서 금을 녹이는 작업과 망치로 두드려 세공하는 광경이 보였다. 이런 가게들이 어림 잡아 약 이삼백 군데는 족히 넘어 보였다. 금이 많이 산출되는 곳이라 이런 상점이 저절로 형성된 듯하다. 세공 기술은 그렇게 섬세하고 고급스러워 보이지는 않았다.

한 카펫 상점 앞에서는 홍콩 쪽에서 온 듯한 관광객이 주인과 흥정을 벌이고 있었다. 주인은 길바닥에 울긋불긋한 카펫을 펼쳐놓고 온갖 자랑과 너스레를 과장 섞인 몸짓으로 떨고 있었다. 하지만 사려는 사람도 주인의 너스레에 쉽게 휘말려 들지 않고 중국인 특유의 느긋함과 여유를 부리며 은근히 신경전을 펼치고 있었다.

그곳에서 다시 자동차를 타고 찾아간 곳은 토만하(吐曼河)란 이름의 하천을 건너서 카시 변두리에 있는 바자르, 즉 국제무역시장이었다. 이슬람 사원형의 돔 건물을 중심으로 온갖 상점들이 주변에 광범하게 펼쳐져 있는 서민들의 종합시장이었다. 이 바자르에는 실크로드 중간 요충지로서의 카시의 특징이 가장 잘 나타나 있다. 기사 알리무는 이곳에 우리 일행을 부려놓고 세 시간 뒤에 온다고 했다. 이제 그 시간까지 나는 시장의 이곳 저곳을 공연히 기웃거리며 카시 주민들의 삶과 풍속을 눈여겨보아야만 한다.

시장 앞에서는 하얀 위구르 모자를 쓴 카시 주변 농촌 마을에서 온 노인들이 길가에 포장을 펴놓고 과수원에서 갓 따온 중앙아시아의 무화과

카시의 바자르에서 본 양복가게(윗주머니에 붉은 꽃을 꽂아 두었다)

너무나 달고 맛있었던 카시의 무화과 열매

위구르 주민들이 즐겨먹는 사탕

거리의 악기 판매점(카시 청진사 앞 광장)

열매를 팔고 있었다. 크기가 소년의 주먹만하고 납작한 감처럼 생긴 이 열매는 워낙 노랗게 잘 익어서 손으로 쥐자 물렁물렁한 과육에 손가락이 저절로 쑥쑥 들어갔다. 이 과일은 살이 물러서 빨리 먹지 않으면 안될 것 같았다. 나는 무화과 더미 앞에 쪼그리고 앉아서 위구르 노인들이 무화과 잎에 받쳐서 주는 과일을 잇따라 서너 개나 먹었다. 그 맛이란 매우 달고 입안의 느낌이 시원하였다. 먹은 다음에도 뒷맛이 개운하였다.

시장 안의 풍경들 가운데 특히 눈길을 끄는 것은 위구르 사람들이 즐겨 입는 현란한 직물들과 카펫이라 할 수 있다. 이곳 사람들은 울긋불긋한 원색의 천을 즐겨 구입한다. 회교의 발상지인 메카의 사원 풍경을 정교하게 수놓은 붉은 카펫을 공중에 높이 걸어놓은 광경도 보였다.

남성 양복을 가지런히 걸어놓은 상점을 지나가는데 한 가지 재미있는 광경은 옷의 윗도리 주머니에 일제히 붉은 꽃을 꽂아 두었다는 점이다. 소비자들에게 구매충동을 불러일으키도록 배려한 장식으로 여겨졌는데, 이 광경을 보고 있노라니 저절로 웃음이 나왔다.

모피상점도 자주 눈에 띄었다. 살쾡이나 여우, 스라소니 등속으로 보이는 야생동물들의 모피가 잔인하게 벗겨져서 주렁주렁 걸려있는 광경은 보기에 섬뜩하였다. 소년 점원은 모피를 벗기더니 만져보라며 내 손에 던지듯 안겨준다. 모피를 펼치니 안구가 있던 부분이 퀭하니 뚫어져 그 구멍으로 땅바닥이 보였다. 이를 보는 순간 무참하게 희생된 야생동물들에 대한 슬픈 연민이 왈칵 밀려왔다. 잔인한 인간들은 사막과 대초원에서 잘 살아가고 있던 동물들을 잔인하게 학살하여 그 껍질을 벗겨서 이렇게 약간의 돈과 바꿔간 것이다.

위구르 남성들이 즐겨 쓰는 동그란 모자를 직접 만들어 팔고 있는 바자르의 모자전(帽子廛) 골목으로 접어들었다. 이때 지나가면서 보았던 인상적인 광경은 모자를 나무틀 속에 끼우고 빙빙 돌려가리며 나무방망이로 잔잔히 두들겨 제대로 된 모양새를 잡고 있는 소년들의 광경이다. 그 소년들은 온종일 그 작업만 하염없이 하고 있는 것이었다. 모자에 줄곧 방망이질을 하다가 지나가는 행인들을 한번씩 흘끔거리며 바라다보곤 하였다.

품질이 별로 좋아 보이지 않는 각종 공업용구들, 그릇가게, 과자가게, 양념과 향신료를 파는 곳, 옷가게 등을 둘러보고 다녔다. 단조로운 시장 골목을 여러 시간 다닌다는 것이 나에게는 산을 오르는 것보다도 더욱 힘들고 피로가 느껴졌다. 급기야는 어딘가에 앉고 싶은 생각뿐이었다. 예정된 시간보다 이른 때였지만 나는 바자르 앞으로 일부러 나가 보았다. 마침 알리무가 버스를 몰고 대기 중이어서 얼른 자동차로 올라가 앉아 다리를 쉬었다. 나는 눈을 지그시 감고 오늘 보았던 카시의 바자르 풍경과 그 기억의 필름을 다시 거꾸로 되돌려 보았다.

이제 서역기행도 어느 덧 막바지로 접어들고 있다.

시간이 되자 일행들은 구입한 물건꾸러미를 한 아름씩 들고 버스로 돌아왔다. 악기를 구입한 사람, 옷과 차를 구입한 사람, 벼루 등의 문방구를 구입한 사람, 액세서리 따위의 장신구를 구입한 사람, 모피와 모자를 구입한 사람 등등, 모두들 자기가 구입해 온 것들을 꺼내어 서로 비교하며 구입과정에 대하여 웃고 떠들고 즐기었다.

쓰만 빈관 앞의 한족 식당을 다시 찾아갔다.

이곳은 어제 저녁에 갔던 바로 그곳이다. 카시에서의 최후의 만찬. 모두들 피로에 지친 얼굴로 묵묵히 저녁식사를 하였다. 떠난다는 것은 즐거움과 서운함의 두 마음이 교차하는 매우 복합적인 심리상태이다. 이 두 심리 중에 결코 어느 것 하나만을 선택할 용기는 없다. 모두들 이런 표정들을 얼굴에 나타내고 있다. 말없이 묵묵한 것도 두 심리 가운데 어느 한 가지에 쏠리게 될 경박함을 염려하는 태도 때문이다. 그래서 이런 자리에서는 서로의 표정을 살피지 않는다. 큰 소리로 떠들어대거나 자꾸 상대방의 기색을 살피는 것은 금기에 속한다. 시선은 가급적 멀고 다른 쪽을 향하는 것이 좋다. 그것이 불편하다면 아예 눈을 감고 사색하는 듯한 자세로 있는 것이 좋으리라.

이제 카시 공항으로 직행이다. 공항에서는 그 험난했던 일정에서의 고락을 함께 했던 우리들의 충직한 위구르족 운전기사 알리무와도 이별이다. 그는 나와 우리 일행을 위해서 훌륭히 자신의 소임을 다하였다. 이제 알리무는 우리들과 헤어져 우루무치까지 1000㎞가 훨씬 넘는 길을 혼자서 달려가야만 한다.

이윽고 해가 져서 카시 공항으로 가는 길가에는 가로등이 하나둘 켜지기 시작한다. 서역의 마지막 일정이 나에게 작별인사를 보내는 것만 같다. 섭섭하고 서운하다. 나는 공항에서 알리무와 말없이 포옹을 나누었다. 그리고는 그의 등을 정겹게 토닥였다.

알리무는 한쪽 눈으로 찡긋 윙크를 보내주었다.

다시 우루무치로

남방항공 소속 중국 국내선 비행기는 카시의 밤하늘을 기운차게 날아올랐다.

시내의 불빛이 마치 별을 뿌려놓은 듯 아름답게 반짝였다. 한 순간 나의 눈앞을 무엇인가가 희뿌옇게 가리는 듯하였다.

그것이 무엇인가?

나는 좌석에 등을 기대고 가만히 눈을 감았다.

그리곤 여러 날 동안 숨가쁘게 달려온 서역의 신비스러운 행로들을 천천히 반추하듯 하나 둘 떠올렸다. 눈앞을 스쳐 가는 것은 온통 백양나무 가로수와 그 잎을 스쳐 가는 바람소리, 그 백양나무 밑을 시름없이 달리는 위구르족의 하얀 모자들과 나귀수레의 방울소리였다. 이 방울소리는 비행기가 우루무치 공항에 내려앉을 때까지 줄곧 들려왔다.

몹시 수다스런 중국인 부부가 바로 뒷좌석에 앉아서 줄곧 날카롭고 요란한 목소리로 쉬지 않고 떠들어대었다. 출발에서 도착까지 잠시도 그치지 않고 지껄였다. 하지만 그것이 나에겐 별반 번거로운 소음으로 들리지 않았다. 오히려 그보다 더욱 크게 환청처럼 들려오는 실크로드 나귀수레의 맑고 청아한 방울소리에 가려졌기 때문이다.

오, 실크로드여! 서역의 감동적인 추억들이여!

우루무치에 도착한 것은 다음날 새벽 1시가 넘은 시각이었다.

이곳 공항에도 내가 그 동안 타고 다녔던 자동차와 꼭 같은 구조의 버스가 대기하고 있었으나, 기사는 알리무가 아니었다. 달라진 것이라곤 운전기사가 바뀐 것뿐인데 나에겐 그것이 이상하고 심드렁하게만 느껴질 뿐이었다. 그는 알리무처럼 잘 웃지도 않았고, 시종일관 무뚝뚝한 표정으로 앞만 보며 운전을 할뿐이었다. 아, 어느 틈에 위구르 운전가시 알리무와 인간적 정이 담뿍 들어있었던 것이다. 말하자면 나는 알리무의 금단증(禁斷症)을 겪고 있었던 것이다. 남에게 이런 느낌을 줄 수 있는 인간관계가 과연 얼마나 될까?

헤어지니 더욱 그리운 알리무!

나는 다시 우루무치의 가일 빈관(暇日賓館)으로 돌아왔다.

그나마 서역에서의 마지막 밤을 다시 한번 더 누리며 그 동안의 경험을 정돈할 시간적 여유를 얻게 되는 셈이다. 얼른 잠은 오지 않고 나는 이리 저리 뒤척이기만 했다. 그러던 중에 수면의 신이 어떻게 나의 손을 잡고 자신의 영토로 슬그머니 인도해 갔는지 전혀 알 길이 없다.

실크로드여, 안녕!

다음날 아침 오전 열 시경에 우루무치 공항을 출발하게 되었다.

우루무치에서는 북경까지 날아가게 된다. 한국으로 곧장 떠나는 비행기가 있었으면 좋으련만 수년 전에 이 항로가 폐지되었다고 한다. 그런데 갑자기 예약을 확인 점검하고 있던 안내인 이옥란 여사의 표정이 몹시 어두워졌다. 북경에 도착한 직후 인천으로 가는 비행기편이 바로 연결되지 않는다는 돌연한 문제가 생겼다는 것이다. 그것은 우루무치에서 내가 타고 가야할 비행기가 출발 지역에서 폭우를 만나 도착이 많이 지연되고 있는 사정과도 관련이 있다. 그 때문에 북경에서는 공항 직영 빈관으로 가서 부득불 하루를 더 묵고 떠나게 되었다는 것이다.

하지만 이 소식을 듣고서도 일행의 표정은 전혀 걱정스런 반응을 보이지 않고, 오히려 다행이라며 어린아이들처럼 장난스러운 얼굴을 하였다. 마치 집으로 돌아갈 생각이 전혀 없는 사람들처럼 보였다. 개중에는 중국의 동북지방으로 가서 여러 날 더 다니다가 돌아가게 되었으면 좋겠다는 농담까지 하는 사람도 있었다. 이런 우스꽝스런 분위기를 서로 지적하며 모두 배를 잡고 한바탕 웃었다.

오랜 대기시간을 거쳐 비행기가 우루무치 공항을 이륙하였을 때 나는 창문으로 하늘에서 내려다보는 서역의 광막한 대지를 다시 한번 가슴에 깊이 담으려고 내다보았다. 만년설에 덮인 천산의 위용이 눈에 들어왔고, 그 반대편으로는 아득하게 펼쳐진 고비사막의 누런 평원이 아득하게 펼쳐진 광경도 보였다. 나는 바로 저 먼지 낀 들판을 달려갔던 것이다. 문득 타클라마칸 사막의 아득한 모래밭을 버스를 몰고 달려가는 나의 모습이 생생한 장면으로 떠올랐다.

나는 한 줄기 바람이었다.

황사를 뚫고 사납게 질주하는 바람이었다.

하지만 그 모습들은 어렴풋한 시야에서 자취를 감췄다. 실제로 구름이 사위를 온통 덮고 있었다.

비행기가 두터운 구름 층을 뚫고 아주 높은 곳으로 솟아올랐다.

나는 가만히 눈을 감고 내가 다녔던 실크로드의 여러 마을들과 자연의 모습들을 하나둘 떠올렸다. 나의 기억 속에서 실크로드는 햇살아래 빛나는 어린 날 골목길의 사금파리들처럼 특별한 광채를 내면서 천천히 부풀어오른다. 실크로드는 이미 내 몸과 마음의 소중한 일부가 되어버린 것이다. 앞으로 삶이 지치고 힘겨울 때면 나는 실크로드의 체험을 떠올리면서 극복해갈 것이다.

비행기 속에서 한나절을 보내고 저녁 무렵에 북경에 도착하였다.

북경의 하늘에는 후텁지근한 습기가 느껴졌고, 비가 부슬부슬 뿌렸다. 한국으로 직행하질 않고 북경공항에서 그리 멀지 않은 빈관을 향해 공항 직영 버스는 달렸다. 비오는 북경의 창 밖을 내다보며 나는 중국에서의 머무는 시간을 좀더 가질 수 있었다.

힘들고도 알찬 성과가 많았던 여정이었다.

실크로드의 옛길을 다니며 나는 무엇을 보았던 것일까?

나의 미래시간에서 이번 여행에서의 경험들은 어떻게 되살아나고 작용하게 될 것인가?

이노우에 야스시의 소설 속 주인공 조행덕처럼 이승의 기나긴 고통과 시간의 터널을 거쳐서 본연의 일상으로 되돌아오기까지 나는 과연 얼마나 진기하고 유익한 체험들을 가져올 수 있었던 것일까?

돌아가서 차분한 시간에 실크로드 연변의 주민들과 그 길들에 서려있던 옛 사연들을 낱낱이 더듬어 보리라. 그리고 그 저무는 서역 길의 황금빛 저녁 햇살에 저희끼리 줄지어 서 있던 백양나무가 바람결에 줄곧 우수수 중얼거리며 보내오던 말뜻을 차분히 해독하여 보리라.

어둔 밤에도 잠들지 않는 실크로드여!

역사의 캄캄한 시간 속에서도 악전고투로 살아남았던 실크로드여!

서역의 그 백양나무 가로수 길에서 내가 만났던 모든 것들이여!

나의 각별한 사랑을 전하노니, 우리 다시 만날 때까지 안녕!

이 책은 새로운 세기의 초반, 두 차례에 걸쳐 탐사하였던 실크로드에
관한 기록이다.

1차 여정은 중국의 서안에서 돈황을 거쳐 투르판과 우루무치까지 다
녀온 경험이다. 2차 원정은 우루무치에서 시작하여, 쿠차를 거쳐 타클라
마칸 사막을 북에서 남으로 종단하였는데, 그 사막의 아래쪽 첫 마을인
민풍에서 서역남로를 달려 호탄을 거친 다음 카시까지 가는 대장정이었
다.

나의 궁금한 발길은 여기서 끝나지 않고 파미르고원을 넘어서 서역의
끝 국경도시 타시쿠르간까지 다녀오는 힘든 일정을 모두 통과하였다. 거
리로 환산하면 도합 몇 만리나 다닌 것일까. 대단히 고달픈 여정이었으
나, 아직은 관광객들의 발길이 거의 닿지 않은 이 실크로드 통로에 나는
나의 호기심 많은 땀과 열정을 집중적으로 쏟아 부었다.

실크로드의 기점은 대체로 서안에서부터 시작된다.

나의 실크로드 탐사도 이곳에서 먼저 시작하였다. 서안은 중국의 옛
장안을 말한다. 이곳 주변에는 번성했던 시절 중국의 많은 유적지와 각
종 문화재들이 산재해 있다. 실크로드의 형성은 중국의 문물들이 서쪽으

로 서쪽으로 사막과 산맥의 악조건을 극복해 가며 이슬람권 여러 나라들과 유럽 여러 국가들로 이동하고 전파되어간 경로와 더불어 이룩되었다. 동시에 서방의 문화가 중국으로 유입되게 된 과정도 앞의 경로와 고스란히 역순으로 부합하는 것이다.

동서양 문물이 교차하던 실크로드의 이 중간 통로들에서 독특한 문화권이 정착될 수 있었다. 돈황 일대에서 화려하게 꽃피었던 문화와 투르판과 우루무치, 카시 일대의 개성미 넘치는 서역 문화들이 바로 그것이다.

실크로드는 우리가 이미 앞에서 보았던 것처럼 중국의 신강성 지역에서 세 갈래로 나뉘어 천산북로와 천산남로, 그리고 서역남로 등으로 갈라진다. 이 세 갈래 길 사이사이에 고비 사막과 타클라마칸 사막의 모래바람과 죽음과도 같은 공포가 가로놓여 있다. 아무리 어렵고 힘겨운 고통의 극단에서도 사람들은 자연의 악조건과 싸워 이기며, 자기 앞에 부닥친 역경을 극복해 내었다. 내가 실크로드 탐사를 통하여 느끼고 깨달은 것은 바로 이것이다. 나는 천산남로와 서역남로를 주로 다녔었고, 천산북로 쪽은 이후의 과제로 남겨 두었다. 그래서 이 책의 구성을 고비 사막과 그 주변지역, 타클라마칸 사막과 그 주변지역 등 크게 두 곳으로 나누어 서술하였다. 책을 쓰는 동안 현장의 실감을 좀더 고조시켜 보겠다는 갈망으로 나는 책상 앞에서 줄곧 위구르족이 쓰는 희고 동그란 모자를 쓰고 있었다.

어떻게 보면 우리 한국인의 삶도 바로 실크로드의 역경을 스스로 헤쳐가던 구법승이나 캬라반들의 자기극복을 위한 악전고투의 과정과 대체 무엇이 다를 것인가? 눈앞에 보이는 저 고통의 언덕만 넘어가면 마음속에 품었던 꿈과 소망에 반드시 가 닿을 수 있게 된다는 믿음! 그 믿음을 가지고 중앙아시아의 여러 지역을 다니며 자신이 사막의 아득한 벌판을 건너가는 한 마리의 낙타와도 같다는 생각을 자주 하였다.

어쩌면 낙타에게 운명처럼 주어져 있는 역마살(驛馬煞)이라고 하는 것!

역마살에 대한 해석부터 이젠 고쳐야 한다. 그것을 늘 떠돌아다니도록 마련된 액운으로 불길하게 보는 것은 삶을 소극적으로 살아가며 현실에 안주하려는 편협한 태도에 지나지 않는다. 오히려 그것을 새로운 세계에 곧장 가 닿고자 하는 적극적 인간의 본연에서 우러나온 갈망과 충동으로 해석하는 것이 더 낫지 않을까. 모름지기 건강한 신체와 개척정신을 지닌 사람은 어떻게든 이 역마살이 많아야 한다고 나는 생각한다.

많이 다니고, 많이 보고, 많이 느끼는 것!

이 세 가지야말로 오늘날 우리 삶을 살찌워 가는 힘찬 동력이 될 것이다.

만약 나에게 새로운 기회가 주어진다면 실크로드의 중요한 코스 중에서 짧은 여정 때문에 부득이 건너뛸 수밖에 없었던 곳들을 찾아가 그곳의 사연들을 꼼꼼히 파헤쳐 보고 싶다. 또한 내친 김에 저 이탈리아의 로마까지 육로로 달려서 가보고 싶다. 여러 가지로 불충분한 점이 있긴 하지만, 이 책은 실크로드를 여행하고자 하는 사람들에게 하나의 유익한 길잡이가 될 수 있으리라 생각한다.

현실에 지치지 않고 힘든 시간을 뚫고 나아가는 것!

바로 이것만이 현재의 나 자신에게 주어진 과제이다. 독자 여러분께서는 이 책을 읽으면서 아무쪼록 역마살과 관련된 화두를 끝까지 지니고 곰곰이 풀어 가기를 간절히 바란다. 실크로드는 비록 멀리 중국 땅 서역에 있지만 사실상 그 곳의 꿈과 슬픔, 고통과 희망은 본시 기마민족이었던 우리 한국인의 가슴과 핏줄 속에 오래 전부터 하나의 원형질로 자리잡고 있었던 것이다.

아득히 흘러간 옛날, 실크로드에서의 사랑과 눈물의 추억은 아름답고 황홀하고 신비스러웠었다.

가자! 저 모래언덕 너머로!

짙은 안개 속에 실루엣처럼 떠오르는 내 본래의 고향을 찾아서!

2004년 5월

이 동 순

| 실크로드 여행에 도움을 주는 책들 |

현 장, 대당서역기
혜 초, 왕오천축국전, 을유문화사, 1988
사마천, 사기(김진연 편역), 서해문집, 1996
이노우에 야스시, 돈황(박재희 역), 범한출판사, 1984
룩 콴텐, 유목민족제국사(송기중 역), 민음사, 1984
대세계역사(전13권), 교육도서, 1989
장 피에르 드레주, 실크로드(이은국 옮김), 시공사, 1995
김호동, 유라시아 유목민족 제국사, 1995
허세욱, 실크로드 문명기행, 대한교과서, 1996
박 찬, 우는 낙타의 푸른 눈썹을 보았는가(실크로드 기행), 해냄, 1997
김호동, 황하에서 천산까지, 사계절, 1998
수잔 휫필드, 실크로드 이야기, 이산, 1999
독일 ZDF 방송국, 실크로드 견문록, 다른우리, 1999
국제한국학회, 실크로드와 한국문화, 소나무, 1998
정수일, 신라 · 서역 교류사, 단국대 출판부, 1992
―――, 문명의 루트 씰크로드, 효형출판, 1993
―――, 세계 속의 동과 서, 문덕사, 1994
―――, 고대문명교류사, 사계절, 1996
―――, 씰크로드학, 창작과비평사, 2001
―――, 이슬람문명, 창작과비평사, 2002
피터 홉커크, 실크로드의 악마들(김영중 역), 사계절, 2000
정찬주, 돈황 가는 길, 김영사, 2001

이븐 바투타, 이븐 바투타 여행기(정수일 역주), 창작과비평사, 2002
마르코 폴로, 동방견문록(김호동 역주), 사계절, 2002
박재동, 실크로드 이야기(김석희 옮김), 이산, 2002
국제한국학회, 실크로드와 한국문화, 소나무, 2002
강은경, 길크로드를 따라서(문명견문기), 문명연지 3권3호, 한국문명회, 2003
브루노 바우만, 실크로드 견문록(박종대 옮김), 다른우리, 2003
베르나르 올리비에, 나는 걷는다(1~3), 고정아 옮김, 효형출판, 2003
전인평, 실크로드-길 위의 노래, 소나무, 2003
리처드 번스타인, 대당서역기(정동현 옮김), 꿈꾸는 돌, 2003
배석규, 대몽골 시간여행, 굿모닝미디어, 2004
정길화, 조창환, 박현숙, 3인3색 중국기, 아이필드, 2004
브루노 바우만, 돌아올 수 없는 사막 타클라마칸(이수영 옮김), 다른우리, 2004